教育部人文社会科学研究规划基金项目 （15YJAZH004）

1979年以来
中国电影的文学性研究

陈鸿秀　著

A Literary Study of
Chinese Films since 1979

上海三联书店

目　录

前　　言

　　"文革"结束后,尽管文艺创作环境发生了实质性变化,但电影形态的革新力度不大,"文革"模式依旧存在。直到 1979 年,中国影坛出现了一批形式上较为新颖、内容上贴近现实的影片,继而在理论领域进行了电影语言现代化的讨论。可以说,新时期电影创作告别"假大空"状态、重新焕发生机始于 1979 年,这是笔者将研究起点时间放在 1979 年的原因。

　　改革开放以来,中国电影经过了 40 年发展,从当年人们认知中与文学关系亲密的"电影文学"(现在还有人存在这种认识,应该给予纠正),成为今天与大众文化联姻的商业化产品。

　　"文学性"即文学的特质,"电影的文学性"即为电影所体现出的文学作品固有的价值和特征。1932 年汉语中出现"文学性"一词(苏汶提出),1950—1960 年代国内许多杂志将"文学性"与"虚构性"、"真实性"并列进行论述讨论。1970 年代末,西方文论通过译介进入中国,其中俄国形式主义的"文学性"与"陌生化"影响深远,与中国本土关于"文学性"的解释存在某种契合;同时继 1979 年"电影语言现代化"的大讨论后,张骏祥提出"文学价值说",引发我国理论界关于电影重文学性还是重画面造型的争议,此后关于电影的特质乃至电影的概念界定,时有争议的声音。

　　电影具有视听性、文学性、戏剧性三方面的特性/特质,就创作而言,上世纪大多数电影并不缺乏文学性与戏剧性,可能后者体现得更为明显,因为戏剧化要素容易推动情节发展,如此很多电影成为所谓"戏剧化电影";新时期以来电影的视听语言在部分导演的作品中有所改良或加强,在新世纪越来越被重视。计划经济时代,能够拍摄的电影不存在为了节约开支而有意粗制滥造的问题,如存在问题是创作者水平与整体技术问题。1990 年代中后期,中国电影创作的商业化因素已经抬头,但并未明显减弱文学性。进入新世纪,电影创作呈现多元化趋势,作品数量渐多,商业电影的地位日渐提高,可也常有品质低劣的作品问世,其中不乏著名导演的作品。近年来文艺报等刊物重提电影"文学性"这一命题,因为不少电影的文学性或缺乏或低劣,特别是艺术、技术的进步掩盖了创作者叙事水平的低下或粗劣。

新世纪以来电影创作中存在的不良现象,一是过度重视票房,在很多人的评价和媒体的报道中,票房似乎是衡量电影水平高低的唯一标准。著名演员陈道明认为:"就像 GDP 不是衡量一个国家发展水平的唯一标准一样,票房也不是衡量一个国家电影水平的唯一标准。"(摘自 2015 年 3 月 7 日"两会"期间陈道明委员发言记录)新世纪中国电影存在一个很奇怪的现象:一些电影被骂的很厉害,或者说口碑一路下滑,可是票房却一路高歌。二是跟风、拼凑现象严重。电影的跟风拼凑是指对已上映电影的情节、人物关系等要素模仿甚至变相抄袭,如果说一般技术处理上的借鉴尚可理解的话,对于体现核心创意的文学性的模仿(短暂"戏仿"可看作致敬)就显得卑劣了。虽说电影是集体创作的成果,需要所有参与者的努力付出,但最根本的是需要经得起推敲、吸引人打动人的故事,这就需要在剧本上下功夫。除了极少数导演如王家卫部分电影在无剧本状态下随性拍摄外,绝大多数电影拍摄前甚至拍摄过程中都需要打磨剧本:一是每一部电影都应该讲好一个故事,这一点是最重要的;二是"这个"影片讲述的故事应该是独特的,即使向先前的影片致敬或借鉴,那也应该看出诚意,并有所拓展,不是随意采取"拿来"主义。新世纪电影创作中的不良现象,笔者认为部分原因是限于资金,技术处理较为粗糙,大多数问题出在叙事倾向(价值观导向)、情节的真实性逻辑性,以及台词与人物定位协调性等方面。换言之,就是与文学性有关的基础问题没有解决好。

对故事的爱好,是人类共有的天赋。没有一个动人的故事,或者说不会讲动人故事的商业电影是没有主心骨的电影;缺失了叙事统领的商业电影,很容易成为一堆美丽的碎片。电影讲述故事与小说讲述故事差别很大,电影讲述故事比用文字讲故事复杂得多、可变通的空间大得多;电影中除了文学性成分,还需要其他要素的配合协助方能讲好故事。好莱坞电影成功的一个很重要因素就在于它会讲故事,这些故事不是动人的就是出人意料、妙趣横生的。世界范围内优秀/经典影片,都不会抛弃文学性这一电影特性,尽管有些类型片的"文学性"体现得较为"稀薄",但不会完全空缺。

电影的文学性可分为不同的维度。笔者认为其常规维度表现在人文内涵、情节逻辑、形象塑造与台词编织等方面;"追加"维度(不是所有电影都具有)表现于隐喻象征的手法、使用有感染力的配乐插曲/主题曲、画外音运用等方面。

电影创作有改编与原创两条基本途径,1979年以来,中国第三、四、五代电影人都倾心于以小说为主的文学改编,他们创作的大部分电影都源于现当代文学,也存在为数不多的原创作品。第三、四代电影人的改编与原创影片在文学性体现方面没有明显差异,只是其改编作品在反映生活的厚度方面略胜一筹,反映了第三、四代电影人对于文学性的重视,以及深厚的文学修养;以张艺谋为代表的第五代电影人更为重视视听语言的革新,重视画面的表意作用,在改编电影与原创电影的叙事水平上,体现出较大的差异,改编电影整体上优于原创电影,也说明张艺谋等人对文学的依赖程度很高。第六代电影人创作于1990年代至新世纪初的作品几乎全为原创电影,贾樟柯、王小帅等人创作起步时缺乏呈现"视听"技术的条件支持,文学性方面呈现出与前面几代电影人作品迥异的风貌。

1990年代以来中国电影创作从计划经济走向市场经济,与商业价值联姻的类型片渐被重视。中国电影武侠片、青春片、喜剧片等均有一定的发展规模,这些类型电影的文学性表现不同时期有不同的面貌,参差不齐。新世纪以来部分青春片与喜剧片从内涵传达到形象塑造令希望国产电影走向世界的观众极度反感,轻视文学性的结果最终伤害的是中国电影的口碑,进而影响市场效益。

电影的文学性表现既有"守成"的一面,也有随时代发展变迁的一面,值得探究。展望未来,电影的文学性研究方向应与电影的民族性研究、作者电影研究等课题进一步融合。

陈鸿秀

2018 年 10 月

第一章
电影与其他叙事艺术的关系

叙事艺术按其诞生的时间先后,有文学、戏剧、电影。电视艺术中的电视剧虽然与电影最为"亲近",囿于选题与篇幅,电视剧只是被提及,但不在本书具体论述之列。

第一节　文学、电影与戏剧的概念

文学,不同文献、不同学者有不同的认知与界定,"现代专指以语言塑造形象反映社会生活,并作用于社会生活的一种艺术形式。中国一般分其为诗歌、散文、小说、戏剧文学等四类。文学具有全人类性、社会性、民族性、人民性、阶级性和真实性等"。[①] 童庆炳的《文学理论教程》中,文学被视为美的"语言艺术",包括诗、小说、散文、戏剧文学、影视文学等式样。文学中的文体划分大同小异,就现实情况看,晚于诗歌、散文诞生的小说生命力最为强盛,已成为"正宗"文学的代表。

戏剧,指以语言、动作、舞蹈、音乐、木偶等形式达到叙事目的的舞台表演艺术,也可以说是由演员在舞台上当众表演故事情节的一种综

[①] 中国百科大辞典编撰委员会编撰《中国百科大辞典》,中国大百科全书出版社 2005 年版,第 905 页。

1

合艺术。戏剧的表演形态多种多样,常见的包括话剧、歌剧、舞剧、音乐剧、木偶戏等。话剧被欧美观众称为戏剧,后引入中国,经过改良,发展成为中国现代戏剧的主流剧种。一般在讨论中国戏剧时,若不以严格的定义划分,古代戏曲也可归入戏剧的范围。有人认为戏剧有广义狭义之分,广义的戏剧包括话剧、戏曲、歌舞剧、音乐剧等;狭义的主要指话剧。戏剧的纸本形态称为"剧本",亦即"戏剧文学",是舞台表演的基础和先决条件。

电影,也称"映画"。到目前为止,这个使用频率非常之高的词汇作为概念探讨时,并无明确权威的界定。有人认为是综合艺术,意大利电影理论家乔托·卡努杜提出电影是继音乐、诗歌(文学)、舞蹈、建筑、绘画、雕塑之后的一门艺术,有人进一步提出为"第七艺术";有人认为是大众文化,前苏联电影大师安德烈·塔尔科夫斯基在《雕塑时光》一书中写到:"不必考虑所谓受观众欢迎与否的问题——如果我们视电影为艺术,而非娱乐。但事实上,拥有大众品位的东西,应称之为大众文化,而非艺术。"[1]北京电影学院已故周传基教授认为与文学、戏剧不同,电影是一种全新的视听语言,[2]电影的发明就是为了记录运动的东西。周先生的观点确实指出了电影与其他艺术的不同之处:现代电影制作中,导演按照剧本构思,分别拍成许多镜头,然后再按原定的创作构思与主题表达,把这些不同的镜头有机地、艺术地剪辑组合,使之产生连贯、对比、联想、衬托、悬念等联系以及快慢不同的节奏,从而有选择地组成一部反映一定的社会生活和思想感情、为广大观众所理解接受的影片,这些构成形式与构成方式,就叫蒙太奇。某种层面上说蒙太奇是电影的本质特征。笔者觉得可以这么概括理解"电影":它早期是一门简单的无声无彩的视觉艺术,发展为可以容纳文学、戏剧、摄影、绘画、音乐、舞蹈等多种艺术特征的综合艺术,同时由蒙太奇的表现手段呈现

---

① [苏联]安德烈·塔尔科夫斯基著《雕刻时光》,台湾万象图书股份有限公司 1993 年版,第118 页。
② 摘自周传基教授在北京科技大学的演讲《电影文化漫谈》,网址:http://www.e-economic.com/info/4567-1.htm

故事结构。

　　电影与文学、电影与戏剧的关系在中国长期以来都是学界争论的话题，因为在第五代导演作为一个代际群体亮相之前，我们欣赏评论电影作品，都是按照文学理论、戏剧理论中的有关观点来看待分析电影作品，在某种意义上是文学与戏剧争着将电影、电视剧纳入自己的"势力"范围。第五代电影人以其不倦的卓有成效的探索让国人意识到电影的影像造型、视听语言与纯文学语言、舞台语言的区别。但我以为，既然"影视文学"、"影视剧"的说法在理论界存在了那么长时间，必有其原因道理，因为这些名词或概念与政治上的话语权威不同，它们没有被强迫的色彩，更多的是与我国影视发展历史、文学戏剧对影视的客观影响、大众的文化心理积淀等等因素有关。换一种思维看，作为叙事艺术的戏剧戏曲、电影电视剧等因为历史原因（传统的学理层面上的认知，受众对于说故事听故事的热爱，导致叙事艺术被捆绑在一起），与文学有着天然的联系。

第二节　电影与文学

　　从某种意义上看，文学化的叙事并不非常有利于电影作为视听艺术之本质特征的充分表现，因为毕竟电影不是文学；80 年代中期以来，接受现代电影理论与电影思维的创作者不断强调技术因素、艺术因素对于电影叙事的作用，也感受到了电影与文学在叙事上的明显差别。但中国电影的情况有其特殊性：一方面，中国电影在技术上一直比较弱，而在技术不强、视听效果不佳、影像难以展现其自身魅力的情况下，电影只能依靠像文学（小说）那样"讲故事"来吸引观众；另一方面，中国有着历史悠久的叙事文学传统，长期的叙事文学审美经验不仅培养了人们对文学叙事的兴趣与习惯，而且形成了对"故事"的广泛期待——读小说如此，看戏也如此，看电影当然同样如此。惟其如此，中国电影史上一段时期擅于讲故事的"鸳蝴文人电影"才能迅速得到广大观众的接受和认同，并成为 20 世纪 20 年代中国电影的主流。

时至今日,人们清楚地认识到:电影与文学虽是两门艺术,但渊源颇深。电影从文学那里吸收了许多适用的艺术手法和结构技巧,建立了自己的艺术体系。电影在汲取诸种艺术养料丰富自身综合特质方面,获得了与文学密切的融合关系,电影对文学的叙事手法、抒情手法和塑造人物性格的丰富艺术手段的借鉴,使电影艺术在增强自身的表现能力、形成新的综合艺术特质方面,发挥作用。

希区柯克谈到自己的影片时曾经说过:"对我来说,拍电影头等重要的是叙述一个故事"。"这个故事也许是不真实的,但它不该是平庸的。最好是富于戏剧性和人情味的。所谓戏,即去掉了那些平淡无奇片断后的生活事件。"①

在中国,很长时间内,电影与文学是不分家的,电影与"电影文学"等同说存在很多年,一些高校的"影视文学"或"影视戏剧文学"专业存在了很多年,而"电影文学"、"戏剧文学"期刊也发行了很多年,并还在延续。至于人们口头上的称谓或说法就更为普遍了。虽然上述"捆绑式"用法被一些理论家否定,但"存在即是合理的"思维导致有关概念生命力强大。或许内行人、专业人士认为这违背常识,因为按先前长期执行的学科分类标准,将影视、戏剧、音乐舞蹈、美术设计等分别归为文学下的子学科,确实不甚合理。2011 年,"艺术学"实至名归成为独立的学科门类,并拥有五个"家庭成员":艺术学理论、音乐与舞蹈学、美术与设计学、戏剧戏曲学、广播影视学。

同属于叙事艺术的电影和文学,它们的"外在特征、内在品质、表现媒介以及接受方式也有着很大区别,但是,作为文艺大家族中的两个相近门类,它们在创作方法、审美形态和艺术趣味上又存在着很多共同点"。② 许多优秀的电影编剧也都有过从事文学创作的经历,甚至其中有不少编剧本身就是文学作品原著的作者,如当代作家刘震云、刘恒。正是内在的共同的文学性诉求将电影与文学两者紧密地联系在一起。

---

① [法]弗朗索瓦·特吕弗著《希区柯克论电影》,上海文艺出版社 1988 年版,第 85 页。
② 韩传喜:《文学性:电影艺术的重要维度》,《长沙大学学报》,2005 年第 6 期。

下面具体谈谈电影与文学之间的关系。

一、小说给予电影的营养

在我国传统文学艺术中,小说戏剧的起步发展比诗歌散文晚得多,曾经在"俗文学"之列的小说早已跻身正统文艺样式,且在后起的电影文学(即电影剧本)面前俨然一副高雅的派头。要论对当代电影作品影响最大的,小说和戏剧平分秋色,就发展趋势而言,小说可能要略胜一筹。这主要体现在两个方面,一是一批相当有影响的电影作品改编自小说,是在小说基础上进行的二度创作,文学为电影提供了素材和结构,电影为文学提供了视觉和情感,二者完美的结合造就了很多优秀的影片;二是小说在叙事方式和技巧上给予电影以启示借鉴。

(一)文学给电影提供了创作的基础与源泉

1. 好莱坞影片改编自小说的盛况

虽说作为电影改编源的文学原著也包括诗歌、散文及戏剧剧本,但从数量上讲,小说占了绝对优势。中外电影史上莫不如此。如上世纪30年代的好莱坞影片《乱世佳人》是以美国现代著名女作家玛格丽特·米切尔的小说《飘》为蓝本创作的电影,它以南北战争时期南方动乱的社会现实为背景,以"乱世佳人"郝思嘉为主线描写了几对青年的爱情纠葛。自影片问世以来,受到了全世界的广泛好评,一举获得10项奥斯卡大奖,并成为电影史上的经典名片。《乱世佳人》的成功首先应归功于其原著《飘》的艺术魅力。影片历时四个多小时,在叙事的时空线索上与小说的脉络大体一致,同时,在战争与爱情这两大场景的处理中也基本忠于原著的风格。将美国历史上的南北战争处理为弥散在爱情故事和人物命运变迁之中的情景氛围,甚至是一种无处不在的、暗示性的故事深层背景;而且,导演将最吸引读者或者观众的爱情主题融入到人物的命运中——"个人性格即爱情命运"的人性主题与战争主题相辅相成,影片与原著一脉相承,相得益彰。正因为如此,即使时过多年,人们依然视其为电影史中的经典之作。约翰·福特导演、亨利·方达主演的《愤怒的葡萄》(1940)省略过多的细节描写,保存原著中最精彩的部分,更深化了原著中的情感力量。之后,好莱坞出现了大批文学电影,那个时代几乎每一部有知名度的电影都是以文学作为先导,如《西线无战事》《关山飞渡》《老人与海》《茶花女》等。

1960 年代后,随着各国经济的复苏,电影业也出现了新的希望。文学名著再次成为好莱坞影片制作的丰富资源,也可以说是文学名著的改编拯救了好莱坞,好莱坞借助文学名著的改编迎来了第二个黄金时代。上世纪 60 至 80 年代,好莱坞先后改编了大量在电影史上引起巨大轰动的影片,如 1963 年根据菲尔丁的同名小说改编的影片《汤姆琼斯》;1972 年根据普左的同名小说改编的《教父》,史诗般的画面使其成为黑帮片的经典之作;1979 年根据杰哲西・科辛斯基同名小说改编(该书 1971 年出版)的影片《富贵迫人来》(又译《四千金的情人》/《爱的嘉年华》)等等。1980 年著名导演库布里克成功改编了斯蒂芬・金的小说《闪灵》,用暴力美学诠释作品,从心理上营造恐怖气氛,较之原作更具感染力。

90 年代后,名著改编依然是好莱坞电影制作的重头戏。这个时期对文学作品的改编主要来自两方面,一类是经典的文学作品,一类是流行的畅销小说。可以这样说,这一时期,几乎每一部获得奥斯卡大奖的影片都是来自于文学作品的改编,比如为观众熟知的《呼啸山庄》《布拉格之恋》《此情可问天》《理智与情感》《洛丽塔》《红字》《绝恋》《阿甘正传》《沉默的羔羊》《辛德勒的名单》《肖申克的救赎》《独领风骚》等等。

2. 其他国家电影改编自文学的情况

应该说不仅仅是好莱坞得益于文学名著,其实世界各国的电影都借助文学获得了发展。早在默片时代,前苏联的电影人就开始了探索,如《母亲》改编自高尔基同名小说,而著名的托尔斯泰作品《战争与和平》《安娜・卡列尼娜》《复活》与尼古拉. 奥斯特洛夫斯基《钢铁是怎样炼成的》均被搬上银幕。20 世纪中后期,欧洲三大电影运动中也涌现出大量文学名著改编的经典之作,如阿伦・雷乃导演的《广岛之恋》改编自杜拉斯的同名小说,影片《红与黑》《傲慢与偏见》《巴黎圣母院》《悲惨世界》《奥兰多》《雾都孤儿》《名利场》《英国病人》以及新世纪拍摄的

《香水》《老无所依》等著名影片都改编自同名小说。《特洛伊》(2004)根据《荷马史诗》改编,《贫民窟的百万富翁》(2008)根据印度维卡斯·史瓦卢普小说《问与答》改编,均给观众提供了震撼性的观影体验。曾经风靡一时的深受青少年观众喜爱的《哈利波特》系列、《指环王》系列都源自同名系列小说。

日本不少经典影片也改编自文学作品,《罗生门》改编自《罗生门》与《筱竹丛中》,《人证》改编自日本社会派推理小说作家森村诚一的作品《人性的证明》,《被嫌弃的松子的一生》根据山田宗树同名小说改编,《挪威的森林》《第八日的蝉》分别改编自村上春树、角田光代的同名原著,轰动一时的悬疑片《告白》也根据同名小说改编。韩国的不少电影改编自社会真实事件,也有一些优秀影片改编自文学,如《春香传》改编自本国的古典文学作品,《许三观卖血记》改编自中国作家余华的同名小说,《丑闻》由法国小说改编,2018 年电影《燃烧》改编自日本作家村上春树的《烧仓房》,等等。

3. 中国文学(小说)改编景况

中国电影特别是中国内地的电影也是随着名著改编而发展起来的。应该说,中国可以独立制片以来,就开始了对文学作品的改编,中国电影一直以来都是紧紧追随着文学的脚步。从第一代导演开始,不少名著都被搬上了银幕。夏衍、凌子峰、水华开始最初的探索,完全忠实于原著,用影片传达原著的精神;鲁讯的《阿 Q 正传》《药》《伤逝》《祝福》,巴金的《家》《寒夜》,老舍的《离婚》《茶馆》《月牙儿》《我这一辈子》《骆驼祥子》,茅盾的《春蚕》《腐蚀》《林家铺子》《子夜》,柔石的《二月》等等小说名篇,都曾被老一代的艺术家用镜头重新诠释。《东邪西毒》是一部 1994 年出品的香港武侠电影,改编自金庸小说《射雕英雄传》。当代文学中的各个思想流派——伤痕文学、反思文学、改革文学、先锋派文学、新写实派的作品也成为电影创作的丰富资源库。

第三代导演中的标志性人物谢晋在长达几十年的创作生涯里,其出彩的电影作品多是从文学改编而来,特别是 20 世纪 80—90 年代的作品,与文学的关系很是密切。

在中国的电影史中"第五代"导演应该是最浓重的一笔,包括陈凯歌、张艺谋、田壮壮、黄建新、张军钊、吴子牛等。与老一辈热衷于经典名著改编不同，他们开始回避经典，有意无意地把眼光投向了发表于当代期刊上的小说特别是那些反省民族文化和民族生命力的作品。比较起老一辈导演诚惶诚恐、小心翼翼的忠于原著的改编原则，他们显得更大胆也更富创造力。其中最值得称道的当属张艺谋，他以创作实践告诉观众：电影选择小说，重归故事后，仍然可以让观众为电影本身震撼。他的大多数作品也均取材于当代流行的小说：《红高粱》改编自莫言的《高粱酒》和《高粱地》，《菊豆》改编自刘恒的《伏羲伏羲》，《秋菊打官司》改编自陈源斌的《万家诉讼》，《活着》改编自余华的同名小说，《大红灯笼高高挂》改编自苏童的《妻妾成群》，《有话好好说》由述平的同名小说改编，《我的父亲母亲》改自鲍十的中篇小说《纪念》，《幸福时光》的故事创意源自莫言的中篇小说《师傅越来越幽默》。可以说新时期文学成就了张艺谋，为张艺谋提供了丰富的素材和灵感。张艺谋的电影也成就了一批作家。他的电影在原著的故事里融入大量的视觉符号，夸张的色彩、浓郁的民族风情、传统的民间音乐，构成了张艺谋早期影片风格鲜明的视听元素。而张艺谋通常还会在影片中加入自己对人生、对社会的理解。如在《活着》中加入有庆死在当了区长的春生的车轮下，以及凤霞因红卫兵占领医院延误治疗难产而死等情节，这就弥补了原作中回避社会背景的不足；加入社会因素，使影片更加真实，更富有感染力和批判力。

对于作家而言，能让自己的作品"触电"，是很幸运的机遇。当代作家金庸、琼瑶、刘震云、莫言、王朔等人的作品先后被搬上银幕荧屏，无论是电影界还是电视剧领域他们都是文学转变为视觉文化的受益者。而当我们提起金庸大侠时，更是感叹不已，他既是文坛的常青树又是影视界的不老林。他十四部小说有一半被搬上银幕，而且是演了一遍又一遍。从七十年代演到现在，从港台演到大陆，甚至流传到海外。

在诸多涉猎电影的作家中，"女性作家"是一个不可忽视的群体。张爱玲、李碧华、严歌苓、池莉等是其中的杰出代表。香港作家李碧华多写前尘往事、奇情畸恋，如梨园传奇《生死桥》《霸王别姬》，道出了"人生如戏，戏如人生"的慨叹；另外她还喜欢故事新编，像《青蛇》，能推陈出新,不落他人窠臼。她擅长写情,笔下人物的情感显得浪漫、激越而凄艳。其小说《秦俑》《潘金莲之前世今生》《胭脂扣》《川岛芳子》《霸王别姬》《青蛇》《诱僧》《月媚阁的饺子》等都被她亲自改编成剧本,改编后的剧本情节都足够精彩,画面感强。正因如此,由她的小说改编的电影,兼具艺术性和文学性,文字转化为视听语言后,均能将角色的颦笑之间、画骨画皮的神韵体现出来。

近年来受到多位导演青睐的作家严歌苓谙熟中西方文化差异,擅长书写历史事件/运动中的女性命运,展示细腻复杂的心理与人性,叙事中运用不同视角看待生活与人事,语言机智幽默。她担任编剧时能将小说的叙事艺术转化为电影叙事中的策略。池莉的走红是视觉文化成为大众文化主要形式的最好的证明,她一方面娱乐着文学,一方面深化着影视剧的内涵,把现代人的爱情观、生存困境剖析得淋漓尽致,可她的媚俗又时刻提醒我们,这是流行文化。在对待自己作品被改编的态度上,她说"是漠不关心,因为从小说到电视改编是两回事。小说是我的,但影视剧不是我的"。①

由此可见,影像文化一面丰富着文学本身,弥补了许多文字文化的不足;但与此同时,影像"阅读"方式削弱了文字的内涵,替代了文学的想象空间,更多地走向商业化、大众化、媚俗化,趋向转瞬即逝的快餐文化。而且,名著的改编又似乎在验证着今人创作的才思枯竭。大众文化的兴盛与精英文化的衰落更让我们思索——我们到底需要怎样的视觉文化,要怎样将我们的文化引到更健康的发展方向上,让更多的人受益。凭借市场论成败的影视剧创作既要迎合大众文化心理,又要讲究品位与内涵思想,引导提升观众的认知水平,实属不易。

(二) 电影对于小说叙事的借鉴

这种借鉴通常呈现为这样两个层面:一方面,文学的一整套反映生活、表达生活的方法,比如小说的叙事手法、结构样式、表现技巧与诗

---

① 袁小可:《池莉小说传播现象论》,《上海师范大学学报(哲学社会科学版)》,2001 年第 2期。

歌的抒情、散文的意境等都为电影创作提供了丰富的可供借鉴的营养。另一方面,文学的心理描写、细节描写在电影/创作中越来越得到重视,被吸收运用。

1. 与小说相近甚至相同的叙事要素

电影与小说同属叙事艺术,两者都离不开一些基本的叙事要素,如故事框架、情节发展、叙述视点等。

(1) 可看的故事 故事情节对于小说的意义是不言而喻的,经典小说哪怕是不重情节的散文化小说也会有一个故事框架。对于一般故事片(这里不讨论纪录片)来说,一个可信的故事是让观众认可的最为基本的条件,也是让观众认识到日常生活意义、引起感情共鸣的重要因素(从某种意义上说,也是达到教化、感染观众的因素),如意大利影片《偷自行车的人》讲述了战后贫困和失业的故事,紧扣当时的社会现实;日本黑泽明导演的《罗生门》讲述了人与人之间能否相互信任的故事,涉及到人性问题;张艺谋导演的《秋菊打官司》讲述了一个普通人应该如何维护尊严的故事;顾长卫导演的《孔雀》叙述了上世纪 70 年代时期中国一个普通家庭几个孩子的成长经历与人生命运。这些故事,无论是关注社会现实还是观照人类心灵,都是人类曾经或现在所关心的代表性话题,源于真实的现实生活。

以曾经风靡全球、票房打破历史纪录的《泰坦尼克号》为例,我们可以很容易地看出影片的主题是对生死不渝的炽烈爱情的赞扬,其副主题是对面临灾难的人群的心理反应的表现和对人性本质的揭示。而这样的双主题是通过影片故事中巨轮碰触冰山、即将沉没这一戏剧性情节表现出来的。因为这一戏剧性情节的存在,影片中的主人公和次要人物一下被推到了死亡的面前,于是在影片中形成了一种巨大的压力,在这种压力之下,所有人物都表现出了其最本真、最善良或者最恶毒的一面,在死亡的威胁下,坚贞的爱情才得以放射出耀眼的光辉,不同人性格的本质才得以淋漓尽致的被揭露出来。如果失去了影片故事中船触冰山这一戏剧性情节的基础,影片中所有主题都将无法得以体现。

为什么电影作品的主题依附于故事? 这是由电影这一载体形式的

限制所决定的。在传统文学领域,我们可以通过一段文字准确而精辟地阐述我们的思想,而影片是由画面讲述的故事,如果我们所要阐述的思想无法完全转化为画面,就失去了它的意义。以《复活》为例,托尔斯泰在小说中通篇的说教和评论无法搬上银幕,如果失去了故事走向作为依托,这些思想就无法在电影中存在。如果在从事创作的时候片面地强调主题的厚重性、严肃性和深刻性,而忽略故事的可看性,这必然是舍本逐末的。

(2)打动人的形象 叙事作品的主体是人物,情节的推进是为了塑造形象、展示个性,小说中的人物如果让人印象模糊,即使是实验性作品,也不会拥有大批读者。一般故事片中主要人物形象是否打动人是影片能否成功的关键。张艺谋的《秋菊打官司》中秋菊为了讨个说法,挺着大肚子上访的决心与行动以及不卑不亢的态度很是让人感慨。意大利现实主义代表作《偷自行车的人》中的主人公是一个失业后重新找到一份贴广告的工作的父亲和他那没有完全懂事的儿子,故事只是讲述了这对父子在一天内的生活:因工作的需要,父亲用被单把当铺里的自行车赎了出来,可是在张贴广告的过程中,那辆支撑着他们生活的自行车却被人偷走了,在历尽艰难还找不到自行车的情况下,因生活所逼,父亲无奈去偷别人的自行车,却被当场抓住。年幼的儿子目睹了全过程,既羞愧又为父亲难过,最后,他还是理解了父亲。这两个人物仿佛就生活在我们的周围,那么可信,而父亲为生活所迫去偷自行车的行为又是那么富有悲剧意味。

小说中可以直接描写人物的心理以揭示人物性格或本性,在电影中,用画面直接表现人物的所思所想是不可能的。也曾经有人尝试用画外音的方法将电影作品中人物的思想活动直接告诉观众,但终究不能千篇一律地推广,那么在电影中究竟应该如何塑造人物呢?常见且见效的方法是——通过人物动作来表现人物。美国著名编剧、制片人悉德·菲尔德说:你的人物是一个什么样的人是通过他所做的事情而传达给观众的。人物即是动作。比如说,影视作品中的一个人物走在路上,看到前方的地面上有一张钞票,这便是一个通过动作来表现人物的良机。如果他视而不见,昂首阔步地走了过去,我们可以从中看到他性格的一个侧面,或许他十分富有,又或许他视钱财如粪土,十分清高;如果他看到钞票后走过去拾了起来,并拿在手中四处张望,想要寻找丢钱的人,这便是另一个人物性格了;如果他看到钞票后立刻跑步上前,先用脚踩住,看看四下无人,再装做系鞋带的样子偷偷将钞票拾起并迅速揣在怀中,便是第三种十分典型的性格。上面举过的《泰坦尼克号》的例子也是一样,在巨轮即将沉没的压力下,爱情的坚贞与否和人们本性的善良与否才会暴露出来,并且是通过人物相应的情绪反应与外化行动表现的。

(3) 合适的视点　视点的最初意义是观看一个形象所取的空间点,是主体位置的标志,后来视点概念被扩展到整个叙事上,即叙事本身就是一种观点的选择,是构成一部叙事作品的出发点,通过观察点的巧妙变化有时可以从一个人物变换到另一个人物身上。从传统文学(主要是小说)的意义上讨论视点,一般分为三类:第一人称视角;全知视角;第三人称视角或客观视点。[①]

电影叙事学深受文学叙事学发展的影响,视角选择也不例外。从某种意义上来说,叙事视角可分为创作视角和表现视角。创作视角指的是作者对于所讲述的故事的姿态、距离以及认同度;而表现视角则是指作者利用何种表达方法对故事进行呈现。如果说前者属于宏观范畴,那么后者则属于微观范畴。

① 第一人称视角　这种叙述方式在文学中已经成为了一种传统,如鲁迅的《狂人日记》《故乡》、普鲁斯特的《追忆似水年华》等中外作品便采用了第一人称视角。这种叙事技巧有时会使作品人物与作者混淆,因为这种“内心化”叙述方式很容易引导读者进入某种特定的情绪中,只有经过一段时间的阅读后,人们感受到“我”的独特性格和“我”在作品中的特殊情境后,才能把“我”与作者本人区别开来。可是在电影中,由于影像的客观性,这个“我”不会让观众陷入矛盾之中,因为“我”的形象很快在电影中出现,观众马上就知道这个“我”只是一个客体,“我”的立场想法更多地用画外音来展现的,只是给影片增添一种主观

---

① 仲呈祥主编《大学影视》,武汉大学出版社 2002 年版,第 26—29 页。

的成分,而叙事仍以一种全知的方式进行。因为从严格的意义上说,以第一人称叙述的影片,在全片的每一个场景中,这个"我"都应该在场。但是作为事实,这类影片中的绝大多数作品,这个"我"并不在每一个场景中。比如霍建起的影片《暖》,以片中人物井河为第一人称的"视点"展开叙述式回忆,描述了暖与三个男性的情感纠葛,但是也有暖送小武生礼物而逃避哑巴追赶的戏,更有井河离开乡村后哑巴与暖相处的场景,脱离第一人称的叙述就应该属于全知视点,这类例子在中外影片中都存在,这里,第一人称只是为了渲染情绪的需要,并不代表作者的态度。

② 全知视点　叙事者对于故事世界中的一切全部知悉,这是最早出现的叙事视点,也是文学作品中广泛使用的一种叙事方法。被移用到电影中,这种全知更多地表现在摄影角度上。也就是说,摄影机采取的视角,往往是正常人不可能达到的一种视角,如好莱坞的一些经典影片,开头交待环境的镜头,或从飞机上俯拍,或从高楼上直接俯拍地面,等等。这种开场在某种意义上就向观众说明,此部影片是以一种全知的方式展开叙事的。编导等创作人员能轻易让观众从任何角度,任何位置感知任何想知道的事情。他们能穿越时空的局限,在几秒钟内告诉我们原因和结果、行动和反应。他们能够几乎在瞬间就把不同的时间地点联系在一起,或者把不同的时间交叉在一起。因此,全知视点在电影中是一位不带任何偏见的观察者,一切的目的都是根据叙事的需要、戏剧冲突的需要,它可以采取任何方式,甚至掺杂主观视点在其中,目的就是让影片造成一种"梦幻"的效果。

③ 客观视点(第三人称视点)　这里的"客观"即是公正,小说中可以让客观的"第三者"出现,或仅仅作为符号;电影中,严格意义上的第三人称是不存在的,第三人称与客观视点的功能基本一致,与全知视点不同的是,这种视点不进入任何角色的意识,努力保持一种客观和平等。纪录片是编导尽最大努力想保持客观和公正的一种叙述方式,故事片中采用客观视角的典型代表是那些现实主义的作品。这类影片中,无论是摄影机的角度,还是时空的转换都尽可能让观众以一种平等的角度来观看理解影片中的人物,通过平实的描述,让观众感到这些人

13

物就生活在大家平时所处的现实世界里。

2. 借鉴小说的复调叙事与细节营造

叙事艺术中将故事分成独立平行而又相互交错的几个部分,这种叙事结构称之为"复调式叙事"。巴赫金(1895—1975)最早借用音乐术语"复调"一词来形容陀思妥耶夫斯基小说的多人物中心、多角度的、非全知全能式的叙事特征。在复调式叙事中不同的人物及其命运,并不是在作者的统一意识支配下按照一个清晰的逻辑展开的,而是将众多地位平等的主人公连同他们各自的世界进行分别叙述,由某种统一的因素联结成一个共同的事件。复调式叙事区别于传统叙事方式的关键之处是作家并不能知道所有的事情,而是通过人物之间相互的观察逐步接近真相。

复调式叙事的哲学基础在于:自叔本华、弗洛伊德、柏格森以来的现代哲学家认为,按照传统的理性认知方式并不能真实地把握世界,存在着人与人、人与自我、人与社会、人与自然的普遍分裂。人的人格有多重构造,人的意识有显意识和潜意识,所以传统艺术全知全能式的单维度叙事方式就无法表现人的心灵深度。在巴赫金看来,我与他人是同时共存、相互需要的。我的外形不会进入我的视野,我不能像观看别人一样看见我的完整的外形在空间里的存在,我只能部分地、零散地感知我的身躯,我根本无法看见我自己,只有借助别人的眼睛我才能看见我自己。我只能实现内在的自我(而它是永远面向未来的),但不能观照内在的自我。所以,将内在自我与我的外形结合在一起,放在整个外部客观世界的背景中来观照,这个任务只能由他人来完成。

复调式叙事已经是现代小说叙事的常见形式,此类小说如米兰·昆德拉《玩笑》(1967)、李锐《无风之树》(1995)、莫言《檀香刑》(2001)、贾平凹《病相报告》(2002)等。当然最著名的作品是福克纳的《喧嚣与愤怒》(1929),小说叙述了康普生家三兄弟及一个女佣的故事,四个故事是独立平行发展的,但都围绕着这个家庭的没落和家庭中唯一的女儿凯蒂的沉沦这两个中心主题。

一些电影(主要是文艺片)借鉴了小说复调叙事技巧,著名的例子如日本导演黑泽明的《罗生门》(1950),从强盗、樵夫、和尚、妻子及武士

（由女巫为其灵魂代言）几个角度叙述同一个凶杀事件，在这个过程中，观众始终不能知道真相，观众的视角和人物是平行的，因为创作者没有采取全知全能的俯瞰视角，而是通过人物本身各自的叙述来逐步逼近真相，它的效果是在这几个平行叙述出现差异的地方构造了一个多面棱镜一层层一面面地折射出人性。黑泽明的另一部电影《生之欲》（1952）也采用了相似的叙事结构。其实这样的手法，还可以从中国导演姜文的《阳光灿烂的日子》中找到痕迹，王家卫导演的影片《东邪西毒》（1994）也是一部典型的复调式作品，几个人物都在观察别人和被别人观察，人物形象的塑造是通过自我表述和在别人的观察式描述中完成的。

特别应该提到的是：顾长卫的处女作《孔雀》也采用了这种复调式叙事结构，从某一个夏天的一张饭桌出发，哥哥、姐姐、弟弟三个人物各自展开故事，相互活（成长）在对方故事里，相互印证。与《罗生们》不同的是，《孔雀》不是出自假设而展开，它出自一个原点同时展开真实的故事，三个孩子的成长故事平行中有交错，然自成段落，相对完整。三个人在各自的故事里自我展现，然后又在别人的故事里被展现，就如编剧李樯的说法：人与人生都具有强烈的"观赏性"，人与人之间一生都在互相观赏，……好比《孔雀》剧本里的那三个孩子。

《孔雀》实际上展示了三种人格形态：精神自我（姐姐）、物欲自我（哥哥）和无我（"我"即弟弟）。这三种人格形态在复调式的叙事结构里，通过自我的叙述和相互的观察式叙述得以展示。即使抛开复调理论，从传统叙事理论来看，《孔雀》讲的是三个人的故事，展示的是三种人格形态，用三个独立的故事叙述，既让人物各自得到充分展示，又形成了很好的互文效果，三种人格形态的塑造也层次化了、立体化了[①]。

《孔雀》中人物对话极少，所以和小说中的复调结构不同。影片主要靠某些画面的重复再现和弟弟作为讲述者在每段故事开头的反复旁白来完成复调叙事，抒情色彩较浓，如每个片头的吃饭画面，算得上 20

---

① 参见袁瑾：《庸常岁月在记忆中悄然开屏——浅析电影〈孔雀〉的文学性叙事风格》，《写作》，2005 年第 15 期。

世纪 70 年代中国家庭最典型的仪式化生活场景,它构成了影片的总体旋律。弟弟作为讲述者,开篇都用一种回忆式的口吻追述每段故事,语气低调而伤感。

真实生动的细节是丰富情节、塑造人物性格、增强艺术感染力的重要手段。对电影作品来说,要想在近两个小时的时间里把一个故事说完整,并且吸引观众的眼球,就需要运用细节来设置悬念、营造气氛,往往一部电影让观众反复回味的,不是它的结构,不是主题,也不是演员,而是某些细节,比如一个眼神、一片落叶、一条街道,甚至是放在钢琴边缘的一支香烟。

应该说,电影中的细节与文学作品中的细节是没有本质区别的,甚至可以是相通的,只是在表现形式上存在某些差异而已。电影中的细节表达可以增加生活气息,传达人物的内心活动,只是与文学作品一样,"筛选"细节不是容易的事。让市场"疯狂"了一把的《疯狂的石头》一片中的细节处理相当到位,如道哥女朋友叫他出来玩,镜头没有对着女孩的脸,而是对准了她腰部的纹身,让观众明白她是哪类人;又如麦克在买绳子的时候,奸商听说要开发票,赶快悄悄剪短一截,后面麦克的困境就很有铺垫了;其他如大老板(徐峥饰)的办公室门后的衣帽架摆放的位置,秘书的被(国际大盗——连晋饰)剪掉的烟头掉进水杯里却成了烟,都很值得玩味。在《一个陌生女人的来信》中,要描写女主角在被黄觉扮演的军官求婚以后内心矛盾的情绪,如果是单纯抒情,则显得俗套蹩脚,影片让戏台上唱戏的演员不断转身和那个风流成性的作家(姜文饰演)用手指打节拍以及快速的鼓点声等细节描写来表现,则含蓄有趣的多,也让观众对女主角内心中那种慌乱的感觉感同身受。再比如说在电影《美人依旧》里,情节是普通甚至于俗套的,引起观众关注的是两姐妹在舞会上服饰的争奇斗艳,虽是细节,却暗示了她们的性格因素:周迅饰演的妹妹的裙子是线条简约的,表现她纯真稚嫩的一面,而别在头发一侧夸张艳丽的花朵,却又显示了她倔强张扬的一面;而姐姐(邬君梅饰)的衣服是成熟妩媚的,表现了她的自信,却又在华丽的装束下透露出她内心隐隐的不安全感。

二、电影对文学的渗透

　　从"影视同期书"现象可以看出电影对文学的影响。目前对同期书的定义是：在电影、电视剧刚刚上映或热播的时候，推出的同名书籍。与一般的文学图书相比，"影视同期书"是对那些与影视产生互动的文学图书的一种总称，但这种界定又有广义和狭义的区别。从广义上来说，它可以包括两种类型的图书：一种是由已出版的小说改编为影视，在影视播出时重新出版的小说图书；一种是与影视剧作同时问世的小说图书。重新出版的被改编成电影的小说原著，它的固有的文本形态并未受到丝毫的改变，小说原著通过电影艺术的一次阐释，以视觉艺术的形象、直观，补充和扩展了由于素养、学识等原因可能造成的对语言艺术的判断和理解的不足，反过来会对原著有新的认知，这也就形成了出版的商业目的和读者阅读期待的两相契合。第二种类型的小说图书，即狭义上的"影视同期书"它可能有两种文本：其一是具有原创性的首次出版的小说文本，其二则是影视文学的"脚本"，或者是由"脚本"改编而成的"小说版"。毫无疑问的是，这两种文本的出版运作，初衷都是基于明显的商业目的。一部文学作品完成以后，并不急于出版，而是首先改编成影视，待影视作品播出时再出书，出版者或作者的想法是：影视的播出如能造成轰动效应，则必然带动图书的销售。当然还有这样的情况，作家从一开始就直接创作影视脚本，如对影视剧的轰动效应有良好预期，于是出版影视脚本，或者在影视脚本的基础上增加一些小说元素出版。

　　狭义的"影视同期书"不算严格意义上的纯文学小说，小说是语言艺术，描写很重要。狭义的影视同期书是视觉艺术，对话是视觉工具。但是，这种体式的小说，不一定没有阅读价值。读者还是可以从中欣赏到情节美、对话美、风情美等等。就现有情况看来，小说的影视化确实有着不可忽视的影响。比如在中国青少年受众中曾经广为流传的《达芬奇密码》，实际上是一个非常影视化的小说。中国当代也有这种情况，一些作家在写小说的时候，常常也会不自主地受影视思维的影响

（重视画面和对话）。影视是时代的主流艺术样式，小说不是，小说受它的影响是正常的。

纵向考察，其实"影视同期书"并不是现在产生的文化现象，早在上个世纪 20 年代，"鸳蝴文人"给电影公司编的剧本其实仍是一种类似于小说的文学作品。事实上，"鸳蝴文人"虽然对电影感兴趣并且投身于电影创作，但当时的中国电影更需要的是他们的文学，他们顺应了这一需求并在无意中造就了一种文学化的电影；进一步地，当写电影与写小说于他们来说并没有太大的区别时，他们便用电影来延续他们的文学创作。除了让拍摄在胶片上、放映在银幕上的电影具有文学特征，他们还曾经将电影变成一种专供阅读的形式：既将供拍摄之用的电影剧本——"本事"，写得适合于阅读，还将已完成的影片也用纯净、高雅而优美的文言改写成故事（也称"本事"，或叫"电影小说"、"影戏小说"），一同刊载于影院说明书或各影片公司编辑的"特刊"上。那时沪上几乎所有影院都有这类"说明书"，大多数影片公司都出过这样的"特刊"，"写"电影风行一时，"读"电影也风行一时——"积面成帙"的说明书被当成了绝妙的小说集。当然这些不是一般的小说或小说集，而是一种直接诞生于电影的文学种类，是一种"供阅读的电影"或"写电影的文学"。

鸳鸯蝴蝶派文人的"将电影写出来以供人们阅读"则无疑以一种新的样式拓展了传统的文学创作领域。更有意味的是，这种"写电影的文学"在今天也正在大量出现：许多作家一方面从原来单纯的小说、散文或诗歌创作转而兼写电影、电视剧剧本；另一方面，也经常将已摄制完成的影片或电视剧改写成同名电影小说或电视剧小说，文字作品和影像作品先后或同步发行。这或许是大众文化时代，视听媒介飞速发展猛烈冲击印刷媒介同时也促使其逐渐转型最终走向二者融合的时代文化特征在作为文化产物的文学、艺术创作上的典型表现，由此也可以看到"鸳蝴文人"创作电影和创作"写电影的文学"的时代与我们正在经历的时代的文化相似性。而如果承认了这一点，便不难肯定"鸳蝴文人"创作对于现代文化的表达和对于当代文学、艺术乃至文化建设的重要启示：在以视听文化为特征、视听语言正在逐渐取代文字语言成为艺术的主要介质的现代大众文化时代,文学应当如何发展? 文学家应该如何作为?

三、小说向电影的叙事转换

小说和电影是两种不同门类的艺术,就载体媒介而言,小说叙事是语言文字,而电影依靠的是画面组合;小说的传播依靠的是纸质媒介,电影则是电子媒介,从某种意义上说,由于文化载体媒介上的不同,造成了叙事艺术上的差异,但是它们之间之所以能够转换,是因为它们在故事的编织与叙述上又有着相似性。当然,将小说改编为电影,主要包括以下几个方面的内容:一是叙事语言的转换;二是故事情节的转换;三是叙事时空的转换;四是视听造型的转换。叙事媒体转换的不同表现,既体现了文字叙事媒体和电影声画叙事媒体的差异性,又体现了小说叙事和电影叙事的共通性。

(一) 叙事语言的转化

从文字到声像的转化,小说和电影的叙事语言是不同的,小说叙事使用的是文字语言,文字语言有着抽象性、间接性、模糊性、不确定性等等特点,而电影叙事则主要使用的声像语言,它是由画面、声响、符号等组成。画面是一种活动的图像,声音则包括话语、声响、音乐等三个方面。声像语言具有直观性、具体性、可感性、确定性等特点。这样,小说叙事实际上是一种文字线形的组构,而电影叙事则是通过画面运动和蒙太奇剪辑与声音符号连接来完成的。因此,将小说改编为电影,首先就需将文字语言转换为声像语言,使其可视可听。或者选择那些画面感造型感强的作品为改编对象。

由小说叙事语言特质所决定,在叙说中是无论如何也无法避免那种描写性、情感性、主观性的词语的。

小说向电影的叙事媒体转换,实际上是电影创作者按照自己的理解,通过叙事语言转换进行的艺术形象的再创造。这种再创造,要求在把小说的文字语言转换为电影的视听/声画语言时,必须根据媒体叙事语言的不同特点进行创造性艺术加工,充分发挥视听语言的综合性优势,通过画面、光线、色彩、声音、镜头的运用、蒙太奇组接的手段来增强银幕(屏幕)效果,使之较原小说更富有形象感、视觉感、空间感,更逼真生动、富于艺术感染力,而不能严格按照小说原著的文字描写生搬硬改,像连环画那样图解,形成缺乏形象塑造的电影小说。

电影与文学(小说)在叙事语言上的差异,也精确地反映了这两种艺术在思维方式方面的不同。语言本身就是思维的外在形式。小说叙事是文字思维,电影叙事是视听思维,是视听形象的造型思维。要成功实现小说叙事到电影叙事的媒体转换,一定要进行符合媒体特点的思维转换。著名电影理论家巴拉兹说:"如果一位艺术家是真正名符其实的艺术家而不是个劣等工匠的话,那么他在改编小说为舞台剧或改编舞台剧为电影时,就会把原著仅仅当成为未经加工的素材,从自己的艺术形式的特殊角度来对这段未经加工的现实生活进行观察,而根本不注意素材所具有的形式。"①文学是直接以文字为媒介,以读者想象与联想为推动力,是一种间接性的艺术欣赏话动;而电影是通过富有色彩感的声画影像冲击观众的感官使得观众接受的,是一种更为直接的艺术感觉体验;文学是作家个体思维成果的体现,即使是集体创作,但在创作程式上也是较为单一的,而电影既是导演的个体思维,但同时离不开编、导、摄、录、美等的配合,也可以说是一种集体思维和集体智慧的结晶。

从小说到电影的叙事媒体转换,要整合小说素材,使其按照电影艺术家的声画思维,进行媒体转换。转换的过程,就是叙事主体依据电影思维的逻辑和画面组织的特殊规律对小说素材的改造和制作过程。

(二)叙事情节的转换

故事情节是小说和电影两种叙事艺术形态共有的要素和特征,电影对情节的要求比小说更高。情节是电影的"戏"或者说"兴奋点"之所在,缺少"戏"或"兴奋点",电影就缺少可视性,也就不能吸引观众。所

---

① [匈牙利]贝拉·巴拉兹著《电影美学》,中国电影出版社 1958 年版,第 184 页。转引自金章才:《电影改编略论》,《杭州师范学院学报》,1995 年第 5 期。

以,一部小说能否实现从小说到电影的成功转换,最重要的是看这部小说是否提供了电影所需要的足够的故事情节。当然也有散文改编为电影的,暂不在本段讨论范围内。

影片《祝福》是鲁迅小说改编作品中最成功的。《祝福》的改编体现了夏衍的改编风格,结构严谨、笔触凝练,保持了鲁迅作品中冷峻、深沉、凝重的艺术风格和悲剧气氛。该片既完整地体现了原著的精神风貌,又突出了电影的表现特点,如根据银幕再现的需要,增加了祥林嫂砍门槛等戏,为名著改编提供了一个成功的范例。祥林嫂改嫁贺老六的情节,在小说中只是由卫老婆子转述的,而在影片中,夏衍却把它发展成为一场精彩传神的重场戏。他用了整整一章、十二小节篇幅,描写了贺老六的"婚礼"。原作中口头的转述,在这里化作了形象的画面、强烈的动作,也就是制造了影片的"兴奋点",也增加了戏份。使观众为人物的命运而心情紧张。然后,又用几笔简洁、准确的描绘,写贺老六对祥林嫂的体贴、关切,甚至失望而极地答应送她回去,顿时在观众眼前,也在祥林嫂的眼前,树起一个善良、忠厚的农民形象。

应该指出,小说叙事在向电影叙事的媒体转换中,一般要根据电影叙事的特点和需要(包括长度),将小说原著提供的情节作为素材,进行改造和加工,实现符合叙事特点的情节转换,进行叙事情节的扩展、整合和再创造。情节的增加和删改是情节转换的主要手段。情节取舍得当与否,是叙事媒体转换成败的关键之一。情节取舍的依据,是电影的主题以及围绕主题展开的主要冲突和主要线索。因为小说是可以多次阅读(对感兴趣的重点段落重点阅读和重点欣赏)的艺术,电影则不论重点与否,观众只能随着电影的播出一次性欣赏(在家看片除外)。小说可以用大段的对话和心理描写展现情节,而电影则要主要通过动作来展现。小说中的故事可以多条线索并行发展,电影的故事线条必须相对地简洁单纯。所以,从小说叙事到电影叙事的情节转换,要求对小说描写的重点段落尽量给予保留并进行有意的集中和强化,对某些体现人物性格特征的细节进行合情合理的补充、改写和表现,突出电影叙事的视听造型功能和环境场面渲染,体现小说向电影叙事媒体转换的要求,也体现电影叙事的特点和魅力。

电影《教父》是根据美国作家马里奥·普佐的同名小说改编，由好莱坞导演科波拉执导的一部经典黑帮片。长篇小说《教父》曾是美国出版史上的头号畅销书，它详尽地描述了美国纽约五大家族集团之一的维托·唐·科莱昂一家采用各种极端手段，实现了在整个美国黑帮势力团体中的独尊地位的全过程。其中有黑帮团伙之间的火拼，有走私贩毒的嚣浪，有赌场的烟云，有红灯区的人欲横流，对这样一部人物众多、头绪繁杂的鸿篇巨制进行改编，难度极大，但编剧出身的科波拉接受了挑战，与原作者一道进行了二度创作，以各种史诗般的场景串联全片，带出不同身份及不同性格的人物，突出他们的主导性格，同时通过一个局外人——第二代教父迈克的妻子凯的视角，表现了科莱昂家族的种种内幕。

改编电影也有情节增减或改变引发争议或影响影片口碑的，如《搜索》中沈流舒借给叶蓝秋一百万，是电影中新加入的情节，也是电影中存在争议的情节，原著中叶蓝秋拒绝了所有别人提供给她的帮助，而电影中叶蓝秋却主动向沈流舒索取了一百万元。即使遗嘱中安排与其他资产一起捐出，仍有莫名其妙之感。

影片《搜索》的思想意义和内涵也远远超越了网络暴力的范畴，并将主题升华为人类社会中最常见的权力交替中的深层意义——权力与罪恶的关系。

（三）叙事时空的转换

小说和电影的叙事实质都是在一定时空内讲述一个或真实发生过或刻意虚构的符合审美逻辑的故事。首先在时间特性上，一般的小说叙事历时性很明显，无论是叙事时间还是故事时间，小说显示了文字语言特殊的灵话性，让读者感受时间可以无限延伸；而电影则不同，欣赏时受到有限的时间限制，使创作者在处理故事时间时无法像小说那样细致地隐喻和描述。借助于蒙太奇的组接，电影比小说更让人感到时间的瞬息流逝。而这种独特的感应有时会借助于片中的字幕形式，更多的是依赖标志时间变异的空间转换。其次是对于叙事空间的处理，较之于时间，更加明显地彰示了两种艺术的不同叙事特质。小说本质上是时间的艺术；而电影最大的叙事特点是空间共时的冲击，因为从表象上看电影是由一组组镜头排列开来，在观众面前展示的是一个个富有纵深感的空间画面，空间影像模糊了观众对于时间的感知。在蒙太奇的组接镜头上人们更易感知的是空间的辗转与切换，一切的时间消融在一个个空间里。

小说的时空是通过时间的演变造成的读者心理上的幻觉，是想象的时空，它可以由接受者的想象任意构建和重组。而电影的时空则包含了假定性的真实时空，具有时间和空间的明确特征。小说和电影在叙事时空上的差异要求在媒体转换过程中，用电影的具象化的空间造型来替代小说中抽象的空间概念，同时要以空间场景的切换来替代小说中明确的时间线索。场景的转换意味着一个中途插入的影像打断现在进行的场面序列，从而使观众"感到"时间的变换。如莫言小说《红高粱家族》的叙事时间顺序比较随意，过去进行时、过去完成时、过去将来时、现在完成时、现在进行时等不同的时态交替使用；而张艺谋在电影《红高粱》中复原了小说中颠倒的时空，很传统地按镜头营造的时间顺序来交待时间、组织结构。虽然张艺谋的电影取得了很大的成就，但是他的再创造几乎完全脱离了原小说的设定。

（四）视听造型的转换

小说用文字描绘的形象要通过读者的想象来重建，而电影的形象却要通过演员逼真的生活化的表演来展现。在小说叙事向电影叙事的转换中，视听造型转换是非常重要的。电影视听造型的主要对象是人物、环境和情节。一部成功的小说，往往要塑造有血有肉而独特的人物形象。在小说向电影的媒介转换中，能否将小说原著中的人物形象成功转换为观众认可的银幕形象，是转换成败的关键之一。在叙事媒体转换中，必须调动一切手段，让剧中人尽量看起来像原著中描写的形象，不仅要做到人物外在形象的近似，而且要做到人物内在气质的神似，并且要符合故事情节的变化和人物心理的变化。要收放自如，分寸得当，不仅为观众所接受和认可，而且要引起观众的感情共鸣，产生较强的艺术感染力和穿透力。小说《骆驼祥子》改编的影片具有浓郁的地方色彩,人物具有鲜明的个性,语言生动传神,特别是斯琴高娃塑造的虎妞形象,更是栩栩如生,令人过目难忘。

情节的视听造型实际上就是用镜头的蒙太奇组接来讲述故事,通过直观的视听形象来推进情节。有些情节,小说可以展开想象的翅膀,不厌其烦地进行铺叙和描述,但要转换成电影语言叙述,就有很大的难度。如电影《搜索》比起小说《请你原谅我》减少了人物数量,律师被去掉了,并删减了叶蓝秋主治医生的戏份,其承担的叙事功能仅为告知病情,去掉了他是叶蓝秋初恋的设置,相应的情节也大大缩减,电影中人物间的矛盾较为集中,情感基调更为平和。另有一些人物形象及性格定位方面较小说做了较大改动,如小说中沈流舒一直单恋叶蓝秋,他因得不到而用力爱,最终面对操纵别人命运的结果亦觉得空虚、无力。电影中沈流舒的形象重塑十分成功,在他看来成功最重要,他对叶蓝秋没有感情,只是觊觎她的年轻貌美。杨佳琪是电影中另一个形象变化较大的人物,小说中她与杨守诚是老乡,以"表兄妹"相称,其实暗恋"表哥",对陈若兮的沦陷起了帮凶作用,在陈想跳楼时她甚至期盼这场死亡。电影中杨佳琪的形象被美化,她是杨守诚的表妹,一个单纯的小实习生,不知情的情况下参与了栽赃陈若兮的计划,最后成功上位。总之陈凯歌导演的这部现实主义电影较好地实现了小说叙事向电影叙事的视听造型转换。

小说中的人物必定生活在特定的环境中,事件、情节和矛盾也发生、发展在一定的环境中,这就是"典型环境中的典型人物和典型矛盾"。环境的视听造型要求我们在媒体转换中,把小说描写的特定环境转换成画面表现的具体环境,这就要求布景、美术、道具、光线、色彩等符合小说描写的地域特点、时代特点和人文特点,使环境的视听造型符合小说描写的环境特色。

第三节　电影与戏剧

把戏剧艺术与电影艺术放在一起考察,一个是流传了几千年的剧场艺术，另一个则是 19 世纪末才发明的新型艺术，甚至到 20 世纪 20、30 年代人们还沉浸于电影是否为"艺术"的讨论当中。相比之下，后起之秀的电影简直无法与底蕴深厚的戏剧相提并论，可是为什么要把它们联系在一起呢？原因很简单，在电影刚刚向艺术迈进的时候，戏剧可以说是孕育电影的温床。其实，电影的诞生与摄影机的发明并非同步，单单依靠一个摄影师是无法完成一部电影的，诸如导演、剧本、表演、灯光、化妆师等称呼几乎是电影与戏剧的共同元素，都属于视听艺术，显然电影曾经毫不留情地把戏剧的全盘人马"借鉴"过来，以充实自己的力量。

一、戏剧对电影的影响

电影与戏剧在当代已成为不同类别的艺术，但是不能因此否定电影曾经对于戏剧的借鉴模仿，也不应该断然否决两种艺术在当代的相互交流相互促进。中国传媒大学博士生导师周华斌教授提出"大戏剧"观念："对于电视剧、话剧、木偶戏、皮影戏等等来说，戏剧才是它的本体，而不是把电视剧、电影的媒介特性作为本体。对于戏剧这个大的概念，电影和电视应该算是一种载体，一种形态，同一个艺术本体。因为不同的载体，会呈现出不同的艺术形态，比如，电视剧和电影就是因为借助不同的载体而呈现不同的形态。但从本质上来说，它们都属于戏剧。在 19、20 世纪各个学科的分类越来越细的时候，我却觉得，在文艺领域，包括某些交叉学科，不要忽略宏观上的研究，不要忘掉'本'，以戏剧为本，涉及多种戏剧形态的'大戏剧'的研究宗旨，就是提倡相关学科专业的总体研究和专业交融。"[1]

中国传媒大学的闪耀撰文指出："影视剧主要包括电影故事片和电视剧，是一种以银幕和荧屏为载体和媒介的现代戏剧形态样式。或者说，影视剧乃是戏剧在电影和电视中的延伸，是戏剧借助于电影电视等

---

[1] 周华斌、杨乘虎：《大戏剧：作为视听艺术的电视剧发展观——访中国传媒大学博士生导师周华斌教授》，《现代传播》，2005 年第 6 期。

现代传媒将自己的生命大载体从舞台过渡到银幕和荧屏。"①20 世纪戏剧的最大变革要算从传统的舞台剧而生发出来的现代影视剧。电影事实上乃是在现代光电技术发展的基础上来进行创造的戏剧,我们可以说,电影是工业时代的戏剧。影视剧的出现,在人类文明史上达成了戏剧的机械复制和观演分离。尽管目前电影和电视都各自发展成为相对独立的艺术,但是从一开始,电影和电视基本上都是采用戏剧的形式。在电影史上,当电影的发明在给人们最初的视觉的新奇之后就不再能满足已经习惯了戏剧、歌剧与各种豪华演出的城市观众,所以电影的制片者便不得不转向舞台,正是舞台戏剧为电影提供了一种基本的结构形式和表现技巧,形成了一种"银幕即舞台"的电影观念。

"作为一种与现代大众传媒相结合的戏剧样式,影视剧成为一种大众文化的产品。随着影视剧的发达,舞台剧难免显得相对冷落。然而,当今的舞台剧不仅可以借助电影电视而传达给更多的观众,戏剧的媒介和载体扩展到影视和网络之中,戏剧的因素也随之广泛地渗入到人们的日常生活中。更重要的是,从舞台剧到影视剧,戏剧的形态样式虽然在发生变化,但是真正的戏剧精神却得以传承下来。以上论述证明了,影视剧是戏剧的一种媒体形态。"②

比较起以小说为代表的文学对电影的渗透影响,戏剧对电影的影响可谓源远流长,而且更为直接。对于中国电影来说,与戏剧/戏曲的关系更为亲密,其起步就依赖于戏剧,站在戏剧的肩膀上的。中国第一部电影《定军山》就是戏曲片。1948 年,中国第一部彩色电影《生死恨》是京剧舞台电影。1954 年,新中国摄制的第一部彩色影片《梁山伯与祝英台》同样是戏曲片。

中国电影早期被称作"影戏",虽然上世纪 80 年代学界有人提出过电影与文学、与戏剧"离婚"的观点,但实践证明同为叙事艺术和表演艺术的电影确实无法抹去戏剧渗透(不论成分轻重)的痕迹。以张艺谋、陈凯歌为代表的第五代导演重影像造型,讲究色彩构图,影片中渗透着

① 闪耀:《浅谈影视剧中的戏剧元素》,《成才之路》,2007 年 06 期。
② 同上。

深厚的民族文化反思和强烈的忧患意识,在某种程度上有淡化戏剧冲突的倾向,但也并未排除戏剧性(作为叙事性的电影艺术即便如散文化电影,只能说淡化而不是完全取消戏剧性)。如陈凯歌的《霸王别姬》《无极》、张艺谋的《红高粱》《十面埋伏》等作品无论故事编织水平的高低,戏剧因素是不可否认的。西方电影的诞生虽然与古老的戏剧没有什么直接联系,但在向艺术殿堂迈进的过程中,也时常借用戏剧的力量和成熟手段。在欧洲早期的电影史上,梅里爱曾经把戏剧的因素带进了电影,此后的一些影片如法国1908年摄制的《吉斯公爵的被刺》一片中的布景与表演明显受到了戏剧的影响;意大利早期史诗性电影《庞贝城的末日》《特洛伊的陷落》追求巨型的布景、奢华的古装戏服、繁复的场景,都体现出戏剧化的风格。二战之后法国、英国出现的"优质"电影就是特殊历史时期电影向戏剧汲取营养的表现,而典型的好莱坞模式的电影也具有相当的戏剧色彩。此外,中外电影史上也曾经有过戏剧导演、戏剧演员转而在电影拍摄中执导、表演的现象,前苏联著名的蒙太奇理论家与实践大师爱森斯坦在成为电影导演前,曾经从事过三年多的戏剧工作;瑞典电影大师英格玛·伯格曼来自戏剧界,做过编剧,与瑞典深厚的剧场传统关系密切,事实上当时的瑞典电影导演基本上都与剧场保持联系。当代著名的美籍华裔导演李安从戏剧专业转向电影专业,前者对后者的影响理所当然,从他作品的结构特别是戏剧性结尾中就得到印证,而这正表明了戏剧与电影相通的因素。戏剧对电影的影响体现在以下几个方面:

(一)题材来源于戏剧改编

小说和戏剧为电影提供了不可胜数的改编资源。从现有电影作品的取材看,除了大量改编自文学、真实事件与原创外,还有一批改编自戏剧作品。古希腊戏剧被欧洲导演改编过,如意大利导演帕索里尼根据古希腊作家索福克勒斯《俄狄浦斯王》、欧里庇德斯的《美狄亚》两部同名戏剧改编为电影作品。据不完全统计,从电影诞生以来迄今,根据莎士比亚戏剧改编的电影作品,就不少于1000部。《罗密欧与朱丽叶》《哈姆雷特》《李尔王》《麦克白》等剧作被不同国家不同时代的电影大师相中进行改编,其中,奥逊·威尔斯、劳伦斯·奥里佛、黑泽明等世界级电影大师,都改编过莎士比亚的作品,并成为电影史上的名作。俄国作家高尔基将他的《三部曲》改编成戏剧后都被苏联导演米·顿斯阔依搬上银幕,而高尔基的戏剧《底层》分别由法国导演让·雷诺阿和日本导演黑泽明根据原著改编,法国导演雷乃的名片《广岛之恋》根据法国作家杜拉斯的剧本改编。

中国现代戏剧大师曹禺的作品《雷雨》《原野》《日出》《北京人》等都曾被老一代的艺术家用镜头重新诠释。中国当代一些电影的题材或故事也取自戏剧,典型者如 2006 年两部华语大片《夜宴》《满城尽带黄金甲》,分别改编自莎士比亚名剧《哈姆雷特》与曹禺名剧《雷雨》。又如台湾舞台剧《暗恋桃花源》的导演赖声川几年后亲自执导了《暗恋桃花源》的电影版,也证明了戏剧改编已经成为电影作品题材的重要来源。

(二)叙事技巧与结构方面的影响

英国当代著名戏剧理论家和导演马丁·艾思林的著作《戏剧剖析》中提出:戏剧(舞台剧)在 20 世纪后半叶仅仅是戏剧表达的一种形式,而且是比较次要的一种形式;而电影、电视剧和广播剧等这类机械录制的戏剧,不论在技术方面可能有多么不同,但基本上仍是戏剧,遵守的原则也就是戏剧的全部表达技巧所由产生的感受和领悟的心理学的基本原则。

我们暂且不去简单争辩这句话是否妥当,从艾思林分析戏剧定义的思路来看,他主要是从戏剧门类着手,希望寻找到一种能够包容所有戏剧门类的定义,而且更重要的是他看到了电影、电视剧、广播剧与传统戏剧之间的关联,"戏剧的全部表达技巧"是它们共同"遵守的原则",所谓的"戏剧的全部表达技巧"在某种程度上指的就是叙事的技巧和结构。确实,艾思林非常敏锐地发现了蕴涵在戏剧与电影内部的深层沟通,无论是否同意把电影归编为戏剧的想法,但都不能否定电影的确继承了戏剧的许多东西,尤其在电影刚刚起步的初创时期,戏剧曾经是孕育电影的温床。法国电影先驱梅里爱在 20 世纪初把戏剧引入电影或者说用摄影机展现舞台剧的过程,曾挽救了电影使其逃离电影发明者卢米埃尔兄弟所形成的纪录电影的传统,为电影得到艺术的称号迈出了重大的一步。当然,戏剧对于电影的意义,还不仅仅体现于此,促使艾思林承认电影是戏剧的继承的原因,主要在于随着"电影语言"的成熟,在电影情节的构造上是与戏剧一脉相连的,诸如戏剧冲突、戏剧悬念等戏剧性的内容在电影中也是经常用到的技巧。正如艾思林所认为的戏剧是人与人之间的思想感情交流的一种方法,电影当然同样也存在这样一种交流,而实现交流的手段,显然戏剧在这方面的经验要比电影丰富的多,因为如果排除镜头与镜头之间的剪辑以及摄影机的运动,对于同一个镜头来说就可以看作一场小小的舞台表演,这时电影就要借鉴戏剧的舞台经验了。另外,从电影表演上说,尽管面对摄影机和面对观众有着天壤之别,但"电影表演脱胎于戏剧表演"①也是不争的事实。

电影作为后崛起的艺术样式,是脱胎于戏剧艺术的。因此,电影艺术在艺术构成、表现方法乃至美学思想等方面与戏剧有不少相通与一致之处。举其大者而言,它们都是时空艺术、综合艺术,都是以叙事为主、以表演艺术为中心。有人就指出,电影电视剧艺术就其实质而言,"还是一种表演艺术。"②

毋庸讳言,戏剧与电影虽然相对独立,但是两者在表演、叙事技巧、审美等方面存在着本质上的相似相通处,年长的戏剧艺术对于年轻的电影艺术在叙事手段、结构等方面无疑起着渗透性的影响。

电影中的基本构成要素与戏剧相似相通,如编剧、表演。另一方面,一些推进情节发展的戏剧元素有意无意渗透于电影中,如阴谋、背叛、冒险等,这些戏剧化元素结合起来,能达到一种多赢的效果,当然无论戏剧还是电影,这些戏剧化元素只能是使故事更好看、更吸引人的一种方式/手段,而不能成为故事的核心。另外,我们通常对电影作品进行所谓喜剧、悲剧的界定,也是源于戏剧美学,或者说是戏剧美学分类的延伸。

---

① 李志舆:《影视表演与戏剧表演的渊源及其变异》,《戏剧艺术》,1991年第2期。
② 谢柏梁:《戏剧、文学及影视》,《戏剧艺术》,1990年第3期。

第三代导演代表谢晋的电影,如从美学视野上界定,一般都是抒情正剧,有时正剧中带有悲剧色彩。谢晋电影模式的有无,暂且不论,但他对于戏剧效果的追求却是未曾改变的:"凡是他喜欢的戏,从不轻描淡写,而是浓墨重彩,尽情描绘。从他拍摄的影片中,我们很少看到'淡化情节'的处理,甚至常常想方设法对情节进行'强化'的处理。长期的导演创作实践,使他掌握了一整套获得强烈戏剧效果的秘诀,他能够根据不同题材、不同结构、不同情节的需要,采取相应的对策,而收到'立竿见影'的效果。正因为这样,他最清楚哪里的戏该'张',哪里的戏该'驰',什么时候让观众动情,什么情形下让人们落泪,观众的喜怒哀乐常常会随着他那不同戏剧效果的出现而自然流露。"①有研究者进一步指出:"影片《芙蓉镇》的叙事结构,就是谢晋重回其一直非常擅长的起承转合的戏剧式结构,并将其感伤美学和批判美学发挥到极致,进而对中国主流电影形态加以的一次巅峰性追求。"②当然,就数量而言,到目前为止,无论中国还是其他国家的电影,大部分采取了戏剧性结构:展现外在的或内在的矛盾冲突;塑造个性鲜明的立体化人物形象,情节波澜起伏。

二、电影与戏剧的区别

电影与戏剧等叙事兼视听艺术尽管都是建立在假定性基础上的,但由于所采取的假定性方式和遵循的美学原则不同,其本质与特性的区别也就显而易见了。在具体的艺术体现上,电影具有比戏剧和其他姊妹艺术更丰富、更新颖的方法与手段。尤其是现代摄影、录音技术所赋予它的一些表现技巧与手段,比如电影的特写镜头、焦距的自由变化、广角镜的采用、蒙太奇等一系列独特的造型手段与结构方法,形成了几乎无所不能的巨大表现潜能,造成种种令人惊叹的逼真幻觉,这是

---

① 张铭堂:《谢晋电影之谜》,《电影艺术》,1988 年 5 期。
② 万传发:《1978—1987 年中国电影的生产格局及基本样貌分析》,《浙江传媒学院学报》,2010 年第 3 期。

受舞台时空和剧场性限制很严的戏剧艺术不可比拟的。因此，与戏剧比较起来，电影艺术更接近人类思维与感知的多样可能性。

其次，观赏电影比观赏戏剧更方便、更自在。除了影院场次时间安排多于剧院的安排外，还可以在电脑、手机等现代化设备上观赏。电影艺术的丰富而独特的表现方式以及观赏的诸多方便之处，都是对其他艺术形式尤其是对戏剧的严重挑战与巨大冲击，大量戏剧观众被电影艺术吸引过去了，以致出现了剧场门前车马稀的冷清局面，近年来大城市的戏剧艺术有回暖趋势。

电影艺术区别于戏剧艺术之最显著的特征，还在于它比戏剧等其他艺术更直观、更生动地反映生活。这一特征，集中而强烈地反映在表演艺术上：电影艺术追求纪实性、逼真性，而戏剧则强调对生活的浓缩、夸张，甚至变形。电影演员在镜头前表演，要求如在实际生活中那样自然、真实，不能有任何夸张的动作、表情和语言，否则就显出造作、虚假，失去艺术的魅力了。电影营造的环境是极其逼真的，全景、中景、近景和特写等不同景别的运用，使观众多角度、多视点地欣赏到演员的表演，高清晰度、高灵敏度的话筒的运用，使演员可以用最自然、最松弛、最口语的方式完成角色语言的创作。而戏剧表演，因为受舞台时空和剧院程式的限制，演员的动作、表情和台词必须比实际生活更凝练、更夸张，以至写意化变形。因此，从美学特征上看，电影是高度写实的，必须创造生活的真实幻觉；而戏剧则是写意的、表现的，必须同生活的自然形态拉开一定距离。如果说"变形"是戏剧普遍性特征的话，那么"不变形"则是电影艺术的一般创作原则。

最后，与表演因素相关的区别还体现在是否按照剧本顺序执行，电影的情节安排是由蒙太奇镜头组接而成的，为了加快拍摄进度、节省拍摄经费，电影一般都是将发生在同一场景中所有场次的戏集中在同一时间段里拍摄的，并不去考虑这些戏在剧本中的顺序。可以打乱脚本的叙事顺序、可以时空跳跃。拍摄完毕后进行后期剪辑制作，按故事逻辑调整顺序。电影中相对完整的戏都需要"化整为零"，分解成若干更小的单位——"镜头"。以镜头为单位进行表演，是电影表演区别于戏剧表演的重要特征之一，要求演员的表情、动作精确到位。戏剧的表演都是实时"现场直播",需要按照剧本顺序从头到尾在同一个舞台上表演,而不会改变演出场所,一个环节的失误影响整部戏的质量。在戏剧表演中演员的创作与观众的欣赏是同时进行的,演员与观众相互依存,被称之为创作与欣赏同步。这种同步使戏剧演员与观众在创作上发生了一种联系,戏剧演员在舞台上表演时可以从观众那里得到反馈过来的信息。演员可以从观众的笑声、啜泣、掌声和咳嗽声,甚至是更为微妙的反应中,检验自己表演的效果,同时还可以根据观众的反应来调整自己的表演。即使当场无法调整,演员在一场戏的演出之后,经过对观众的反应的研究和思索,在下一次演出中还可以作出修改、调整、丰富,最终使自己的创作日臻完善。从这一点上说,戏剧舞台对演员的基本功要求更高。

三、电影对戏剧的影响

由于电影是后起的叙事艺术,站在其他艺术的肩膀上,有着得天独厚的技术条件与视听优越性,时空转换自由,更能满足观众特别是青年观众的娱乐需求和观赏心理。因此在一定程度上,电影无疑"抢占"了戏剧的市场,这似乎是全球范围内存在的带有共性的艺术领域中的现象,可以算是电影对于戏剧的负面影响。不过客观说来,没有电影、电视剧对观众的吸引,戏剧也不一定吸引很多观众,毕竟戏剧艺术经历了产生、繁荣甚至辉煌的漫长历史阶段,现代信息社会,其局限也很明显,如要生存,必须改革变通。

电影对于戏剧的另一种影响,便是戏剧为了生存发展,向后来居上的电影"借鉴"有关的技巧手法,呈现出一种"电影化"的趋势。"其主要特征是——以电影式的可调度时空打破传统戏剧的四堵墙,实现时空的自由转换、流动和剪辑;广泛运用特写、闪回以及叠化等电影技法,扩展戏剧的目击感召力,增强故事的阐释力和性格的揭示力;营建场景的画面感和视觉刺激性,减'说'为'演',以电影式的高度视觉化的布景、道具特别是动作,构筑现代舞台'银幕式的亲切感';突出影像造型,建构'电影式的隐喻',以丰富的手段扩大戏剧的视听语汇等等"。①

上世纪 80 年代中期开始,一些优秀的戏剧家就已经意识到了戏剧的生存危机,他们在自己探索耕耘的戏剧实践中,有一个共同点,那就是把电影作为十分重要的艺术参照系,因为他们意识到了曾经借助于戏剧成长起来的电影确实在技术手段上有优于戏剧的地方,"戏剧借用虚实结合的办法,凭着硕大的黑丝绒天幕作背景,利用灯光转暗、道具更换,迅速转换戏剧时空,显示了少有的蒙太奇式的流畅性、滑动感"。②

戏剧和电影纸本形态的剧本分别叫戏剧文学与电影文学,似也能看出它们之间的关系;另外同为叙事艺术,都有完成情节设计、人物塑造的基本使命,有关基本元素中有很大的相似性。当然电影最晚产生,汲取了文学、戏剧的影响,自然带有前两者的影响。虽然手法或手段差别很大。

第四节　文学与戏剧

讨论文学与戏剧的关系,不光因为两者与电影都有千丝万缕的联系,还因为从后文论述内容中可看出,电影中既有文学的特质、也有戏剧的特质。

一、文学与戏剧的区别

首先,艺术形态有别:以小说为代表的文学是语言文字艺术;戏剧是舞台上的表演艺术。小说是通过具体的语言文字塑造人物、叙述故事、描写环境来反映生活、表达思想的一种文学体裁,有三个要素:人物形象、故事情节、环境(自然环境和社会环境)。戏剧是舞台上下所有

---

① 周安华:《论当代中国戏剧的电影化倾向》,《文艺研究》,2002 年第 5 期。
② 同上。

元素协调表现以实现演出效果的综合艺术。演出元素除了演出前幕后的剧本、导演外,包括表演、舞台调度、道具、灯光、音效、服装、化妆等,也包括台上演出与台下互动的关系(一般称为"观演关系")。

其次,创作方式与传播途径有别:文学是个人化写作,戏剧是集体创作;文学公开出版后读者自由阅读传播,时间、地点无特别规定;戏剧是现场演出,观众现场观赏并可与演员有适当的互动,如鼓掌叫好。当然两者都可以看后发表评论。

二、文学与戏剧的联系

一般认为(约定俗成的观点或认知之一),以小说为代表的文学是(事件发展而言)渐变的艺术,戏剧是突变的艺术。叙事艺术多少都会带着戏剧化的成分,才具有吸引人之处或魅力。

(一) 戏剧文学是文学的分支

戏剧文学指供戏剧舞台演出用的剧本。戏剧文学——剧本,是"一剧之本",它是一种与小说、散文、诗歌并列的文学体裁。中国评论界或文艺理论教材上,"戏剧文学"亦是文学的分支之一,是指为戏剧表演所创作的脚本,即文学形态的剧本。文学涵盖戏剧文学/戏剧剧本,或者说戏剧剧本隶属于文学,具有文学的基本特征。戏剧的剧本,在不演出的状态下,可以作为单独的文学样式欣赏。我们今天欣赏曹禺、老舍等人的经典剧作(纸本),仍然会看得津津有味,且被其中的情节设置、人物命运所打动,与电影剧本不能完全决定电影质量不同(存在后期处理),戏剧剧本质量高低决定了舞台戏剧的效果,因为已经被认可的成熟的剧本就是表演的蓝本,需要演员对着观众表现得更精确、细腻而已。

戏剧脚本不算是艺术的完成,直到舞台演出之后(即"演出文本")才是最终艺术的呈现。历代文人中,也有人创作过不适合舞台演出,甚至根本不能演出的剧本。这类的戏剧文本则称为案头戏(也叫书斋剧),比较著名的如王尔德的诗剧《莎乐美》。现代戏剧中也出现了没有剧本的演出实例,其中典型者为"即兴戏剧",后出现于电视节目中,偏喜剧风格。成为案头作品的戏剧创作古已有之,中国戏曲史上不乏这样的"纸上戏曲"。这些作品从创作出来就是"文学"队伍中的成员。当然我们今天读到的那些著名的、无名的戏曲作品,只要是以文字形态呈现的都可以当作文学作品阅读。只是对于剧本而言,最重要的是能够被搬上舞台演出。

　　文学与戏剧(舞台演出的戏剧)也有相当大的关联度,中外文学史有戏剧发展的章节,文学作品选中也有剧本节选。戏剧有不同的分类,需要指出的是,不论哪种分类,"戏剧文学"应该是指为舞台表演而创作的纸本/脚本,非动态的舞台剧;正如影视剧是影像作品,影视文学是指纸本的影视剧本。戏剧与戏剧文学就应该区别开来。

(二)文学为戏剧提供素材

　　现在传播的戏剧基本上是话剧,而话剧是"舶来品",其舞台表演有着独特规范要求,中国民间通俗文学和古典文学不适合这种规范,所以被改编的作品不多,现当代的中外文学改编得要多一些,如《白鹿原》《平凡的世界》等文学作品。将小说改编为戏剧,抓住具有强烈行动性的描写至关重要,最关键的是要抓住作品的"魂",抓住作品穿越时代仍能和观众产生共鸣的精神内核,把文学经典的"魂"吸附和对接在话剧中的人物塑造中。如《平凡的世界》,作为一部具有恢弘气势和史诗品格的长篇小说,在改编成话剧的过程中尤其考验编剧的取舍组材功力。人们对真善美的追求不会因时代变迁而改变,为此舞台剧集中描写了孙少安和田润叶、孙少安和贺秀莲、孙少平和田晓霞、田润生和郝红梅这四对人物的人生经历和情感波折。没有这四对人物关系便失去《平凡的世界》之精华。

　　巴金的长篇小说《家》,1940年、1941年先后被吴天和曹禺改编为同名话剧,时至今日,吴天的剧本已经没有什么剧团再演了,而曹禺的剧本却在中外剧场久演不衰。根本原因就在于,曹禺谙熟戏剧的创作规律、艺术特点,不拘泥于原著的情节框架,能够追求自己的创作立意,对原小说的人物、场面、情节等因素进行了加工、提炼、裁剪、重塑,话剧

《家》不是小说《家》的简单照搬或者压缩再现,而融汇了自己的美学精神和生命内涵于其中。

虽说剧本是文学形态,戏剧剧本创作属于文学创作,但戏剧创作与文学创作有相当大的差距,优秀的小说家不一定是优秀的剧作家,两者都能胜任的很难得。

(三)文学为戏剧提供内涵支撑

戏剧不论是原创剧本,还是改编自文学,只要搬上舞台都需要进行再创作或二度创作。其实,不论舞台剧还是文学形态戏剧(剧本)都具有与纯文学写作相同之处,如台词方面,人物对白或独白的含蓄整齐;舞台提示语的简洁明了,对于表情、心理的准确描述,无不需要文学写作的功力。舞台剧中通过演员表演塑造形象、传递情感、反应人物关系及其转变等等,除了表演因素,也需要剧本创作者具有相当的文学修养,如里程碑式作品《雷雨》中的鲁侍萍、周朴园 30 年后的见面,在试探式的对话中表现周朴园怀念过往、现实不尽如意却也不愿面对物是人非的爱人时的矛盾心情,以及鲁侍萍隐忍与悲愤交融的心情得到了很好的展示,有多少潜台词留待观众/读者填空回味。需要原作者有一定的阅历,了解旧时代大家庭的生活、人物的心理,经过消化,让演员们在各自的角色中演绎人生,也需要对语言艺术的准确把握。

第二章
电影的特性、电影的文学性维度

第一节　电影具有哪些特性

关于电影的特性问题,需要根据电影的概念进行判断。开头谈到电影概念时,提及到视听技术兼艺术的技术性、运动性、假定性(造型性)和逼真性、综合性等等。笔者将人们对电影特性的主要说法进行简单的辨析:

技术性较为直白,指电影的视听语言特征;运动性可以合并到"技术性"中,这是活动画面自带的特性,较易理解。

逼真性就是如实反应故事中时代风貌、人物的生存状态,对于道具、服装以及场景有一定的要求,这是我们愿意进入影院或通过其他渠道观赏的基本前提。

假定性与逼真性相辅相成,在进行艺术构思中就已经选择了被浓缩的假定性的影像世界。具体到每一个镜头都体现着假定性——有意识地使它从前后左右上下的环境中孤立出来,实际上就是我们所说的艺术真实与生活真实的辩证关系。这是所有艺术特别是叙事艺术都具备的特性。

至于综合性,就是对电影特性相对传统的看法,确实有一定的道理,也不存在过时的问题。笔者认为随着时代变迁,综合性中技术性的成分越来越进步，不断推陈出新。

第一章谈到了三种叙事艺术电影、戏剧、文学之间的关系，这里讨论的是电影具有哪些特性；笔者认为电影的特性可用上一章提到的三种叙事艺术概念的对应性说法：视听性（也可以说"电影性"/"技术性"）、文学性、戏剧性。

一、电影"三性"——文学性、戏剧性、视听性界说

文学性，即文学区别于其他艺术的特性或特质。通过语言文字表现或传递出的或优雅圆润或诙谐活泼或辛辣冷峻的词句之美、人性的光辉或丑陋、人物的精神高度、思想内涵上的厚度，以及在人物命运走向中呈现的内在逻辑性等等。外国作家如托尔斯泰作品中的人道主义立场、对社会生活反映的深广度和对人性的思考；福楼拜小说中的心理描写；卡夫卡小说中的隐喻象征；中国作家如曹雪芹《红楼梦》中塑造的活生生的人物群像，意蕴无穷而又简练传神的语言，同时穿插着诗词曲赋及酒令、笑话、谜语等各种不同文体的词句文采；冰心散文语言的明丽醇厚；丁玲小说中女性性格的深邃、心思的婉转等等。上述作家作品所传达的韵味，都是文学的芬芳，具有文学的特质，难以被其他艺术形式完全替代。

中外文学创作长河中所提供的令人愉悦流连的经典情节、人物形象、场景描写要得到"复活"并传播，除了阅读原著，最好的办法也就是改编成影像化作品了，但不可能所有文学名著都改编成影像作品，前提是综合考量哪些作品可以改编。中国现代作家作品中，丁玲、冰心的作品适合阅读却不适合改编，因为其语言文字的画面感不强，虽然情感饱满。在那些改编的作品中，也存在种种问题，李少红导演的新版《红楼梦》中让年轻演员念原著台词，虽然被无数人诟病，但我理解这是保留原著精神的途径之一，也是体现新版《红楼梦》文学性的措施之一，当然也符合导演在其电视剧中对雅化风格的审美追求，这一点只要看《大明宫词》《橘子红了》中的台词设计就有体会。即便如此，李少红版《红楼梦》也不可能全面传递原著的"文学性"精髓。

除了作品直接转换叙事媒介,更多的文学性中的养分是可以在其他相邻艺术中自然传承化用的,如同生物遗传的基因密码,一定条件下,可以"嫁接",只是不可能也不应该全面复制。文学中的"文学性"对电影的渗透就是一种自然"嫁接",也是内涵支持:通过视听语言描述复杂而丰富的人性,展示细节与心理,让电影具有生活质感与魅力。电影中的文学性与文学作品中文学性不是一种规范,更不是一种形态。文学性在文学中占据主要或大部分的阵地,在电影中只能占据部分阵地。

令人赞赏传颂的中外经典影片,除了拍摄技术外,更为重要的是文学意蕴的丰富深厚。人们提到这些影片,想到的或谈论的多是其中的故事情节、人物命运起伏、精彩的台词及优美的意境,有时还应有合乎逻辑的或严谨的或新颖的结构安排等原属于文学的成分表现。

客观考量,主旨思想传达、经典形象塑造是雕塑、绘画、戏剧乃至音乐等艺术都面临的任务。安排或设计人物关系、故事走向具体到情节结点的把握才是叙事艺术如文学、电影、戏剧要完成的任务。

戏剧性,戏剧性首先是戏剧的特质,表现在形式上的舞台感和内在的矛盾对抗、转变(尤其是突转)等环节,具体包括引人探究的悬念设置、出乎意料的转折或结局,以及个体之间、不同阵营之间的观念与言行的矛盾冲突。戏剧性既存在于戏剧文学(剧本状态),更存在于舞台表演中,表现为那些凝结成人物意志或行动的内心活动;以及剧场所带有的先天仪式感和受限于条件情境设置的假定性。其次,戏剧性在其他叙事艺术中都存在,对于普通受众而言,小说或电影离开戏剧冲突就缺少了可看性。另外,戏剧性在生活中也存在,在人生的某一阶段或一件事情中有意外、转折、突变等情况产生,有别于庸常生活的琐碎、普通、机械、重复的状态,就是戏剧性表现。可以说,生活中不乏戏剧性经历或情境,只是被常态化的生活流稀释了。

戏剧化的成分是叙事性文艺作品中需要面对处理的基本要素,特别是各种内心、外化的矛盾冲突,以及偶然、巧合带来的人物关系与情节的突转,在电影中亦占据重要地位。比较而言,不同阵营之间的外在冲突对抗最能吸引观众，好莱坞电影基本上可归结为戏剧化电影，观众可以回想下传播到中国的好莱坞电影，哪些是缺少戏剧性因素的？中国以及其他国家的类型化/商业化电影亦多属于戏剧化电影，充满了巧合偶然因素，或悬念感十足，冲突不断。

戏剧性还体现在与表演条件相关的剧场（舞台）性、动作的夸张写意、台词的变调等等方面。如廖一梅编剧、孟京辉导演的话剧《恋爱中的犀牛》中的台词"一切白的东西和你相比都成了黑墨水而自惭形秽，一切无知的鸟兽因为不能说出你的名字而绝望万分，一切路口的警察亮起绿灯让你顺利通行，一切指南针为我指明你的方位。"作为充满强烈创新意识与探索精神的先锋话剧，台词带有莎士比亚式的夸张诗情，且有浓郁的复古气息，必须在专门舞台上以高亢的语调吟诵才能匹配。

舞台表演实践中，戏剧场景的切割转换需要借助道具、布景以及台词、动作完成，这也是剧场性的体现。话剧一般需要降下幕布或是让灯光转暗甚至关灯，如果条件不允许，以演员退场、重新进场且辅之以报幕词间隔。对于中国传统戏曲而言，场景转换即为呈现戏曲舞台的写意化时空转换，舞台布置一般较为简单，舞台上的空间布景、时间流动基本上依靠动作与唱词表现；如作为案头作品，文本的剧场性（戏剧性之一种）必须结合剧本的舞台提示语及具体曲词判断。

戏剧性虽说安身立命于戏剧，也承担戏剧葆有生命力的重大使命，同时也活跃在各类叙事性艺术包括后起的电影叙事中，宏观上与电影的关系一直很亲密，在中国，第一部电影（《定军山》）是本土戏曲的电影版，或者说是戏曲的录像片；但不宜过分强调其在电影中的地位，中国文艺界不愿电影一直受戏剧性的影响，曾经大规模质疑批判戏剧对于电影的影响。

"文革"结束后，尽管文艺创作环境发生了实质性变化，但电影形态的革新力度不大。直到 1979 年的中国影坛出现了一批形式上较为新颖、内容上贴近现实的影片。同年《电影艺术》刊登了两篇有分量的文章，一是白景晟发表于该刊 1 月份的《丢掉戏剧的拐杖》，二是张暖忻、李陀三月份发表的文章《谈电影语言的现代化》，引发"电影语言现代化"的大讨论，电影创作与电影理论进入思想解放的新时期。我们看看张、李的观点:"这里应当说明的是,我们说这些影片在叙述方式上打破了戏剧冲突律的影响,以更好地发挥电影艺术的特性,但这不是说这些影片里就完全没有戏剧性。电影是一种综合艺术,要求它完全排斥戏剧因素,就如同要它完全排斥文学、绘画、音乐等因素一样,是不可能的,也是不应该的。但是我们必须强调,当代电影在叙述方式上完全可以冲破旧的框框,去探索更接近现实、更自如地表现电影艺术家对生活的认识的手段。"①尽管这一段话今天看来没有什么不妥,较为客观地表达了与多元、丰富的世界电影接轨的愿望,但当时却引起其他研究者针锋相对的批评,邵牧君撰文指出:"戏剧化是一个有既定涵义的艺术学术语。在这里,戏剧是一个广义的概念,这不是指作为一种文学体裁的戏剧,而是指通过观众面前直接完成的动作,通过观众面前展开的矛盾、冲突和事件而再现生活的一种艺术。因此,戏剧化作为以戏剧冲突来推动故事发展的剧作结构形式,是舞台剧和电影所共有的。不能一说戏剧化(在我们的口语中就是'戏'),就仿佛专指舞台剧,把戏剧化同舞台化搞成了同义语。"②并且认为:"我们有些同志之所以'害怕'戏剧化,我想是出于这样两个原因:一是他们把戏剧化所要求的对现实生活中的冲突矛盾加以提炼集中的做法,同造成虚假的概念化公式化等同了起来。二是他们把通过戏剧冲突来推动故事的剧作结构同舞台化绝对地联系在一起,似乎这种剧作结构必然会损害电影化。其实这些都是毫无根据的。"③

学者陈晓云认为陈玉通对戏剧化问题的阐述较为系统而深入:"作者敏锐指出了这场论争中存在的艺术术语概念混淆、模糊的情况,戏剧作为一种艺术样式并不等同于戏剧化,而戏剧化和舞台化也不是一回事。文章认为戏剧化、戏剧冲突是一切叙事艺术不同程度都具有的艺术特性,它们实际上是电影剧作的基础,并不会束缚电影的特性和表现手段,就连因结构新颖而被推崇之极的意大利新现实主义影片,其实都

① 张暖忻、李陀:《谈电影语言的现代化》,《电影艺术》,1979 年第 3 期。
② 邵牧君:《现代化与现代派》,《电影艺术》,1979 年第 5 期。
③ 同上。

蕴藏着巨大的艺术概括和戏剧冲突,因此不能因为现阶段的电影中充斥着不真实的戏剧冲突,便反对戏剧化、戏剧冲突这种基本的艺术规律,而且反戏剧化必将流向非理性的现代派,最终违反现实主义的核心典型化。"①

后来的研究者认为张、李文章从本体论出发,无可厚非;而邵牧君等人文章是从创作论出发,两者不在一个层面上对话,难免有误解。笔者以为,这要联系当时的创作环境讨论此问题,因为本土电影创作一直受戏剧的影响,尤其"文革"十年中电影程序化、套路化、假大空令人生厌,而当时电影中的主人公是脱离现实的高大全形象。客观地说,电影与戏剧确实在诸多方面存在差异,因为本身就是两门不同特性的艺术。明确区别两种艺术,是为了电影创作走上更为健康的轨道,不等于要不同艺术门类完全切断联系,时至今日,我们看到的中外优秀影片中,戏剧性因素在电影中大量存在。说到底,生活中也存在着不同程度的戏剧性,只是电影中更为集中、更为典型化地展示了戏剧性的场景与情节链而已。如电影《手机》中费墨(张国立饰)在主持会议的时候,开会的进程被一个个的电话所打断,他眼看着手下的员工一个个的拿着手机撒谎,他也开始指责他们,他指出手机给人带来的坏处,可是他忘了,自己也是众多撒谎者的一员。他在指责别人的同时更是指责他自己,以及像他这样的人。这可以看作是一种戏剧性反讽,体现他言语的悖谬。只要用心观察、体验生活,将那些富有生活气息、富有生命力的戏剧性因素提炼后展示出来,就应该值得肯定。

视听性,电影的视听性即非技术手段不能/难以达成的东西,就是伴随各种逼真音效的画面感。蒙太奇构成的视听语言,是电影技术与艺术结合呈现出来的影像化特征。交代故事背景用大全景,表现人物站着或坐着对话时的状态用正反打镜头等等,都是常规性视听语言。《钢的琴》中运用大量横移镜头展示人物所处的完整环境;《疯狂的石

---

① 陈晓云:《中国当代电影思潮与现象研究(1979—2009)》,中国电影出版社 2013 年版,第 13 页,参见陈玉通《论电影艺术的"非戏剧化"》一文,收录于《电影观念讨论文选》,中国电影出版社 1987 年版,第 142 页。

头》剧情安排虽然有借鉴《两杆大烟枪》的痕迹,但充分本土化,为观众奉献了不少精彩的镜头,如国际大盗麦克在大陆出场,英姿飒爽,刚要伸手拦出租车,就被本地毛贼团伙暗算,其中一人蒙住他的眼睛让"猜猜我是谁",一人快速拐走他的箱子。其经典台词"顶你个肺"也就出炉了。这一段如果在犯罪小说中用文字表述,效果无疑不及电影中的镜头流畅幽默。当然,就剧情转折而言,同时也体现了出其不意的"戏剧"化色彩。视听性与镜头感/画面感密不可分,特别体现于蒙太奇组合的效果;影片叙事时的时序倒错以镜头前闪或后闪—预告未来或回忆过往的方式解决,蒙太奇的不同呈现方式,以及色彩与音乐的搭配组合,是其他叙事艺术(电视以外)无可替代的。

　　冯小刚电影《大腕》视听语言方面进行了多种尝试,疯人院一段画面集中体现"视听性"是如何为电影主旨服务的:"影片中的许多长镜头使用得十分精彩,特别是疯人俱乐部爆侃一场,可以说是最高代表。此场为众多疯人(也可视为社会精英)在一个抽象时空里大谈在当代中国如何致富的手段,镜头跟随着几组主体人物移动,在一组对白结束后进行流畅的转换;同时前后景大量其他的疯人持续运动。镜头设计精巧,表现力强,与主题亦很贴切。特别是李成儒饰演的这最后一位侃爷,侃到交谈对象离开仍滔滔不绝,最后干脆自说自话,将此类人物的嘴脸勾画得淋漓尽致。此场的落幅为李成儒的特写,用大广角镜头拍成。运用广角镜头渲染气氛,表现荒诞,营造夸张的戏剧效果,也是《大腕》视听语言的一大特点。"①夸张变形的镜头是表现荒诞的手段,同时能表露创作者的观点,不少导演擅长此道,张艺谋在《有话好好说》中处理镜头的方式及其与主旨表达的关系,亦值得思索关注。

　　第一章论述电影与文学、电影与戏剧之间的关系时,已经涉及到三种叙事体裁的特性,及视听性、文学性、戏剧性的内涵与表现,如电影不受时空限制的的蒙太奇转换就是视听性的突出表现,戏剧受制于舞台如现场直播的不可重复性即为剧场性特征之一。只是上一章内容重心是辨析不同叙事种类之间的关系,讨论电影的特性不够明确、不够全面

---

① 赵宁宇:《灰色幽默——〈大腕〉的导演艺术》,《当代电影》,2002 年第 2 期。

而已。

第一章讨论三种叙事艺术之间的区别联系,是为了更好阐释电影三个层面的特性,以及特性之间的关系。三种特性之间不是对立关系,特别是文学性与戏剧性之间,不能强调文学性重要,将正常的戏剧性抹去,80 年代初白景晟《丢掉戏剧的拐杖》和钟惦棐的《戏剧与电影离婚》文章中提出的观点有其时代原因,但未免矫枉过正,因为文学性与戏剧性常常缠绕一起,如果过分强调摒弃戏剧成分/元素,也即丢弃戏剧性,最终电影中的文学性也会受到影响、伤害。

关于电影的其他特性,基本上都可以归为视听性、文学性、戏剧性三种特质或特性中。如前文说的技术性、运动性影属于视听性;逼真性分属于视听性与文学性;假定性与视听性、戏剧性关联度明显,综合性与本书讨论的三种特性都有关联。下面谈谈电影的三个特性在电影中的组合、协调关系。

二、文学性、戏剧性、视听性的互生互渗

理论上说,文学性、戏剧性、视听性分别依附隶属于文学、戏剧和电影三种叙事艺术,实际上每一门艺术诞生时,就已经包含了其他艺术的特性因素。

三者中文学最早产生,在文学体裁产生的顺序中,基本按照神话、诗歌、散文(散文中可包含寓言)、小说的顺序进行的,严格说来,叙事诗外的其他文体不会同时有现代意义上完整的情节与生动的人物形象,这两个方面同时兼备应该是到小说发展到较为成熟阶段产生的。也就是说,文学体裁中较为优质的文学性成分也是文学发展到相当阶段才具备的。但这并不妨碍早期叙事性文学作品中除了文学性以外具有戏剧性成分,如《诗经·氓》中的"女也不爽,士贰其行"、"言既遂矣,至于暴矣"表现了"氓"对妻子态度的转变以及决裂,就体现了一定的戏剧性。本诗相关词句有明显的画面感,"氓之蚩蚩,抱布贸丝"、"乘彼垝垣,以望复关"等诗句不仅令人产生联想,甚至可以分出特写镜头与远镜头,人物距离的远近可以设想出拉镜头、推镜头、跟镜头拍摄出的画

面,当然这都是生动的文字描述给我们提供了想象的空间。至于小说雅化后作为文学的代表发展为鸿篇巨制,如明代的《三国演义》《水浒传》《西游记》,以及"三言""二拍",清代的《红楼梦》,到民国大批文人的作品,到现当代被认可的经典,文学性手法愈加丰富圆熟,偏于形式的叙事技巧与结构安排趋向于个性化了,部分作家作品叙事不仅戏剧化因子自然镶嵌,镜头感也很明显,已经成为电影青睐的目标,如张恨水、张爱玲的多部作品。对于普通受众而言,不论作家的作品是否被改编,最好接受、也最容易理解的是偏重于文学性层面的内涵主旨、人物形象以及语言风格;艺术造诣深一些的读者可能体会到其中的情节转折点、内在冲突等戏剧性元素,以及部分段落中视听合作的镜头感。

稍后于小说诞生的戏剧除了体现剧场性以外,有关叙事中的环节设计与人物塑造直接迁移了文学中文学性的精华。不论古今中外,优秀的剧作家都是具有一定的文学素养且经过写作磨练的人,如形式化的剧本格式安排、台词的推敲凝练、情节设计等方面有一定的规范,训练有素的人更易操作。

文学中有戏剧性、视听性(文字描述传递出的画面感,不需要很强的想象力都会在脑海中浮现,如被改编频率较高的作家张爱玲、严歌苓等人作品中的文字无疑具有画面感)。虽然文学中的散文、诗歌及其他文体戏剧冲突体现较少,更多吸引我们的是美好的情愫、得体优美的词句言语,但小说、以及童话寓言往往都有一定的戏剧性包含其中。戏剧中当然有文学性和戏剧性,"视听性"相对较弱。

电影诞生后,技术上经历了黑白到彩色、无声到有声,胶片到数字等等的革命性进步,当今电影创作,从拍摄到剪辑的加工处理越来越被重视,也就是说属于"视听性"的因素不会被忽视,当然种种与技术密切相关的画面、场景处理需要有独到审美眼光和创新精神,如果认为视听性通过专业团队/人士操作可以达成,可操作性较强,只是让电影初步交出及格卷而已。同时,必须澄清的是:视听性的完美体现其实不仅仅是技术进步那么简单,需要导演的全面修养,需要团队的深度合作,需要编剧、演员对作品的深度理解,演绎形象的独特完美。电影中的戏剧性其实与文学性难以分离,如情节发展与人物形象塑造,要让观众投入欣赏,不仅要事件发展、人物性格真实有逻辑性,还要有戏剧性的动因向前推进。一般来说,因为戏剧性对电影有天然的胶着性,所以或可游离或可拉近的文学性就应该格外受到重视。当然就整个影片创作来说,每个环节、每一部分"三性"都是相互成全的。如 2016 年中美合作张艺谋导演的《长城》"视听性"很是明显:特效制作,明星阵容强大,展示民族性元素的孔明灯、盔甲、长城可见编导的用心,只是效果差强人意。另外特效制作的人海战术,广播操似的体验,虽阵容强大,但对于观众来说未免审美疲劳。如此依赖技术层面的刺激,体现了张艺谋一贯擅长经营画面的风格,也看出视听性过剩而文学性不足的弊端,剧情发展缺乏说服力;同时文学性因素稀缺;情节设计简陋/简单,人物设定也较薄弱,女将帅的信念如何产生与保持的?本是和同伴为盗窃黑火药而来,为何帮助女将帅对付饕餮?男主受其感染(成为一路人)的说服力不够,人物关系处理有生硬感。此片被称为"爆米花"电影有一定的道理,它不是用故事传达东方传统的价值观/东方中国的观念,而是试图仅仅通过文化符号烙上印记。片中反复渲染的坚固长城,被饕餮轻易挖个地道就钻过去了。其中的长城、孔明灯等中国元素也显得不伦不类,在北美放映,口碑一样不好。本部电影文学性不达标,是一部人物不够饱满、剧情单薄、甚至存在明显漏洞的电影。回过来看因为特效联系的剧情经不起推敲,连带特效也被否定,所以说,视听性与文学性是共进共退的关系,不要以为画面用力多能够填补文学性不足的缺陷。

视听性中,空镜头往往有隐喻作用,平行蒙太奇比较产生的反差,长镜头中优雅的诗意,都为表现电影的内涵服务。或者说文学性附着于视听性,如声(同期录音或后期录音棚配音)画关系处理中的,声画分离中"画外音"旁白或独白,技术处理得越好,"文学性"才越自然充盈。同时,戏剧性中往往包裹着文学性,如人物塑造需要戏剧性的冲突、戏剧性转折中凸显性格、人性的弱点或光辉,陈可辛导演的《亲爱的》中大家对养母的敌视表现了人性的弱点,《天狗》中因为冲突凸显护林员狗子的担当、正直。当然文学性不完全包含于戏剧性中,即有包含于戏剧性中的文学性,如性格刻画;又有独立于戏剧性的文学性表现,如人物某些情绪与心理展示,如《城南旧事》中英子坐在车上和父母一起前往新家途中,眼前交替出现的画面叠印,可见英子对过往的怀念与惆怅。

一部电影属性构成的三个基本层面中,就创作实践看来,其实最不易被忽视的就是戏剧性,一般电影(除了纯粹风光片、纪录片)程度不同均有戏剧性,因为制作的目的是为了上映,不是为了成为资料片束之高阁,那就无法摆脱在一般观众看来有波澜有冲突的戏剧性,也无需摆脱。情节性强、矛盾冲突设计环环相扣形成的因果链吸引观众往下看,没有什么不好。当然戏剧性一定要与文学性结合,才能打动人。需要注意的是,从学理上说,戏剧性中的舞台性/剧场性虽存在于戏剧中,和实地取景的电影关系不大,不要混到电影的戏剧性中。

讨论到这里,笔者想说的是:文学性、戏剧性、视听性不仅在各自的阵地上一直存在,从未消失过,也在几乎所有的叙事作品中或隐或显地生存着,它们在文学、戏剧、电影中一直相互渗透,一是它们本身就是"近亲",难以完全隔断联系,二是因为受众对它们有共性期待要求,三是创作者、评论者在有意无意的探讨交锋中维护保存、甚至强化了某些因素的分量。比较而言,电影创作发展中"三性"共存被要求的较多,因为文学创作属于个人化活动,纯文学有衰退趋势,读者面较窄;戏剧创作量更小,目前不及文学,传播的面不及电影。总之,没有那么多人对文学、戏剧有发言的兴趣与资质。电影作为传播面大、传播速度迅捷、最接地气的文化产品或艺术品种,被评论被言说的面无疑最广,一路走来,不断被指正,已经具备了天生的戏剧性、基本的文学性,只是这种文学性、戏剧性的比重、质量存在着良莠不齐的现象。

20世纪80年代初期,电影对视听语言的追求和文学性表达并非对立的关系,隐喻、象征的镜头既是蒙太奇组接,也是文学性达成的手法。这些镜头往往表达人物某种思想感情或特定的心理,或含蓄表达影片的人文内涵。影片《小花》在序幕中交代真假小花之由来并表现她们与父母骨肉分离时,穿插进了一组风雨中两只雏鸟在窝中拍翅挣扎,直至窝散鸟落的镜头,是一种典型的爱森斯坦式的隐喻蒙太奇。这是老手法,但运用得贴切自然,亦就产生了新意。片尾表现真小花翠姑在病帐内与哥哥团聚的欣慰,对哥哥与假小花未来幸福作憧憬时,不时插入了一片纯蓝色的波光粼粼的水面镜头,实际上这是在告诉观众翠姑已处于弥留之际。当年的这部电影细节、心理描写通过表演展示较好,当然也有镜头运用的功劳,即与电影技术有关的,如闪回的运用。

警匪片《无间道》(2002)的整个剧情是围绕两个主人公一正一邪的身份对抗为主线展开。陈永仁是警校的尖子生,本该有一番作为,却被上级指派到黑帮做卧底。而刘建明是黑帮成员,却被韩琛派到警方做"内鬼"。影片中警察打入黑社会,黑帮成员到警局的双重卧底剧情设置加大戏剧张力,外在的戏剧冲突表现在为陈与刘的对立,黑帮老大与警局高层的对峙,还有陈永仁与韩琛、刘建明与黄 sir 的矛盾冲突。内在冲突主要表现为主角陈永仁(梁朝伟饰)、刘建明(刘德华饰)内心的极度煎熬。内外交加的冲突使得影片情节格外生动曲折,悬念感十足,即戏剧性充分;同时影片聚焦人物内心,探讨人性的戏份极为充分,又是戏剧性与文学性胶着的表现。

散文化风格的文艺电影也有戏剧性成分,如《暖》中男女主角前后关系变化,以及两次失败恋情对暖的冲击;《黄土地》中翠巧逃婚前的内心矛盾也很激烈,只是叙事中被淡化了而已。

对于一部电影来说,不是说具有文学性、戏剧性及视听性就行了,而是要在掌控每一种特性的量与质上下工夫,并且让它们彼此迁就映衬,磨合调整相互矛盾冲撞的部分,如何接近/趋于完美。我们常说一部电影不可能是尽善尽美的(任何艺术产品都这样),常有评论某影片某方面不足或过了或是某一节点要是怎样处理就好了,其实平心而论,每一部分的量即达成度很难精确完成,作为电影创作者,拍摄过程中自己份内工作的每一环节高水准配合完成,加上后期的用心剪辑加工,就是完美的影片了。

这里特别强调:大部分电影中戏剧性与文学性是相依相存的。前文已经讨论电影各种特性之间的关系,再谈戏剧性与文学性之间的关系是为了强调戏剧性与文学性之间不可分割的一体关系。戏剧本身就是戏剧性与文学性的结合,中国现代戏剧出现以前,舞台剧或案头剧本都称为"戏曲",除了形式因素外,中国戏曲与本土化后的现代话剧有相似之处是故事多具有传奇性,这一点笔者以为是兼具戏剧性和文学性的。传奇,非寻常的意思,甚至有荒诞成分,这是戏剧性的表现,然而这种"传奇性"如能经得起推敲,符合人物性格逻辑,就是文学性的表现/保障之一;加上中国戏曲留下来的常见形态是纸本文学形态(联系戏剧性部分),戏曲的唱词、念白都是提炼过的词句,颇有文采;另外中国戏曲与小说相似的常常体现为随着剧中时间流逝表现人物性格的"渐变"。中国电影起源、发展中与戏曲关系密切,表演方面长期有舞台性(戏剧性的表现之一)痕迹。80年代初有人提出电影与戏剧离婚主要是因为电影表演的戏剧腔过重,一直到第四代、第五代,电影表演渐渐脱离以往的戏剧化表演的藩篱。同时学界对于电影的文学性是重视还是适当减弱,也进行过讨论。不论文化思潮如何偏向,也不论电影工作者如何认知,一部电影中一定会包含文学性与戏剧性,而且这两者实际上一定是难分难解的。如:人物形象应该贴近生活,然而在多数观众心理预期中,希望影片中人物的人生遭遇比我们自己的更为精彩,才有看头;情节逻辑合理,但观众希望看到的片段是"有意思"的、或合乎情理又出乎意料的;台词衔接流畅,且能够展示人物性格与情绪的,或者能推动双方关系发展的等等。上述人物、情节、台词等基本要素要符合一般观众的愿望,就已经是文学性与戏剧性交融的境界了。

三、文学性、戏剧性、视听性与不同风格、类型的电影

所有的电影中文学性、戏剧性、视听性都会体现,只是不可能均衡,也无法平均。可以肯定的是,不同风格与类型的电影中三种特性的比例明显不同,三者的比例/比重无法进行定性衡量。如果是一般剧情片,无疑应该将文学性排在第一,因为现代电影中没有戏剧性或极少的戏剧性也能制作成一部电影,但最起码的叙事因素与内涵即属于文学性的因素不能空缺,特别是抒情意味浓郁的诗化、散文化电影。另外悲剧爱情或偏向女性主义色彩的影片,文学性比重肯定占多;但如果是推理、悬疑、侦探类,戏剧性可能增强,甚至超过文学性成分,只是被压缩的文学性品质不能"掉链子",否则影响故事逻辑,视听性也得跟得上,

为了配合各种转折、悬念揭开又生新的悬念时令观众的理解与镜头语言同步。当然一般伦理、爱情片还需要看其他类型元素渗入程度,如喜剧爱情,可能戏剧性成分不会少;如果是科幻、魔幻、盗墓类,可能视听性比重与水准要求更高些。具体论述如下:

一是文学性充沛的电影:以文艺片与作者电影为代表

文艺片,即文学艺术影片的简称,是与商业片对应的说法。主张个性化、特色化。"文革"结束后中国的电影尚未走上商业化之路,大批电影文学性十足,只是今天看来表演痕迹较重,如台词动作带有舞台剧痕迹。1980 年代前后诗化、散文化以及部分伦理片都可以归于文艺片,这些作品文学性浓郁,如《青春祭》《城南旧事》《巴山夜雨》《边城》《黄土地》,90 年代的《那山,那人,那狗》《我的父亲母亲》《草房子》等同样属于散文化的文艺片。新世纪后文艺片数量有减少趋势。

部分实验电影基本上可以归为文艺片。如宁瀛导演《无穷动》(2005)是一部女性电影,聚焦于中年女性情感淤积状态,也是一次典型的对 1980 年代的怀旧。这部电影的文学性集中体现于对较为特别的人群的形象塑造。创作者因不满于媒体上充斥的虚假、苍白的女性形象,希望通过电影写出自己更认同的女性,书写她们的爱与痛、过去与现在,透过表象写出她们内心无穷涌动的欲望。喧嚣过后回望,《无穷动》书写了中国乃至亚洲电影中鲜有的女性形象,并透过几位经历过政治动荡的女性的内心感悟、感情回顾及价值观表达折射出了整个时代的变迁。影片是典型的实验性电影,连真正意义上的男演员都没有,展示的是很独特的中国女人形象,她们具有别样的魅力,构成对主流女性美学的挑战。电影里不少台词有自嘲成分,更有自嘲之后坚定的自信。

吴天明导演的《百鸟朝凤》(2016)是一部现实主义题材的带有悲情意味的影片,讲述的是发生在黄土地上两代唢呐艺人的故事,表达了对民族传统文化命运的思考。焦三爷和游天鸣师徒两代艺人形象塑造令人唏嘘,其画面的宽阔、人物内心的细腻、背景音乐的穿透力,令人感怀不已。电影正面描述了唢呐技艺及其艺人地位的变化:从开始收徒弟的挑剔,到挑选接班人的严格考量,到唢呐技艺不被村里人接受继而不被身边人接受,进而不被自己人接受,被自己的好朋友在婚礼上冷落;

从不行请师礼,到别人的婚礼上被西洋乐队所排挤,接着就是没有人来邀请唢呐班参加红白事,再往下是师兄弟们各奔生计。唢呐贯穿的情节链既体现了传统乐器与文化的衰落,又塑造了人物的立体形象。曾经风光一时的传统文化、传统技艺面临真实而冷酷的现实。影片表达了吴天明晚年对人生、对电影的感悟,表达了他对中国优秀传统文化的认识和传承意愿,以及对现实中普通人的细致关怀。《百鸟朝凤》主演精湛的表演将人物的心理、情绪演绎得很是到位,从人物塑造的层面为电影的文学性作出了极佳的示范。片中《百鸟朝凤》这支著名乐曲虽然没有被完整吹奏,但是就听到的部分而言婉转悲凉,配合抒情的画面,令人潸然泪下。

2018 年初上映的《无问西东》(李芳芳导演)是一部文艺式青春片,与以往中国青春片表现一代人的青春年华不同,采用非线性叙事,打散四段故事的顺序,以散文化的方式,穿插讲述了近百年间不同时空四代清华人的人生故事。而每一段故事,几乎又都发生在中国近现代历史上不得不提的重要节点,是对在中国近代史中每个挺身而出、为时代献身的青年人的致敬。本片最大优点是形象塑造与无畏情怀的传达。在人物塑造上本片中的人物都具有鲜明的时代感,有的也有原型,那么在塑造人物时,真实性与可信度就非常重要,能不能打动人,就在于真不真。王敏佳(章子怡饰)的被审讯以及应对态度,刘淑芬面对丈夫多年冷暴力的跳井,各个人物动机反应合理,细节饱满,令人动容。沈光耀(王力宏饰)弃文从军,撞向敌舰,给母亲写的信,可歌可泣。影片倡导"真心、正义、无畏、同情"的青春,比以往青春片立意更为高远。本片结构安排较特别,四段故事交错安排组合,另有富有诗意的片段分别穿插在对应的故事中,如泰戈尔的演讲穿插于如何选择人生方向(20 年代吴岭澜)的故事中,又如课堂漏雨的片段穿插于弃笔投戎的故事(30 年代沈光耀)中。但也有一些情节安排有不合逻辑之处,如沈光耀常常绕路去给受难的孩子们空投食物,且不论战时这些金贵的糖和罐头该不该随便投出去,也不论绕个路这点罐头够不够油钱,作为一名优秀的飞行员每次飞相同的路线将自己置身险境,倘若牺牲,损失巨大。这种显得愚蠢的善良行为(也是情节安排)一定程度上降低了整个故事的可信度。当然瑕不掩瑜,整部影片的理想情怀与人物形象令人感佩难忘。

电影是艺术还是大众文化,从创作者到受众都一直存在不同的认知。但比一般文艺片更小众化的"艺术片"确实存在,它们极其重视人的精神世界的状态,那怕是某一时段的自我意识,从文学中产生的意识流(意识的流动情态)迁移到电影叙事,形成文学性较强的风格化电影,如外国著名的意识流电影《野草莓》作为瑞典导演英格玛·伯格曼导演兼编剧的代表作,内容涉及对死亡的恐惧,对上帝的讨论。有回忆、冷漠与孤独,有爱情、忏悔与宽恕,是又爱又恨的老人对人生的探究,将生存、死亡、爱情、冷酷、过去、现在等等元素结合,透过回忆、幻觉和梦境,将不断出现而又消失在接近死亡的老人脑海里的孤独,描写得非常冷酷而彻底,是一部很成功的意识流影片。其他如《广岛之恋》《穆赫兰道》等艺术片也是注重展示人物内心情绪流动的影片。中国导演王家卫的《春光乍泄》《重庆森林》《东邪西毒》《2046》等影片以自己的影像风格表现了当代中国电影中的一种写意化塑造人物的手法。比较而言,这类影片与文学确实靠得更近。

欧洲一些电影探讨哲学、人生问题,文学性的分量毋庸置疑;今天看来剑走偏锋的小说化电影、哲理化电影,如阿伦·雷乃的著名代表作(两部影片难以复制也不宜复制),主题多义、情节简单、文学性强,是很有影响力的世界名片,隐喻象征等手法与大量画外音的运用,使得电影的文学艺术性格外突出,内涵深邃。

这些艺术片可以贴上"作者电影"的标签,从某种程度上艺术片就是呈现创作者个性化的追求与高雅趣味。欧洲有一批这样的艺术电影。《去年在马里昂巴德》(1961)对于文学性的高度倚重,在阿伦·雷乃的影片中呈现为一种近乎晦涩的表达。正如影片中没完没了的絮絮叨叨一样,法国知识分子的哲思习惯和雷乃自身的贵族气质构成了影片的最大特色。但是正如让·雷诺阿所说:阿伦·雷乃想以自己一生的所有电影只讲述一个道理。对于阿伦·雷乃这样的电影人来说,现实世界在某种程度上,只是思想的影子。雷乃始终在影片中热衷于表达的"一个道理",影片中呈现和探讨的,关于过于与现在的关系,正是以迷宫式的空间、迷一样的时光流逝、迷一般神秘的事件和话语,以非物质的视觉形式探讨精神领域的、纯粹心灵上的感悟。可以说,这是一部推崇情感情绪、轻视理性的影片。法国新浪潮左岸派的导演们受超现实主义影响较深,创作者们汲取文学中的自由意向,往往在虚幻的意识与真切的现实之间纠缠不清,《去年在马里昂巴德》即为其中的典型。

二是戏剧性突出的影片,以侦探、悬疑类电影为代表

虽说大部分影片都是需要戏剧化因素,才能吸引观众。不过如果对电影的题材类型进行分类,悬疑犯罪、缉毒、战争等类型的影片,戏剧性成分肯定会多些,如《风声》《全民目击》《湄公河行动》等等。这类影片以剧情的曲折生动取胜,必须环环相扣,吸引观众关注事件的发展与推进,既描述不同阵营的冲突对立,也呈现主要人物内心的彷徨纠结与信念勇气。

《李米的猜想》(2008)属于爱情与悬疑掺杂的影片,通过小人物的生存状态反映了现代人生活上的压力和精神上的迷失。有传奇、荒诞因素,如男主角方文为了成为李米父母认可的那种人,决定出去闯荡,一去不返,只是时不时给李米寄来一封信。但是她每次找到寄信地址时,却发现自己永远都晚了一步。四年间李米疯狂地寻找方文,她把方文的照片带在车上给每一个客人看;有戏剧性悬念与转折,李米遇到两名携带毒品的绑匪上了她的车,她终于找到了方文;可是更具有传奇性的是,等待她的却是比男友失踪更可怕的现实:她熟悉的方文名叫马冰,却无论如何不愿认她。收尾阶段的剧情,是文学性与戏剧性交叠的段落,呈现戏剧化而又感人至深的爱情。成了毒贩的方文自知来日无多,给李米留下一箱子钱和一个 DV。DV 中他给李米留下了遗言,说"我做到了,你去开个超市吧,如果我再也回不来了,你想我的时候,就看看我写给你的信,一共 54 封⋯⋯"方文四年来在李米身后偷拍的片段——李米晾衣服、李米出车内急找厕所、李米和客人吵架⋯⋯这些让李米又哭又笑的镜头,是方文四年来的注视、牵挂和渴望。这一片段也是编剧的神来之笔,周迅的表演让其锦上添花。

剧情一开始进展有点缓慢,在李米背诵方文的书信中,恍惚让人感到文艺片的气息/氛围。这就像运动员比赛中慢热一样,随着剧情的展开,影片吸引观众的方面开始显现:诗人坠桥死亡,马冰(方文)却对从桥上掉下来的照片感兴趣,对两个农民工穷追不舍;李米被两个打车的农民工劫持,最后却幸运地被其中一个绑匪释放……环环紧扣,悬念丛生,"悬疑"、"警匪"两大主题诠释得非常到位。当然,这部电影文学性也不差。

韩国电影《杀人回忆》根据真实事件改编,故事原型就是发生在1986 年到 1991 年间的华城连环杀人案(实际调查资料与采访记录),共有 10 名女性接连遇害,作案手段极其残忍,加之跌宕起伏的剧情,使得影片拥有了极致的感官效果。而在真实事件改编的基础上,融入大量具有戏剧性的元素,可谓悬念迭起:先后抓了三位嫌疑人,却都因为缺乏证据而放掉,凶手似乎在和观众玩捉迷藏,每次感觉就差一点就能找到凶手,可就是抓不到。一晃多年过去了,破案的希望越来越渺茫,朴探员(宋康昊饰)再次来到第一个案发现场观看。一个路过的小女孩提醒了他前几天还有其他人来这看,并告知朴探员那是一个相貌平凡的普通人。朴探员眼神复杂的盯着镜头,全剧结束时戏剧化的悬念依然存在。

三是视听性耀眼的电影,以魔幻、科幻类电影为代表

魔幻、科幻题材电影因为要让观众进入故事情境,必须在视听语言上打造亦真亦幻的世界,设计出与现实生活不一样的奇幻体验,因此"视听性"元素一定会非常重视,比如电影《阿凡达》的导演卡梅隆把他亲手打造的潘多拉奇幻世界呈现在了观众眼前,这在电影史上"前无古人"。为了能让观众对银幕上的梦幻世界产生身临其境的体验效果,卡梅隆使用了三项突破性技术:虚拟摄像技术、表情抓取、联合数字立体摄影机。杰克"从飞船的休眠仓中醒来,置身失重状态的宇宙飞船,为了表现杰克的悬浮,此时镜头同位滚动,而观影效果则是荧幕焦点静止,座位上的观众感觉自己在飘!"[1]影片中的杰克成为"阿凡达"混血生物进入潘多拉星原始森林之后,那些丰富多样的草本植物似乎就在人鼻子底下,触手可及;杰克第一次看到一片倒置伞状的巨型多层红色花朵时,那些阳光般伸展的针叶花瓣几乎就覆盖着前面观众的脑袋,伸

---

① 齐秀芝、陈善为:《〈阿凡达〉:技术与艺术的完美"化身"》,《电影文学》,2010 年第 12 期。

伸脖子说不定你也能碰到。更不用提那些漫天飞舞的"灵魂树"种子，它们像雪花，又像海洋中透明的水母，环绕着电影中的人物，也包围了屏幕前的每一个人，让你屏气凝神，让你目不暇接，让你彻底迷失在潘多拉星的奇幻迤逦世界中无法自拔。

对于电影发展史来说，《阿凡达》在技术与艺术上形成了颠覆性的变革。对于内行观众来说，可以看出、说出其技术上的难度与新意，对于普通观众而言，几乎从未有过的体验带给他们某种刺激与满足，了解感知到电影世界的的奇妙。

除了技术带来的如幻如真体验的同时，影片在文学性方面并不逊色，展示了人物关系演化，人物细腻的情感表达，并引领观众反思文明社会人们的精神诉求：爱情、责任、信念以及对宇宙未来命运的承担。影片中男女主人公的成长背景相差很大，立场与身份也可以说是对立的。男主角是一个双腿有残疾的前海军陆战队士兵，去潘多拉星球重新开始自己的新生活，女主角是潘多拉星球土著纳威人首领的女儿，他们所代表的两种文化在利益上是相互冲突和对立的。影片对男女主角的心理和行为的刻画很细腻，有较多的面部表情特写来体现双方对彼此的感受和理解，从而传递影片故事的主旨：理解与尊重。《阿凡达》的情感线多少延续了《泰坦尼克号》中杰克和露丝的模式。

盗墓、魔幻等题材电影偏向于悬疑、惊悚，陈凯歌魔幻题材《无极》的视听语言在国产片中开了先河，影片很多画面绚丽夺目。虽然在文学性方面有诸多令人诟病处，如主题过于宏大、繁复；某些片段的人物台词显得幼稚，配不上内涵等等，但它在中国电影史上是有缺点、也有特色的影片，哪怕仅就视听性而言。

一部电影的优劣、水平高低可以从电影性、文学性、戏剧性三个维度也是三个层面着手评析。针对本课题研究目标，主要内容集中于"文学性"；虽然一部电影从创作到评论各个环节，另外两种特性亦与文学性难以剥离，这在前文已经做了一定程度的探讨，但表述上可以相对独立、集中。本书只讨论故事片，纪录片不在此研究范围。

文学性在电影的多种艺术的综合特质中，是最基础、最活跃的因素，也就是说，文学因素在综合因素中不可或缺。这是因为，影片和文学一样,都有塑造典型环境中的典型人物的任务,而交代环境、塑造人物、叙述故事乃至表现作者的情绪、意念等,所运用的表现手段、技巧,两者有不少是相仿相通的,只是方式、介质有别。

第二节　电影"文学性"的维度表现

电影中文学性表现维度的划分是参照文学的特征/特性进行推敲的,可以粗放些,也可以细致些。按粗放分,包括人文内涵及情怀、吸引人的故事/事件与情节安排、形象塑造、人物台词(含画外音)。从细致分,包括从表现手法到叙事结构安排到叙事风格再到人文内涵等维度的文学性体现。表现手法有性格刻画、心理描写、环境气氛渲染等;修辞手法有象征、隐喻、夸张、反复等;叙事方式有顺叙、倒叙、插叙、补叙、复调叙事等;叙事视角有全知视角与有限视角、内视角与外视角等;审美形态有悲喜交融、冷幽默、黑色幽默与荒诞等;叙事结构有普通的单线叙事、双线叙事,以及套层结构、散文化、意识流等;叙事风格有平实、虚幻、虚实兼顾等;人文内涵有强弱、正面负面之分;音乐插曲根据内容搭配,或明丽或忧伤,或奔放或柔美。联系风格鲜明的导演的系列作品以及具有特色的电影文本,笔者认为 1979 年以来中国电影的"文学性"可以分为基本的文学性维度与"追加"的文学性维度。前者应该是所有电影都显示的常态化的"文学性",后者是部分电影表现出来的基本维度之外的文学特质。

一、基本的文学性维度

(一) 人文内涵/情怀

这里所说的内涵,也可以理解为电影的主旨或主题倾向,或者与主旨相关的观点表达。主题也就是作品之"脑",一部影片,叙说一个具体的故事,由众多的镜头组接而成,肯定有一个相对统一的主旨表达,电影观念无论怎样革新,即便提倡影片主题的多义性,但并不意味着主题可以混沌不清。当然影片的主旨表达/传递不能过于直白、简单,应该是在情节发展与人物形象塑造中表现出来的,往往与影片中的人性表现及变化有关。电影《霸王别姬》讲述的是两个京剧伶人的命运沉浮,并将个人命运与时代变化紧密结合在一起,采用灿烂纷繁的戏剧艺术串联起故事情节和人物命运的发展,营造出艺术兼写实的电影风格。影片可从不同方位进行主旨内涵的解读,如滚滚红尘中包括艺人在内的普通人命运的身不由己的沉浮;对以京剧为代表的传统文化的态度与思考(京剧艺术能否传到日本)。影片中主人公和他们的看家本领"唱京剧"经历了军阀混战、抗日战争、新中国成立初期、文化大革命、文革结束这几十年的时事风云,投射出一股对中国传统文化的哲学思考。最深刻的主题内涵莫过于对人性中的迷恋与背叛的刻画,极具张力地展示了人在角色错位及面临灾难时的多面性和丰富性,传达出人生如戏的悲凉感慨。上述各种层面的主旨内涵又是相互关联的。

　　文学性中包含有人文性,在形象塑造中价值、情感、审美自然有所附丽。不论什么风格、类型的电影,总会在内涵主旨上表现自己的倾向性,哪怕是客观冷静呈现某一事件,看不出明显褒贬,但是仍然有创作者的态度,如盖里奇《两杆大烟枪》突出情节结构的"螳螂捕蝉黄雀在后"式环环相扣,但每一个团队或个人结局的安排,仍然看出电影对汤姆、肥皂等四位小混混还是怀有宽容之心的。

　　人文内涵有强弱、正面负面之分。通常情况下能够公映的影片人文内涵不会太差,但是特殊年代的应景作品就很难说了,文革中的《决裂》和《春苗》,两者意识形态痕迹太明显,人物脸谱化。《决裂》表达了对知识、对知识分子的蔑视与抵触,显然是反动的。《春苗》虽然对农村医疗卫生体系中存在衙门作风、特权等问题的揭示有一定的现实意义,但是正邪对立中情节设置过于夸张所带来的褒贬憎恶情感有失生活真实。

　　一般来说,艺术电影的主旨或内涵不会缺乏,只是解读时可能存在分歧。大多数观众对于看得懂的商业影片同样存在着普世价值的期待,所谓普世价值,属于内涵的组成部分,是指人类对于公平、正义、自由、民主的共同倡导和遵循的一套基本的价值规范,比如真善美对假恶丑的胜利和斗争。更为抽象的层次上,他们是一些放之四海而皆准的东西。然而在中国电影中这些能够让人动容的东西却不够多。"去价值倾向"是中国商业电影的很大弊端,比如典型的商业电影《十全九美》除了明星阵容、唯美的画面、赏心悦目的色彩音乐与光照,看不出电影有什么特色或思想。它除了恶搞给观众带来瞬间的开怀大笑之外,很难再谈得上什么"价值",这样的哗众取宠最多只能留下空壳般的电影名称。

根据张平长篇小说《抉择》改编的《生死抉择》(2000)是反腐题材的主旋律影片,影片对国企改革过程中触目惊心的链条式腐败、塌方式腐败的大胆揭露,以及对李高成、杨诚为代表的一系列理想信念坚定的共产党员形象的塑造使得影片价值取向明确,票房也取得了极大的成功。"影片是主流形态的创作,过去人们被这一类影片的说教价值产生疑惑误解。《生死抉择》的出现应当修正一些传统认识。"①影片后半截有理想主义的色彩,不足之处是问题的解决依赖于包青天式的上级领导,而不是在于机制。相信随着时间推移,相关制度的完善,有现实法规作为依据的剧情会弥补这类题材电影的缺憾;但不能否认影片具有较强的认识功能与教育功能。"毫无疑问,影片的魅力首先是生活的真实反映,在人民群众对腐败积蓄了相当程度的抵触不满情绪、生活困惑需要解答的时候,艺术适时包容了生活的内在要求加以反映,并且以相当的表现规模和深度再现时代,自然具有动人的魅力。"②另外影片条理清晰、结构严谨,而且叙事节奏张弛有度,使得这部时长 160 分钟左右的电影看起来丝毫不显沉闷。

喜剧电影也应该注重内涵或思想性,如《甲方乙方》京腔调式的台词带着调侃,说的是现实中各种矛盾问题怎么解决,其中体现出来的是温暖、适宜,关照到大众的文化心理,这就是特色。影片在"本事"荒诞中透出的逻辑性并不荒谬,荒诞式解决方案反应了人们的愿望,影片中的将军梦、英雄梦、爱情梦以及明星凡人梦、夫妻团圆梦等都被虚拟或

---

① 周星著《中国电影艺术史》,北京大学出版社 2005 年版,第 344 页。
② 同上,第 345 页。

真实地兑现了，让观众体会到不同民众代表的内心愿望或诉求怎么实现。

新世纪第一个十年的几部大片不乏人文内涵或思想内涵，但有些内涵没有附丽，显得空洞或停留于口号标语，缺乏有逻辑的情节作为基础保障，如《无极》；或人文内涵脱离具体的语境，随意将现代思维强加上去，《英雄》就是如此；历史人物与故事可以重新演绎，重新诠释，可以表现某一历史事件在当代的理解，但要注意层面和基本底线。

（二）人物形象的生动典型。

塑造典型的人物形象，这是所有文学艺术的共同使命，而把人作为视觉形象中心的电影，最高任务就是塑造典型环境中的典型性格。电影要反映现实生活，反映时代精神，反映作者的理想就是要写人物的命运、性格，表现人与人之间的复杂关系，离开了历史的、具体的典型人物的塑造，电影也不成其为艺术了。哪怕是意识流电影、非情节化电影，或者其他实验主义电影等等，归根到底，还是要看创作者怎么理解并表现某一具体环境中的人。

《教父》这样的影片距今 40 多年，仍具有巨大的魅力，值得反复观赏品味。除了场面调度、演员调度等技术因素不可复制，声画关系处理及蒙太奇运用堪称教科书级别外，还有令人动容的文学性因素：内在的情感力量。两代教父都很注重维护家人的感情与利益（爱妻爱子女，有责任心表现）。影片人物众多却性格区分度明显，如第一代教父和第二代教父的不同，科里昂三兄弟的性格有区分度，老大讲义气但非常暴躁；老二懦弱还会被利益引诱背叛亲情；老三却显得冷静沉稳，理智多谋，成为"教父"后阴狠虚伪不动声色。虽说内涵与价值取向显得复杂：既杀人不眨眼，同时也帮助弱小，如老教父帮助妻子的好朋友争取租住权；讲信用追求声誉，有自己的原则，如老教父不染指毒品。但这是人物性格的多面性带来的，可以理解。影片用了大量的特写与近镜头表现人物细腻的心思或情绪。

革命历史题材电影《西安事变》（1981）之所以能在同类题材创作上取得大的突破，关键在于创作者摆脱了条条框框的束缚，摈弃以简单的

59

政治概念去描写"坏人"、"好人"的做法,对反动派不加丑化,对进步人物与革命者也不拔高,而是严格遵循现实主义创作方法,以历史唯物主义的眼光,还历史本来面目,尽量使影片中的人物形象成为各有鲜明个性的活生生的人。西安事变是由张学良、杨虎城二将军发动的。他们是贯穿于全片的两个核心人物,其思想脉络和性格特征是清晰的。塑造人物的同时自然要营造人物关系,此片在这一方面把握较好。张接受蒋介石不抵抗的密令,在东北沦丧的情况下被迫"剿共",但不安于作"不抵抗将军"而急于寻求抗日救国的出路;杨想要解甲归田也遭党棍敲诈,当得知中共"停止内战,一致抗日"的主张后,激发起爱国热情,并与我党秘密接触。张、杨二人虽然都看到"剿共"没有出路,又都不满蒋介石"攘外必先安内"的反动政策,但他们原先交情不深,也无联盟之约,在彼此试探中若即若离。直到他们被迫抄了国民党陕西省党部,才以诚相见,携起手来。张学良是个怀着家国之痛、有爱国热情的少壮军人形象;杨虎城则是深谋远虑、颇有心机的正义武人。他们有各自鲜明的性格色彩,又各有其复杂性。两位扮演者准确地把握了历史人物的真情实感,使今天的观众得以正确认识和理解关心国家和民族命运的张、杨二位将军的真实思想面貌。"影片中出现了张学良、杨虎城、蒋介石、宋美龄、宋子文、何应钦及革命领袖毛泽东、周恩来等 30 多个人物。没有虚构的主要人物,没有让人物淹没在事件中,也没有故作惊人之笔,以其史实的力量产生强烈的震撼性。特别是张学良、杨虎城、蒋介石的形象塑造,打破了禁锢,以其性格塑造的真实性和丰富性再现了历史,征服了观众。"[①]片中蒋介石的形象也相当准确、丰满、生动,导演成荫舍弃了对这类题材惯常的艺术处理方法——真实的大人物＋虚构的"小人物",而采取了追求彻底的纪实性的构思方法,并且达到了预想的效果。

现在有一种观点,认为电影不一定要塑造人物性格,有的影片只表现一种意念或情绪,同样可以吸引人。比如用天旋地转,摇晃不定的画

---

① 章柏青、贾磊磊主编《中国当代电影发展史(上册)》,文化艺术出版社 2006 年版,第 254 页。

面,表现人物的头晕目眩或伤势严重;用光怪陆离、混沌不清的形象,反映人物的醉眼朦胧。如西片《两杆大烟枪》人物众多,人物关系荒诞,影片中一些片段表现人物的精神状态或情绪,艾伦被诱惑参与赌牌,赌输了老爸的酒店后出门的镜头,借助主观镜头展现人物的幻觉、幻听、想象以表现人物的内心世界。其实,这种意念或情绪,也是人物所独具的思想感情,表现意念或情绪,其最终目的也是为了表现人的精神状态,树立人物形象。

表现人物非正常状态下的情绪,常用到主观镜头。这就是电影的视听手段为表现人物服务。那么什么叫主观镜头?当一个镜头的取景让我们认为那是主角所见到的景物或其他内容,我们就称之为主观性镜头,或者是主观镜头。由此,可以对"主观镜头"的概念做出一个界定,它是与客观镜头相对的,不是以一种客观的旁观视角去记录所发生的事,而是以人物的视线为出发点,记录人物眼睛见到的东西,以此与人物内心世界发生关联。《鬼子来了》中马大山的头被砍下,一抹鲜血映红银幕。我们的视角也随之发生了变化,从观众的视角转换为马大山的视角,随着他的脑袋滚落在地上,我们看到一个倒转的彩色的世界,而这个世界有一抹美丽而刺眼的红色。马大山并没有立刻死去,他眨了眨眼睛,然后留下一个微笑。这一笑是什么?是他的讽刺,他的无奈,他的满足,他的解脱,他的绝望?还是仅仅告诉我们,在此基础上使观众产生一种代入感,更深切地领会人物情感。因此,主观镜头的运用,不仅是利用电影镜头探求人物心理的一种手段,也是一种可以使观众观影体验得以融入的方法。

新时期以来,出现了一批在塑造人物中表现人物特殊处境下心理状态的影片,如《双旗镇刀客》中气氛描写很是突出,一开始的荒凉贫瘠,一刀仙在镇上横行杀人时小镇的肃杀,好妹遭遇危险时的紧张气氛,都渲染得很有层次。孩哥与一刀仙对决前,小镇的恐怖气氛被渲染到极致,同时传递了孩哥在巨大压力下的恍惚的精神状态。曹保平导演更是在多部电影中尝试表现在巨大压力下人物的情绪状态,如《光荣的愤怒》《李米的猜想》《烈日灼心》等影片。《天下无贼》中最后特写镜头中人物的情绪变化令人记忆犹新:大着肚子的刘若英一边吃,一边听警察说自己男友去世消息，眼泪大颗大颗滴下来的场景令人难忘。描述人物心理可以通过对话直接呈现，也可以用主观镜头、近镜头、特写镜头"意会"人物心理情绪。

一些伦理片在塑造人物形象、展示人物关系时抓住特别场景，提炼生活中人们情感寄托的方式，达到催人泪下的效果。《唐山大地震》是一部非传统意义上的灾难片，片中并没有过多地纠缠于地震本身，而是讲述了一个家庭在地震后的精神重建。在一个"23 秒，32 年"的故事中，真实地展现出了人与人之间的亲情力量和生死考验带给人们的心灵震撼。影片最大的亮点和成功之处就是对人物情感展示与处理（配合人物关系、人物形象的营造）：一是有关场景的气氛渲染，表达了人物深刻细腻的情感；二是细节的准确拿捏，多处典型细节如一颗颗催泪弹投炸在人心最柔软的地方，同时把两个多小时的大戏回环相扣，有始有终。具体论述如下：

营造渲染场景气氛，以充分表现人物之间的情感纽带，同时也推动情节的发展：影片《唐山大地震》利用常见的场景渲染气氛，酣畅淋漓。片中地震过后当方达奶奶从济南赶来要将方达（李晨饰）接走时，孤苦伶仃的元妮（徐帆饰）看着大客车驶去，内心挣扎痛苦，方达的姑姑善良、通情达理，她劝说了奶奶，"带走达就是要了元妮的命啊！"看着方达从车里跑回来，方达一声"妈"，元妮的一声"达"，喊得人肝肠寸断。又如方登（张静初饰）离开养父母家很多年杳无音信，当她再次出现在养父（陈道明饰）面前时，年迈的养父拍着沙发的大吼"我天天都在担心，这些年你去哪里了"；看着外孙女安静的睡姿，又会心地微笑，这就是父爱。这样的场景把一个慈父也是一个老者的形象展现得恰到好处，非常生活化。再比如，方登跟着弟弟回家后走进房间，她看到墙上还挂着自己小时候的照片。这时，李元妮走来，用颤抖的声音说："妈给你道个歉吧。"说着就跪了下来，方登终于忍不住，也跪了下来，和母亲相拥而泣。在坟头（以为女儿已逝而立的空坟），方登哭跪不起，"对不起，妈妈，我折磨了您 32 年啊！对不起，对不起……"遭到心灵重创的母女终于拥抱在一起。那一刻，观众体会到了什么是"永远割舍不掉的血浓于水的亲情"。虽然有人认为影片较为煽情，不过这几段与彼时彼地情境中的人物心理吻合,可以接受。如母亲对女儿下跪那场戏,是徐帆自己设计的,她认为只有用这种最真诚的道歉方式才能表达一个母亲压抑在心头对女儿 32 年的愧疚,也才能让自己释怀。剧情里面的每一次哭,都有不一样的情绪酝酿,不是为哭而哭,而是细腻体味某种苦楚后,发自内心的真切痛感。几乎所有的哭戏都在精准把握人物命运的脉搏以及观众的泪腺后,自然而然宣泄而出,让人感同身受。当然,有关场景中的言行也可以当做打动人心的细节看待。

其次,利用物象细节表达深沉母爱。物象即是客观事物,电影的物象主要是电影道具。影片《唐山大地震》中两处物象细节给人印象深刻:一处是西红柿,当女儿方登回家进屋,桌子上摆放了几个泡在水盆中的西红柿,这与剧情一开头女儿吃不到最后一个西红柿前后呼应,"我没有骗你",32 年来元妮一直没有忘记对女儿的承诺;另一处是书包课本,元妮把从小学到高中的课本给女儿多买一套,32 年来女儿一直活在母亲的心中。看到这两样东西,女儿方登的心结被彻底打开,原来母亲是这样爱自己,从未忘掉自己。可以说,影片中物象细节运用得自然而真实,既能表达人物情感,又可推动剧情的发展。

(三) 有逻辑且吸引人的情节或事件

情节本来是叙事文学共有的成分,相形之下电影比小说更注重情节,因为电影是视觉艺术,它必须具有能够紧紧抓住观众的注意力,以吸引他们兴趣盎然地看下去的魅力。对于电影来说,情节可谓是其中最主要的元素之一。一部电影的水平、口碑(当时的口碑及后续的口碑)以及在电影史上能否拥有一席之地,有很多原因,如画面是否吸引人,主题曲插曲是否打动人心,结构安排是否别有新意、人物性格是否引人入胜,等等,但有一个重要的衡量标准不可忽视,就是故事编织或情节推进,是否经得起推敲。情节既是文学性的重要维度,也是戏剧性与文学性关系最为密切的部分。这里,有必要辨析一下"情节"与"故事"。情节是对具备一定因果逻辑关系的事件的叙述。20 世纪英国作家福斯特在其作品《小说面面观》中将情节与故事做了形象的比较:"国王死了,王后由于伤心过度不久也死了。"具有因果关系,是情节;"国王死了,然后王后也死了。"按照时间的先后顺序进行叙述,是故事。简而言之,两者的区别就是看是否具有因果关系。实际上,很多时候"情节"与"故事"两个概念并未严格区别开,常常混用,或联合使用即"故事情节"。通常语境下,故事被当做一种文体(口头讲述事件),或被作为完整的叙事文本看待,情节只是其中的要素之一,如使用频率较高的"故事会"、"故事比赛"、"讲故事"等说法就印证了人们对"故事"的理解——文体之一。英国威廉·萨默塞特·毛姆说:"听故事的愿望在人类身上,同财产观念一样是根深蒂固的。自有历史以来,人们就聚在篝火旁或市井处听讲故事。"①针对具体电影而言,常常有包括影评人、普通观众、创作者等不同身份的人评论某部电影故事讲得好或不好,其实就是情节设计是否生动,是否经得起推敲。笔者认为对于汉语中生命力强大的词汇,一般语境下应尊重其使用习惯。

电影中的情节是在编剧创作环节"编"出来的。当然,这个"编",不是凭空瞎编,而是在积累了大量的生活素材后,加以提炼或改造。编剧们强调的"故事核"就是情节链中的的核心情节,也就是所谓的"点子",以小品为代表的戏剧称之为"包袱",电影也可以这么说。

《秋菊打官司》中故事核很简单,受到不公平待遇(对待)讨个说法,《我不是潘金莲》上映后,熟悉张艺谋电影的观众一下子觉得影片中的李雪莲就是秋菊的仿真版,因为从"故事核"上说非常接近。比较而言,《秋菊打官司》更胜一筹,因为在中国这个故事具有原创性(来自原著《万家诉讼》),而且结尾的反转很精彩,有画龙点睛之效,当然李雪莲的故事别有一种深刻的荒诞。冯小刚的《天下无贼》中"故事核"也很特别,王宝强饰演的傻根相信"天下无贼",手段高超的两个阵营中的贼一个要维护他的这个"理想",一个要破坏这个"理想"。前文所论及的《唐山大地震》的"故事核"就是特殊境遇中的"两难选择",这在伊朗电影《纳德与西敏》(又名《一次别离》)和英美电影《苏菲的抉择》中都可以感受到,另外还有一些电影的部分段落即情节链中的某一环节涉及"两难选择",如《我不是药神》(2018)中徐峥饰演的程勇曾经因为避免风险暂

---

① [英]毛姆著《巨匠与杰作》,华东师范大学出版社 1987 年版,第 17 页。

停代购治疗白血病的药,后来经过犹疑徘徊还是遵从了内心的良知。而《两生花》电影中的一人双面的基本构思也是故事核,对中国电影《苏州河》《绿茶》《周渔的火车》的情节创作形成了互文性影响,当然由于中国这几部影片中人物设置各有特色,神秘感大大减低。

对于电影编剧而言,有了"故事核",仅仅是一个好的开始,需要依据直接、间接的生活实际加工成经得起推敲的情节链,对于非当代现实题材,或许还需要查阅有关资料,走访相关专家与权威人士,了解故事发生的宏观背景、文化习俗社会制度、微观的道具与扮相等等信息,进而对"故事核"进行扩充内容、丰富细节与适当变形夸张式处理。如姜文电影对原著小说的处理常常呈现"变形"浪漫的风格;或以一个"故事核"为轴心,拼凑杂糅几个关联的情节段落。所以每一部电影剧本的完成往往是诸葛亮式的智慧结晶,甚至有少数参与者无法署名;至于从剧本转化为影像作品,其中情节链中某一块会被修改、调整,更是经常出现的创作现象,优秀的演员也可能会思考剧情的逻辑性,进而提出建设性意见。这和小说完全私人化创作的情形相比差距很大。当然,如果是改编文学为电影,基本上有一个现成的情节框架或启发编导产生新的想法的"故事核",甚至原著的整体情节走向被基本吸收(参见改编电影的文学性部分)。

叙事艺术的情节与结构安排相辅相成,也常常连在一起称为"情节结构",只是结构似乎更偏向外延的形式要素。就中国新时期以来的大部分电影而言,基本都是线型的情节性强的戏剧化电影:即一条主线索贯穿始终,外化的矛盾冲突明显或内心的意志对抗强烈,又或者内外冲突都很激烈的电影。我们在电影院欣赏的大部分电影就是这样的戏剧化电影,这类影片中不乏优秀之作,如我们看过的李安导演的电影、周星驰导演的影片、张艺谋导演的《英雄》以外的电影,以及绝大多数导演的作品,都是线型结构影片。"传统的线型叙事结构以因果律和必然律为基础,在电影叙事的形态上,具有一致性和透明性。"①下面谈谈结

---

① 陈旭光:《叙事实验、意象拼贴与破碎的个人化寓言——评〈太阳照常升起〉的创新与问题》,《艺术评论》,2007 年第 11 期。

构安排上与线型叙事结构有别的几种影片：

1. 散文化电影

相对于戏剧化电影来说，散文化电影重在通过电影语言抒发人物的情感、情绪，整体上呈现出冲淡平和、舒缓优雅的风貌。中外电影史上不乏散文化电影的佳作，吴贻弓导演的影片《城南旧事》中，看似没有关联的几件事情都发生在英子的眼中，人生的风起云涌、惊涛骇浪都隐蔽在英子迷茫无助的眼神后。而霍建起导演的散文化电影《那山，那人，那狗》，风景如画，表现的是父子俩送信的这段路程中的感情交流，整体风格幽静而平淡，没有奇遇、危险（唯一的一次危险攀登被老山民的孙子搭下绳子解决了），更谈不上戏剧化冲突，有的只是两代人心灵情感上的碰撞。以画外音独白进行叙事的《一个陌生女人的来信》在幽静的气氛、忧伤的情绪中展开心灵的追溯。散文化电影注重意境的营造，空镜头的诗意与隐喻也让这类电影具有文学化倾向。但这类电影情节还是存在的，线索也能感受得到。《花样年华》里周慕云（梁朝伟饰）和苏丽珍（张曼玉饰）的婚外暧昧之情在两个小时左右的影像时光中无甚进展，只是被动地从一种情形滑向另一种情形，因为他们并无明确的改变现状的目标，起码苏丽珍在犹疑中不愿他们这种因双方伴侣有染而结成的联盟突破底线，虽然心中徘徊不已。同时我们又感受到片中情绪化的积累已经让周慕云想过未来，才有"如果我多一张船票，你会不会跟我走？"的试探，这就是淡化了但依然流动的情节。

2. 意识流结构的电影

意识流结构的影片在脱离戏剧性方面比散文化结构、小品式结构、团块结构也许走得更远，重在表达人类内心的流动情绪或隐秘情感。意识流电影是受意识流小说影响而产生的一种独特的影片样式。20世纪 20 年代欧美作家将"意识流"运用于文学创作，50 年代才进入电影创作之中。在世界电影史上被最早视为"意识流电影"的是瑞典著名导演英格玛·伯格曼的《野草莓》。该片透过回忆、幻觉或梦境，将不断出现而又消失在接近死亡的老人脑海里的孤独，表现得非常冷静甚至冷酷。意识流电影的结构打破了传统的戏剧式结构，反情节化、反戏剧化，也不要求有一个完整的戏剧事件在影片中贯穿始终，而是将现实、回忆以及想象梦境等内容打破时空顺序、随意跳跃、非理性怪诞、无逻辑的闪接,中国大陆的意识流电影中《天云山传奇》较为突出。

王家卫一系列电影着重展示人物某一阶段或某一时刻的心理与情绪,武侠外衣包裹的《东邪西毒》不按常规出牌,不以情节取胜。塑造人物也不在乎其立体形象,而是用文艺化的台词引出人物、表达自己的内心、建构并评价人物关系。所以如果不适应这种从一个人的意识转到另一画面中第二人的情绪、再转到第三人的独白式自语,你可能无法理解王家卫电影中的情节怎么推进的,人物形象怎么建立的。同电影史上的那些意识流电影名家相比,王家卫的电影意识流主要集中在感官效果的营造上,并没有过多凝聚深刻的哲学以及宗教含义。即便如此,也需要通过对话、旁白、独白(有时加上字幕)好好理顺其中的人物定位及相互关系。

3. "复调叙事"的影片

团块结构的影片是影片结构上的"另类"品种,有人从叙事的角度加以研究,认为是文学上"复调叙事"即分段组合叙事结构的影像化表达(参见第一章"电影对于小说叙事的借鉴"部分)。"'叙事'是人类认识和表述世界与自身关系的一种基本途径,是指在时间和因果关系上有着联系的一系列事件的叙述或符号化再现。在电影叙事形态上,分段组合叙事结构与传统的线型叙事结构有明显的差异……所以在一定意义上可以认为,分段叙事结构背后的主体意识应该是以偶然、无常、悖谬、存在主义式的荒谬、荒诞,因果链条的断裂等存在主义、后现代主义的价值观为依托的。"[①]这里所说的"分段组合"就是从《公民凯恩》开始、以《罗生门》奠定其地位的这一经典结构方式,可称为"复调叙事"或"块状结构"。德国导演汤姆·提克威编剧导演的《罗拉快跑》是一部探索哲学思想的团块式结构影片,影片的表层主题是表达爱情的力量,为了营救男友,罗拉不顾一切地奔跑;影片的深层主题是表达对人类和世界的无奈与茫然,因为罗拉奔跑了三次,每次的结局都不同,而每一次

---

① 陈旭光:《叙事实验、意象拼贴与破碎的个人化寓言——评〈太阳照常升起〉的创新与问题》,《艺术评论》,2007 年第 11 期。

都是对前一次的解构。中国当代一些影片尝试借鉴了这种结构，用来表达人生哲理，或探讨人性的深度，生活的本质。如《孔雀》在三兄妹各自的故事中展示彼此、相互观照，体现了人性人情的普遍意义；《好奇害死猫》从不同的视角客观地叙述一个事件的原委因果，展现都市人情感的迷失和人性的好奇、阴暗、脆弱以及引发的后果。显然，团块结构"移植"到中国后的"变种"似乎增加了感性因素，更容易理解了。此外韩国的《雏菊》与张艺谋的《英雄》也是复调叙事的典型作品。

4. 小品式结构的电影

所谓小品化电影，就是一个段落像一个独立的小品，多个小品段落连缀在一起，形成一部影片。最早让本土受众接触到这种结构的是《顽主》，"三替"公司承接一单业务后帮客户解决问题的过程就是一出小品。后来冯小刚拍摄了《甲方乙方》用六个小品式的段子串起了整个影片，加速了这种结构方式的电影的传播。冯小刚贺岁喜剧被公认为有小品化倾向，夏钢导演冯小刚编剧的《大撒把》（1993）中，就显现出这种小品串联的倾向。尔后冯氏独立导演的电影中，叙事结构上也更像是小品情境的拼贴连缀，加上台词的冷幽默。《不见不散》里，刘元（葛优饰）和李清（徐帆饰）在纽约相逢，每次相遇都像是一段小品。

第六代导演张杨的《爱情麻辣烫》以五个片段《声音》、《照片》、《玩具》、《十三香》、《麻将》连缀而成，由一对即将走向婚姻的年轻人作为串联线索，表现了人生成长、衰老过程中酸甜苦辣的情感主题，其中最有喜剧效果的是《玩具》和《麻将》。张杨另一部影片《落叶归根》中赵本山饰演的"老赵"贯穿始终，经过的地方遇到不同的人和事，构成一个个段落。郭德纲客串的劫匪打劫以及赵本山和宋丹丹二人饰演的主人公演双簧的场景等，都是较为典型的小品化段落。这些相对独立的段落在组合成一部电影的情节中，一定有一些显性的串联的元素，如《落叶归根》中一直是"老赵"在行走，在想办法让逝去的工友"落叶归根"，人就是线索。而早期的《顽主》《甲方乙方》是招揽业务、承担业务的公司串起不同的小品化桥段。

一部电影不论采取传统线型结构叙事还是上述显得特别的结构方式叙事，都应该注重逻辑性，而要做到情节推进合理甚至缜密（"缜密"

这个要求更适合犯罪破案、悬疑推理等类型片)就要注重"细节"的描写或刻画,包裹在情节中的那些耐人咀嚼的"细节",一定会让情节生动出彩。这在绝大多数电影中都会被重视。

(四) 台词与字幕应自然流畅、生动精炼

文学是语言艺术,一部文学作品的文学性需要通过书面化语言显现出来。电影除了运用电影语言(如画面、声音的配合,色彩光线的把握等)表情达意,也要运用类似于小说文字的文学语言——台词与字幕,电影的文学性必然寓于其中。有声影片中的文学语言,主要包括对话、旁白和独白。而作为电影有声语言的主体——人物对话,其文学性的要求,比之于小说更是有过之而无不及。成功的对话在塑造人物性格方面极具艺术魅力。

电影台词包括对话和旁白、画外音独白,节省叙事时间的字幕帮助我们尽快进入故事情境。台词字幕属于文学性的维度,应尽量流畅达意,避免粗俗(香港电影中或当下大陆电影中粗口台词应尽量避免),人物台词应符合人物个性、身份、处境。文艺片台词不仅富有表现力,往往具有诗意。"电影台词的审美类似文学审美,台词是文学语言,文学审美的模式、体验在台词审美中都可以获得,而且显得更加直接和准确。《一个陌生女人的来信》的台词缠绵悱恻,哀怨凄切,在琵琶碎声中表现了女主角的迷惘、痛苦、执着的内心世界。王家卫的电影台词是(影片)重要内容,充满哲理性,对人生、社会、世界感悟诉诸点点滴滴的时尚而颓废的台词。"[1]台词是否具有文采是最具有说服力的文学性体现,因为情节发展、人物关系营造、人物性格和心理都会涉及到台词,其中画外音密集的影片如《一个陌生女人的来信》格外考验编剧的文字功底,特别是原创电影的剧本,台词就是考验功底的关卡。一般来说爱情、伦理等偏重文艺气息的电影画外音比较多,王家卫的大部分电影台词无疑体现了其文艺性情调,尽管他本人认为自己的影片非艺术电影(属于商业片)。国外的像《天堂电影院》中多多的画外音、《肖申克的救

---

① 周清平:《电影审美:理论与实践》,新华出版社 2013 年版,第 111 页。

赎》中多处瑞德的旁白、《风雨哈佛路》中等经典影片都有较多的画外音。其他电影中台词优美雅致的多为作者电影中的台词，如霍建起《萧红》《秋之白华》，王家卫电影《东邪西毒》《花样年华》等，下面一段《花样年华》中的台词诗意浓郁，充满怀旧意味："那些消逝了的岁月，仿佛隔着一块积着灰尘的玻璃，看的到，抓不着，他一直在怀念着过去的一切；如果他能冲破那块积着灰尘的玻璃，他会走回早已消逝的岁月。"

《一代宗师》中的台词既有文采，又具哲理性。了解王家卫电影的人都知道王家卫以前电影台词很有特色，特别是对人与人之间感情的表述。此片无论是被认为点石成金还是被看作矫揉造作的那些"沉思哲语"放在民国武林往事的背景中竟然如此举重若轻，要言不烦。如"宁可一思进，莫在一思停"，"念念不忘，必有回响。留一口气，点一盏灯，有灯就有人。""人活这一世，能耐还在其次。有的成了面子，有的成了里子，都是时势使然。""武艺再高，高不过天；资质再厚，厚不过地。人生无常，没有什么可惜的。""我在最好的时候遇到你，是我的运气。可惜我没时间了。""习武之人有三个阶段：见自己，见天地，见众生。""我踏出这一步的时候，我以为有一天我还会回来。想不到那次是最后一面，从此我只有眼前路，没有身后身，回头无岸。""叶先生，世间所有的相遇，都是久别重逢。"比较前作，本片台词似乎更显理性、更具智慧，也有令人伤感的反省。有关报道介绍本片中所有台词都由导演、徐浩峰与邹静之三人共同斟酌确定，电影播放后有关台词也在热传。

姜文是内地导演中风格特别的导演，《让子弹飞》中姜文饰演的张牧之是革命者兼土匪，其台词个性张扬，如"其实你和钱对我都不重要！重要的是'没有你'对我很重要！"表现张牧之对黄四郎的厌恶，想要除掉对方的霸气；"江湖上本没有路，有了腿便有了路。"化用鲁迅先生《故乡》中的名言，是戏仿修辞，令人莞尔；"你这德性，估计很难从妖变成人，下辈子就当个人妖吧。"可谓嬉笑怒骂皆文章，颇有杂文用语的风范。另外葛优饰演的马县长（后因害怕就说自己是师爷，原师爷已死，将错就错成了"师爷"）其台词有很多的反讽，如："你连小凤仙是谁都不知道还想当妓女？那是誉满全城的鸡！"这种本用来赞扬社会名流的表达方式，被用来赞美民国名妓，讽刺戏谑意味明显。又如"买官当县长就像是要饭的一样，就这多少人想跪还没得跪呢。"揭露了县长的地位和荣耀是多少人梦寐以求的的官场现实，讽刺了官员相互巴结获利的嘴脸，将县长的形象庸俗化。再如在 1920 年代刚进鹅城不久就说："不好，我们来晚了，前任县长已经把税预征到 90 年后了，都到 2010 年了"。对民国苛捐杂税之重进行了深刻的嘲讽挖苦。而有水平、有意味的讽刺本身就是文学性中语言修辞的效果。

冯小刚贺岁喜剧中电影台词所显示的"冷幽默"构成其创作特色的要素（参见喜剧部分），另外对人生的感悟也常常通过电影台词抒发出来，如《非诚勿扰 2》中"人生告别会"一场中李香山（孙红雷饰）提前向亲朋好友的告别词：

"屡次被人爱过，也屡次爱过人，到头了还得说自己不知珍重。辜负了许多盛情和美意。有得罪过的，暗地与我结怨的，本人在此，也一并以死相抵了。活着是种修行。"这是为自己的一生做总结，对有生之年所有爱恨情仇的回应，表达清晰流畅。"感谢各位装点陪衬了我的一生，今天又送了我一程，你们的善，你们的好，我都记下了。都拷进脑子里了。我将带着这些记忆，走过火葬场。我没了，这些信息还在，随烟散播，和光同尘，作为来世相谢的依据。"表现出生命即将结束的释然、坦然，更是以煽情的诗化语言诠释"人之将死其言也善"的道理，文学性很是浓郁。

上述导演的整体台词风格或单部电影台词格调都可以作为正面的例证印证台词的作用，感情传递与文学性韵味倚重台词。少数电影台词由于与场景，人物身份不合，显得唐突，如《夜宴》中"你贵为皇后，母仪天下，半夜还蹬被子，受凉了吧！"一句古语，一句口语，不协调。"朕不学他，我泱泱大国，应以诚信为本。"篡夺皇位的叔叔（葛优饰）欲将侄子无鸾（吴彦祖饰）作为互换人质送往契丹；婉后表示反对，因为契丹送来的王子不过是牧人的儿子。明明想除掉太子却冠冕堂皇，此台词令人诟病，在于这句话应该是现代人讲的。整体来说《夜宴》台词导致多次笑场，最主要是语体风格不协调：文白夹杂、书面语口语交汇；另外葛优喜剧形象深入人心，有些严肃的台词从他嘴里说出来，令观众感到不适。

《无极》中一些台词也令人不满。无欢(谢霆锋饰)对倾城(张柏芝饰)说:"是你,让我失去一个做好人的机会。"虽然从心理学上有一些依据,但是"馒头"这个道具用得过于简单,再说当年无欢是处于优势地位,联系语境这句台词过于夸张,所以令观众捧腹。换一角度看,台词要经得起推敲,需要打磨的。又如鬼狼(刘烨饰)的一段台词——"真正的速度你是看不见的,就像风起云涌、日落月升,就像你不知道树叶什么时候变黄,不知道你的孩子什么时候长出第一颗牙,不知道你会什么时候爱上一个人。"这些比喻中到底是说快还是慢,令人疑惑。第六代导演在 90 年代至新世纪初年创作的电影,台词往往显得"土"味,未加字幕的方言方音虽然强化了现实感,但影响观影时的理解消化。这是另一种不接地气——与多数观众的感受力不够吻合。另外,第六代早期电影传播受阻不仅仅有台词的因素,人物形象多用非职业演员,虽然处在一种自然状态下的"表演",但不够养眼。

电影的基本文学性主要表现在以上几方面。另有两点尚需说明:一是文学性很强的影片,不一定在这几方面同时都表现得很突出。二是故事片中,有些片种(比如惊险片之类)的文学性,相对地会显得弱一些,少一些。

二、"追加"的文学性维度

笔者认为,文学性的表现维度还可以分为基本维度(基础层面的)与"追加"维度。顾名思义,基本维度就是几乎所有电影,不论水平如何,都具备这些维度:一定的情节或有前后联系的事件、人物或其他形象塑造、台词表达与一定的内涵等四个维度。有一定文学常识与观影经验的受众应该清楚:一部故事片文学层面的解读都离不开这几个维度,与前面粗略划分的大同小异。"追加"维度就是在基本层面以外的文学性维度表现,应该分两种具体情况,一是因为电影类型或选材带来的自然"追加",另一种情况是编导对电影品质的打磨提升带来的优质"追加"。两种情况并不矛盾抵牾,创作实践中往往合二为一。

（一）隐喻象征体现了较高级的"文学性"

比喻分为明喻和暗喻。喻体与本体相互接近的,我们称之为明喻;而喻体与本体相距较远的,我们称之为隐喻。此外,明喻的喻体与本体往往是类质的,而隐喻的喻体与本体往往是异质的。象征就是根据事物之间的某种联系,借助某人某物的具体形象(象征体),以表现某种抽象理性的概念、思想和情感。隐喻和象征的研究源远流长。隐喻研究始于柏拉图的古典修辞学,至今已有两千多年的历史;象征理论的萌芽也始于古希腊,到 20 世纪,象征研究已经渗透到了语言学、心理学、哲学、诗学等等领域。就叙事艺术中的运用而言,先出现于文学(包括狭义文学与广义文学),再渗透到影视作品中。

文学上我国古典诗歌中"赋比兴"手法中的"比"是类比和比喻(含隐喻)用法,兴为文学创作中的另一种手法——寄托。著名的乐府诗《孔雀东南飞》也多次运用隐喻手法,开篇的"孔雀东南飞,五里一徘徊"、结尾的"东西植松柏,左右种梧桐。枝枝相覆盖,叶叶相交通"均有明显的"比"。其中的孔雀、松柏、梧桐都已经由生活中的物经由艺术作品的情境上升为有所隐喻的"意象"。《七步诗》就是运用隐喻手法的典范,"煮豆燃豆萁,豆在釜中泣。本是同根生,相煎何太急?"传说这首诗是曹植在曹丕的逼迫之下所作,曹丕要求曹植在七步之内成诗,不然就要取他性命。曹植诗中字字在说豆与豆萁,实际上句句直指曹丕,对同室操戈手足相残加以诘问。这首诗之所以流传广远,隐喻手法的巧妙应用功不可没。"春蚕到死丝方尽,蜡炬成灰泪始干",蜡烛和春蚕被认为是奉献精神和无私品格的化身,抽象理性,笔者倾向于象征手法。

电影作为 19 世纪末期诞生的新型艺术样式,在探寻本体艺术语言、丰富叙事手法的过程中,向传统的姊妹艺术借鉴了诸多艺术技巧,其中就包括隐喻和象征。从文学到电影,隐喻与象征需要通过镜头语言表达画面之间的联系,可以说通过隐喻蒙太奇与象征蒙太奇表达了电影作品中某种意象的内涵提升或感情升华。关于电影中的隐喻和象征,时有混淆的表现,不同论者有不同的观点。两者的联系在于都具有暗示性,两者的区别在于:对于局部运用隐喻手法的电影而言,镜头一般由本体画面转到喻体画面。象征不一定出现本体、喻体相连让观众意会,对观众的理解判断能力要求较高。另一点区别,隐喻往往是具体形象的,象征则更为抽象深刻。总之,象征是与观念、理性、自在性及完整的主体意识有关,而隐喻则与具体形象、关联性、感性、个人体验密不可分。隐喻强调的是从具体的事物中找到意义,而象征则是与认识活动有关。在艺术作品中象征与隐喻往往同时存在,都是以一个事物指向另一个事物并且都具有暗示的意义。即便如此,面临具体影片的分析辨别时,隐喻与象征似是难以完全厘清的。"爱森斯坦与普多夫金是'隐喻蒙太奇'的鼻祖,他们着重镜头与镜头之间意义的生成与延伸。通过镜头或场面的对列进行类比,含蓄而形象地传达创作者的某种寓意,使画面产生巨大的概括力、简洁的表现力和强大的情绪感染力。"①

中外经典影片不乏隐喻象征手法的运用。《楚门的世界》虽然是整体上的寓言电影,但笔者觉得将其作为一个时代性的操纵隐喻更为恰当。片中,整个桃源岛是一个秀场,楚门从出身到"现在"是预定的主角。银幕是一个巨大秀场的展示平台,构成几重看与被看的关系:首先是楚门处在被看的位置上,被几亿观众看,被导演看,被剧中的演员看;其次,电影中的观众也在被导演看着;再次,整个桃源岛也在被岛外的观众看;还有导演、演员相互的看等。《阿甘正传》中的羽毛在风中尽情摇曳,它的飞翔就如同阿甘对于热爱生命的执著奔跑一样。整部电影都是阿甘的回忆,经历的时间或许也就是羽毛在从空中到地面所经历的时间。羽毛的飘荡感在影片最初代表了人生的不确定性,这一意象可以作为隐喻,暗示着阿甘的一生。阿甘的母亲说过"人生就像一盒巧克力,你永远不知道会品尝到哪种滋味"。这是影片中广为人知的精彩的台词,也是富含哲理的独特隐喻。影片最后阿甘递给儿子的羽毛滑落飘向空中,就让影片整体上具有了象征的含义,连带阿甘的奔跑精神也被升华了。

张艺谋早期"红色"系列电影中,均运用了隐喻的修辞手法与象征化的表现手法。《菊豆》中杨金山死去,菊豆、天青遵从风俗为死者挡棺

---

① 赵春霞:《电影中的隐喻与象征艺术——以安哲罗普洛斯的电影为例》,《电影评介》,2009
年第 14 期。

的段落中,导演以较长的篇幅在重复蒙太奇中展示了这个彰显封建宗法伦理的仪式。开始使用的是客观镜头,以平拍视角展示哭得撕心裂肺的菊豆和天青扑在棺材前大喊着"你不能走啊！你等等我！"然后双双被扶灵人压倒在地,厚重的棺椁从两人的头上高悬而过。渐渐镜头转化成主观视角的大仰角,华丽厚重的棺椁一次次漫过菊豆和天清的头顶,直到两个人完成了挡棺仪式,精疲力竭地跪倒在路上。这一挡棺仪式从表面上看是还原具有时代感和地方特色的风俗仪式,实际上导演如此"浓墨重彩"是为了隐喻菊豆未来的命运。除了这局部的隐喻,整部电影同时有着铁屋子与打破铁屋子这样的象征意义。

《大红灯笼高高挂》中有更多的隐喻修辞和象征手法。电影的主要语言符号就是"大红灯笼",这个意象在中国传统文化中象征新的希望,又因为形状是椭圆,还隐喻着"团圆"之意。但是影片却赋予了相反的涵义。"点灯"后亮起来的红灯笼表示着高高在上的老爷的宠幸。在影片中,荣宠暗示着权力和地位,"哪屋点灯,哪屋点菜",还可以享受"捶脚"的优待。影片情节围绕灯笼展开,灯笼的明灭隐喻/暗示着女性的命运走向。

人物服饰颜色的对比与变化也隐喻着人物迥异的性格及命运。第一次聚餐四位太太悉数到场,服装显示了她们不同的个性与状态。大太太服装颜色复杂但偏暗、偏冷色,表现出她的冷漠以及在陈家大院集聚的陈腐气息,她没有了争宠的资格,凭借大房的身份及生下长子这两张王牌,可以保持现有地位。二太太的穿着颜色花哨却不够有特色,她是一个没有自我的沉沦者,她笑脸常开,待人热情,为了受宠不择手段。三太太梅珊出场时一身艳丽的红色旗袍,即与她的戏子出身匹配,又透露出其刚烈、敢爱敢恨的个性。颂莲出场时是一身清雅的白色旗袍,隐喻着未入深院的单纯,同时作为这个大院的新成员,是具有辨别力的知识女性者。这一场聚餐的戏中,服饰的安排可谓相当地讲究,也收到了相当好的艺术效果。在后来的情节发展中,颂莲服饰的颜色一再地发生变化,从开始的白灰色到后来的土红色,再到黑色、蓝色,最后又回到白色,隐喻着出颂莲由稚嫩到争宠到心灰意冷再到最后以疯癫的状态轮回的悲剧性历程。

　　此片时间上的隐喻也很了然。大红灯笼出现的顺序和时间变化是一种同构关系,即:夏、秋、冬、夏。夏天颂莲来到陈府,也是红灯笼首次出现。接着秋天成了故事叙事的转折点,"大红灯笼"开始在二院亮起,随之而来的矛盾是非也没有间断过。冬天的到来更是激化了矛盾:二太太揭发颂莲假怀孕,雁儿私挂灯笼被揭发受到家规处罚死去,三太太因颂莲酒后口误而死于非命,颂莲在三太太事件刺激下精神失常。到了次年的夏季,陈老爷娶来了第五位太太,这正是颂莲上一年出嫁的季节,电影在叙事中唯独"遗漏"了春季。这也暗示陈家的女人始终等不来希望,留给她们的将是无尽的争斗与绝望。从未正面露脸的"老爷"象征着绝对的权威,或者说这个模糊的形象象征着惯性强大的封建势力。空间环境安排上,长焦距全景式镜头将这种重叠交错的高宅大院推到观众面前,突出四面楼舍围墙的高大森严,反衬出天井的狭小,为的是通过这个画面象征传统的封建文化对女性自由个性的禁锢与戕害。同时光线暗淡,象征着这些女性在大院中幽暗的生命状态。

　　以张艺谋为代表的第五代导演创作于上世纪 80—90 年代的电影重画面、造型,表面上看挤压了文学性,但是镜头中的隐喻、象征作为一种电影技法是以另一种方式渗透出文学性。《红高粱》的结尾那血红的太阳、血红的天空以及漫天飞舞的血红高粱令人印象深刻,女主人公"九儿"以及众多弟兄们全部死了以后,"我爷爷"与"我爹"静静地站在那里,很久很久,二人在血红颜色的太阳光下面长时间地凝望着,以至天空中日全食现象出现的时候,天空暂时暗淡了下来,接着还是出现了一种暗红颜色(高粱酒的颜色)。这里场景及色彩转换的安排象征着抗日民众的意志、义薄云天的情怀与生生不息的生命力,短暂的阻隔影响不了酒神精神的张扬。影片最后已经把观众的思维拓展到了银幕之外,最终从精神上给人以持久的强烈的震撼。

　　电影借鉴吸收了文学的修辞手法,但"电影的象征修辞不同于文学,尽管象征艺术起源于文学。象征是文学表达法的较高级模式。人们一般认为,词语中意义的生成主要依赖于能指和所指、词与物之间靠习惯形成的约定和我们对之的无条件遵守。象征主义者们的主张是:意义的产生主要是靠语言使用者的主观心理因素,它包括两点:感官的错乱和想象力"。① 中法联合制作的冒险剧情片《狼图腾》(2015),改编自姜戎同名小说,就运用了明显的象征手法。法国导演让·雅克·阿诺对狼的表现上的着力不亚于对人类演员的刻画,狼与人类之间的恩怨情仇是本片的最大看点。无论是狼群孤傲地站立在山头上随风飘起的鬃毛,还是紧盯猎物和人类时那一双双会说话的眼睛;无论是小狼崽憨态可掬的模样,还是成年狼群在羊圈里肆虐猎杀时的冷酷无情,都被创作者刻画得入木三分。可以说,这些用来象征着大自然的复仇者的狼群,才是本部电影的最大主角。狼群原本只是与人类共同生存在草原上的一员,然而正是人类一次次对狼群及它们的生存发动的进攻,才导致狼群开始了报复。它们袭击军马群,导致马群进入冰河全部冻死,毕利格的儿子巴图也因此殉职;它们袭击家养羊圈,嘎斯迈差点因此丧命;它们袭击生产队羊群,导致圈羊死伤无数;就连陈阵养大的小狼也因为不满陈阵对它的驯化和孩子们对它的戏谑,而两度咬伤人类。狼群对人类及人类财产的袭击,就象征着大自然对人类破坏的报复;一望无际的内蒙古大草原美丽得像一幅画卷,这正象征着大自然赋予人类无条件的馈赠,然而大自然也有着它自己的生命力,《狼图腾》电影为了呈现人与自然和谐共存的主旨,以一种极其写意的方式表达了人类和狼的紧张关系,更表达了文明对野性的侵略——包裹着文明外衣的贪婪欲望对更为博大的自然属性的侵略。"毕力格"是"智慧"的意思。毕力格阿爸确实是淳朴的智慧的象征,他的意外死亡似乎有更多的象征意义。"象征可以为电影带来无尽的深意,成为了影片创作者表达主题、传达深意时的得力帮手。然而在它竭力地用各种电影天然的元素来负载一个思想、一个涵义和一种可感染大众的瞬间触动时,电影的象征意蕴是否得以清晰的传达,也就是说,观众能像阅读文字一样明白它要表达什么吗?"②

电影中的隐喻修辞有时通过空镜头传递。空镜头有不同的作用:能介绍整个故事发生的环境,一般较多地用在影片的开始;空镜头往往

---

① 段祎:《浅谈电影中的象征修辞》,《电影评介》,2010 年第 15 期。
② 同上。

是触景生情,情景交融,以景物传递着浓烈的感情;隐喻性的空镜头常常直接把抽象的概念用视觉形象生动地体现出来,让观众产生想象,使观众暂时离开影片剧情的叙述,集中注意力去领略事件的情绪色彩。如费穆导演的《小城之春》中一空镜头是窗边的兰花,美丽的兰花如同女主人公美丽绚烂的生命,但是兰花处在阴暗的光线之中,暗示人物孤独寂寞不够明亮的人生。这种手法遵循着中国传统艺术表达的含蓄美。最常见的空镜头隐喻还有战争片中常见的,战士牺牲之后插入青松的镜头,暗示战士的形象像青松一样伟岸。《城南旧事》中英子看望生病的父亲后,一组自然景色变换的镜头暗示着时光流逝、物是人非,后面就是英子与母亲、弟弟在父亲坟前的镜头了。

视听语言涉及到的隐喻或象征多为内涵服务,有时也让人物形象更为出彩,总之有助于文学性呈现。《花样年华》画面音乐的朦胧优美中"泄露"着苏丽珍内心的寂寞向往;《英雄》三个刺杀版本的刺秦故事其背景用不同的色彩,有着隐喻、比拟作用的画面(含造型、色彩、动作)或片段都可以作为提升文学性的"语言"解读。至于没有情节支撑的纪录片或风光片的文学性主要通过解说(语言)及画面与音乐的配合达成。战争片中也不乏隐喻,姜文导演的《鬼子来了》黑色幽默中传达的荒诞体现充分,在影片接近尾声处表现得尤为突出:马大山觉醒了,不顾一切想复仇时,已经不被允许了。吴大维饰演的国民党军官发表讲话前后,黑毛驴突然跑出,猪在士兵脚下穿行,场面混乱可笑,在隐喻中追问人性、兽性、民族性。管虎导演的两部电影《斗牛》《杀生》都有隐喻,后者尤为明显。

乌尔善导演的《刀见笑》(2011)改编自安昌河的小说《菜刀传奇》,导演对原作进行了大幅度调整,立意上加入了贪嗔痴的主题,只有哑巴的故事保留稍多,但变成了一个全新的故事。电影近乎寓言故事,也可以看做是对生活的比喻。影片中的贪嗔痴主题,让观众联想到大卫·芬奇导演的《七宗罪》式的内涵,但是"七宗罪"属于基督教文化,贪、嗔、痴则更具有中国人能理解的佛教文化中的基本观点。贪、嗔、痴是源自东方佛学,是佛教中的三毒,指人性中的三大弱点,此三毒残害身心,使人沉沦于生死轮回,为恶之根源,故又称三不善根。佛教中一般用鸡、猪、蛇的图案来象征贪、嗔、痴，将深奥的佛学理论简单化、形象化：鸡代表贪婪，蛇代表嗔怒，猪代表愚痴。独孤成好斗、贪图虚名，最后一切在斗鸡场上了结，以鸡为记；哑巴一直身怀弟弟所送竹蛇，又下毒杀师，隐喻怀有仇恨的蛇；"少三两"是杀猪匠，他不分是非、不切实际的愚昧，以猪为代表。三个故事正如绝世玄铁匣上猪衔着蛇蛇再衔着鸡的图一样，循环的展开——隐喻系统设计逐渐生成。三个故事环环相扣，成为彼此交织的循环，从而延伸出属于人性和宿命的主题，乌尔善在片中用鸡、猪、蛇三种动物来代表三个故事中的人性弱点，是中国电影乃至华语电影中少见的隐喻故事，定位于武侠喜剧具有荒诞色彩的更为少见，影片有核心立场、有完整的隐喻系统，用喜剧去诠释一个悲剧故事，让观众有多层次的思考。

（二）电影配乐不可或缺

音乐在文学起源时就产生了。与其他艺术品种比较，文学起源最早，其早期代表性体裁为诗歌，也是"纯文学"代表。诗歌起源于上古的社会生活，因生产劳动、祭祀宗教、两性相恋等产生的一种有韵律感、富有感情色彩的语言形式。不论是劳动说、游戏说还是其他观点，上古时期，诗与歌、乐、舞关系密切，甚至是合为一体的。《礼记·乐记》："诗，言其志也；歌，咏其声也；舞，动其容也；三者本于心，然后乐器从之。"《尚书·虞书》："诗言志，歌咏言，声依永，律和声。"诗歌在实际表演中总是配合音乐、舞蹈而歌唱，不合乐的称为诗（相当于现在说的歌词），合乐的称为歌，后世将两者统称为诗歌。后来诗、歌、乐、舞各自发展，独立成体。唐诗宋词可以吟唱，特别是宋词诞生时伴随着乐曲，元曲、明清传奇（唱词、念白、舞台动作融为一体）虽然现在保留了词句，丢失了曲谱，但今天看来，往往唱词更为考究，更具文采。如同昆曲、京剧中的唱词，是作品中文学性最为集中的部分。

有研究者认为音乐具有语言性、情节性、戏剧性、抒情性等特性，"抒情是文学的重要因素之一。文学的抒情主要表现在表达情感、描写感情和借景抒情三方面。文学作品对情感的表达是丰富而深刻的，所以，抒情是文学作品的灵魂。音乐虽然不是用具体的语言描述来表达感情,但音乐的抒情性是音乐艺术本身最为突出的特征,同时,也是音乐的文学品性的突出体现"。① 音乐的抒情不像文学的抒情,文学的抒情往往有具体的对象,音乐的抒情是通过音响把抒情内容表达出来,它是一种概括性的表达。特别是纯器乐曲,它似乎是作曲家所有的生活感受和情感体验的集中体现。柴可夫斯基曾经写道:"你怎样能够表现当你在写一部器乐曲时掠过脑际的一些漠然的感觉呢? 这纯粹是一种抒情的过程,是灵魂在音乐上的一种自白,而且充满了生活中的所有经验,通过音乐倾泻出来,恰如抒情诗人用诗句把它倾泻出来似的。"②可见,音乐的抒情性超越了文学,包容了极为丰富的情感因素,音乐的抒情更富有内涵。这是文学语言所不能比拟的,也是无法替代的。音乐的抒情主要是"借曲(调)抒情",即借客观的描述来达到主观表达的效果。在小提琴协奏曲《梁祝》楼台相会一段音乐中,采用大提琴与小提琴对奏,音调缠绵悱恻,使人仿佛看到梁、祝流泪互诉衷肠的感人画面。大提琴音色圆润、深沉,接近于男声,而小提琴优美、明亮、柔和,音色接近于女声。这里作曲家以大提琴独奏代表梁山伯,以小提琴独奏代表祝英台,通过两种音色鲜明的对比,栩栩如生地向人们展示楼台会的动人情境。这样的乐曲如果用在有悲剧意蕴的电影中,一定令人印象深刻。"电影音乐专为影片创作,是电影艺术的组成部分。和其他元素密切配合,各司其职、相得益彰。"③电影音乐一般起到如下作用:

一是烘托气氛、抒发感情

电影中的配乐分为主题曲、插曲。一部好的影片除了主题曲外,往往还有一段或者多段优美的插曲,增加影片的魅力。若干年后,每当那熟悉的旋律再次响起,思绪就会把我们带回那段特定的画面中去。很多时候,我们也许已经忘记一个电影的名字,但是对它的主题曲、片尾曲甚至它的背景音乐却记忆犹新,这就是电影音乐的魅力,一种历久弥新的魔力。《泰坦尼克号》主题曲《我心永恒》始终贯穿这部电影的始

① 马晨:《论音乐的文学品性》,《大舞台》,2011 年第 8 期。
② [俄罗斯]冯·梅克编:《我的音乐生活》,人民音乐出版社 1982 年版,第 116 页。
③ 李晗侠主编:《影视鉴赏》,西安交通大学出版社 2015 年版,第 19 页。

终,"影片刚开始时是由女声哼唱的简单旋律,为之后推动故事情节发展做了铺垫,为电影的总体环境罩上了一层凄美的面纱,让人浮想联翩,同时也为影片的凄凉结局埋下了浓重的伏笔。在这个例子中我们可以看出,即使电影远去,电影中难忘的曲调和旋律也不会从观众的记忆中消散。在许多电影里,若是故事中人物内心的情感发生变化,心里跌宕起伏,人们就会选择用音乐来烘托和揭示,以达到最佳的观赏效果"。[1]

电影、戏剧中音乐能够抒情表意,一些歌舞比例高的影片中,歌舞部分即使不融入情节发展,但能够烘托气氛、塑造人物形象、表达创作者的情感,是不可忽视的文学性体现,如 1979 年电影《甜蜜的事业》中配乐"幸福的花儿在心中开放,爱情的歌儿随风飘荡,我们的心啊飞向远方,憧憬那美好的革命理想……"的曲调动听悠扬,词句抒情,令人心生憧憬。新世纪张猛导演的《钢的琴》中有不少歌舞成分,虽未对情节发展起推动作用,但大量前苏联老歌营造出了强烈的怀旧气氛。整体而言,此片穿插其中的歌舞渲染气氛,令人感受到小人物苦乐生活中的另类诗意,对影片表达的内涵起着一定的呼应作用。

电影音乐能够渲染气氛,表现人物的内心世界,这是无疑的。重要的是音乐应该渲染出与剧情高度匹配的气氛,这是电影创作者应该追求的效果。当看到滑稽的喜剧情节时,伴随的音乐就如同欢唱的流水,使人欢畅、愉悦;没有声音的画面对观众来说根本称不上恐怖片,但是往往伴随的音乐会令你毛骨悚然;当看到片中正义的力量终于战胜邪恶时,伴随的音乐定会让人感到一股雄壮豪迈的力量袭来,令人振奋、激动。如在电影《红高粱》中为了配合热烈张扬的影片基调,导演选用了极富民族地方色彩的唢呐为主奏乐器,因为唢呐的雄浑粗犷正好符合影片狂野豪放的风格。在三个主要片段里都用它来营造渲染气氛、增强情感力度。不同片段对于唢呐的使用,呈现了不一样的情感:九儿出嫁时,唢呐声让人感觉喜庆的同时又隐含着一丝悲哀;高粱地里野合时,唢呐声表现出生命的激情和张扬;而在"我奶奶"即九儿中弹倒下时,唢呐声传递出悲壮之情。

---

[1] 孟璐:《电影音乐在历史变迁中的形成与发展》,《电影文学》,2013 年第 24 期。

看完了一部电影,对思想内涵与情节段落的印象随时光流逝淡忘了,却始终对其主题曲或插曲印象深刻,如《沧海一声笑》(《笑傲江湖》),《滚滚红尘》(同名电影主题曲);也有电影本就感人,其主题曲的演绎演唱令电影的影响力大增,电影《鲁冰花》《搭错车》的主题曲就有这样的魅力。

上世纪 80 年代初一批中国大陆电影带着新生复苏的朝气,表达各行各业人们的精神面貌与追求,《在希望的田野上》中的同名插曲享有很高知名度:"我们的家乡,在希望的田野上,炊烟在新建的住房上飘荡,小河在美丽的村庄旁流淌。一片冬麦,(那个)一片高粱十里(哟)荷塘,十里果香……"曲调乐观明快,令人振奋。张杨数码短片《太阳花》中男女主角接近后,小伙子穿着不同衣服买花的镜头,同时配着有悠扬的旋律,很是抒情化、写意化(本段通过衣服变化代表季节更替,以快镜头叠化过渡);《大红灯笼高高挂》中音乐渲染人物不同的情绪。音乐的节奏、旋律、风格的差异都能带给听众不同的心理体验,抒发出不同的情感。

二是配乐伴随剧情和画面响起,加深对影片内涵及人物情绪理解

平时我们听到的音乐,大多是创作者个人的某种情感的表现,表现的是个人对生命、对生活或对社会的感受。而电影中的音乐就不一样了,它不是个人情感的表达,而是应与剧情协调,和观众的情感相通。因此从某种意义上说,电影音乐比纯音乐更好懂,一方面,电影的歌曲多是有歌词的,歌词具有一定的内容;另一方面在欣赏电影音乐的同时,伴随着内容具体的画面,音乐的内容也有明确的依据。如影片《卧虎藏龙》中的音乐,就以悠扬舒缓的曲调,把人物心中的爱恨纠缠表现得淋漓尽致,很好地展现了东方人含蓄的文化心理。音乐自始至终都是围绕影片主题展开的,与作品内容紧密融合在一起。电影音乐是依托剧情和画面并为之服务的,画面中展现的剧情和展示的人物、场景、氛围都很具体真切,人们往往根据画面的形象内容和剧情来感受音乐。韩寒电影《后会无期》(2014)中主题曲为朴树演唱的《平凡之路》,伴随着远景中蜿蜒的路程,旋律略显沧桑,唱出了许多人的心声,诚恳、坦荡、回味无穷,诉说着平凡人不平凡的人生。节奏缓慢抒情,歌曲充满淡淡的忧伤与温暖,让听者能感到平静与青春的感觉,在伤感与迷茫中寻找未来的方向。仿佛也告诉着我们:人生中有些东西,可能总是游离于视线之外,但始终未离你的心间。王小帅导演的《十七岁的单车》(2001)中小坚遇到需要帮忙修车链条的女孩潇潇后一起骑车时的音乐,以及潇潇到家后小坚一人在路上边骑车、边张开手臂的画面,配合着轻松愉悦的旋律,是青春飞扬的美好感觉。又如关锦鹏导演的《阮玲玉》中一曲《葬心》贯穿全片,抒发了阮玲玉所有的忧伤和孤寂,为观众留下了深沉悠远的回味。

王家卫《东邪西毒》终极版中的音乐,在原版基础上加入了马友友的大提琴曲,配合着油画色调的画面,以及梦幻般的画外音,乐曲时缓时急,音色低沉,原版本因萧声而略显冷峻、萧索的感觉得以缓和,而更显缠绵悲怆、哀婉动人。大提琴在电影中成为最佳的抒情叙事人,述说着《东邪西毒》中那些难言的错位的情感。

总之,电影音乐既有"描绘功能"(《孔子》中的音乐采用古琴配乐,整部影片典雅大方,风韵古朴),也有"抒情功能"(难以用语言表达的感情、心理活动都可以用音乐来表达)。

三是电影音乐"参与叙事"

电影中的配乐有时直接参与到情节中,增强故事情节的表现力,从而成为推动故事情节发展的重要元素。王家卫导演的《重庆森林》描述阿菲(王菲饰)和巡警663(梁朝伟饰)的片段,有一首"California Dreaming"(中文名翻作《加州之梦》),是《重庆森林》中阿菲最喜欢听的一首歌。阿菲随着这首插曲出现在影片中,于快餐店打工的她顶着一头短发,摇晃着身体,随意而自我。这是一首非常抒情,又富有力量的歌曲,带有摇滚风格,跟阿菲的外形和性格都较契合。这首乐曲也贯穿了阿菲和663的叙事。

《花样年华》中的电影音乐,不但使影片带有浓重的怀旧气息,更使整部影片有了一种既浪漫、又暧昧的情调,散发出一种王家卫电影特有的唯美主义气息。主题音乐由日本著名电影配乐家梅林茂作曲,伴随着两位主人公从相识、邂逅、约会到离别,音乐主题反反复复多次出现,为整个影片确定了暧昧、忧郁的基调,细腻真实地展现出男女主人公心理的微妙变化,也陪伴着故事向前发展。主题音乐反复出现,一直到周慕云离开了香港、离开了苏丽珍,只身一人来到柬埔寨的吴哥窟将自己心中的秘密,倾诉在吴哥窟的树洞中,将这段记忆尘封起来。

杨亚洲导演的《美丽的大脚》中的音乐也非常有特色,兼具描绘、抒情、叙事的作用,而这些都是文学体裁作品的基本表现手法。所以我们有理由认为:某些情境下,音乐能代替语言表情达意,也能传递语言难以表达的微妙的情感情绪。

贾樟柯纪录片《海上传奇》中的配乐《留住芳华》糅合到叙事中,表达了上海文化的历史厚重感,以及人物面对现实处境的无奈。蒋雯丽处女作《我们天上见》前半截表现女孩蒋小兰在姥爷的爱护呵护下长大的童年时光,音乐欢快中掺杂着忧郁,从小兰的视角看待这个世界。有一个片段,小兰幻想飞起来(飞到北方)寻找支边的父母,有钢琴、小提琴交互演奏的旋律,优美而梦幻。口琴曲《远方的大雁》既贴近当时的现实(常见的乐器就是口琴),又表现小兰内心的愿望。音乐呈现出与画面吻合的独特的气质。电影后半截姥爷老去,叙事视角从以小兰为主转为为姥爷为主,音乐显得厚重,如同大提琴的感伤。本部电影请法国的作曲家谱曲,非常用心,电影的艺术梦幻气质得益于音乐的制作。

电影《芳华》的音乐运用也颇为用心,抛开作为主题曲的《绒花》不谈,片中插曲和配乐同样具有独特价值。对于配乐来说,它是没有歌词填充的,这也往往更能够给观众以想象的空间。例如电影刚开始时,何小萍与刘峰进入文工团,大家在排练,乐队排练的间隙,陈灿用小号吹了一首《那不勒斯舞曲》,这是《天鹅湖》第三幕的舞曲,曲风欢快、活泼、优雅。还有开场《草原女民兵》刚结束,萧穗子带何小萍去女生宿舍的时候,宿舍楼中一个女兵拉的《巴赫(G 大调第一大提琴组曲)前奏曲》,这首曲子让整个画面都显得平静、温柔和美好。这两处配乐,都十分符合电影刚开始时何小萍刚进入文工团时对以后生活的一种向往、期待,似乎一切都显得岁月静好。另有钢琴版的《送别》,刘峰在要被下放到伐木连的时候,何小萍去送他时,两人握了手,互敬军礼时响起了这个背景音乐。前几个音听着很稀散,落在心上,给人以忧伤感。一个是面临被喜欢的人伤透了心要离开这里的坦然,一个是面对在这个文工团唯一一个善待自己的人要离开的难过，两个没有被善待的人，最珍惜善良。此外，《沂蒙颂》在影片中出现了几次，最震撼也是经典一幕是伴随着音乐何小萍的月下独舞，安静而有力量，她甚至看到了观众对她的欢呼与祝福。是这首曲子和舞蹈让何小萍回忆起往。像何小萍这样不受善待的人，和舞台上的女兵不同，她的芳华是青春已逝时，在月下无人的地方，再次起舞。

（三）画外音传达出浓郁的文学味

电影画外音主要包括解说、独白、旁白等形式，理论界和创作领域有人认为电影叙事借助于画外音或独白是叙事能力差的表现，"许多理论家、评论者和电影人也无数次地重申：电影本质上来说是一个视觉媒体，画面远远比其他任何电影元素都重要。因此，在电影中，画外音叙事被许多人看作是一种文学手段，一种拙劣的捷径，掩饰'无能'的最后一招，或者完全是一种多余。普遍上，大多数对于画外音的偏见都是基于画面与文字的假定对立，或者更准确地说，是视觉与语言叙述的所谓对立。文字（包括画外音与字幕画面）被认为是分散、打扰或打断了观众对于画面的注意力"。①

这段话告诉人们，画外音的运用在有意无意中被低估，然创作实践中，一些优秀的导演仍然选择运用画外音帮助叙事，姜文导演的影片《阳光灿烂的的日子》《太阳照常升起》《一步之遥》，顾长卫导演的《孔雀》《最爱》，都"大面积"使用了画外音，富有表现力；王家卫、侯孝贤电影中的画外音使用也是其创作特色之一。在这些导演的相关影片中，我们感受到了影片讲述故事的流畅自然甚至动人；可以成全导演对影片结构或镜头运用的"翻新"而不用担心观众不理解；更可以接近影片中人物的心理空间，进而理解影片的倾向或旨意。当然优美的画外音还能触动我们的审美神经，让观众沉醉在画外音带来的怀旧或想象的天地中。一般来说，文艺气息浓郁的影片多用画外音。

---

① 毛云飞：《"看见未可见的"——画外音在电影叙事中的运用》，《电影艺术》，2009 年第 3期。

画外音与字幕是很多影片运用来展开故事、介绍人物的叙事手法。《天云山传奇》的开端,通过宋薇的旁白,点明了时代背景,两个主要人物的身份,也暗示了即将展开的事件的性质,这样一种质朴的、带有脱胎于文学的明显印记的讲述方法,能够使人产生一种亲和感,所谓娓娓道来,如叙家常。又如张艺谋《我的父亲母亲》、霍建起《那山,那人,那狗》都是通过叙事者——"儿子",以第一人称进行叙述,前者在回忆中倒叙父母当年的故事,后者顺叙中插入和母亲过去生活有关的片段。西部动作片《天地英雄》以文殊(赵薇饰)的画外音交代故事发生的背景,帮助观众了解人物及他们之间的关系。《孔雀》的最后,"镜头从安阳小城的街巷慢慢往上摇,灰黄的光晕下,屋顶门窗都显得破旧不堪,远方的树木房舍在散雪掩映中模糊而颓败,画外音响起:'父亲走了,我们尚好……'这种极度克制的抒情方式、冷静而压抑的叙事基调,以及每次激情无限终归复于现实无奈后的沉重感,透露出十足的文学味道"。①

最明显不过的是香港王家卫电影中的叙事,并不重视传统观念上的开端、展开、冲突、危机、高潮、结局。他更侧重表达的是人物内心的情感世界,故此画外音独白的应用是剧作者采取的解决方法。而且,由于剧作者关注到的并不是单一的角色或轴心人物的内心世界而已,王家卫所关心的是由英雄片、武侠片等形式元素包装之下各式各样都市人的心灵,因此,王家卫在其影片中一再应用了多视点、多角度的画外音独白进行叙事,直指人物内心情感。这就给观众造成了别样的观赏体验,我们走进王家卫的电影,就是直面人物半遮半敞的孤寂的内心,与阅读上世纪二三十年代的郁达夫、郭沫若等作家的抒情小说的感受有些类似,只是后者的苦闷、快乐、向往一览无余,而王家卫设置的人物始终让我们难以完全了解,某种程度上与活跃在上世纪 80 年代的北岛、顾城等人的朦胧诗有几分相似,不免晦涩。也许这正是导演的目的。

王家卫电影中的人物,一般都沉醉于自己的世界里,他们拒绝去了解别人,亦拒绝为他人所了解。这些人物往往不知道怎样去用说话表

---

① 袁谨:《庸常岁月在记忆中悄然开屏——浅析电影〈孔雀〉的文学性叙事风格》,《写作》,2005 年第 15 期。

达思想，或觉得开口也无法表达其内心，或害怕承担开口说话后的责任，所以他们一般都保持沉默，而这正是王家卫运用画外音或画内人物独白来展示这些人物内心的主要原因，亦是王家卫所刻意侧重的目的。在其作品中，王家卫是着眼于在后现代语境下，零散化后，飘泊于表面热闹的世界上的个体的内心独白。（说明：这几个追加层面的"文学性"维度表现可以单个出现在一部电影中，也可以自由搭配在一部电影中。）

就整体来说，一部电影的文学性不需要也不可能是各个维度的均衡表现，也无法进行定量衡量，只要融合在一起给人舒服感就可以了。粗略与细致两个标准的分类如经过整合，细致分法中的一些层面或具体维度可以合并：如性格刻画与心理描写都是人物塑造；叙事方式、叙事视角、叙事结构属于叙事方面的艺术技巧，都为情节发展/推进服务，同时与人物塑造、人物关系营造关联。叙事需要前后关联，忌讳头重脚轻、顾此失彼。

第三节　中国电影"文学性"的地位变化

第一章已经较为全面地阐述了文学对于电影的良性影响，本章前文也指出文学性是电影特质之一，且是最基础的特质，不可忽视其地位作用，当然也不能无限放大。不同类型风格的电影中文学性比重、表现方式都不一样。每一部作品中文学性品质优劣也是客观存在的，每一位导演手法、风格以及选材不一样，文学性的表现形式、方式会有差异。不能用戏剧中的戏剧性衡量电影的戏剧性，同理，不能用文学中的文学性衡量电影中的文学性。

一、电影的文学性与电影文学的文学性

应该明确，电影与电影文学是两个不同概念（参见"电影与文学"部分），然现实中学术领域这两个概念混用到了令人无语又无奈的地步。

除了较早的概念错谬未得到纠正外(如分别创刊于 1958 年与 1978 年的《电影文学》《戏剧文学》就体现着概念的谬误以及这种谬误的沿袭,如按刊登文章的内容定位,这两本刊物名称应分别称《电影评论》《戏剧评论》),上世纪 1980 年代初张骏祥的倡导也起了一定作用。当年电影与戏剧关系被讨论时,电影"文学性"和文学价值的争论也已经展开。两场争论的背景相似,其针对性都与在电影创作中片面重视形式即电影语言/视听性的倾向有关。"在电影观念逐步变革的背景下,它实际是从另一个向度形成的对于电影本体论的探索与研究。"①

张骏祥当年曾将文学作为电影和戏剧的上一级概念,即认为电影与戏剧从属于文学,"唯独戏剧和电影,是艺术,而且是综合艺术,不但是综合艺术,而且又是文学:戏剧文学和电影文学"。"真正的电影文学的完成的形式是最后在银幕上放映出来的影片。"②提出了"电影就是文学——用电影表现手段完成的文学"的论点,张用文学价值代替"文学性",而"文学价值"指的是作品的思想内容、典型形象的塑造、文学表现手段和节奏、气氛、风格、样式等。③ 其后,其他学者发表文章对张的观点提出异议,反对张提出的将电影的特性和规律归至文学名下。认为张骏祥所阐述的传达思想、塑造典型的文学价值是各门艺术都拥有的性质和作用,绝不仅仅为文学所独有,所以用"文学价值"的提法来表达电影的思想内容、典型形象是不恰当的,而片面强调电影的文学价值也会割裂作为一门综合艺术的完整性。④

另一位学者郑雪来当年撰文,其论文观点相对较中肯,思路清晰,"电影剧本是一种文学(或'第四种文学'),但电影并不就是文学;电影

---

① 陈晓云主编:《中国当代电影思潮与现象研究(1979—2009)》,中国电影出版社 2013 年版,第 14 页。

② 张骏祥:《用电影表现手段完成的文学》(根据国庆三十周年献礼片第二次导演总结学习会上的发言整理),《电影通讯》,1980 年第 11 期。

③ 参见陈晓云主编:《中国当代电影思潮与现象研究(1979—2009)》,中国电影出版社 2013 年版,第 14—15 页。

④ 参见张卫:《"电影的文学价值"质疑——与张骏祥同志商榷》,《电影文学》,1982 年第 6 期。

剧本要为未来的影片提供思想艺术基础,但并非电影倒要反过来体现电影剧本的'文学价值',因而使电影从属于文学。我认为,这是我们讨论电影剧本的文学性和思想性问题的理论前提。"①郑文进一步指出:"电影剧本的文学性",和"电影的文学性",这两个概念之所以不能加以等同,就由于电影剧本作为一种文学样式必须具有文学性,而电影本身(影片)却可以或以文学性,或以戏剧性、音乐性、绘画性等而见长,或偏重某"性",或各"性"兼备。这在很大程度上取决于影片的体裁样式和艺术风格。如惊险片不一定讲求文学性,喜剧片则非注重戏剧性和喜剧效果不可,音乐片多半以其音乐性取胜,在类似《少林寺》《武松》这样一些武打片中,观众想看的主要是演员们的武打真功夫,等等。任何样式风格的影片当然都应具备主题思想,但如上所述,这并不属于"电影的文学性"概念的范畴。郑文的上述发挥阐述与本书前文"文学性、戏剧性、视听性与不同风格、类型的电影"部分有一定程度的吻合,只是笔者认为惊险片、武打片、喜剧片也应适当关照文学性成分,另外郑文中提及的所谓音乐性与文学性相通,笔者以为电影音乐可以放在文学性范围之内。

　　张骏祥过分强调电影的"文学价值"的观点确实有失偏颇,不够严密,逻辑上有可质疑之处。我们讨论任何一个问题,一是应该将其放到时代背景中,考察当时的电影创作有重形式的表现,若能对那些重视电影语言的形式因素进行潜心分析,看是否伤害到文学性,是否打动观众,方显得更为客观;二是应该辨别论者的完整思想特别是出发点,张骏祥的观点应该偏于传统,试图通过提升剧本的水平来评判电影的价值,这一点并非完全没有道理,我们想象一下,那些改编时较为尊重原著的电影,如鲁迅《祝福》《阿 Q 正传》等小说改编的电影,转换为剧本时应该同样尊重原著的面貌精神,才谈得上后续电影的"文学性"的保留或发挥。当然张骏祥的观点可能不够全面,未充分考虑各种题材电影的文学性是否都能与其电影剧本的文学性呼应。正如后来的研究者

① 郑雪来:《电影文学与电影特性问题—兼与张骏祥同志商榷》,《电影新作》,1982 年第 5 期。

的理性分析："人们对于'文学性'的认知并不仅仅是体裁意义上的,更重要的是在思维和表达的意义上。电影的'文学性'之争,对于当时的电影创作现状有着切实的针对性。它通过提出电影文学剧本创作存在的问题,推进了中国电影剧作理论的发展和完善。其时文学界已经出现了'伤痕文学'、'反思文学',这些文学思潮中的作品获得了认知生活的新角度,在揭露和批判现实问题,表达真挚、现实的情感上均取得了较大的成就。在如此的社会情状下,电影界怀抱着向文学学习对社会生活的深刻理解和多元新颖的表达方式的心态本无可厚非,不过就像钟惦棐所说:'电影向文学学习,要途不只一端。'如果因此便将电影看成是文学,则不免流于偏颇,最终有可能形成一种狭隘的电影观念。"[1]这样的分析确实更为中肯。

不论是关于电影是否应扔掉"戏剧性"拐杖之争,还是电影是否应该将文学形态的"文学性"全盘接受的讨论,都从某一重要的方面预示着建构现代电影观念和现代美学体系的实践开始浮出水面。学术上的争论只要不乱扣帽子、不进行政治迫害,对明确概念、明辨是非是有益的。当然如果能充分考虑各方的出发点与完整的思路,进行深广讨论,更值得提倡。影像化的电影与纸本形态的电影文学是两种不同形态的媒介,电影的文学性与电影文学的文学性也应该有所区别。

二、新时期以来我国电影"文学性"地位的变化

如果中国电影创作中整体"文学性"并不缺失或低劣,我们就没有研究的必要了,如台湾电影、欧洲电影,对人文内涵的重视、对人物心理与情绪的把握,对人性的展示已经很充分了。需要改进的也许是与视听有关的节奏及其他因素。

1970 年代末至 1980 年代的本土电影大多数可划为"文学化电影",今天能查到并看到的电影,其文学成分可用"饱满"形容,电影似乎

---

[1] 陈晓云主编:《中国当代电影思潮与现象研究(1979—2009)》,中国电影出版社 2013 年版,第 16 页。

被嫁接到文学上，似乎要从文学这一个艺术门类汲取大量养分，从一定程度上看，电影似乎成了文学的附庸。从创作队伍来说，80年代是第三、第四、第五代导演交汇的年代，他们都很重视文学改编。"第三代"电影人高度重视电影的文学性，主张从文学中寻找电影艺术的真谛，他们大量改编文学作品，尤其是知名作家的作品，如《林家铺子》《伤逝》《边城》《青春之歌》《天云山传奇》等。反映旧时代与现实生活的文学作品都能引起他们的注意。"第四代"电影人强调电影语言的创新，希望电影能够摆脱对其他艺术形式的依赖，但是积极的改良技术的思想并未影响他们传达思想、塑造人物、经营情节等文学性层面水平的发挥，他们提倡纪实性、追求自然质朴的风格，从凡人小事中挖掘社会意义和人生哲理，这些理念与电影的文学性并不抵牾。何况他们也并不反对改编，较有影响的影片《城南旧事》《骆驼祥子》《青春祭》《人到中年》等由小说搬上银幕都出自第四代之手。"第五代"电影人是创新的一代，他们的改编作品不以完全忠实原著为准则，但是看看他们的成名作，也多改编自文学作品，如陈凯歌的《黄土地》，张艺谋的《红高粱》等等。虽说视听性在第五代电影人作品中有了颠覆性的呈现，但这并未减弱影片中的人文关怀以及人物形象的光芒，恰恰相反，技术上的革命让这些电影保留甚至强化了其作品中文学性的成分。

1990年代后对于中国电影来说是艺术追求并未输给商业化的时代，一批非常有影响的经典产生于90年代，《霸王别姬》《大红灯笼高高挂》《活着》《秋菊打官司》《阳光灿烂的日子》《红粉》都源自文学，电影中的文学性依旧丰盈。同时大众文化兴起，商业电影萌芽，《摇啊摇，摇到外婆桥》《血色清晨》《红河谷》《黄河绝恋》等等均是有着商业诉求与尝试的影片，但基本不影响电影文学性与艺术性水平的表现。究其原因，或许创作者的使命感依然强烈，或许中国商业化电影刚刚起步，并未偏离观众的愿望。至于90年代中国大陆的一批喜剧娱乐片，如冯小刚的贺岁片、张建亚的喜剧战争电影，虽然与以前的轻喜剧完全不同，在审美形态与台词风格上令人耳目一新，但也体现了正向有价值的人文内涵、具有幽默情趣的人物语言/台词以及源于文学的反讽、戏仿的修辞手法和表现技巧。1990年代第六代导演的电影中文学性表现不很均匀,整体来说,客观冷静的叙事态度、边缘人形象的塑造(非职业演员饰)、写实粗粝的影像风格多少与观众认知习惯中的电影的文学性风貌有点悬殊。

其实整体看来,1979 年到新世纪的多数电影不缺乏文学性,即便是动作戏占据中心位置的武打片也呈现人物心理活动、注意细节以及符合逻辑的情节链,这些或许是当年大多数创作者共同的认知。而到了新世纪,电影数量不断增长,电影的"文学性"却越来越流失或低劣了,所以才被理论界、评论者不断提起、强化。严格说来,新世纪以来相当数量的电影作品不够健康、甚至"病入膏肓"。

新世纪以后,大众文化位移至中心地位,娱乐性、商业化进一步强化。除了少数电影品质过关外,整体看电影创作中就剧情和台词这些关乎文学性部分的因素而言,恶搞的多了,低级趣味的多了,展示人性负面的内容多了,相当数量影片粗制滥造、随意跟风,有品质的文学性成分被或多或少忽视,存在着"文学性"严重缺失或品质低劣的情形。如《大沙暴》(2002)违背医疗常识、胡编乱造的情节到白痴程度;《两个女人的故事》(2002)除了展示民俗,不知道事件本身诉说什么;同年的《极地营救》模仿导演自己的前作《紧急迫降》,但是情节空乏、人物苍白;《天堂的眼睛》(2005)包装了一个穷小子逆袭爱情的白日梦,等等。上述电影缺乏起码的生活真实感与正常逻辑,在商业化、市场化大潮冲击下,这种现象"传染"泛滥成灾。"跟风"电影本身是电影市场化、类型化以后的负面产物,它们往往不重视形象塑造、不打磨细节,轻视的是文学性,伤害的是中国电影口碑。必须明确一点:电影文学性的低劣与缺少不完全是一回事,有些类型片缺少文学性才是正常的,如悬疑、恐怖类型的电影。关于电影中的文学性问题可以概括为以下几种表现:一是不足(非悬疑、恐怖等类型片)或低劣,二是既缺失又低劣,三是文学性未能与电影的其他特质有机融合,文学性成分显得唐突或生硬,同时胡乱制造"戏剧性"桥段。

新世纪以来,因为作品数量猛增,劣质的电影也随之增加,人们对新世纪以来拍摄的大片的批评,对跟风小成本喜剧优劣成败的评说,落到实处都是与文学性相关的元素"成色不足"或出现了偏颇。前几年一些电影情节的编织不仅仅是不符合生活逻辑、性格逻辑的问题,而是情节发展中三观有明显问题的电影亦可以堂而皇之地上映了。可以这么认为,不少电影没有引导观众接受正向积极的价值观,而是不断突破底线,如大肆宣扬婚外恋、一夜情。赵葆华认为,电影可以有世俗欲望描写,但是不能突破道德操守的底线,"比如,《一夜惊喜》的故事是'喝酒怀孕了,孩子的爹是谁?'电影本身带着性消费,格调不高,这样的电影太突破我们的电影底线了,我们大家都是热爱文学的人,可是现在的不少中国电影不断降低人文底线和道德底线。更值得担忧的是这些作品培养了一批观众,已经改写了我们一些观众的审美习惯,也改写了影院经理的审美习惯"。① 可见,中国电影有加强文学性之人文内涵的必要。

很多电影有基本的情节及逻辑性、人物形象。新世纪以来的很多中国电影创作重视娱乐消费,轻视精神境界:影片中的人物流于世俗化和粗鄙化,影片热衷于堆砌垃圾情绪、展示人性猥琐,这不是文学性的缺失,而是文学性低劣的表现。《富春山居图》(2013)叙事水平太差,故事讲得缺乏逻辑性,人物关系设置与转变都莫名其妙,观众看得稀里糊涂。《分手大师》(2014)试图以讲"段子"构架全片,就是文学性基本层面都没有达标。《梦想合伙人》(2016)可谓山寨版的"中国女版合伙人",虽然有姚晨和郝蕾等演技派演员加盟,但情节设计很不合理:莫名其妙地创业就上市了,莫名其妙的假货危机,莫名其妙的感情线。故事剪辑破碎,"成功"在电影里犹如儿戏,较长篇幅的内容在矫情卖弄,而不是有理有据以情节推进与塑造动人人物形象折服观众。

电影中文学性低劣的另一明显表现是电影媚隐私、媚暴力、媚粗口(作为时尚)、媚痞、媚逗乐无底线(幽默轻松不反对),无批判展示谋杀、复仇、抢劫、强奸,不是"零度写作"的迁移,而是价值观的错位。如张杨导演的数码短片《太阳花》本身情节安排的转折以及收尾都很不错,败笔就在于夏雨饰演的照相器材店打工的小伙子在家看白天录的摄像带

---

① 肖扬:《业内:缺少文学性的电影是无脑作品》,《北京青年报》2015 年 1 月 6 日,第 A12 版。

时，嘴里会爆流行粗口，显示时代精神还是文化潮流？笔者认为对于台词来说是一种损害。这与《亮剑》等军事题材影视剧中"他妈的""他奶奶的"等单句国骂不完全一样，后者多半是情急之下蹦出来的，对于表现其人物性格有帮助，但是盲目跟风的一些电影中频繁爆粗口就降低电影的品味。王人殷表示，现在大家都在说向好莱坞电影学习，但这么多年一直在学习他们的技术，而真正应该学的好莱坞经验，中国电影却没有真正学到。"好莱坞在娱乐化的外包装下，保留了内核，这个内核就是它的精神实质，想学到这点，就需要文学性来支撑我们的电影。"①或许任何事物都是曲折前进的、在修正缺陷中进步的：新世纪中国电影尽管出现了不少质量低劣的作品，出现了很多与文学性有关的问题，但是在观众的褒扬或批评中，近几年来的中国电影整体有上升趋势，每年都有一批优秀作品与观众见面，观众对质量上乘的中国电影的评价也是较为客观的，如《大兵小将》《解救吾先生》《湄公河行动》《走着瞧》《驴得水》《战狼 2》《一代宗师》《七月与安生》《红海行动》等等均收获了口碑与票房，这些电影的文学性也都经得起推敲。笔者认为创作者只要抱着好好讲故事的态度，国产电影就有希望与任何国家的电影抗衡。

---

① 肖扬：《中国电影遭遇瓶颈专家：电影和文学的联姻是大道》，《北京青年报》2015 年 1 月 6 日，第 A12 版。

第三章
1979 年以来改编电影与原创
电影的文学性比较

这里所说"改编电影"主要指改编自文学中的小说、散文、诗歌与戏剧（戏剧有剧本可作为改编电影的基础）的影片以及"泛文学"中的用文字记载的故事、寓言、传说等；这里特别说明有一种所谓的"电影小说"是根据电影剧情"倒扒"写出的小说，在电影上映前后推出，是一种捆绑营销手段，也是获利的途径，不在本课题研究范围。"原创电影"指不依赖于文学文本构思创作出来的电影，包括少数改编自真实事件的电影，真人真事虽然有事件主干，但主旨内涵、形象塑造、情节设计等文学性层面的要素需"从零做起"。上述两种电影创作途径始终存在。

中国电影诞生以来，就与文学结下了不解之缘。上世纪 20 年代至40 年代中期，第一代电影人开始就意识到文学对于电影的"给养"作用，并付诸实践，将文学"移植"到电影，如张恨水的数部小说改编为电影（1941 年张石川导演了根据张恨水小说改编的《金粉世家》），曹禺的《雷雨》《日出》《原野》等名著从戏剧（剧本形态的基础不可忽视）搬上银幕，就足以看出电影对文学的倚重。"文革"前的 1950—1960 年代，改编重视思想性，仍有优秀文学作品成为银幕佳作，如《柳堡的故事》《我这一辈子》，兼顾认知与审美。比较而言，上世纪 60 年代中期之前的改编偏重于革命历史题材，如《林海雪原》《青春之歌》《红日》《野火春风斗古城》等等，重视教育作用，审美作用并未明显减弱。上述改编的电影作品,今天看来也许画面模糊,镜头语言不够丰富,但是重视叙事,重视人物形象的塑造,整体看"文学性"不算缺乏。人物表演有舞台痕迹,70年代末期文化艺术的创作渐渐复苏,产生了一批优秀电影,但改编自文学的寥寥。

1980 年以来文学改编的电影文本甚是丰富。从改编渠道看,源自现当代文学的影片最多,如鲁迅、沈从文、莫言、苏童、严歌苓等作家的作品所改编的电影;小部分改编自古代文学、外国文学和网络文学,如《画皮》《赵氏孤儿》《血色清晨》《一个陌生女人的来信》《夜宴》《山楂树之恋》《搜索》等电影文本。可探讨不同文学作品改编的成败优劣与文学性关系。从改编尺度与风格看,有忠于原著型的、有适当"整改"型的、有大刀阔斧型的,应分别列举代表作进行分析,探究这些作品的"文学性"表现,评价它们在当代电影创作史上的地位。

改编电影受到欢迎肯定的同时,原创电影也始终拥有一席之地。同一代电影人中有人偏向改编,也有人青睐原创;即便是同一位导演,再怎么依赖于改编,也会尝试少量原创的作品,这一现象在第三、四、五代电影人中都存在。而在第六代、新生代电影人中,存在着为数众多的只拍原创电影的导演及其团队。本章尝试对 1979 年以来有代表性的不同代际电影人的作品进行梳理,比较其改编电影与原创电影在文学性方面的雷同与差异。

第一节　第三代导演电影创作与文学性：以谢晋为代表

谢晋是中国第三代导演的代表人物,也是 20 世纪后半段电影界的标志性人物。谢晋导演是创作生命很长的电影艺术家,从上世纪 50 年代一直到新世纪,执导不息,50 年代的《女篮五号》、60 年代的《舞台姐妹》《红色娘子军》均有一定影响。笔者认为谢晋导演作品中最负盛名的是他拍摄于 1980 年代早期至中期的作品,也最能体现其导演功力与改编选材倾向,其中"反思三部曲"《天云山传奇》《牧马人》和《芙蓉镇》是他这一时期最具影响力的作品,至今仍然代表着中国"反思电影"的最高水准。此外《秋瑾》(1983)、《高山下的花环》(1984)也诞生于这一阶段，后者影响也很大。1986 年《文汇报》展开谢晋电影模式的讨论。此后谢晋电影进入转型期，转型后的作品影响力远远不及 80 年代的几部电影。且转型后作品选材与风格有所改变，但依然重视人物形象的塑造、情节的逻辑性。而 80 年代那几部影响力深远的电影作品都改编自当代文学，在思想内涵、人物塑造等方面有浓郁的文学性。具体论述如下：

一、1980 年代谢晋改编电影的文学性

（一）具有深厚的人文情怀/内涵。

"三部曲"反映"文革"对人们的伤害：都是在文革的大背景下，通过主人公的切身遭遇，反映出文革时期的社会现象，反思当时的社会问题。谢晋本人就是"文革"的受害者，他自己被隔离、审查、批斗，双亲相继自杀，身患智障的儿子也受到侮辱。谢晋 80 年代这几部作品受到当年观众的热烈欢迎，也得到今天观众的高度评价。作为中国电影史上伟大的作品，它们揭示了"反右"与"文革"等政治运动造成的诸多社会问题，带有批判现实主义的色彩。其次它们反映出了深刻的人性，传递了深厚的人道主义精神。

三部曲中，根据张贤亮《灵与肉》改编的《牧马人》最为温暖，表现政治运动中因父亲移居海外而被打成右派的许灵均到西北劳动改造直至文革结束的一段人生经历。有对磨难的回忆，更有对牧民们淳朴人情的呈现。影片礼赞普通人身上真与善的光辉，表现了一位饱受磨难的知识分子对祖国难以割舍的挚爱。

《天云山传奇》(1981)根据鲁彦周同名中篇小说改编，是对"文革"的灾难乃至新中国成立后 17 年间社会发展中极"左"的历史政治性创伤进行深刻反思的代表作品，是典型的新的政治影片，集中体现了以家庭空间为叙事依据、以奉献型主人公的理想人格为价值追求，对历史进行道德化褒贬的特点。改编后的影片保留原著思想感情上的精髓，将个人遭际与历史悲剧结合，反映了特殊年代的风云变幻，反省了人性的

弱点与选择。根据古华同名小说改编的《芙蓉镇》影片以小人物坎坷曲折的人生命运为缩影,展现了中国特定历史时期投机当权者对于无辜民众的压迫和打击,揭露了盲目荒谬的政治运动给人们带来的巨大痛苦。影片主要以南方小城湘西芙蓉镇为背景,以勤劳美丽的少妇胡玉音在"文革"时期颠沛流离的人生为主线,叙述了极左路线盛行时代主人公人生的悲喜转折,反思时代的畸形、弄权者的丑陋。

谢晋新时期电影所反映的社会、历史、文化语境是十分单纯而独特的,整个新时期电影的基调是反思——对"文革"乃至"文革"前极"左"历史的政治性反思。新时期伊始中国电影人的一个突出"情结",就是展现群众记忆犹新的"文革"的灾难与创伤,他们直面"文革"留下的创痛,主要表现正面/英雄人物为了坚持理想、正义、真理,备受肉体和心灵的折磨,表现了原本美好的东西遭到破坏或毁灭等的悲剧意蕴,赢得了极为广泛的认同。

《高山下的花环》改编自李存葆同名小说,作为军旅文学代表,赢得了无数观众的的感动与泪水,同时让读者记住了普通官兵崇高的生、壮烈的死,记住了梁三喜、靳开来的名字。小说与电影均表现了"秉笔直书"的严肃态度和"敢为天下先"的勇气。歌颂与针砭并存,这是新时期对社会现象的另一种反思,值得肯定。电影中令人反思的内容主要通过雷军长与赵蒙生及其母亲的交锋表现的,说明从小说到影片的创作者并未把社会生活简单化、理想化。相反,他们都自觉而大胆地表现了特定社会环境中部队生活的复杂性乃至阴暗面。如果放在今天,就是主旋律题材中的"反腐"插曲。如果说《牧马人》表达对祖国、对牧民、对妻儿的眷念与忠诚,《高山下的花环》围绕关键时刻报效祖国的命题表达了对国家的拳拳赤子之心,以及战友情、亲情与爱情,真挚而热烈。影片在战争背景下凝聚强烈情感指向各种矛盾——展现对走后门不正之风的愤慨批评,对"四人帮"倒行逆施造成灾难后果的愤懑,另有对烈士留下带血的欠账单引发强烈的情感冲击力及撼动人心的思考。影片虽属于战争题材,但真正战争内容不多,更多是战争背景下社会现实与社会矛盾的反映。

(二) 塑造了经典人物形象

影片《天云山传奇》的主要艺术成就之一,就是对女性形象的塑造。宋薇(王馥荔饰)是贯串全片的女主人公,也是谢晋对这个社会主义时代悲剧人物的新发现,电影将其心理起伏变化与性格表现相结合,把人物的情感和历史的思辨相融合,通过画面的时空交叉揭示人物的复杂性格,从而创造了这一极具社会历史内涵、人生价值意义以及伦理道德观念等多方面启示的典型形象。影片将宋薇的私人空间和公共空间叠加起来,不仅为宋薇提供了悲剧性性格产生的特定历史、文化背景,而且还把她的个人命运与政治风云紧密联系在一起。如谢晋把宋薇先后置身于反右运动的历史背景和新时期的反思文化背景中,使人物的思想观念、价值取向受到政治运动的冲击,揭示其由于性格软弱,因而在政治上较为盲从的特点。她纯洁的政治灵魂受到不断的愚弄,并造成个人情感上的伤害,既失去纯真的爱情,又无法忍受无爱的痛苦,不断遭遇"组织"与个人、"革命"与爱情、背叛与忠诚各种矛盾的折磨,形成盲从而虚荣、单纯而软弱的双重性格。其性格的复杂性和变化发展,主要是年轻时"纯真与虚荣交织"、中年时"沉稳与痛苦交织"。其性格中体现的社会历史文化和人生价值意义使人思索,富有历史思辨的力量。从这一形象的道德意义层面上看,宋薇的形象在控诉极"左"路线对伦理、道德的破坏,对正常家庭生活、爱情生活、政治生活的破坏等方面,具有震撼人心的作用,也表现出了悲剧性的复杂性格。这一成功人物形象的刻画,体现了中国电影审美形象的新发展。

冯晴岚(施建岚饰)是个外表看来平凡朴实的女性,在正直与卑劣、真理与谬误之间,却有着奋不顾身、冲破世俗的勇气与智慧。她不同于主旋律影片中的模范人物、优秀干部的形象,晴岚的可贵更在于她始终有自由、执着的灵魂,我们看看这个美如其名的女性人格中的几个层面:首先是她的无私。影片中,她与宋薇同时爱慕年轻的政委罗群,而且她爱得比宋薇更深切,因为她敏锐地对罗群的美好人格做过判断,"是一个纯得像水晶一样的人"、"有一颗真诚火热的心",但她知道好友宋薇也倾慕罗群,便毫无保留地把机会给了美丽的宋薇,并鼓励她主动争取爱情。在宋薇沉浸在美好爱情中时,她真诚地为宋薇祝福。二是勇于承担。冯晴岚出身革命家庭,只要回城就会有好工作和安定生活,她却报名留在天云山当小学教员,从那一刻起,她义无反顾地决定与罗群一起承担可能更坎坷的人生;她拒绝了爱慕她的而且正派的同事,对同事的好意劝说表示感谢。她顶着暴风雪踏上与罗群融合命运的山路。三是信念坚定。因为坚定,她勇敢地投入了与罗群命运一体的漩涡;在贫苦、疾病折磨的日子里,在丰富的精神支撑下感受到最大的幸福,在给宋薇的信中,她这样说:对于人生,对于所谓幸福,各人有各人的理解。而她所拥有的幸福感就是"即使今天我就离开人世,我是幸福的"。同时她相信"罗群的问题,即使有人还想阻挠,但我相信很快就会解决的,这是历史的必然"。理性看来,冯晴岚是崇高道德的化身,只是她的无怨无悔的爱更接近于不求回报的母爱,因为电影并未展示罗群对她的爱,更多的应该是感激感恩,虽然不排除这种感激会升华为爱情。

周瑜贞作为新时代思想活跃有见解的女性,敢说敢为,她讲述了罗群的悲惨现状,鼓励宋薇独立思考,为被冤屈的罗群平反,影片也是随着她的讲述展现了罗群这个神秘人的故事。

《天云山传奇》中男主角罗群(石维坚饰),则是那一时期成千上万被迫害者的代表,也是"反右"斗争中不幸者中的幸运者,因为他有冯晴岚的爱情呵护;他不同于许许多多被残害凌虐最后不堪受辱或者含冤死去的人,他等来了纠错反正的时刻。他和另一位战友凌曙(刘汉饰)在混乱荒诞年代还清醒保持自己的初心,为党为国奉献自己。纵使受冤有屈,他们仍然追求真理,心有大爱,是完美的英雄。影片中罗群的清醒和执著、冯晴岚的纯真和善良、宋薇的动摇和醒悟、吴遥的冷漠和自大,都很容易激发观众爱憎分明的情感。而它强烈的悲剧效果、新颖的艺术手法、曲折的故事情节、优美的电影画面也都一一烙在我们的记忆深处。在美学形态上,尽管谢晋也采用了通俗情节剧的叙述方式,但电影中的主人公不再是一个全知全能的英雄,不再具有超凡脱俗的心智,不能解决现实中所有的矛盾,只能"穷则独善其身",而且这"独善"还是在妻子冯晴岚支撑协助下实现的,影片采取的女性牺牲自己成全爱人的叙事策略,完成了对意识形态主流性和故事内容伦理化的双重表述。

《牧马人》中男主角许灵均(朱时茂饰)被打成右派,发配到偏远的西部养马场劳动改造。天苍苍,野茫茫,风吹草低见牛羊,许灵均的到来也许就是人生的一场悲喜剧。他感到过人生的苦难与黑暗,甚至想到自杀,但人性总是有其温暖的一面,在其最痛苦和艰难的时候,牧场中的郭蹁子、董大爷等身边的普通人用善良和纯朴给许灵均带来了一些安慰。董大爷的门帘子、董大娘的一碗热面还有场长送来的那一件皮袄,无不散发出人性的光辉,这也给许灵均带来了活下去的勇气和力量。在这种情况下许灵均等到了他的爱情。这个人物内心有脆弱善良的一面,渴望被理解,急于走出生活、政治双重压迫的影响,许灵均对爱情既盼望又有卑微感,初见秀芝时,由陌生、惶然、同情,而终至喜出望外的情感变化,都表现得真实而富有层次;俩人之间的交流与夫妻感情表达也很自然、生动。朱时茂将内心复杂的中年知识分子许灵均演绎得大方自然,毫无雕琢痕迹。

许灵均的妻子李秀芝,这是个当初逃难到敕勒川的四川姑娘。他们的结合成婚有好大一部分的戏剧性,但是相处之后培养的感情却温暖得让人心动,许灵均觉得李秀芝就是他等了好多年的人。作为许灵均的妻子,李秀芝这位纯真善良而又勤劳能干的农家女子,在与许成婚后,秀芝的勤劳能干体现在脱坯建房、种植、饲养等方面;她为许灵均带来了既有亲情也有爱情的温柔体贴和充实丰富的家庭生活,富有人生智慧,什么活儿都能干好,且聪明好学,学认字、坚持写日记;她看苏联电影,也深有体会——"面包会有的,牛奶也会有的,一切都会好的",有着乐观向上的态度;她从不在乎丈夫是个右派,是否成为国家教师,在她眼中许灵均一直是好人。她明事理,有志气,教育儿子不是自己赚的钱就不能要。她极有灵性,有生活情趣,是个极完美的形象。淳朴可爱的秀芝给观众耳目一新的感觉,电影放映后的 80 年代,"李秀芝"曾经作为专用称谓(美丽温柔能干的完美的农村女性的代名词)流行过。许灵均通过她,与那片立足生存的土地更加紧密地联系在一起。

影片中作为配角的郭蹁子,是一个性格鲜明、真实生动而又充满生活气息的牧民形象,他发动乡邻们凑钱,热心张罗许灵均和李秀芝的婚礼……集中表现了他的热心和善良无私,"文革"风暴袭来时,郭喘子煞费苦心:他同董大爷商量,咬定山下"草情"(草的生长情况)不好,绕着弯子迫使队长留下许灵均使其免遭批斗;他教育孩子不要再喊"老右"的苦心;他将孩子们郑重托付给重新执教的许灵均时的诚恳等等,使郭喘子这一独具光彩的形象与其名字一样深入人心。

《芙蓉镇》中展现了亦正亦邪更为多面的人物形象。

秦书田(姜文饰)是知识分子在新中国经历的样本,他不是一个反抗者,也不是一个归顺者,因为出身不好成为"黑五类",被打入社会的底层,是专政对象。但是他在运动中表现出来的生存智慧和斗争策略却让人惊讶,在一定程度上降低了故事的悲剧性。秦书田以他的知识和智慧周旋于那个艰难的时代,他身上蕴含的才华、应变能力与乐观心态让他得以"苟且"地活下来。当然,今天理性地看待秦书田的遭遇与性格,可以表述得更为诗意一些:当生命因为外界的境遇变得不堪时,信念与意志提供给个体生命最后的庇护,也使生命短暂地抽离出眼前的苦难,迈入更高远的境界。影片中秦书田和胡玉音两个遭难者"像牲口一样活下去"的屈辱被赋予了一种坚韧的品性和人情的温暖,支撑他们活下去的理由只剩下作为生物体求生的本能。在那个时代同时也有很多人以死来保证了生命的尊严,他们身上同样体现着崇高、辉煌的人性。在非常年代,个体生命可能像牲口一样,但是整个民族都生活得像牲口一样,那将是多么可怖的景象,作为一个民族的中华民族又有什么出路。因此,那个年代不能重复,人不仅要活着,而且要活得体面、有尊严。

胡玉音(刘晓庆饰)身上体现了一个中国传统女性的美德——勤劳、坚韧、爱家,她的经历浓缩了一位女性在新中国的全部苦难。出身的差异成为爱情、婚姻不可逾越的鸿沟,情人弃自己而去;和桂桂结婚后,以自己勤劳的双手盖起了新房,但是在那个时代只允许普遍的贫穷,尚不允许一部分人先富起来,财富成为祸根、原罪。丈夫被迫害致死,自己也被打倒,成为被社会隔离、孤立、遗弃的"新富农"。假设一下,没有秦书田,她还能走出"运动"吗?影片结尾为她定下团圆的结局,现实中另一种可能的结局却是秦书田被迫害致死,她一个人含辛茹苦,和儿子相依为命,孤独下半生。导演最后给了观众较为光明的结尾,肯定普遍人性的善。不以政治色彩取舍的乡亲乡情,轻而易举使受难者在心灵和生活上获救,但人性恶的那一面在那个年代亦有着更普遍的体现。

影片中的李国香是另类"革命者"形象,她因投身革命成为权力者,在她身上体现着革命者、权力者、女性这三重属性。她这样的革命者是在政治运动中发家的,一旦掌握了权力,也就是权力异化的开始。她在政治运动中有过起落,在红卫兵大串联中也被打为"破鞋",与她一贯不屑的右派、新富农为伍,后来又恢复权力,变本加厉对待曾经与她站在一起的"坏分子"。同时她还具有作为女人的天生的属性,虽然运动强调去性别化,无视性别差别,但她依然克服不了一个女人最基本的需要——对异姓的渴望。电影中既让王秋赦仰视其权力,她又利用权力将王发展为情人。

谷燕山身上具有正统的纯粹的革命理想,对党的事业抱有无限的信心。因为参加革命的经历具有崇高的威望,和基层政权一起,维系着基层社会的道德和秩序。作为革命者在战争年代曾经负伤,为革命事业献出了身体上、精神上的代价,在历次运动中依然没有躲过冲击和苦难,可贵的是他保持了道德的完善,没有失去最基本的人性。黎满庚是一个道德上有缺陷的革命者,影片中他以一个复员军人、党员、党的基层干部形象出现的。而运动一次次地挑战伦理、道德、人性的底线,为了党的事业他背弃情人,只因她那被视为原罪的富农出身。在运动中他被要求在政治立场与曾经的恋人中做非此即彼的选择,他的痛苦可想而知,背叛的代价并没有换来信任,仕途依然不保。背弃良心、丧失人性成为政治运动中的常态,人伦不再是大义,可以随意被践踏。

王秋赦是革命中的投机分子,不学无术,好逸恶劳,一穷二白。他的贫困不能简单归结为社会制度的不合理,然后以革命的名义去运动,去均贫富。他在电影中的所作所为,不是简单的性格变态。在历次政治运动中,他依附于时升时降的革命组织,上下其手,运动就意味着为他提供的一次次谋私利的契机。他投身"革命"或"运动"的动机就是有利可图。影片最后政治运动本身没有被清算,包括以革命名义在运动中犯下各种罪行、擅长害人标榜自己的女干部李国香；只是以秦书田的被平反回家、王秋赦的发疯做为简单的了结与报应。发疯的王秋赦口中蹦出的一声声"运动了"提醒人们，运动就在并不遥远的过去，如幽灵般飘浮不散；同时说明也有人还在怀念那个时代，他说的并不仅仅是个人的疯言疯语。

《芙蓉镇》中人物关系呈现颇有特色。

与胡玉音有关联的人物基本分为两个阵营：一是前后两任丈夫以及其他帮助过她的人，这些人的"前史"（即与胡玉音的恩怨）包括了桂桂与胡玉音相识婚配的过程，黎满庚与胡玉音的青梅竹马之情，谷燕山在战场上留下的难言之隐以及秦书田和胡玉音的第一次见面。一方面，这使得群像中的人们不再面目模糊；另一方面，也补足了上述人物在处理与胡玉音相关的事件中的动机，使得叙事更为流畅。基本通过回忆或自己的讲述（如谷燕山对着李国香否认自己和胡玉音的关系时，痛苦地说起自己"有病"）完成"前史"。

另一阵营中王秋赦、李国香的形象生动典型，这是因为小说已经有了充分的人物描述基础。在小说中，李国香的"前史"叙述的是她作为一个大龄单身女青年，始终没有找到符合她对于政治身份和性吸引力要求的对象，并在此过程中为了满足自己的情感和性欲望，与已婚男子有染的故事。电影中李国香的"前史"被抹去了，于是她的身份便不再带有道德的负面印记，而是单纯以县委工作组的干部身份进入芙蓉镇开展工作。这就导致了对于胡玉音的审查工作的动机与小说中截然不同，她不再是因情欲不满而嫉妒陷害胡玉音，而是以她政治身份所代表的权力秩序作用于胡玉音。另外电影收尾处加上了秦书田被平反回来在船上遇到李，有几句对话，给我们感觉李对胡玉音的加害除了左倾思想深入骨髓外，没成家心理似乎不太正常也是原因之一。电影未按小说的定位设计两个典型反派，有导演自己的考虑，因为小说有其局限处：似乎胡玉音遭受一连串的迫害就是因为这个李国香的女干部嫉妒，虽然同样表现荒诞，也可以用弗洛伊德心理学分析，但对于电影中的人物塑造而言，仍显得不够深刻，"反思"的力度不够。

《高山下的花环》塑造了一群饱满生动的人物形象。

《高山下的花环》中无论是雷军长、梁三喜、靳开来，还是赵蒙生、"小北京"等军人或是三喜母亲和妻子等军属形象，是战争年代里鲜血染红的旗帜，他们都是支撑中华民族的脊梁。这些人物倾注了创作者的心血和无限寄托，融入了对中华民族苦难的深刻思考和对于民族振兴的向往追求，向世界展现中华民族的坚韧不屈、发奋图强、自尊自信的生命意志。这些鲜活的军人及其家属形象既有时代特色，更具有永恒的道德价值和审美价值。

连长梁三喜一反过去军旅影视作品中英雄人物严肃"冷面"化的模式。他来自革命老区，深爱着母亲和妻子。在极度贫困的生活中，默默为部队建设、为国家尊严献出了自己的一切。妻子临产，本已被批准回家探亲，因为新任指导员赵蒙生不安心工作，探亲假一再推延。后来连队接到上级命令，要开赴云南前线参加自卫反击战，梁三喜放弃了探亲，准备参战。出发前，梁三喜给妻子玉秀回了一封如遗嘱一般的信，牺牲后的遗产就是一件军大衣、一个准备送给从未谋面的孩子的拨浪鼓，还有一张浸透鲜血的欠账单。"老吾老以及人之老，幼吾幼以及人之幼"，正是血肉亲情使他懂得奉献，舍小家，顾大家，以成全全中国的家庭。梁三喜也会发牢骚，他对赵蒙生说："知识青年上山下乡的时候，你们都涌到部队里来，现在感到吃苦了，又削尖脑袋要回大城市。""中国是我的，可也是你的。"小北京连发两颗臭弹没有动静，被敌人打死了，梁三喜一看炮弹上的日期是1974年4月，怒吼道"批林批孔，批他奶奶的！"这样的台词表现了真实的心理情绪，让人物形象更为丰满，同时也有借人物语言对历史进行反思的色彩，与导演前作"反思三部曲"存在吻合之处，只是方式不尽相同。

赵蒙生是一个成长的战士。在高干母亲吴爽和妻子柳岚的怂恿下，只想曲线调动，脱离即将开上前线的部队，部队开往前线时，调令下来了，赵蒙生只好硬着头皮跟着部队开拔。越军残害我边民的罪行激起指战员们的义愤，大家都作了为国捐躯的准备；赵蒙生却有些胆怯，他母亲甚至在军情紧急的情况下，打电话给云南前线指挥作战的雷军长，要把他调回去，这一行为激怒了雷军长和广大指战员。赵蒙生羞辱难忍，他赌气地向连队战士们表示：是狗熊还是英雄战场上见。后来战友们的牺牲让他义愤填膺,愤怒的赵蒙生抱起机关枪拼命地向敌人扫射,为九连赢得胜利立了大功。此时,人物完成了从"狗熊"向英雄的转变。

有性格缺陷的英雄往往形象更加丰满,炮兵排长靳开来就是这种代表,他嫉恶如仇、牢骚满腹,有时还会爆粗口。看起来有些粗鲁,但他却是那样体贴连长梁三喜,他一再催促梁三喜在妻子生孩子之前赶回家,让他回家时穿上自己平时珍藏的皮鞋;为他探亲买来车票,甚至给他未出生的孩子买来婴儿服;他同样爱家人:平时将全家福照片揣在心口,一有闲暇就会拿出来咂摸,回味全家相聚时的欢乐,常常憧憬着儿子长大娶媳妇的情形,可谓"无情未必真豪杰,怜子如何不丈夫"。他临阵被提升为副连长,断然把带尖刀排的任务留给自己,说自己兄弟四人,死一个不怕,而梁家只有三喜一个了,必须留下续香火。他率领尖刀排在前开路,与战士们一起义无反顾地杀上了战场,炎热的天气使战士们严重脱水,干渴难耐,有的战士渴得晕了过去。靳开来为了保存战斗力,为了不让搞行政的指导员违反纪律,自己顶着违反纪律的罪名,到老乡的田里去偷甘蔗,被地雷炸死。靳开来的妻子杨改花带着孩子来到部队,但她却没有领到靳开来的军功章,原因是靳开来爱发牢骚,又违反纪律去偷老乡的甘蔗。

铁面无私、高风亮节、被观众称为"雷霹雳"的雷震军长,也是一个性格有缺陷的英雄,他生气时喜欢摔帽子、骂娘。面对昔日救过自己,又身处高位的吴爽从前线将她儿子调离的无理请求,雷军长大怒,在战前军人大会上说:"我不管她是天老爷的夫人,还是地老爷的太太,谁敢把后门走到战场上,我偏要她的儿子第一个扛着炸药包,去炸碉堡!"他的铁面无私和嫉恶如仇,使人感受到老革命家的坦荡襟怀和凛然正气。军长形象与梁家人形象相映生辉,增强了电影的感染力。靳开来牺牲后因为平时表现不佳其家属未能领到军功章,雷军长替他抱不平,盛怒之下摔了军帽:"不给靳开来立功,天理难容!"正是这种"圆形"形象使电影中的官兵成为有血有肉、有七情六欲的人,增强了故事的真实感和震撼人心的力量。作为军属代表的梁大娘在战争年代已经为革命献出了长子,次子和丈夫也在"文革"中死去,但她独自用苍老的双肩支撑着那个只有女性的家庭,把唯一的儿子交给部队。为了偿还儿子欠下的债,她拿出全部的抚恤金还不够。为了省下一点车票钱,竟和儿媳抱着出生三个月的盼盼翻山越岭走了四天。他们太平凡了,同时他们的心灵又是那样崇高、圣洁。

（三）谢晋 80 年代电影借鉴了文学的叙事策略

这一时期谢晋电影的叙事策略借鉴了文学上的意识流、全知视角与限知视角的结合、画外音运用等手法。

《天云山传奇》的叙事方式最为突出,因为采用了意识流叙事。本片并没有完全叙述悲剧性事件经过,也没有着重去渲染当时的政治背景,而把诉说的主权交给了宋薇、冯晴岚、周瑜贞,通过三位女性的视角与追忆来构建这部沉重的影片。谢晋导演曾谈到"角色与我",认为宋薇"可以被看作一代人受蒙蔽、受愚弄、直到觉醒的缩影……宋薇中有你,有我,有他,有许许多多正直、善良的人们的天真的灵魂所留下的印记。"[1]周瑜贞作为新时代思想活跃、有见解的女性,对于唤醒宋薇有一定的积极作用。在剧情编排方面,导演没有平铺直叙,通过三个女性的视角,把 50 年代和 70 年代中不同事件有效地串连起来,脉络清晰。同时,导演出色地运用蒙太奇技巧,让镜头语言极大限度为人物塑造服务。如当宋薇看着罗群卸货的照片,当罗群卸货的情景重现在我们眼前时,我们想到了什么?那一步步踏上的阶梯,正代表着往宋薇心里送上一锤锤沉重的打击。这里带有明显意识流的手法,情节随着意识的流动而发展。不得不说,这是当时影片中的独特新颖之处。

影片的细节处理也是十分出彩。白马结下的情愫一直在宋薇的心中占据重要的位置。买白马时的犹豫,失落时来到儿子的房间(白马就在桌上),都暗示着她对罗群的怀念,或者说是愧疚。至于吴遥在办公室向宋薇扔纸片,也正为最后在家里出手伤人埋下伏笔。

《天云山传奇》另一个重要的叙事策略就是全知叙事与限知视角结合。所谓全知叙事,就是以上帝视角叙述故事、描述人物、安排情节。

---

[1] 谢晋:《心灵深处的呐喊——〈天云山传奇〉导演创作随想》,《电影艺术》,1981 年第 4 期。

《天云山传奇》在总体布局上使用了这种全知叙事,如对整个故事外在框架的设置、许多客观性描述的片段。全知叙事中,罗群与吴遥的故事主线把他们各自的事件连接起来,三个女性各自的故事叙述完毕后共同汇入故事主线,大故事包孕小(相对独立)段落,使两者之间具有内在的因果联系。这样,既展示了不同时代背景的变化内容和人物内心世界的复杂情感,又超越了传统线形叙事结构的表现力度。

限知视角就是从某位叙事者视角出发,叙述其所见所闻所感。本片限知视角从宋薇、冯晴岚和周瑜贞这三个不同女性与罗群的不同关系,引出了她们各自对罗群的不同看法,从而成为相对独立的叙事段落,其中主要以宋薇的心理矛盾来推动情节的变化发展。在三位女性视角的分别叙述中,观众得知最初是周瑜贞发现了罗群、冯晴岚这两个传奇式的人物,正是通过她的视角把罗群与冯晴岚介绍出来,她所看到的是罗群和冯晴岚的今天;然后通过宋薇的回忆展现了她与罗群在反右运动前后及反右运动中的生活图景。表现宋薇内心活动的画外音独白,语言流畅略带忧伤;最后通过冯晴岚着重讲述了反右以后她与罗群的苦难遭遇。每个人都带有自己的角度、时间节点和感情色彩,构成多角度、多层次、多色彩的叙事方式,叙述变化丰富、生动感人。周瑜贞以好奇而幽默的语调、明朗而尖锐的感情色彩,叙述了自己在天云山巧遇"马车夫"罗群,并注意到罗群在政治上、生活上的实际处境。宋薇是在自我解剖式的、悲剧性的回忆中,以充满悔恨、惆怅、揪心的感情,叙述自己的爱情与人生的悲剧。冯晴岚则用深情、朴素的心声,以给宋薇写信的形式来自述她与罗群的爱情生活,这是以谈心、交心的形式来展示的。尽管这些女性的视角和叙述角度带有各自特有的个人立场和情感倾向,但其限知叙事还在于加强全知叙事的立场原则和内在含义,是为了归顺于一个共同的叙事指向,即主流化意识形态的家庭、社会、历史的伦理化表述。就叙事视角而言,《高山下的花环》和《牧马人》以及《芙蓉镇》都采用了全知叙事。《芙蓉镇》基本是线型结构叙事。

《天云山传奇》影片中间部分的限知叙事与画外音结合,对塑造人物形象、展示人物内在的情绪心理作用很大。而这种文学性色彩强烈的叙述源于小说,可以展示故事的层次性、复杂性以及不同人眼中的人事发展状态或评价。《天云山传奇》的文学性还包括隐喻的运用,周瑜贞那件明红色羽绒衣,加上宋薇的赞辞"瞧你,打扮得像一朵春花",隐喻了周作为"春的使者"预告新的政治时代到来的预言。

除了《天云山传奇》,《牧马人》是谢晋1980年代电影中画外音运用较为突出的作品。开场的音乐悠扬深情,"天苍苍,野茫茫,风吹草低见牛羊",接着响起画外音朗诵"敕勒川,阴山下,天似穹庐,笼盖四野…敕勒川,你这古老的名字,我从十二岁时就在课本上读到过你,没想到,我这半辈子却和你结下了不解之缘。我在这里二十年了,岁月,生活…"歌曲与画外音的配合,一下子将观众带入影片中人物的处境,怀旧、伤感而真诚。

1983年《秋瑾》源于小说《秋瑾传》,与改编自当代文学作品的几部影响深远的影片比较,《秋瑾》中人物形象塑造没有什么突破或亮点,但反映了人的觉醒。

〈附〉关于谢晋电影叙事模式论述

谢晋1980年代早中期电影叙事模式或叙事组合可以概括为"开端(好人受难)——发展(道德坚守)——高潮(价值肯定)——解决(善恶有报)"。[1] 笔者以为,关于谢晋叙事模式及批判,首先是小说本身带有的倾向,也可以理解为谢晋所选择的合乎自己审美意愿的原小说就带有相似的道德拯救色彩,即自带叙事"模式",我们只要好好研读上述谢晋电影所对应的小说,就能感受到这一点。"谢晋电影大多改编自文学作品,钟惦棐认为'谢晋电影'中确有不少是文学方面的缺陷,但拍成电影,自然也就包括导演自身的认同,电影的社会思考总是以自己之影随文学之形,而不是把文学看做是一种契机,借别人的酒杯,浇自己的块垒,否则这些人还只是一些手持话筒、奔波在摄影场地的忙碌者而非自由人,是些还不能独立地观察世界、解释世界并以视听手段表达世界的电影艺术家。新时期的谢晋'瞩目于文学的,多是反思之作,中国文学艺术的社会觉醒始于反思,因为历史自身的戏剧性最容易唤起创作激

---

[1]　尹鸿、凌燕:《新中国电影史(1949—2000)》,湖南美术出版社2002年版,第110页。

情,也最容易在观众中产生共鸣。但是反思也有局限性,思往未必知来。'在思往知来中,'一个人道主义,一个民主,一个自由'是最为重要的。"①另外,谢晋 80 年代电影和"伤痕"题材的关联性选择很大程度上与谢晋文革中遭受冲击的经历有关。

谢晋 80 年代改编电影中最主要的成就是人物形象塑造深入人心,一些原著小说中的对话可以直接实行"拿来主义",这种文学性方面的支撑是非改编电影作品享受不到的便利。他把勇敢面对曲折命运而坚韧顽强与之搏斗抗争的女性作为表现对象,从而在银幕上塑造了富有民族光彩的楚楚动人的有着母性光辉的女性形象。

二、1990 年代谢晋改编电影的文学性

文艺界关于谢晋模式讨论对其创作影响很大,沉寂几年后,1980年代末至 1990 年代创作有《最后的贵族》(1989)、《清凉寺钟声》(1991)、《启明星》(1992)、《老人与狗》(1993)、《女儿谷》(1996)、《鸦片战争》(1997)等影片。与前一阶段相同的是对人的关注程度依然较高,尤其是对人性和人道主义的表现。

《最后的贵族》改编自白先勇的小说《谪仙记》,1988 年,当谢晋导演即将执导这部电影时,当时的媒体可谓连篇累牍,盛赞又一不朽作品即将诞生。然而,当影片问世时,却风向大转,以宣传小资产阶级思想为主题批评方向,使这部影片遭到冷遇。这部影片表现命运翻转中人生无常的主题是无可厚非的,导演手法和演员的表演更是本片中极其可圈可点之处。李彤(潘虹饰)在其双亲遇难后所表现出来的无助、无奈与内心的挣扎,以及对现实生活的妥协与沉沦,李彤与陈寅(濮存昕饰)间的友情、同情、内心的恋情、牵挂的亲情在本片的细节中都得到了最为张驰有度的表现。

与 1980 年代取材文革题材的反思作品不同,《最后的贵族》表达的

---

① 陈晓云主编:《中国当代电影思潮与现象研究(1979—2009)》,中国电影出版社 2013 年版,第 67 页。

是那种超越时代的人性关怀。影片用心塑造了女主角李彤的形象：国民党外交官之女李彤留学在美，新年之夜收到父母双亡的消息，一下子万念俱灰，与众好友不告而别，失踪了很久。黄慧芬（李克纯饰）与陈寅一起寻找李彤的过程中产生了感情，结婚生女。雷芷苓（肖雄饰）默默地等着自己的心上人，把所有的心思放在事业上，终于成为了著名的生物学家，天天和鱼打交道，觉得自己都快成为一条鱼了。张嘉行（卢玲饰）做了幼儿园老师，和一个中国人结婚，一切普通、平静、顺利。现代观众对李彤（因为双亲遇难，又无其他血缘关系亲人）这样在纵乐、狂赌、酗酒、性乱中醉生梦死的绝望女性一点也不陌生，尽管她是极少数人——最后的贵族，可她的迷茫失落却是一代代人共有的青春创痛。导演对一个个体的关怀，感染了不同时空的观众，他显然对女性有种发自内心的慈爱。

《女儿谷》根据同名报告文学改编，赞颂母爱的力量、母性光辉，更倾向于女性主义立场；《老人与狗》根据著名作家张贤亮的小说《邢老汉和狗的故事》改编，以与狗为伴的孤独老人——邢老汉在"文革"特定历史时期，与一逃荒女邂逅，从相识、同居到离别的一段奇特的生活历程，折射出在"四人帮"横行、人性被压抑的年代里，善良人们对美好生活的企盼和向往。从情感关系看，本片有《芙蓉镇》人物的影子，只不过环境和身份变化了，平民身份和常态政治生活代替了特异情态人物和遭难生活背景；在情节构筑上有《牧马人》的印痕，只是男女关系从青春追寻换成了老夫少妻；政治形势扭曲人性的表现，也有《天云山传奇》的"基因"，只是从对于相亲相爱人的强制拆散，变成对于朝夕相处的老人与狗的迫害而已。可见，沉积在谢晋创作中的人文内涵与文学手法都交汇在《老人和狗》的艺术表现中。探究老人和狗的关系，是影片首先需要注意的因素；盘桓在谢晋以往创作故事之中的始终是人的生存困境、人的意识形态遭际、人的社会关系。对于物象的关注在《老人和狗》中出现还是新鲜的，虽然影片并没有脱离谢晋电影关注时代风云的主导因素，但老人与狗的意象，对于谢晋而言，应该传达了其宽厚浓烈的普世关怀的强烈愿望。

《鸦片战争》虽然不是改编自文学，但与"鸦片战争"有关的历史、故事及相关电影（如《林则徐》），已经给谢晋提供了叙事基础，当然这不能否定谢晋《鸦片战争》的创作特色与成就。本片尽量用较为客观公正的角度来还原历史原貌，堪称中国电影史上里程碑式的刻画方式。历史事件的造成并非因出于一人之功过，而对鸦片战争的重审和反思应立于中国现代化进程来考量，这种还原与考量正是该片最为成功之处。不同于以往过于片面化的表现，该片正视历史的罪名不是由某一个昏君或者某几个佞臣承担，恰恰因为还原了"好皇帝"和"忠臣"，才能更深刻地反思到中华帝制的末路和悲哀，民族苦难的深重与不幸。此片中人物惺惺相惜，对故土故园的怀念令影片抹上了一层感伤的色彩。电影中的主人公林则徐的销烟行为令人十分敬佩，他那种为了国家挺身而出、不顾自己安危的精神很具感染力。"忠"成为林则徐的关键字，对恩师忠诚，对所效力的清政府尽忠，对传统文化忠贞不二，将林则徐的成也"忠"、败也"忠"刻画得入木三分。既是一位有气节、有责任感的民族英雄，也是一位有胆识、有魄力的忠臣。另外一位重要的人物便是琦善，虽然出场时间并不多，但是影片立场鲜明地将其刻画成一位睿智而忠心的老臣形象。琦善和其代表的"主和派"不再是教科书式的反动封建势力，他们虽然行了丧权辱国之实，但却也出于理智的判断。影片对英国人的生动描绘也是如此，作为侵略的一方，英国人不再是碧眼红发的恶魔形象，全片将近三分之一的时间是英文对白，大量拍摄于英国的画面，生动地将英女王的日常和议会的日常搬到荧幕上。英女王天真聪慧，英国少女真挚善良，英国商人狡黠贪利，英国军人直率而近鲁莽，英国议员理性而雄辩。总的来说，谢晋的这部影片中，人物塑造得十分丰满。

谢晋创作于 1990 年代的影片与他以前的创作相比，在题材、风格、样式和形态上似乎都更加分化和多样，不似过去那样趋同稳定，这一方面表明了谢晋自我超越的愿望，另一方面也显示了一种茫然失措的文化状态。梳理谢晋 80 年代末至 90 年代作品，我们可以明显地感受到，在《鸦片战争》（1997）以前，谢晋这一时期的电影选材与政治意识形态的核心话题相对疏离了。《最后的贵族》是与以前电影选材完全不同的意识形态背景，而且是谢晋第一部脱离中国的政治现实和历史、将影像空间和故事空间扩展到国外的影片。在同时期其他影片中，政治背景也被淡化,人物的政治面貌和政治命运在故事中的功能性作用受到了抑制,政治/道德主题置换为人性主题,其故事的主旨内涵也从政治、伦理空间拓展到人性空间。《清凉寺钟声》(李准是编剧之一)改编自李准1980 年代的剧本《冤孽》,该片叙述了羊角大娘收养日本遗孤的故事,巨大的仇恨被人道主义的关爱代替,羊角大娘作为一个母亲表现了对一个儿童的爱,传递了博爱、人性的内涵。即便在以"文革"为背景的《老人与狗》中,政治中恶的力量因素也被排除在叙事构架以外。"政治和社会背景有意被虚化掉了,但人性的主题却依旧执著地表现出来。谢晋似乎在以自己的作品证明,人性善良的主题才是自己真正关注的核心,而且可以在生活的任何一个角落里给以表达。不管是漂泊海外的游子,还是在患有残疾的儿童身上,到处都蕴含着人性善良之美的光彩。"[1]

其次,谢晋这一时期电影中善与恶的二元对立格局弱化,故事的戏剧性和冲突性减弱,而更注意展示人物的情感空间和心理空间,特别是《最后的贵族》具有一种强烈的抒情性。

同时我们也看到,谢晋这一时期的有关影片仍然保持着其一贯的个人风格/特点,主要体现在带有母性光辉的女性形象的塑造、叙事中煽情性的情节段落的安排。如《老人与狗》中的逃荒灾民女使年届花甲的邢老汉终于有了一个真正的家,使老汉精神焕发。在这些影片中仍然保持着导演对女性形象母性功能的歌颂、关于家的乌托邦想象。所以当我们看到电影中有关场景或段落安排时,会觉得还是那个谢晋的电影,如《清凉寺的钟声》中羊角大娘自然而真诚地拯救日本婴儿生命;羊角大娘将狗娃送给清凉寺的方丈、30 年后明镜第一次见到自己亲生的妈妈等段落,《鸦片战争》中林则徐与琦善狭路相逢、依依惜别等场面,《老人与狗》中老汉失去了女人后又失去了狗的双重打击带来的悲剧等,都依然让人感动伤怀。同时,巧合、偶然、误会、陡转等戏剧化技巧在谢晋的电影叙事中也同样起着重要的作用。这些都是谢晋叙事"模式"的自然延续。

上世纪 80 年代末—90 年代谢晋转型后的作品在人物塑造、情节

---

[1] 陈阳、谢晋:《电影史该如何讲述》,《人文杂志》,2009 年第 5 期。

推进的逻辑上并未"后退",与 80 年代明显不同的除了政治背景弱化（而这种弱化某种程度上削弱了文学艺术关注现实、批判现实的力度，这也可以理解为文学性中思想内涵的弱化/淡化。这一点观众必须清醒：随着时代发展，一个导演不可能选取同一类型的故事创作或改编）外，就是后一时期影片结尾的悲剧性加强了。

三、1979 年以后谢晋原创电影的文学性

1979 年《啊！摇篮》，改编自战争中保护儿童的真实事件，告诉人们在战争中对儿童的保护比去前线打仗更为重要，这也是正义战争的目的：为了孩子们的明天，人的价值得到了体现。《啊！摇篮》是谢晋执导的主旋律战争影片，有明显的谢晋风格。虽然影响小于 80 年代的代表作，但今天看来其文学性体现是值得肯定的：在内涵方面，突出表现了人性美和人情美，抒写了人与人之间的真情实感，包括母爱、同志爱、男女之爱。以小见大，从保育院这个特殊的侧面反应战争的大时代，这种选材更能表现战争的残酷，深化了作品的主旨。虽是一部主旋律电影，但人性人情之美淡化了说教意味。第二，影片情节简单但人物塑造用心。影片讲述了解放战争时期，一支由延安撤退的保育院队伍，冲破艰险，安全撤出包围圈的事件。但是在有限的时间空间中，影片塑造了较多富有个性特色的人物，使之具有较大的思想容量，表现儿童的天真、女主角李楠心态的转变，还有老红的正直和善良。谢晋把镜头重点放在了最平凡的战士身上、老百姓身上。每个战士身后，都连着一个家，且绝大多数都是贫穷的家。可也就是这些贫寒的家庭，为保卫祖国奉献出了儿女，做出了巨大的牺牲，他们才是中国的脊梁。另外影片几首插曲体现一定的文学性。罗天婵《睡吧孩子》、李谷一的《马背上的摇篮》、胡松华的《翻山越岭上路程》以及童音合唱《爷爷为我打月饼》纯净悠扬。从某种程上看，这部电影文学性综合的表现优于改编自小说的《秋瑾》。

1990 年代的《启明星》应有谢晋自己家庭生活的影子，除长子外，他有两子一女均为智障患者。但从本片情怀传递、人物关系营造、情节设计等方面考察，应归于原创。影片体现了谢晋 90 年代选材上疏离现

实政治、主旨上弘扬人道主义的特点,与改编于文学的作品比较,《启明星》中的人物形象同样生动饱满,有关段落依然以情取胜,令人感动:如影片中牛牛将那位温柔善良的叶老师看成了妈妈;出现了两个弱智孩子,一个学会了汉语拼音,到医院念出"爸爸你好",另一个也画了一幅名叫《妈妈》的画送给老师,堪称奇迹。

第三代导演重视电影的品质,重视与文学性相关的所有元素。至于谢晋电影,是否改编的电影比非改编的影片更具文学性,虽然没有明显的事实或现象能支撑这说法,但 80 年代几部经典影片的传播与影响确实与改编自文学作品有关,1979 年的《啊! 摇篮》非改编自文学,影响力相对较小;另外,同样是改编自文学的电影,谢晋 90 年代有关作品影响力小于 80 年代,这或许是与 90 年代改编电影中主人公形象与命运更为个人化,没有 80 年代电影中主人公命运具有时代代表性有关。

第二节　第四代导演创作与文学性

"第四代"导演主体是 60 年代北京电影学院的毕业生,他们提出中国电影"丢掉戏剧的拐杖",追求质朴自然的风格和开放式结构,农村题材是他们作品的中心选材,他们与第三代、第五代导演一起创造了中国电影的第二个黄金时代。主要代表人物有吴贻弓、吴天明、张暖忻、黄健中、滕文骥、郑洞天、谢飞、胡柄榴、丁荫楠、李前宽、陆小雅、于本正、颜学恕、黄蜀芹、杨延晋、王好为、王君正等。他们生于 1930 年代末到 1940 年代前期,虽然学艺于 1960 年代,由于历史的原因,其艺术才华到 1970 年代末以后才发挥出来。彼时几近不惑之年的"第四代导演",一旦冲出起跑线,便显示出稳健的创作实力和持久的艺术后劲。

一、吴贻弓、吴天明改编电影的文学性

吴贻弓导演的《城南旧事》(1982)改编自林海英自传体同名小说。因为怀旧的画外音运用,因叙事视角原因重视孩子心理情绪的传递、淡

化情节、表现美好人性人情等创作特色，让这部散文化电影更具有文学气质。影片开头就用了一组空镜头：枯草遍野的秋天、蜿蜒的长城、绵延的群山、安静而有生气的北京胡同、挂着铃铛吃草的骆驼等，这些富有时代特征的画面，给影片定下了寓情于景、情景交融的诗意化风格的基调。当老年"小英子"的画外音旁白"不思量，自难忘，半个多世纪过去了，我是多么想念住在北京城南的那些景色和人物啊，而今或许已物异人非了，可是随着岁月的荡涤，在我一个远方游子的心头，却日渐清晰了起来。我所经历的大事也不算少了，可都被时间磨蚀了。然而这些童年的琐事，无论是酸的、甜的、苦的、辣的，却永久永久地刻印在我的心头，每个人的童年不都是这样的愚駿而神圣吗？"响起时，看着画面中延伸的长城古道，观众的思绪也被缓缓拉向了远方。

影片的情绪表达深沉而饱满，影片结尾处，爸爸去世后，妈妈带着英子和弟弟搬离，宋妈也即将离开，这时却没有一句台词，只有荒寂的墓地及周围的草木，乘车渐行渐远的英子回望着宋妈与故地，这时影片传递与弥漫开来的是难以言表的离别之情，与父亲、与宋妈、与故土，可谓无声胜有声。本片音乐也非常突出，《送别》中"长亭外，古道边……"的乐曲在影片中多次响起，笼罩着淡淡的忧伤。

吴天明导演的《没有航标的河流》(1983)改编自叶蔚林的同名中篇小说，文学性集中体现于对人物命运的描述与人物性格的塑造，影片风格自然、含蓄、淳朴、厚重。影片实景拍摄漂流题材电影，对导演运镜与演员表演都是考验，与实景拍摄相对应的是，吴天明选用水平机位拍摄，多用长镜头，且尽量从客观视角进行拍摄，使摄影机扮演着一个冷峻地沉着地观察着中国农民的充满苦难而又顽强拼搏的生活的角色。这种美学追求本身就体现了导演的思考，特别是对人物（水上劳工）的尊重。其中对盘老五形象的塑造在当年有突破性意义。盘老五和普通人一样生活中有喜、怒、哀、乐的情绪变化。他拿起酒瓶一饮而尽，醉酒后爆发出原始野性；听到水中的玩闹声，被灼热炙烤的他竟对着两岸劳作的人们脱光衣裤，下水嬉闹上演一出恶作剧……这些与当时社会格格不入的举动被当成了性格上的缺陷。然而就是这样一位生活在社会最底层的人，在是非面前却保持了自己的态度。在他的三次"救人"之中,我们看到了盘老五个性张扬的一面,正是他身上那种临危不惧的抗争精神使得这个人物具有永恒的魅力。影片在小说基础上描述盘老五的热情和狡猾,赵良的小气和懦弱,石牯的耿直和冲动。影片刻画人物中运用大量细节加强生活的真实性,如"盘老五用脚趾捋烟油,用裤腰扇凉,大把抓钱,一丝不挂地游泳等等,都在一定程度上点燃了人物的个性色彩和加强了人物立体感"。①

吴天明在谈到《没有航标的河流》导演体会时特别提到,这部影片"是一出具有浓郁的悲剧色彩的正剧,它一反传统的戏剧结构方式,没有一条贯穿始终的情节线索,没有集中的矛盾冲突序列,仅是一条河、一张木排、三个放排人'随波逐流,随意干一些碰到眼皮底来的事情'。乍一看松散杂沓,实则是一首经过周密推敲的散文诗"。②

改编自路遥小说的同名电影《人生》(1984)以富有激情的现实主义镜头描述了那个裂变又重生的年代,中心人物之一"高加林"既是中国文学史上也是中国电影史上的经典形象,他身上同时具备着自尊、自信、敏感、坚韧、倔强,富于理想而又自卑、虚荣等等性格特质。悲剧人生的根源在于个人的主观理想与客观现实环境的冲突。电影和小说以各自的方式揭示了新旧交错时期乡村的错综复杂局面,触及根本的变革正在以不可避免的势头发生,"于连"(法国司汤达小说《红与黑》中男主角,靠利用女性上位)式的高加林为了走出山村改变自身命运,为追求理想前途而舍弃真情,这种有违道德的选择在当时可谓冒天下之大不韪,触动了时代所积蓄的颇多困惑,具有鲜明的时代气息。电影中,我们清晰地看到吴天明对于另一主要形象巧珍的偏爱,影片以大量的篇幅来刻画巧珍,以至于在这部影片中,巧珍的分量甚至多过了高加林,这实际上是对传统伦理道德的偏爱。巧珍善良、纯真、温柔的形象深深地扎根于传统观念的土壤之中。这与第三代导演谢晋在《牧马人》中塑造的李秀芝形象相互呼应,只是李秀芝得到了美满爱情而巧珍没有。影片《人生》对巧珍的展示也仅限于此,没有更进一步地挖掘到主

---

① 吴天明:《探寻真实之路——导演〈没有航标的河流〉心得》,《电影通讯》,1983 年第 9 期。
② 同上。

宰巧珍命运深层次的历史原因：中国传统女性潜在的遗传性的文化心理在女主角身上的体现，当"巧珍"们将自己的命运完全寄托于婚姻和爱情时，悲剧的发生是无可避免的。

源自郑义同名小说的《老井》(1986)亦由吴天明执导，同样表现中国乡村的底层生活，属于现实主义题材电影。在外来的文化思潮与文化观念以摧枯拉朽的姿态横扫一切时，部分作家开始转向对本民族的传统文化进行内向式的探寻和反思。原小说呈现了太行山区的风俗人情、地域文化，描写了贫瘠、艰苦、封闭的生存环境，而这种描写不单纯是简单冷静的旁观，而是在现代意识的观照下，对沉默劳苦、坚韧不拔的中国农民寄予深深的同情，呼唤人的主体意识的觉醒。原作以多彩的笔触和广阔的视野描绘了中国农民前进中的艰难步履，呈现了他们顽强的生命力。更重要、更具有现代意识的是在展示因贫穷和封闭所滋生的愚昧的同时，也展示了现代文明的启示，展示了黄土文化的凝聚力和顽强生命力的相互交织。在如此深厚内涵的文学基础上，电影《老井》的改编相对容易，基本沿用了原著的情节设置。吴天明在对农村现实题材把握上、在历史宏观层面开掘的深入程度上较之前《人生》更上一层楼，寓象征于纪实，又在纪实层面上生发出象征层面的内涵，增加了影片的思想容量与美学容量。与《人生》相比，此片镜头趣味有了新的选择：开始有意识地取舍传统的审美趣味，以一种逼近生活的勇气，直接描述农民的生存状态，展示他们改变生存条件的奋斗精神。在人物性格的塑造上，则体现了传统的审美情趣。原著中的"巧英"敢爱敢恨，性格泼辣，是当时的社会背景下背离传统审美规范的人物，然而在电影中，只是适当地保留了原著中部分巧英的气质，削减了锋芒，增添了隐忍成分。这种取舍无疑是第四代电影人的审美选择，他们还不习惯斩钉截铁的变革，而是倾向于温和的循序渐进。而这种在现代和传统之间的摇摆，正是第四代电影人最为显著的创作特质。

二、其他第四代导演改编电影的文学性表现

颜学恕导演的《野山》(1986)改编自贾平凹的《鸡窝洼人家》，故事

118

的大背景是在商品经济冲击下的乡村的改变,具体表现为经济发展带来的传统文化观念与心理的蜕变。那种恪守土地、"重农轻商"、"重义轻利"的传统心理在现代经济大潮的冲击下从悄悄偏移到面临"瓦解"。这种激烈的变化在小说文本中体现出来的是一种举重若轻、娓娓道来。电影保留了原小说的基本情节走向与主要人物的个性特点,抓住人物的主要矛盾,通过对小说情节进行取舍、调整甚至重新编排关键事件,"为我们再现了改革之初山里农民的思想变化及由此带来的农民生活的改变,书写了电影史上纪实美学光辉的一页"。① 除了反映时代变化以及新旧思想观念冲突这样的内涵外,片中主要人物形象很是鲜活饱满:灰灰与大多数中国传统农民一样,憨厚本分,好面子,在意外人的目光。剧中他其实对桂兰不能生孩子是介意的,从他对秋绒孩子的喜爱与他求"娘娘"让桂兰生娃,就可以看出对延续香火的重视。他不愿出鸡窝洼,也不愿与禾禾合伙挣钱,只愿看天吃饭,本分种地,思想比较守旧。而和他精神上有共鸣的是秋绒,她是传统意义上的贤妻良母,本分温柔,恪守传统,不喜欢折腾新事物,只想过好安稳的日子。剧中他们两人是旧观念的代表,也代表了当时乡村的大多数人的精神面貌。另一对思想观念上较为合拍的是桂兰和禾禾。桂兰是影片中最为鲜活的角色,她性格直率刚烈,有向往外面世界的野心,且带有一定的女权主义色彩。她喜欢新鲜事物,不愿自己一天天就在磨盘面前消磨生命。敢作敢为,率然将家里80元存款给禾禾养蚕最后血本无归;她不畏乡里人的闲话,二话不说就去城里找禾禾。而她自己也说:女人不是系在男人裤头上的烟杆子。但同时也带有一点自私,不考虑丈夫的感受。而禾禾则是一个不安于现状,勇于接受新事物、爱折腾的农村青年,他当过兵进过城,一心想改变自己命运。而经过烧砖、养鱼、卖豆腐和养蚕等副业的失败,他又想法贷款,养飞鼠,后来进城跑运输,都体现了他不甘于现状的性格。桂兰和禾禾思想都较为进取开放,能够接受新时代和新事物,敢于尝试。影片中他俩是具有

---

① 聂婷:《纪实美学的又一座丰碑——从小说〈鸡窝洼的人家〉到电影〈野山〉》,《小说评论》,2007年第S1期。

新思想的农民代表。

影片对人物性格与关系的处理刻画得很细致。以一个细节来说：开篇不久，禾禾到桂兰和灰灰处喝酒，禾禾让桂兰猜宝，桂兰看都不看，一个劲说有，灰灰也只好一直赔笑喝酒。这里体现出了桂兰的固执好强、灰灰的老实。而猜完宝后桂兰离桌，禾禾转脸痛哭，也表现出了禾禾一直失败的不甘心与无奈。而到了剧末，桂兰在禾禾家中等他回来吃饭，在喝酒时桂兰也与禾禾玩起了猜宝。禾禾看也不看，一个劲说有，然后自顾自地喝酒。桂兰夺他酒瓶，二人欲言又止。这次猜宝，体现出来的则是禾禾内心的纠结与其性格中暗藏的执着。两次猜宝，贯穿剧中头尾，人物都是桂兰与禾禾，二人的举动也前后对应，导演在此处应该也是暗下心思，在开头暗示了两人关系的不寻常，在结尾处再进行了呼应，凸显了二人性格的相似之处。这样的完整细节，在那个时代的电影处理中是较少见的。人物性格之间的碰撞，在很多细节上也有体现。如在桂兰与灰灰离婚后的一个桥段，桂兰过桥时走得不稳，跌入河中，已经离婚的灰灰马上就跳入河中去扶桂兰站起来，关心地看着她，而桂兰却将手一甩，自顾自地扭头往前走。在这里，观众看到了灰灰作为传统农民的憨厚与淳朴，也看到了桂兰作为新女性的固执、好强。两种性格特性碰撞到一起，使整个剧中人物更加有血有肉。丰满的人物形象，让我们对这个故事所想表达的主题感到更加地清晰。

影片还通过其他人物表现了人性中的负面部分，如村里人对桂兰的嚼舌根、传闲话，对禾禾折腾失败的不屑，他们后来情况好转后又被奉承、赞美。通过这些众生相，同时折射了那个时代农村山沟沟里人们的落后、愚昧。

这里需要说明的是：因为组材需要，第四代其他导演的有关作品的文学性解析被调整分散到其他章节中了，如关于胡柄榴《乡情》《乡音》的评析放在了女性形象变迁中，关于张暖忻《青春祭》的解读放在了青春电影文学性变化中。

三、吴贻弓、吴天明原创电影的文学性

吴贻弓上世纪 80 年代两部诗化电影给观众留下了深刻印象,《城南旧事》前文已述,另一部《巴山夜雨》(1980)为原创影片,以诗化的风格从一批伤痕电影中脱颖而出,影片成功化用了中国传统诗歌创作的手法,呈现出诗化电影的特性,再现了本土传统审美的古典韵味。另外,在美学形态上,《巴山夜雨》在时空上的设置靠近戏剧的"三一律",各路人物集中在一个相对封闭的空间——夜航船上,围绕中心人物秋石展开矛盾冲突。今天看来,影片剧情有突兀感,剧场化痕迹明显。但反思文革呼唤人性与良知的内涵以及启蒙者形象的塑造还是令这部电影的文学性得到了保障,何况影片并未展示水火不容的正面冲突,因为在人性的感召下,反派人物被感化后转变立场了。只是这样的设置,使得这部电影与典型的戏剧化电影有了很大差距。而朦胧山水中的意境、台词中多次出现的诗词、空灵纯真的配乐《我是一颗蒲公英的种子》也让影片更富有文学意味。与同样追求情景交融的《城南旧事》比较,《巴山夜雨》题材贴近时代,情节发展依赖"巧合",有不够自然之嫌。或许这就是原创与改编的差异。

从叙事学视角看来,影片《巴山夜雨》中人物阵营之间的关系可以用格雷马斯矩阵进行分析。片中的人物可以分为三类:一是秋石,他是事件的中心,是"英雄",也是推动故事的源起者;围绕中心行动者产生了辅助者,为英雄提供支持与帮助,即为秋石鸣冤叫屈、赋之以"好人"认同的大娘、女教师、宋敏生等旅客;第三类是反对者,不断给英雄设置障碍,如转变前的刘文英,她在行动上监视怀疑秋石,还反复强调他是"现行反革命"、"黑诗人"。符号矩阵中的人物关系因为人性缺失展开叙事,因人性回归而结束叙事。

1992 年吴贻弓执导的《阙里人家》是一部深刻讨论中国式父子关系的电影,让观众体会中国传统的父子情感的表达,是展示民族文化心理与民族性格的电影,值得"细读"品味。影片叙述山东曲阜的一个典型的孔氏家族,原本家道严谨,族规森严,却在改革大潮的冲击下,掀起

了一场轩然大波。早年参加革命却遗弃了结发之妻的孔令谭,从领导
岗位上退下来后,带着负疚的心情回到了故里;孙子孔维本被出国之风
吹得神魂颠倒,屡犯家规。夹在当中恪守家规的孔德贤对这一老一少
自然难以容忍,从而爆发了一场尖锐的矛盾冲突。影片中孔德贤这一
人物具有典型意义,电影将其"放在孔家一代代生于斯、死于斯的曲阜
古城背景下加以描写,充分表现了他们独具慧眼地选择了生活的切入
点、历史的切入点。当然,这样的选择,无意去对传统思想作出什么全
面评价,这也不是一部艺术作品所应涉及的课题;同时,这样的选择,也
无意把它直接作为传统思想的一个象征。但是,这样的选择,又确实抓
住了形成人物性格的文化环境的特质。这是一个很有代表性的长期被
农业生产环境和传统文化思想所顽固统治的封闭社会。可以说,这是
根深蒂固的,它是从物质到精神整个的包围着孔德贤,渗透着他,铸造
了他的性格,形成了他的生活方式"。[①] 电影创作者表现出来的是一种
理解、理性反思的态度。

在突出孔德贤形象的同时塑造了其父、其子形象以及几位女性形
象,影片"对孔德贤妻子金兰和儿媳玉梅的刻划,虽然笔墨不重,却性格
毕现。在她们的身上,既体现了孔德贤的权威性,也表明她们对于这种
生活方式的百般肯定,她们的一切行动,最后还是归结到一点:维护这
既定生活方式的存在"。[②] 传统意识与现代观念的冲突在家庭关系中
突显、上升为社会或整个时代的矛盾。即使今天看来,影片在内涵、人
物形象塑造(特别是人物心理情绪展示)都传递出令人无奈略带伤感的
成分。这部反思传统意识与现代观念的影片与第四代导演创作于
1980—1990 年代的作品在选材、主旨、立意上较为接近。虽不是改编,
但在人文性方面很是突出。

比起吴贻弓导演在其代表作中对古典意境的追求、对家庭成员关
系与性格养成的探讨,吴天明导演更擅长展示西部农村现实生活的厚
重,塑造典型环境中的典型人物,同时表达对传统文化及文化心理的反

---

① 梅朵:《独具慧眼——评〈阙里人家〉》,《电影艺术》,1992 年第 5 期。
② 同上。

思。上世纪 80 年代，是中国发展历程中一个重要阶段，旧有封闭的现状被打破，簇新的外在事物呼啸而来，对人们的思想观念及生活方式都形成了巨大的冲击。

吴天明创作于 2000 年的《非常爱情》有真人真事的基础，剧情较为单一，但吴天明把这个显得俗套的绝症题材爱情片拍得质朴感人。纵观吴天明所拍影片的选材，他更擅长驾驭有丰厚社会内涵的电影，拍这种纯粹爱情题材的电影相当于试水，但在整个社会风气、道德水平滑坡的情况之下，如此执着于歌颂这样一种人间的真情，也不失为艺术家责任感的体现。影片人物情感表现得纯洁而真挚，在细节处理（文学性的集中体现）上非常走心，可见其导演功力。如舒心（袁立饰）为照顾田力（柳云龙饰）日渐憔悴的模样，田力苏醒后记忆丧失、心智不全、性情暴躁的表现，以及婚后舒心为找回正常夫妻生活的尝试，均显得真实细腻。在讲故事、拍生活这个层面上，本片完全可以作为范本。

可以说，以吴贻弓、吴天明为代表的第四代电影人的原创作品与改编作品同样充满魅力，第四代导演有较为深厚的文学修养，不论他们是否参与编剧，每部电影对于品质的追求从未松懈过。

第三节　第五代导演作品与文学性

一、张艺谋"红色三部曲"的文学性表现

作为第五代的标志性人物，张艺谋是不断探索、敢于尝试、突破自我的创作者，在当代导演中，涉及多种题材、类型风格，难能可贵。在其导演的影片中，不少改编自文学作品，早期《红高粱》《菊豆》《大红灯笼高高挂》因为叙事中浓烈的色彩运用且自成风格被称为"红色三步曲"，这是他上世纪的代表作。具体看看蕴含在其中的文学性成分。

（一）对于人性的大胆而充分的描写

《红高粱》改编自莫言的小说《高粱家族》，无论在思想层面还是画

面的创新方面都是伟大的电影。电影在令人炫目的色彩中充分展示了"我奶奶"与"我爷爷"的豪爽真实的人生。整部影片在一种神秘的色彩中歌颂了人性与蓬勃旺盛的生命力,该片以赞美生命为主题,通过人物个性的塑造来赞美生命,赞美生命的那种喷涌不尽的勃勃生机,赞美生命的自由、舒展。对先前的对立面——父权与夫权代言人采取了大胆抗争蔑视继而推翻的行动;对后来的日本鬼子则实施了大家喝酒吃肉后哪怕同归于尽也要炸死他们的计划。《菊豆》(1990)改编自刘恒小说《伏羲伏羲》,菊豆虽然在饱受折磨后冲破礼教桎梏以其热烈、激情、野性绽放生命的活力与光彩,但《菊豆》的基调是悲凉的,被困在铁屋子中的绝望与沉重,如同噩梦缠身。《菊豆》中的故事是中国漫长历史中宗法制度的浓缩版,就是现在一些偏僻乡村还有种种族规、乡俗规范着人们的言行,那些不合理的要求就是无意识的吃人。1991 年《大红灯笼高高挂》改编自苏童的《妻妾成群》,整部影片给人一种很压抑、很沉重之感,那些被锁在高墙大院里的人性,被霜雪覆盖,大红灯笼点燃的是人性的贪念,是深墙中女性的无奈与悲哀,是几千年中国人沉重的叹息。"红色三部曲"是对传统文化的反思,后两部批判色彩更为强烈,从审美风格上说,《红高粱》偏向浪漫主义,后两部则接近现实主义,虽然这种现实已成为历史。

有研究者概括了三部曲中人性的表现:从人性的张扬,到人性的压抑,再到人性的扭曲。① 如果说《红高粱》赞颂了反抗后自由奔放的精神与生命力,《菊豆》批判了封建宗法制度对人的桎梏与窒息,那么《大红灯笼高高挂》则以反思传统文化的现代精神,透过人物命运的演化过程,揭示在"老规矩"即一个腐朽落后的意识形态体系及其传统惯性力量的掌控下,人性如何被"吃人"与"被人吃"的封建社会所异化、扭曲的悲剧性发展历程,批判了悲剧产生的社会与思想根源,并且表达了悲剧也产生于人物自我的观点。

---

① 参见王亚丽:《从〈红高粱〉、〈菊豆〉、〈大红灯笼高高挂〉浅析张艺谋早期电影中人物性格的变化》,《文艺理论》2010 年,第 11 期。

（二）塑造了性格鲜明/鲜活的人物形象

三部电影中均塑造了个性十足的女性形象，而且是以赞美、肯定、或同情的态度展示她们的人生片段，从某种意义上可以作为女性主义电影解读。《红高粱》中我奶奶即"九儿"被她父亲卖给有麻风病的财主李大头，抗议不成后在出嫁的路上怀里揣着把剪刀，这把剪刀表现出了九儿敢于反抗权力和反抗封建礼教的叛逆精神。在李大头死了以后，九儿操持起了整个酒铺，亲自动手，带领伙计们一起干活，生意日渐红火。在先前"我爷爷"的处理李大头的行动中，九儿其实以一种默许态度表达她对于自身命运的反叛。而"我爷爷"则更是一个狂放不羁、无法无天的角色，他是一名轿夫，是游走于乡村的无产者；他藐视一切规矩、与九儿在高粱地里野合、往酒缸里撒尿等等，这些在常人看来近乎疯狂的行为在他身上却传达出一种浓烈的、原始的生命张力。日本侵略者到来后，他成了抗日的领头者，九儿参与策划。两个最具生命力的人物为了追求自由而开始了最后的反抗。

《菊豆》中的人性表现与人物立场相对复杂些，我们分析片中的人物性格：菊豆——不受世俗羁绊的女子，其内心从未屈服于杨金山的淫威，并且有意无意地寻机拯救自己，天青就是她找到的出口。她敢于反抗金山，敢于主动挑逗天青，敢于冒着风险生下孩子，敢于下毒，最后毅然自焚。在一个封建体制严酷的时代，显然是无法容纳一个大胆先锋的女权来挑战的，于是最后，菊豆被毁灭了。然而她其实又未被毁灭，在一个无法打破的宗法体系下，她选择了另一种挣脱方式，从而成全了自己一直希望的"全家一起离开"。天青——从小由杨金山领养大，深受传统封建思想的禁锢和毒害，唯唯诺诺，木讷善良。菊豆的出现对他而言是前所未有的一种挑战，起初是由于遏止不住的性欲开始了第一次逆反，但出于软弱的本性，他依旧不敢下毒，不敢出逃，不敢认子，他曾给予菊豆冲破阻力的动力，但也成了另一种阻碍菊豆的力量。杨天白——菊豆天青之子，他是一种封建体制下产生的"孽债"，也是封建制度的捍卫者（金山）的一种传承。由于在一种畸形怨愤的家庭关系中长大，加上杨金山的报复性调教，成为杨金山代言人，连最基本的人性都被扭曲了。长大了的天白代替世俗更代替杨金山来审判自己的亲生父母,这一形象深刻揭示了封建宗法制度的恐怖之处。

　　1991 年的《大红灯笼高高挂》整体看人物关系与环境气氛营造忠实于苏童的原作,描述了主角颂莲由一个具有反叛意识的受过新式教育的女性逐渐转变为封建制度囚徒的过程。从被迫给人做妾的无奈,对迎亲花轿的不屑,从对洞房花烛夜老爷被唤走的淡然置之,到次日领教陈宅老规矩的不卑不亢,再到受到梅珊排挤冷落后的拂袖而去,等等。颂莲来到陈家宅院后经历了一个观念到感情上蜕变的过程。颂莲骨子里有一种骄傲和反叛,但是这最终也被大宅门内的斗争而同化。为了争宠,她假装怀孕,最终事情败露;酒后失言,被二太太利用,变相害死了三太太;在目睹三太太被杀的情景后,她疯了。她是一个悲情的人物,是千百年来活在内宅女人的一个缩影。在颂莲心性演变的过程中,她是遇到过爱慕对象的,小说电影都为她安排了大少爷。但是,不论是颂莲还是大少爷都是爱不起、不能爱、不敢爱的人。

　　二太太是表面上和善平易,实际却阴险狡诈之人,因为没生下儿子,怕自己地位不稳,她设计陷害颂莲和三太太,除掉两人后,暂时稳住了她的地位,但是五太太一进门势必又是一场你争我斗。三太太本性不坏,个性大胆张扬。她是渴望爱的,不仅仅想办法霸着老爷,还有了外遇:遵从内心意愿与高医生成为情人。这种行为不仅破坏"规矩",还向封建制度特别是封建礼教发起了挑衅,最终被处死在专门惩罚人的黑屋中。城府最深的二姨太把自己的爱孤注一掷在老爷身上,无所不尽其极。雁儿可以说是影片中命运悲惨的一个丫头,每一天做着当太太的梦,直到颂莲的到来,但是她并没有从梦中醒来。雁儿对颂莲可谓是羡慕、嫉妒、恨,以至于帮二太太陷害颂莲。出于贪婪的欲望在自己房间里点满了灯笼,却又被颂莲揭发,最终又不肯服输,被惩罚生病以至于死去,可怜可悲。

(三) 三部电影中色彩与造型具有象征意义

　　《红高粱》中高粱的红是积极的,传达一种被压抑的民族精神;染坊的红(《菊豆》)不同时刻有不同含义;灯笼的红(《大红灯笼高高挂》)是消极的,与阴暗的封建民俗相联系。三部电影中的红色也是张氏电影

126

里最显著的符号,表现了大背景下女性的精神觉醒和反抗。

《红高粱》空间状态的红为整部影片营造了炙热、神圣的氛围,影片中高粱红得热情,太阳红得炙热,似乎连空气中都弥漫着红色的颗粒。影片中人物服装上的红将女主人公九儿嫁作他人妇的身份与火辣的性格从侧面烘托出来,最后九儿惨遭日本军袭击,中弹身亡。她躺在血泊中,天空暗下来似发生了日食,继而整个世界变成了红色,红色则又是民族精神的象征。张氏电影中的色彩用以传递情绪、抒发情感,其镜头语言中的象征隐喻让文学性显得较为"高级"。

《菊豆》中的红色象征着激情、勇敢、生机和爱情,也象征着复仇、失望和绝望。菊豆第一次主动在染池向天青示爱后,一匹悠长的染布从纺车上有节奏地落入染池,这时,菊豆在染布的坠落中享受着肉体和精神上的激情。天白出生时,如血色般的红襁褓裹着这个天生带着复仇意识的孩子,最后,天白也正是死在红色的染池中。天青曾经乘着天白不在院中的时候把从集市上买的红色头巾戴在菊豆的头上,鲜亮的红色瞬间从黑灰色的画面中跃出,喻示着生命之美、爱情之美。

《大红灯笼高高挂》中的红色灯笼是权力的象征,灭灯后被黑布包裹的黑灯笼则喻示着权力消失。艳丽逼人的三太太被人捉奸后,她被黑衣仆人死死拦住,在镜头中显现出两条在奋力挣扎、意图逃脱的白裤腿,她被抬进了死人屋,生命的最后也只剩下黑暗。颂莲亲眼目睹这一切,她的心智被折磨至疯狂。这一片段通过黑色的指引,不仅给观众的心理留下了想象的空间,还引领观众对传统文化进行重新反思,能够加深对影片主题内涵的理解。

《大红灯笼高高挂》延续了导演在《红高粱》和《菊豆》中大胆发挥色彩表现力的创作特点,并在画面构图、镜头、音响及象征手法的使用上做了许多探索,透过对这些电影语言的运用,将封建中国的寓言式景象呈现于银幕。影片拍摄于山西省的乔家大院,乔家大院那极具中国民间建筑特色的高墙大院,跟《菊豆》中的杨家染坊一样,都是一个相当幽闭的空间,导演充分运用这一建筑特点,创造出许多富有象征性的场景。如影片中导演多次运用架设在正房屋顶上的固定俯拍镜头,而取景部分正是由屋檐所围成的严整的封闭空间——宅院,这种俯拍镜头使活动于其中的人物显得渺小而拘束,仿佛成为一种处于难以摆脱的定数中的物件,一种被宅院及其代表的封建文化所框定的生灵,一种命运的玩物,总之,其镜头所塑造的压迫感与悲剧性令人印象深刻。

影片有两个人物形象处理得很特殊:一是颂莲继母,影片开头,在与继母的对话中,镜头固定于颂莲的正面近景到特写,她语气中透露着委屈、不满,但对话还是以颂莲不得已同意下嫁而结束。整个对话中,镜头始终静止地注视着颂莲,而没有在她与继母间来回切换,观众始终没能看到她的继母,却从画外音中感受到这个贪财而强势的封建家长形象。与此相似的镜头处理在表现"老爷"这一人物形象上更为明显,在整部影片中,老爷虽多次出现,却从未有过正面镜头,我们从未有一次机会认真看清他的脸,导演以背影、侧身、话音甚至是空镜头中的画外音来处理这一人物。这种故意隐藏人物形象的处理方法,正是要透过一种象征方式使我们思考其中更深层的隐含好处;老爷、继母只是作为封建文化及封建宗法的代言者,导演故意省略或简化人物形象而引导观众思考影片中女性人物悲剧性的根源。

"三部曲"中除了上述文学性的因素外,影片的情节均经得起推敲,这得益于原著叙事的基础扎实。《红高粱》以画外音旁白的方式讲述"我奶奶"生前的故事,这本是电影中运用的文学性手法,让叙事更加流畅,而且一下子拉近观众与人物之间的距离。影片中多次出现唢呐声响,既有真实音响也有虚拟音响。"我奶奶"出嫁那天吹奏的音乐营造出了环境的真实感,同时体现出了高密东北乡的风土人情,推动故事的发展,烘托出所要展现的情感。还有一处让人震撼的就是唢呐声响,"我奶奶"给"我爷爷"和乡亲们送饭,被日本人打死,影片中虚拟音响唢呐声起,给人内心以震撼,引起观众的悲鸣,表现出"奶奶"逝去是如此地令人悲伤,同时让人内心深省,感受战争的残酷性。

二、张艺谋"纯情"三部曲的文学性表现

张艺谋拍摄电影题材丰富,除了批判封建宗法制度的艺术片、新世纪的商业片以外,还拍了三部纯情/深情内容的电影。如按女主角年龄

排列,《山楂树之恋》是少女懵懂时遇到的真爱,《我的父亲母亲》是情窦初开的乡村少女对来自城市的知识分子的一见钟情并延续四十年不离不弃的童话,其中夹杂着经年不减的仰慕之情;《归来》是文革背景下一对夫妻的被迫分离导致女方失忆的悲剧。其中最早的《我的父亲母亲》(1999)改编自鲍十小说《纪念》,是一部不折不扣的中国式传统爱情模板:一见钟情——一往情深——一生一世。整部影片剧情单纯,但能将如此简单的爱情故事表现得如此淋漓尽致,足见导演上世纪文艺片的创作质量。至今还令人对那"父亲"、"母亲"的爱情故事回味不已。影片情节流畅,人物鲜活,曲调动人,色彩稳重,情意绵绵。影片如同一首散文诗,向观众娓娓道来……主演章子怡以及郑昊演绎得很是动情。影片中的发卡失而复得、瓷碗破碎被补好既是细节,也具有隐喻的含义。另外多用细节塑造形象,如送公饭时的"私心",打水中的制造见面机会的动作,等等,都在描述"母亲"当年的为情所动、为情所困的状态。

《山楂树之恋》(2010)改编自艾米的同名网络小说,因为小说让很多读者感动,依据原作主线故事拍成的电影依旧打动人,叙述上世纪"成分不好"的静秋和干部子弟老三相识相恋的故事,其恋情遭到社会规范的打击压制;影片台词真挚感人:"我不能等你一年零一个月了,也不能等你到25岁了,但我会等你一辈子。""静秋,静秋,你可能还没有爱过,所以你不相信这世界上有永远的爱情。等你爱上谁了,你就会知道世界上有那么一个人,你是宁愿自己死都不会对她出尔反尔的。""我要你好好活着,为我们两个人活着,帮我活着,我会通过你的眼睛看这个世界,通过你的心感受这个世界。"

影片用白描的手法展示出一个个真实的场景,一幅幅温馨的画面,老三情真意切,静秋情窦初开。有这样几个包含着细节的场景将老三和静秋的"纯情"表现得淋漓尽致:老三与静秋过小河,老三想伸手拉住静秋,静秋却缩手后退。老三找了一根树枝,一人握着一头,走着走着,老三的手越来越靠近静秋,最后握住了静秋的手;静秋为学校篮球场做地坪,脚被烧破了皮,老三要送她到医院,静秋不肯,急得老三在手臂上划了一刀,吓得静秋不得不去医院;为了不影响静秋的前途,老三同意静秋妈妈的要求,暂时不跟静秋往来。告别之前,他请求重新为静秋包扎一下脚。老三一边包扎一边落泪,静秋也是泪流满面。老三知道自己已经得了绝症,但没有告诉静秋,他们在河两岸恋恋不舍地彼此眺望,久久不愿分离。那个隔河拥抱的动作,令人唏嘘;而最让人难忘的是静秋和老三的最后分别:弥留之际,老三已经不能说话,眼睛却一直看着他与静秋的合影,当静秋穿着老三给她买的红色布料做成的衣服,泣不成声地喊出"我是静秋,我是静秋,我是静秋……"时,泪珠从老三的眼角滚落下来,生命之灯就此熄灭,催人泪下。

不论小说还是电影,故事中的男主角是完美的形象,也是一个启蒙者的角色,"老三用他的爱乃至他最后的死亡最终完成了启蒙。这里的启蒙是在一种属于后'文革'时期的再启蒙意义上来界定的,也就是人道主义式的'再启蒙'。当然,老三对静秋的启蒙是一种全方位的启蒙,从思想到生活方式"。①

这部影片虽然有观众对于用字幕代替了大量的故事情节感到不满意,笔者理解为电影无法容纳原著的所有情节内容,以字幕交代,不至于缺乏明显的逻辑性,这也是电影文学性的体现。如最后老三去世后,连续两组较长字幕交代老三骨灰处理、静秋以后的人生以及与这里的联系。影片叙事上的不足(当然也是文学性方面的遗憾)同样是由于缩减故事长度带来的——原著中有很多静秋的独白式心理活动,影片无法呈现,也没有尽量解决这个问题,造成观众对背景认知不够进而影响对人物的理解,即青年观众可能不了解中国历史上曾经有荒诞到谈恋爱与人物出身有关、与政治挂钩的时期;中老年观众可能对新增加的最后看照片的情节不满意,这涉及真实性问题,因为那个年代不结婚不可能去拍双人照。就人物表演来说,窦骁塑造的老三从外形到内在气质到演技均深得人心,受到观众的一致好评。

《归来》(2014)改编自严歌苓《陆犯焉识》,截取原著一小部分内容进行了改编,讲述了知识分子陆焉识与妻子冯婉瑜的在政治运动冲击下的命运变迁及守护情感的故事。电影的故事是感人的,陈道明和巩俐这一对实力派演员对于相爱相守的情感演绎同样令人唏嘘、印象深

---

① 吴晓东等:《从小说到电影——〈山楂树之恋〉讨论》,《文艺争鸣》,2011 年第 1 期。

刻。影片同样重视用细节表现人物心理或情绪。《归来》主题曲部分歌词"容颜变岁月迁，心中的温情永不减，跟着你到天边，相会在如烟的昨天。跟着你走到天边。挽着手直到永远，沿着那岁月留下的路，相会在如烟的昨天"忧伤、优雅、富有诗意，与《山楂树之恋》中有关台词表达的主旨相似，歌颂的是天老地荒的爱情。

三部电影时间背景相似，都有"伤痕"电影的烙印：《我的父亲母亲》中"父亲"突然被带走审查，"母亲"风雪交加中苦候加上相思病倒；《山楂树之恋》中静秋因为成分不好，母亲担心其恋爱会让前途受到影响，坚决要求静秋工作转正前不要与老三来往，他们终究不敢在公众场合牵手；《归来》中男主角直接受到迫害，牢狱之灾中影响其妻女生活，妻子的病就是不幸的证明。

三、张艺谋写实主义电影的文学性

现实主义题材电影《活着》(1994)根据余华同名小说改编，讲述解放战争、"三反"、"五反"、"大跃进"、"文革"等社会风云变幻中徐福贵的人生及其家人的苦难命运，呈现普通人生命的卑微与坚韧。除了福贵的只求安身立命的谦恭和达观外，其妻家珍的形象也颇有光彩：对丈夫忠贞，疼爱子女，最终宽恕了杀子仇人，总之影片的人物形象塑造具有本土与时代特色。《活着》是中国史诗性作品，与田壮壮的《蓝风筝》、谢晋的《芙蓉镇》选材相似，内涵更为丰富。与小说相比，电影增加了皮影戏成分，减少了原著中"死亡"的人数，结局相对"明亮"。

乡村教育题材《一个都不能少》(1999)是一部纪实风格剧情片，根据施祥生小说《天上有个太阳》改编，反映了关于农村、贫穷和文盲的问题，文学性主要体现在人物塑造以及"找人"的情节。魏敏芝这个形象身上最大的特点就是守诺，也就是执着，无论是在学校里要求学生们抄课文，还是坚持去寻找张惠科，又或者是在城里电视台门口的苦苦等待……都逐一向观众展现了一种坚定的毅力。方言以及主角所说的内容都符合人物的定位。进城寻人的经历（包括走路进城以及进城后遭遇）构成电影主要情节，这部分内容自然简单却很感人。最后的结尾有理想主义的色彩,寻人过程中反映社会的人情冷漠,符合影片的现实主义题材定位。主角的性格与 80 年代"红色"系列中的女性、打官司的秋菊都有相通之处:很倔强,认死理。当然有不一样的地方:记得村长的话"一个不能少",才能拿到 50 元钱。

《有话好好说》(1997)改编自编剧述平于 1994 年创作的中篇小说《晚报新闻》,导演张艺谋对原著小说进行了较大的改动,今天看来,这部电影属于喜剧片中的佼佼者,荒诞中夹杂黑色幽默。影片的文学性表现在主旨、人物形象以及音乐设计等方面:电影的主旨内涵很直白,可用电影名表达——"有话好好说",即提倡建构和谐的人际关系。社会不论发展到何时,难免存在矛盾冲突,正如电影中个体书商赵小帅(姜文饰)因为女友移情和老板刘德龙(刘信义饰)产生矛盾,继而牵扯进原本无辜的知识分子张秋生(李保田饰),终至"乱成一锅粥"的局面。影片借理性状态/常态下的张秋生之口,表达"和为贵"的主旨。"有话好好说",不仅是有效解决冲突的良好准则,也是共建和谐社会、和谐生活的良方。

本片主要人物形象可推赵小帅、张秋生。赵小帅外形粗犷野蛮凶狠,是个执着冲动爱面子的年轻人,他不善言辞,说话带点结巴,也有善良细腻的一面。在饭馆漫长地等待仇人那场戏,表现了赵小帅并非完全简单痴傻的性格。他将张秋生作为诱饵,但同时又留了后手(买了电脑),万一被识破就将电脑给张秋生将其打发。危机爆发即张秋生"发疯"的时候,他竟然对人佯称张秋生是其脑子有病的二叔。这就是《小说面面观》中说到的"圆形"人物,也可以理解为赵经历一些事后"成长"了,变得冷静、有心计了,用赵小帅自己的话来描述就是"你了解我?我自己都不了解我自己"。在张艺谋的电影中,如此性格的人物绝少出现。

张秋生是一介书生,本分温和,因在路上看热闹,包中的手提电脑被赵小帅情急中夺去作为"武器"对付刘德龙,可巧砸到电线杆上。他由一个正常人成为激愤之下的砍人者,有一个积累过程,更有临时的"被逼":为了买这台电脑花光了自己的积蓄,自然要求赔偿,可当时赵小帅要赖,让张秋生找电线杆赔去。张秋生虽然生气,但还是让赵小帅冷静冷静。两天后,他在赵门前吃了闭门羹。原来赵小帅正和女友亲热,被撞破好事的女友扇了张秋生一个嘴巴,赵小帅更是不赔电脑了。张秋生于是找到打架的另一方刘德龙,刘德龙决定息事宁人,他让张秋生找到赵小帅,三个人一起说清楚,该赔钱赔钱。但赵小帅一见到刘德龙就掏出菜刀要剁手,张秋生被逼得"七窍生烟",后来还被三人见面的饭店的厨师(李琦饰)误会,被灌了一鼻子酱油和醋。张秋生平白受到如此羞辱,气急攻心,终于失去理智,他拿着菜刀在饭店要砍人。从一个文弱书生到准犯罪分子,张秋生经过了一个正常人如何被逼得接近疯狂的心路历程,影片的荒诞性很大程度上体现于这一人物形象。

《有话好好说》在视听语言上有颇多特色,影片的主题曲是原创音乐《爱到永远》,由摇滚歌手臧天朔操刀并演唱。歌词内容与影片主旨吻合,试看一段副歌部分的歌词:"为了大家好好说话,为了大家留下鲜花⋯⋯天地之间爱到永远。"这首歌曲在影片中共出现了三次,第一次出现在赵小帅被刘德龙暴揍时;第二次在赵小帅和安红约会时;第三次则以片尾曲的形式亮相。主题曲贯穿全片,其摇滚的曲风亦与影片本身浪漫而狂放的风格相契合。另一在片中反复出现的配乐是北京琴书《我从小在北京土生土长》(又名《赔电脑》),出自北京琴书泰斗关学曾。这曲北京琴书相当具有地方特色,唱词内容和张秋生的形象、遭遇暗合。《赔电脑》一共出现了四次,其中三次都伴随着张秋生的动作(走动)。第一次,他去找赵小帅说理;第二次,他为救赵小帅而抢电话想报警;第三次,他因被厨师(李琦饰)羞辱,要剁人。相同的音乐,人物因境遇不同心境发生了改变,表现在画面上的动作也有所不同。张秋生由想要说理到装疯再到"真疯",这一从理性到感性的全过程被琴书完整而有序地记录了下来。

《秋菊打官司》改编自陈源斌的小说《万家诉讼》,其中人物形象"秋菊"成为一根筋或讨说法的代名词。该片的文学性首先表现在塑造了一个坚持为自己"讨说法"的执拗的农村妇女形象。农村妇女秋菊(巩俐饰),因为丈夫(刘佩琦饰)被村长踢伤,便要讨个说法,被村长拒绝后,告到镇政府,可是不满意村长赔偿时的态度(将 200 元钱撒在地上),便继续挺着大肚子到县里、市里告状。一个完全不知法律为何物的农村妇女走上了诉讼之路,我们从银屏上看到的是秋菊说着说着陕西方言,忍受着冷眼、不解,不顾严寒、饥饿,虽然行动不方便,可是前往"告状"路上的身影笨拙而倔强。孩子出生时难产,村长帮忙送到医院以后,内心因感激早已谅解,已经请村长喝满月酒,谈不上再告状了。其实,影片中的秋菊从头到尾就没想过让村长被抓,也不知道村长犯了法,仅仅是想让村长认错,给她道个歉。所以最后才对着带走村长的车子茫然失措。后面她可能面临乡亲的指责,内心也会充满不安。秋菊是缺乏法治意识与观念的典型代表,也是活着要争一口气的乡村民众的代表;秋菊是中国农村妇女中的异类,在人们传统观念中农村妇女大多任劳任怨,贤惠隐忍,可以秋菊成功颠覆了人们的"刻板印象",她非常固执要强,以至于在其软弱的丈夫面前反而更像一家之主。

本片内涵方面反映了农村情与法的对立。新世纪以前的中国农村社会普遍缺乏法治(从观念到制度),最大的权力者是村长之类的基层干部或有话语权的长老,民间舆论是评判一个人行为是否得当的重要标准,人情是联系人们关系的最大纽带。片中村长并不是恶人,只是工作作风粗暴点,村民对他是信赖的、有感情的,包括秋菊在内没想到踢伤人就犯法,对于村长被带走都难以接受。本片内涵的另一点就是中国式"面子"或尊严的表现。乡村的民众因为需要在体力上相互帮忙,更在乎"抬头不见低头见"的"面子"。影片中的秋菊要的不是钱,就是"讨说法",也即关乎"面子"的理儿。

这几部现实主义作品选材有异,但是其中主人公都有一些个性特征:处于窘迫处境中,个性倔强,不达目的誓不罢休。

张导贴近现实的几部作品也都有原著作为基础,其中除了《活着》的原著小说影响较大外,其他电影的原著影响都不大,但不影响改编后电影的传播及知名度。

四、张艺谋原创电影文学性的不足

张艺谋商业化电影都被严厉批评,虽然票房还说得过去。原因在于其非改编自文学的电影有共同弱点:无法好好讲述经得起推敲的故事。

就张艺谋电影而言,非常明显的事实就是若无文学作品作为基础,电影的叙事就存在漏洞,甚至有悖生活逻辑与人物的性格逻辑,也即基本的文学性缺失。在其原创电影中,只有《千里走单骑》叙事较为严整。此片虽不是改编于现有文学作品,但内涵与情节等方面的文学性并不差,原因在于:一是编剧为行业资深者邹静之,情节不至于虎头蛇尾或有明显差池;二是表现父子(可以换作其他代际关系)隔膜与和解的文学或戏剧影视作品,是不同民族不同国籍的受众过去、现在、将来都会遇到也能接受的,叙述亲情具有普世的价值意义,内涵上不会游离主流意识的认知,加上主演是日本知名度颇高的演员高仓健,因此电影艺术水平及口碑是有保证的。值得肯定的是,《千里走单骑》叙事中引入云南地方剧种傩戏,传播了民族文化;主题曲悦耳而又体现着苍凉悲壮的旋律,歌词字句简洁,文意丰富,加强了文学性的成分。叙事除了主演外,配角起用非职业演员,增强了故事的真实感。

　　除了《千里走单骑》之外,张艺谋电影口碑较好者基本改编自文学作品,原作提供了丰富的养分,基本上能讲好故事,人物形象也较鲜明。原创电影多数为商业电影,以《英雄》《十面埋伏》为例(参见第四章中"新世纪武侠片及文学性的'缺损'与'修复'"部分),因为与构思有关的价值观传递经不起追问,经不起普世价值观的检验,其情节设置胡编乱造、疏漏明显。《三枪拍案惊奇》(见喜剧部分阐述)叙事风格上的混搭或者说将西方的黑色喜剧与东北二人转、《武林外传》中的搞怪结合都不是问题,但是对于中国观众而言,"'俗'和'艳'背后是否有某种要命的意义或价值蕴藉的问题,准确点说,是要求通俗的表层文本下面有着丰厚的带有感性意味的人生意义或价值蕴藉,简称兴味蕴藉。而这种兴味蕴藉正意味着古往今来中国美学都特别注重的在感兴中对人生价值的直觉体验,例如对'情义'、'义气'、'气节'、'道义'、'家国情怀'、'先天下之忧而忧'、'天下兴亡,匹夫有责'等中国式人生价值观的热烈占有和享受。在中国美学传统中,优秀艺术品之所以能从初级的'感目'上升到中级的'会心'和高级的'畅神'层面,靠的就是'感目'效果下面还隐伏的那些兴味蕴藉——它们正是让观众'会心'和'畅神'的客观的美学资源。因此,《三枪拍案惊奇》的问题最主要的还是出在它的'俗

135

艳'下面缺乏足够的兴味蕴藉"。①

《长城》最大的优势在于画面特效,就像导演世纪初《英雄》《十面埋伏》《满城尽带黄金甲》中积攒的经验需要适时展示一下,如飞刀"仙人指路"一般的射箭表演、皇宫里五彩斑斓的色彩、团体操式的行军打仗设计……但这些"皮毛"应该为内在的剧情和人物塑造等内核服务。而观众看不到影片的进一步追求,这样的追求在先前的动作战争片《英雄》《金陵十三钗》中毕竟有所表现。令人疑惑的是,除了主演中马特·达蒙外,编剧是串外国人名字:马克斯·布鲁克斯、爱德华·兹威克、马歇尔·赫斯科维兹、托尼·吉尔罗伊、托马斯·图尔。可能是考虑票房市场或资本因素,但是一部传输中国文化元素的中国电影(宣传基调定位)让一群外国编剧编故事,令人费解。当然,如果这些编剧很了解中国文化、中国历史,则另当别论,但实际上不是。几位西方编剧想出来的故事是这样的:一个欧洲人威廉·加林和中国的五支禁军联合起来在长城打怪兽。影片的故事传递的价值观是爱国、信任、奉献与牺牲,这种价值定位没有问题,不仅符合中国人的价值诉求,也吻合人类的宏观情感定位。但必须要有合理的情节甚至细节、具有说服力的人物性格支撑。就影片的主线故事而言,并非不能讲出好故事,当年的《阿凡达》故事情节也很简单,但《阿凡达》在细节上下足了功夫,人物定位不够新颖但经得住推敲。《长城》中浪费了一批好演员,让他们莫名其妙在弱智剧情中牺牲掉,而观众不满意的女主角景甜却罩着主角光环坚持到最后。本片更像是一部外国二三流导演拍摄的中国题材电影。

五、其他第五代导演作品的文学性呈现

陈凯歌导演曾是第五代的领军人物,其早期电影的人文情怀有口皆碑,不论是 1980 年代的《黄土地》《孩子王》《边走边唱》,还是 1990 年代的《霸王别姬》《荆轲刺秦王》均具有浓郁的历史厚重感,在人物塑造、

---

① 王一川:《双轮革命者的叙事新憾——以电影〈三枪拍案惊奇〉和〈山楂树之恋〉为例》,《求是学刊》,2011 年第 1 期。

情节发展、台词设计等文学性方面都非常有特色，但是新世纪的几部影片却令人感到后劲不足，先前的厚重难以为继，包括他擅长的戏剧题材电影。《赵氏孤儿》开头剧情紧凑：谋杀、政变和搜孤救孤段落都高度吸引观众的注意力，人物命运的悬念感设计很好，确实做到了如海报上所言"尽管我们都知道结局，还是忍不住揪心到最后一分钟"。宫廷政变一幕的壮丽与惨烈，可与史诗电影并列而无愧色。台词与气氛渲染也保持了导演以往的水平，文学性与戏剧性、视听性并重，值得肯定。剧情从屠岸贾到公孙杵臼府上要人开始有松懈感，不过还有个小高潮在等着，那就是屠岸贾摔死孩子的段落，颇为令人动容。此后，剧情开始无可救药地走向松懈。在程婴这个角色的塑造上创作者无疑做出了很多努力，程婴要维护孩子的勇毅的品质，又要实践自己经年谋划的复仇方式；平衡的结果，就是我们观众看到程婴常人的一面被释放得过多过碎，而英雄的一面却并未找到合理的解释。于是我们看到，影片的后半部分一直纠结在要不要让孩子上学、要不要让孩子守护父亲和另一个男人之间的秘密、要不要从军这样一些游离于题旨之外的情节线上。当然，可以说这是在借孩子展现两个父亲之间的争斗，可是这种争斗的张力明显不足，展现得也缺乏层次。总之，电影后半部分在人性、剧情等文学性因素方面与前半段结合得不够完美。《梅兰芳》人物形象前半段生动，后半段平淡；情节前半部精彩，后半部拖沓。情节把控虽然有"旧事"可依，却在试图翻新方面做得不够好。上述不足之处当然与演员发挥、与其他因素亦有关系。

　　新世纪陈凯歌执导的《道士下山》改编自徐皓峰同名小说，一个原本很难影像化的故事。但原著当中那些吸引人的东西都是无法具象的，那些气息、哲思以及人物精神上的微妙变化，要想将其"落地"何其难，或许改编成电视剧尚可以在较长的篇幅里呈现种种气氛和意境，但电影容量明显不够。电影编剧中徐皓峰排名于最后一位，应该发挥的作用较小或仅仅挂名而已，因为徐氏自己改编的武侠片完全不是这个路数。导演或许被原著中纷繁交织的人物关系触动了，觉得江湖烟雨和人事纷争改编成电影一定会充满戏剧张力，引人入胜；只是影片既没有借鉴徐皓峰自己改编武侠电影的写意化做法，也没有做到有始有终的写实,游移在写实写意之间。原著中复杂的内涵意蕴,均被用"玄幻"外衣包装后大量删减,留下武侠和情感这两条线索。整部电影除了范伟和林志玲饰演的药店老板、老板娘那场戏情节清楚外,其他段落剪辑有混乱之嫌,显得剧情断裂,虎头蛇尾。如松长老(王学圻饰)大段说教台词显得累赘,当然可能这是导演一贯钟爱的。影片前半段与后半段画风严重不一致,旁白也令人出戏。或许《道士下山》最适合的表现形式就是文学,而非电影。原著融合了武侠、教义、中统、特务、转型时代的中国社会等等一系列复杂的人际关系图表,远比电影中呈现的复杂丰富,其表面讲的是武林纷争,其实质说的是中国社会和人心齿轮上不可挽回的错动,电影试图在两个小时左右的容量里传达宏大而繁杂的主题,没有很好地统一在叙事中,造成了某种割裂。

本片文学性成分和视听性也不够协调,音乐与东方情韵的画面融合度不高。如果这可以忽略,那影片中将奇幻情节与场景进行低俗化处理就令人难以忍受了:何安下(王宝强饰)和彭七子(房祖名饰)吃了一口有毒的野味,产生了幻觉,俩人突然间变成了炸着头发、眼神呆滞的样子,接近模仿秀的人物造型;他俩一起去偷钱被人一顿爆揍的情形,似乎在向《笨贼一箩筐》致敬,这种恶搞桥段的设计以及人物造型中近代、当代风格混合的做法即使在喜剧中也显得低幼。

第四节　第六代导演的创作与文学性

第六代电影人创作于 1990 年代至新世纪第一个十年早中期的作品几乎全为原创电影,贾樟柯、王小帅等人创作起步时缺乏呈现"视听"技术的条件支持,理念上不屑于追求戏剧性,文学性方面呈现出与前面几代电影人作品迥异的风貌。

一、贾樟柯电影的文学性表现

贾樟柯的"故乡三部曲"与《小山回家》《世界》属于青春题材,因组材需要,作为第六代电影人代表,将其作品的文学性放在此处论述。到目前为止,贾樟柯电影的内涵与人物形象、音乐运用、隐喻象征等文学性因素的表现具有一贯性,其中《山河故人》有游离之势,但2018年《江湖儿女》又回归了。

（一）表现时代洪流下普通人特别是底层人物的沉浮

1. 关注小人物的生存状态

可以说,贾樟柯的电影具有非常大的同质性。除了写实风格以外,我们可以看到,他的视角几乎也是一样的,那就是总在关注底层人物。关注小人物,将笔触(摄影镜头)插入最底层,将这一部分人的生活状态、生存状态令人信服地展现出来,这是贾樟柯电影的共同点,也是他的电影打动人心的重要原因。贾樟柯影片中的人物没有权势,没有财富,也没有圆满的爱情,他们被忽视、被伤害、被侮辱,他们在漫长而艰辛的现实面前,会为了维护最后的、可怜的尊严,咬紧牙关地撑着。在缓慢而琐碎的生活流程中,让观众感觉到每个平淡的生命的喜悦或沉重。导演用坦诚的实在的方式再现了我们似曾相识的场景,让我们透过这些场景,感受到生存的悲苦、夹缝中的无奈、动荡社会中的不安,以及种种挣扎的努力与不甘、虚幻的感动和安慰。这是他的电影,也是我们直接或间接经历的真实生活。

贾樟柯的电影仿佛截取了都市边缘人生活中的一段,其影片情节往往不期而至,又戛然而止。几乎所有的贾氏影片中,创作者都是隐藏在摄影机后,没有批评鞭笞,也没有感喟谴责,影像风格给人感觉是冷漠甚至冷酷的。但影片对于人物的行为及其动因都作了充分的铺陈,其系列作品《小武》《站台》《世界》以及近年《山河故人》《江湖儿女》里,服饰在变换,情景在变,表达细节和特写的方式在变,背景声响在变,而草根一样的生活状态、小人物的命运没有变。关乎人物状态的一切仿佛在延续。就影片人物来说,从《小武》中的小武开始,到《站台》中的崔明亮,再到《世界》中的建筑民工,老了的只是年龄,还有胡子,以及抽烟的姿态,从不同年份的一个场景游弋到另一个场景,舞台从山西小县城搬到北京郊区大兴。

　　贾樟柯在创作"故乡"三部曲(也称"青春"三部曲)之前,已拍有一部独立电影《小山回家》,长镜头、实景拍摄的纪实主义风格已经初显,关注时代洪流中的边缘人倾向也已表现。影片以小山为主线,串起在北京打工的安阳老乡,揭示了北京务工的外来者的生存状态,在客观冷静的镜头语言中表达了作者对最底层人群的关注与悲悯,"故乡三部曲"延续并加强了《小山回家》的创作风格,持续塑造社会边缘人或底层讨生活者的形象,关注他们的生存状态,并表现他们内心的尊严感,书写青春的梦想与幻灭。

　　可以说,《三峡好人》之所以取得成功,主要归功于导演借助摄影机对底层人民生存状态、生命追求的真实记录,而《二十四城记》可以看出贾樟柯越加宽广的取材范围,从以前的个体、群体,到这部电影中的整个国家的视野。他还是一如既往地保持着对随着社会变迁时起时落的的小人物命运的关注。《山河故人》虽然乡土气少了,人物活动地点从汾阳到上海再到澳洲,但是依然书写着人物命运的沉浮。

　　2. 表现小人物寻找出路而难得的苦闷

　　《小武》中小武寻求友情、爱情、亲情,希望有所寄托,有所慰藉,可是友情因为地位变化不复存在,爱情因为金钱早已变质,亲情也与利益挂钩。《站台》中的站台是起点也是终点,人们总是不断地期待、寻找、迈向一个什么地方。在自然的生、老、病、死背后,蕴含着生命的感伤。《任逍遥》中,斌斌下岗失业,因身患乙肝参军也无望。《世界》中,赵小桃、成太生以及他们的同乡都在寻找出路、前程。《三峡好人》中,迷恋江湖道义的小马哥被江湖抛弃,沈红寻找的结果是离开丈夫。正是这样一种不知何去何从的强烈的迷惘感,让观众感觉贾樟柯影片不仅仅是沉闷,还有一种窒息般的无奈绝望。贾樟柯一直声称尊重普通人的生命,但导演直面现实的冷静,让这些主人公的生命烙上了灰暗的印记。似乎直到《三峡好人》,才开始对底层小人物所蕴含的生命力量表达敬意,产生信任。

　　3. 表达人生不断变化的不确定感

　　贾樟柯作品中除了描写人物的寻找的历程外,还表达了人生多变、人生不确定的主题,当然这个主题可以作为哲学命题深入探讨,只是贾樟柯没有兴趣表达哲学意蕴,他只是从影像表层把这种变化、这种不确定传达给观众而已。《小武》中小武的发小——现今县城有名的企业家小勇的人生境遇对于一般人来说是不可思议的,小武的徒弟找到了一个女朋友,小武与歌厅女孩梅梅互有好感,梅梅却突然"消失"了。在《任逍遥》的结尾,巧巧继续在茶楼游荡,斌斌抢劫银行失败被抓,在外负责接应的小季驾驶摩托车急忙逃走,不知去向。三个人的结局都很模糊:巧巧就这样一直游荡吗? 斌斌受到什么样的处罚? 小季被抓到了吗? 这些不确定的答案都只能靠观众自己去猜测。《世界》中"二姑娘"的突然死亡,成太生爱着赵小桃却与另外一个富有的女人保持暧昧关系,成赵二人的感情能维持下去吗? 看重情感看重贞操的赵小桃能如愿吗? 最能体现人生变化不确定的主题的当属《三峡好人》了:当年买妻的韩三明与自由恋爱结婚的护士沈红都来到三峡寻找自己的另一半,寻找的结果却倒过来了——能够保存感情的是一个非法的婚姻,而那个开始于自由恋爱的婚姻却什么也留不下了。从整体上看,贾樟柯电影的中心主题之一就是变化,这是从《小武》到《三峡好人》的一贯主题,变化渗透在所有的生活领域和感情方式之中。各种各样的叙事要素围绕着变化而展开,故里正在消失,婚姻、邻里、亲朋的关系也在变异,伴随这个变化的主题或不确定性的主题的,就是对于不变或确定性的追寻。但到头来,找到的东西也在变质,"找到"本身就成了自我否定,或者说,"找"就是自我否定的方式。《江湖儿女》中斌斌从"江湖"中有话语权的大佬成为别人的手下,再成为需要巧巧照顾的废人;巧巧因保护斌斌从"江湖"之外的女孩,坐了五年牢,出狱后经历沧桑成为"江湖"上"大姐"般的人物,依然守护着心中的爱情。变迁、变化是生命的过程,不是个体的抵制就可以遏制的,变化渗透到最普通人的生活之中。变化以后,就比现在好吗? 贾樟柯在电影中没有给予回答,也是电影所回答不了的。《三峡好人》中韩三明哪年才能挣够钱呢? 那些矿工到山西不会发生安全事故吧? 假设三明带妻女回到自己的家乡,一定会安宁幸福吗? 在其他导演的影片中,也许会打上字幕,告诉观众后续的故事结局。可是贾樟柯把不确定的答案都留给了观众。

（二）客观冷静的叙事态度

这种冷静客观的叙事是第六代电影人的共性特点，类似于贾樟柯《小武》《世界》《三峡好人》等作品真实地记录了当今中国社会变迁变化的历程，记录了中国底层人的真实生活。其电影美学观念和第五代导演追求华美的隐喻的方式不同，他追求生活现象的还原，把处于边缘化状态的小人物的真实生活不加粉饰地呈现出来，给观众以陌生和震惊的艺术效果。他的电影里面缓慢的长镜头的应用，演员大量静默的表演以及人物无所事事的烦闷状态，使他的电影具有一种特殊的间离效果，让我们在看清楚电影中人物的生存状态的同时，也会对这种生存状态理性地加以反思和评判，产生"哀其不幸，奈（何）其不争"之感。贾樟柯的电影与文学体裁中的杂文相似，他的冷静客观有时令人感到创作者冷漠的"局外人"的姿态，有上世纪二战结束后意大利新现实主义电影的浓重痕迹。

在中国当代导演中，用镜头表现平静下面的潜流暗涌，贾樟柯称得上是行家。换一种说法，贾樟柯的电影语言风格与中国底层民众的生活状态很是契合。对于很多小人物而言，也许他们经历了太多的磨难，当困境突如其来，他们总是能处变不惊。观众可以认为他们有麻木的一面，但这是生活赋予了他们的韧性的麻木。其实在人物隐忍的平静之下，内心的波澜起伏一点也不逊于呼天抢地、歇斯底里。贾樟柯的镜头，从来都是如此平静而安详。当小武（《小武》）因做小偷被人铐在大街上时，当斌斌（《任逍遥》）拿着乙肝通知单面对从军梦破灭的打击时，当《世界》中的人物处理"二姑娘"的丧事时，当沈红（《山峡好人》）决定与丈夫离婚时，都表现了人物的平静隐忍。《三峡好人》中结尾工友们听说下煤窑其实就是提着脑袋干活时，所有人毫不例外选择了沉默。这也正是贾樟柯影像现实主义风格的标志。

贾樟柯早期几部与故乡联系更密切的作品都是一种"直面现实"的冷静、冷酷甚至是残酷。尽管在无褒无贬的叙事中感觉到导演的深切关注，但基调还是灰暗得很。《三峡好人》以三峡工程、奉节拆迁为背景，描写了变动社会环境中底层人们的生存状况与心理反应；但该片在拍出苦涩、辛酸、怨愤之余，同时也拍出了一种源于底层的生活幽默与乐观精神。在影片中,以韩三明为代表的底层劳动者并没有在变幻莫测的时代面前垂头丧气,而是顽强地用布满老茧的双手撑起世界,体现了强韧的意志力,以及无法被外在压力摧毁、打垮的随遇而安的生命力。影片的基调也因此并不那么灰暗,而具有了人性希望与生命感动的暖色。

贾樟柯的剧情电影都具有纪录片的风格特色,重在陈述,或叙述,几乎没有抒情与议论。这在中国当代导演中是少见的,有时让人难以分辨那些看起来粗糙的影像是否是自然状态的记录。《三峡好人》将两个独立的故事共同镶嵌于三峡拆迁的社会图景中。为了在更大范围上表现中国社会状况和人们的生存状态,贾樟柯依然遵循了重在“陈述”的纪实性的叙事风格,在叙事方式上放弃了戏剧化的叙事模式,不以线性叙事结构来强化戏剧性冲突的情节发展。为了呈现生活的复杂性与混沌状,贾樟柯自觉地选择了开放性的叙事策略,倾向于建构一种与纷繁的生活相对应的多重杂糅的叙事结构,注重生活过程本身的复杂性、偶然性与无序性。2008年的《二十四城记》中纪录部分与剧情部分,时长几乎对等,真实与虚构,彼此交叉融合,来回穿插。更有意味的是,贾樟柯为三位厂花(专业演员饰演)也安排了口述内容,她们的口述与五位普通工人的真实口述相互映照,进一步模糊了纪录与剧情之间的界限。

(三) 流行音乐的运用

在电影中融入过往年代的流行音乐始终是贾樟柯电影中的重要叙事策略。《小武》中充斥着当年最流行的歌曲,很容易唤起观众的回忆,将其带进那个年代,同时也艺术地表达了人物的情绪。在小武去找小勇时,歌曲《霸王别姬》就是沉默的小武最痛的心声,那时而高亢时而温柔的旋律映照着小武对以前友情的无限怀念以及现在的失落。小武在餐馆独饮时飘出《心雨》的旋律,一如小武忧郁的心情:“我的思念是不可触摸的网……”,这是对逝去友谊的感伤与祭奠。在小武陪梅梅做头发时,录音机里播放的《大花轿》暗示了这段恋情的萌芽。在小武满怀柔情地去看望病中的梅梅时,她为小武唱起了王菲的《天空》:“我的天空为何挂满湿的泪,我的天空为何总是灰的脸……”这首歌恰让在他乡飘零的梅梅触景生情,掩面而泣。《站台》里用了很多80年代流行的歌曲,如《在希望的田野上》《美酒加咖啡》《年轻的朋友来相会》《青春啊,青春》等等。而当年流行的苏芮的《是否》在本片中反复出现,小屋内乐手奏着《是否》的乐曲;镜头摇过去,崔明亮哼着《是否》的节奏。多年之后,尹瑞娟听到电台中播放《是否》,缓慢忧伤的调子勾起了她往昔的回忆,不禁随着旋律缓缓起舞。《世界》中的插曲《乌兰巴托的夜》是一首盛传于蒙古族的思乡情歌,经重新填词制作后,成为影片的插曲。该曲在影片中起着纽带的作用,女主演赵涛(饰赵小桃)为本片演唱插曲,很好地诠释了该片伤感的"漂"的感觉。《任逍遥》中任贤齐的歌曲《任逍遥》贯穿始终,斌斌和女友曾反复吟唱,当抢劫银行被抓到派出所后,民警要求他唱一首拿手的歌时,他本能的反应就是唱《任逍遥》,影片在斌斌于派出所里一遍遍重复的《任逍遥》的歌声中戛然而止,歌声抒发了"斌斌"们在现实生活中的压抑感及对逍遥自由生活的向往。《江湖儿女》中《有多少爱可以重来》既有江湖情义,也演绎着儿女情长。

(四) 细节与隐喻象征手法的运用

细节,可以是道具,可以是一个表情或一个动作。对于表达人物短时间内甚至瞬间的心理情绪有很大作用,如影片《小武》中出现过两次关于传呼机的片段:第一次是小武刚拥有它的时候,难以抑制地兴奋,对它爱不释手,对爱情即将降临充满欣喜;之后便是传呼机被警察没收之后,最后一个讯息传来,是胡梅梅发来的"万事如意",彼时梅梅已经知道了小武的真实身份,他们的爱情也就此终结。小小的物件,与主人公的情绪、生活及周遭人关系的变化紧密联系。在影片《三峡好人》中,沈红(赵涛饰)手里拿着一个矿泉水瓶,已经没了外包装纸,应该被用了好久,每到一个地方,她都用这个矿泉水瓶灌水喝水,隐喻着她一路寻夫未果的心焦不安;字幕出现"烟"后的段落中,有一个写着"芒果烟"的包装纸,那是被韩三明认真悉心保存了十六载的信物,只是因为上面写着妻子离去后的地址;在"糖"这一篇章中的大白兔奶糖,有处是妻子要留给韩三明的,可他却将糖咬开分成两半,另外一半给妻子,他这一贴心的举动,饱含着浓浓的比糖还甜的感情。或许正像韩三明自己说的那样"自己的事情哪能忘",他耿直地表达着对妻女的殷切期盼。《江湖儿女》中巧巧（赵涛饰）五年后出狱，拿着矿泉水瓶子，站在热气腾腾的甲板上焦躁地喝了一口水；她到了奉节，联系不上昔日的男友斌斌，找到山西商会，被不耐烦的前台秘书晾在门外，当自动门要关上的那一刻，她本能地用矿泉水瓶卡住了门；找人失败后，她在街头偶遇偷她钱包的女小偷被一群男人围困，便冲上前去，用水瓶做武器驱散了人群；后来在火车上邂逅徐峥饰演的骗子，隔着矿泉水瓶和他牵了手。一个矿泉水瓶道具，竟帮助巧巧完成了整个动作线。而这也可以当做一系列的细节看待，看出作为"江湖儿女"的巧巧应付世界的本能式智慧。

在贾樟柯的电影中总有些有象征意义的物件出现，它们代表着一个时代的发展状况，是历史上特定时期的见证者。有些物件不仅喻示着特殊的年代，还对叙事的发展和抒情表达起到增强的效果。在《小武》的开篇，主人公小武在公交车上行窃时，镜头给了车上挂着的毛主席相片一个特写，小武目光停在照片上，并不害怕，继续行窃。毛主席照片的出现无疑是一种象征符号，代表着一种神圣不可侵犯的威严，如同影片后半部分出现的打击犯罪的广播一样起着教化民众的作用。除了在影片中出现的物件，贾樟柯给不少电影的命名也有着强烈的象征意味，无论是《小山回家》《站台》还是《三峡好人》《二十四城记》以及《江湖儿女》，都涵盖着空间的概念。车站是贾樟柯电影中出现相对较多的场所，公交车站、汽车站、火车站抑或码头，都是一种空间的隐喻，在工业文明高速发展的城市中，车站成了这一变化进程的缩影，它是普通人生活的窘境的体现：不知所往。它象征着归家、故乡，公车不管何时启程、跑得再远，总要回家，就如同人生。三明要找自己的妻子女儿，小武要寻求自己的身份认同……当骑摩托的斌斌穿过熙攘的街道去往一个杂乱无章的汽车站，车站也有了回味无穷的诗意和绵延不断的回味。贾氏影片表现的不仅仅是人物不断经历变换的种种车站，也隐喻着人物不断产生出来的期待——人生的车站。

二、其他第六代导演作品的文学性

就题材内容而言，第六代导演在 1990 至新世纪第一个十年中期的作品基本上可划为"青春片"(参见第四章第二节),当他们从"地下"转为"地上"拍片后,创作电影的条件也在改善,渐渐地,其作品选材也从当初青春题材走向多样化。2005 年以后一些影片也开始从文学寻求创作源泉,如娄烨《推拿》就改编自毕飞宇同名小说。2009 年上映的《春风沉醉的夜晚》从郁达夫的同名小说中得到过启示,有悬疑惊悚元素的《浮城谜事》则改编自一个天涯热帖。另一位导演王小帅 2008 年以后完成的《左右》《闯入者》也不再局限于青春题材,前者改编自社会新闻,两者均属于原创电影。

淡化青春标记后的第六代作品在文学性的要素上仍然呈现出一贯的特色:首先是边缘人或普通人形象的塑造,娄烨《春风沉醉的夜晚》较为典型,这一次娄烨依然选择了大部分导演都不愿触及的敏感题材,将镜头对准了都市中的特殊群体——同性恋者;《推拿》中是靠体力与手艺挣钱的盲人;《浮城谜事》虽然人物身份不算边缘,但是男主角自从杀人后其精神世界将会一直边缘化下去。娄烨电影中所塑造的人物形象纵使处于繁华的都市中,也常常处于孤独无依的精神困境中,灵魂上也处于自我禁锢状态,娄烨始终关注人物复杂而含混的内心,通过电影叙事观众能够感受到他所要表达的现实主题。中国社会正在经历转型期,多元文化的快速渗透造成了人们价值观及人生观的茫然无助。《浮城谜事》中凶杀案的主角并不是以往电影中的反派,每个人物都饱满鲜活,他们实实在在地存在于现实生活中,珍惜家庭和孩子,不允许任何人破坏它,男主角的过错在于选择了一种极端不冷静的方式去解决问题。

《推拿》因为有小说作为基础,因此人物形象塑造很是得力。为了替弟弟还债,王大夫(郭晓冬饰)在滂沱大雨中怀揣着两万块钱回家,回到家中,面对债主不惜用刀自残,以极端残酷的方式守住了自己的辛苦钱,坚守住了作为盲人最后的尊严。除了王大夫,电影群像的塑造很是成功,都红、小马、小孔都有自己的个性与打算。感情纠葛也是形象塑造的一个层面,影片中沙复明(秦昊饰)喜欢都红(梅婷饰),都红迷恋小马(黄轩饰),小马爱上小蛮……兜兜转转。他们像正常人一样有喜怒哀乐,爱恨情仇和斗争,他们活在盲人按摩院里的小社会,活在自己的命运里。

这部《推拿》中，盲人老板沙复明乐观诙谐，开朗而健谈，他跳舞、吟诗、讲英语，为"美"究竟是什么东西而苦恼着，颇有文艺青年的气质与追求，他不知自己其实比好多健全人都要相貌堂堂。他踱着步喃喃吟诵着："如果有来生，要做一棵树，站成永恒。没有悲欢的姿势，一半在尘土里安详，一半在风里飞扬；一半洒落荫凉，一半沐浴阳光。非常沉默、非常骄傲。从不依靠、从不寻找。"这样的诗句作为台词，本身就是文学性充沛的表现。另外多处响起的画外音更加增强了本片的文艺感。

王小帅的《左右》与《闯入者》中的人物属于主流人群中的普通者，都遇到了难以化解的困境，如前者中的两对重组夫妇，特别是"老谢"包容、体谅，无私爱着妻子与无血缘关系的女儿，令人感动。《闯入者》中的老邓生活既被别人"闯入"，又"闯入"他人生活，令人思考。这一阶段第六代导演作品尽管选材差异明显，但关注现实、关注普通人生存处境特别是精神状态的内涵没有变，这在娄烨的电影中体现得更为明显。

从第三代至第六代导演的选择中，可以得出这样的结论：改编电影的文学性优于原创电影，这在部分导演创作中形成显性的差异；但整体看，这个优势虽然存在，却不是十分明显，特别是第六代导演的早期作品几乎均为"原创"，新世纪以后的作品有原创亦有改编，但他们作品中的文学性只是"风貌"改变，分量并未减少。

第六代导演之后，一般不再有"第几代"这一约定俗成的说法。"新生代"导演是一个宽泛的概念，一般指新世纪后活跃于影坛的导演。他们中年龄参差不一，对于改编还是原创的选择显得更为自主，像第三、四、五代那样集中青睐于文学的境况不会再出现。客观原因是文学地位下降，文学这个"源泉"成为有限的资源，新生代导演作品能否与文学（含网络文学）大面积"联姻"，尚需时间印证。当然，编剧如果能在剧本改编或创作环节保障"文学性"不缺失、不低劣，电影的文学性在某种程度上也就得到了保证。

第四章
1979 年以来中国类型片发展与文学性

第一节　武侠片创作与文学性表现

关于武侠电影的概念,存在着相似而具体表达不同的说法,陈墨先生认为"武侠电影,即有武有侠的电影,亦即以中国的武术功夫及其独有的打斗形式,及体现中国独有的侠义精神的侠客形象,所构成的类型基础的电影。"①武侠电影以其特殊的电影形式、风格、题材、意旨以及独有的审美规律,勾勒出一幅又一幅充满传奇色彩的"江湖众生相":强调济弱扶倾,标榜"替天行道",以表彰人间的公平正义;在曲折离奇的情节中将江湖侠士、侠女们惊天地、泣鬼神的人生经历娓娓道来,展现虚实相生的武功。此间有的写人性冲突、有的写国仇家恨;或渲染正邪之争,或演绎帮派恩怨……总之,刀光剑影、侠骨柔情、悲欢离合……不一而足。加之武侠电影从形式到内容都与中华文化传统血肉相连,洋溢着中国人独有的生命情调,看起来极为亲切有味,遂成为中国电影有史以来最具魅力的电影类型,享誉海内外。

武侠片是中国本土类型电影的代表片种,在中国电影史上,产量之多,形态趣味之丰富,能与其他任何类型片相比。中国武侠电影从 20

① 陈墨著《刀光侠影蒙太奇——中国武侠电影论》,中国电影出版社 1996 年版,第 10 页。

世纪 20 年代《火烧红莲寺》发轫并掀起第一个浪潮起至今,一直是向前发展的。上世纪 60—70 年代港台张彻、胡金铨导演的武侠电影在美学风格上有不同追求,前者写实,后者写意。胡的作品在意境营造上颇有古典诗词的韵味,在视听语言中传达诗意(文学性表现),如《侠女》的武打段落,是极有风致的。竹林击敌一段,画面中雾气氤氲渲染气氛,阳光洒落在竹叶间,动静结合,整片竹林具有生气,又带有些许肃穆的禅意。人物的打斗动作利落潇洒。而此"竹林对决"一场戏,造就了武侠电影史上最为经典的场景,新世纪武侠电影《卧虎藏龙》《十面埋伏》,也借鉴了这段戏的意境。70 年代香港武侠片更像武打片,因为重武少侠。上世纪 80—90 年代,武侠电影作为中国特有的类型电影,发生了较大变化,兴起了武侠电影创作的新高潮。本研究主要讨论合拍武侠片与内地独立制作的武侠片在文学性方面的发展演变。

武侠片的文学性最重要的成份表现在于人文情怀上,其文学性的流变也更多体现在人文情怀的变化中。这种情怀在上世纪的武侠片中就是"侠义"精神。可从三个层面解读:一是"道义"精神,匡扶正义,惩恶扬善,除暴安良,也即司马迁《史记》中所言"以武犯禁",这其中有很多分化的细小层面;二是不与权贵同流合污的风骨,潇洒、遗世独立,传达了尘世中人对自由的向往;三是义薄云天的"情义",体现为对友情的珍惜,为朋友可以两肋插刀,甚至牺牲生命。

一、1980—1990 年代中国武侠片创作与文学性表现

上世纪 80 年代的武侠电影有:大陆香港合拍、演员都来自大陆的《少林寺》(1981)、《木棉袈裟》(1984)、《南北少林》(1986 年,集体功夫场面在大陆完成)、《黄河大侠》(1988),中国大陆独立拍摄出品的《武当》(1983)、《武林志》(1983)等,下面谈谈 1980—1990 年代末武侠片在文学性方面的表现。

(一)人文内涵上的扬善、爱国情怀、武德结合
张鑫炎导演的《少林寺》(1981)是一部在武打电影史上具有划时代

意义的作品,其故事建构在正义与邪恶之间。少林寺是世外桃源的象征,也是人间善的代表,王仁则则代表着邪恶的一面。这种善恶的交锋被构建在封建社会末期的乱世,具体落实在一个爱情故事中。电影的故事设计在戒律的有与无之间游弋,少林寺的武生在少林寺外的集体吃狗肉事件,正是这种游弋的表述,当然,也是一种现实苦难的呈现。善就是对于正义的操守,对邪恶的惩罚。《少林寺》之前的武术片"教人过目即忘,似过眼云烟。唯《少林寺》,不啻'功夫片'群星的一声炸雷,轰动海内域外。影片不但以其精湛的武艺和逼真的表演使同类型片相形见细,而且以其美丽动人的故事和善良正义的思想内容博得了一片赞扬之声"。①

孙沙导演的《武当》(1983)是继《少林寺》之后,由国内投资拍摄的一部表现爱国精神的武侠电影,整体比《武林志》略显逊色。影片讲究"真材实料",起用了陕西武术队的全部人马,由蝉联十年全国武术男子全能冠军的赵长军出演司马剑,而中国著名武术家、武术教练马振邦出演武当山道长,女主角林泉来自广东武术队,是剑术全国冠军。影片是国内第一部真正意义上的武侠电影,无论在主题表现还是演员表演方面都达到了一个相当的水准,称得上是国内武侠电影的上乘之作和开山鼻祖,而影片与港台武侠电影的最大差距是技术上的落后。

张华勋导演的电影《武林志》(1983),在拍摄中,吸取了其之前所执导的惊险片《神秘的大佛》的教训,不是按照一般武打的格调来拍摄,而是按悲壮的正剧来处理,力求影片有思想、有深度、有故事、有人物,表现家国情怀。"由北京电影制片厂摄制完成的《武林志》,同样是一部引人入胜的'功夫片',尤其值得称道的是影片中反映出的思想旋律,是我们宝贵的民族精神的一曲赞歌。"②《武林志》叙事背景是上世纪初我国人民奋勇反抗八国联军之后。在所描写的这场斗争中,充分显示了人物性格所体现的中华民族不屈不挠的抗恶精神。《武林志》的镜头组接

---

① 宁思:《民族精神的一曲赞歌——彩色故事片〈武林志〉观后随笔》,《电影评介》,1983 年第 8 期。
② 同上。

和场面转换简洁、明快、易懂,叙事经得起推敲,具有民族特色和时代特色。"我们随着故事的展开回到那中国人被称为'东亚病夫'而被帝国主义列强任意欺凌、压迫的时代,从而重温一个伟大民族被侮辱和被损害的痛苦,重温中国人民在近百年中如何艰难地觉醒、如何不屈不挠地斗争——任何人做这样的重温和回顾都不能不有所思索,有所振奋,而这样的思索和振奋却来自一个武打片。"①受当时理论认知的影响,李陀强调这样的片种也能拍成主题严肃、追求现实主义的力作之一。结尾处理偏于悲剧,"当载着何大海尸首的破帆船慢慢远去,更给人一种风雨飘摇的压抑之感,使看完影片的观众思索:为什么武林志士们在擂台上取得了胜利,为国争了光,却落了个惨遭杀害、不得不逃往他乡的悲剧下场?"②今天看来,推成这种结尾的原因一是当年的认识——武术题材应该拍成严肃片、艺术片;二是这种处理加强了中华民族应该崛起的内涵。

《武当》与《武林志》都体现了对"武德"的重视,《武当》导演孙沙更是直截了当地承认,他拍摄《武当》"想要留给观众印象的,就是'我们向来是后发制人'这句话"。③ 事实上,他也确实让片中人物时时把这句话挂在嘴上。应该说,"后发制人"已成为中国武侠电影所一贯弘扬的一种价值观。

《少林小子》(1983,原名《龙凤村》,香港制作)由张鑫炎导演、李连杰主演,基调较为轻松,主旨即为惩恶扬善、善恶有报。故事与《少林寺》不一样,叙述龙、鲍两家因为误会而展开的一系列恩怨情仇的故事,最后误会解开、两家亲上加亲,并无什么朝政民间之类的纠葛。当然,作为武打片常规要素,故事中有坏人挑拨(作恶)以及后来的报仇(惩恶)。影片在广西景色如画的漓江边取景,增加观赏性,打斗场景有拖沓之嫌。

① 李陀:《武打片的新进展—〈武林志〉观后》,《电影艺术》,1983年第11期。
② 张华勋:《武术题材的尝试与探索—〈武林志〉创作拍摄回顾》,《电影艺术》,1984年第9期。
③ 孙沙:《一次探索——简忆〈武当〉的导演创作》,见《电影导演的探索(第四集)》,中国电影出版社1986年版,第317页。

《黄河大侠》(1988 年)由张鑫炎导演,于承惠主演。影片渲染的是为国为民的侠义精神。上世纪传统武侠电影中的正面角色亦即英雄,扛得住官宦权贵肆意膨胀的邪恶杀戮和阴险暗算,可以在弱小者走向毁灭的危急时刻恰到好处地挺身而出,他们一定视钱财为粪土,视统治阶层为无物,也注定要远离父母妻子和兄弟好友,他们没有任何身外之物的拖累,孤独而潇洒地来去,成为万世传颂的传奇和楷模。本片就塑造了这样一位乱世中的英豪兼侠客形象,诠释了"武"与"侠"概念的内涵。同时寄托了创作者对平民豪杰的仰慕与期盼。本片作为国产武侠片样板,存在于一个提倡思想解放、外界禁锢和干扰相对较少的时期,而观众的精神世界也还未复杂化、浮躁化。这是一部较为纯粹的动作武侠故事片,尚未受到商业化诉求的侵蚀。

(二)正面人物形象真实而刚正

武侠片中的主角一般都有一个成长的过程。《少林寺》男主角(李连杰饰)并非一蹴而就就成为功夫高手,而是通过一系列情节——别人对其失去信心、急功近利、报仇失败、师傅被杀、寺院被围等事件的推动,表现一个功夫高手的成长与成熟,塑造了有血有肉、忠义气节的英雄形象。影片一反旧式武打片中那种纯表演的花架与镜头技巧的卖弄,觉远(李连杰饰)的一招一式刚柔相济,昙宗师父(于海饰)的螳螂拳出神入化,悟空(胡坚强饰)的地趟拳腾落舒展,王仁则(于承惠饰)的醉剑游龙似凤。那武戏的对打,更加精彩了得,值得琢磨,通过李连杰和他的一班武术队员们朴素真实的功夫让观众真正欣赏到了中国功夫。《少林寺》轰动世界,掀起了世界武术热,成了功夫片难以逾越的经典,而光头和尚觉远的形象成为了一个时代的印记。1982 年《少林寺》获文化部优秀影片特别奖,成就了一代功夫巨星李连杰,也造就了功夫片的经典。如果按今天的眼光看,片中的人物形象还稍显"苍白",因为除了武术动作外,通过台词语言或心理活动展示人物个性不够。

影片《武林志》中东方旭、何大海、神掌李等主要人物的形象相当生动、鲜明,人物性格的发展较为合理可信,几场精彩而激烈的武打都有充分的生活依据。"而且更重要的是,影片还通过东方旭、何大海等主人公的悲剧性的命运,为我们展开了一幅旧中国的社会生活画卷。"①
影片的武林志士,表现出维护民族自尊、与外国入侵者斗争到底的浩然
正气、铮铮傲骨;他们身上的民族精神至今还有很深刻的现实意义。

片中主要人物各有特色。东方旭武艺高超,质朴善良、聪明智慧而
又隐忍谦让,表现在与何大海师徒交手的段落中,其中有一细节:他故
意输给何大海,踩脚下的砖头,裂了。后来何大海注意到,表情有点异
样。东方旭不愿同流合污,为拒绝警察厅长 100 元大洋的保镖差事自
断手臂,可见其铮铮铁骨,对敌人嫉恶如仇。东方旭的为人与功夫有
"成长",如神掌李老人作为"良师"曾教导东方旭如何体现武德、后发制
人:对手置你于死地,该怎么还击?并告知答案:要用心,心到、力到、
掌到,出掌才猛,才有透力。并要求他练武之人讲"德",要以为国捐躯
的岳父为表率。

影片中的老者无疑是拥有高深功夫与大智慧的"侠义"之士。何大
海与东方旭个性差异较为明显,如何开始对东方旭态度粗鲁傲慢,且出
言不逊,在是否做保镖差事时,他可谓"己所不欲,强加于人",当然他有
爱国心,且后来态度转变。这是令人信服的练武人形象。

《黄河大侠》呈现了中国自古以来最富于浪漫主义色彩的"侠"的形
象,以及大侠本身需要具备的条件和素养,男主角马义(于承惠饰)足以
作为教科书式的人物,既对中国古代文人理想中的形象进行了提炼融
合,也树立了标杆式"侠"的规格。作为一个平民英雄,一个被老百姓在
苦难压迫的困境中虚构出的理想人物,他集中了人性的优秀品格和美
好性情。他孤独然而勇敢;他敢作敢当,嫉恶如仇。虽然眼睛瞎了,看
不见面前的一切,然而任何邪恶的东西都躲不过他的眼睛。黑白的色
彩在他眼里是如此分明,仿佛整个世界都变成了黑与白。而他,却夹在
黑白之间,拼命抵挡着黑对白的侵袭。影片中人物塑造的另一亮点在
于:能把三个王爷勾心斗角阴险狡诈的虚伪嘴脸拍得如此淋漓尽致。
柳将军、李将军等无论服饰还是言行表现都有骄兵悍将的跋扈感。

《木棉袈裟》与同时代李连杰主演的《少林寺》,在人物关系与情节

---

① 李陀:《武打片的新进展—〈武林志〉观后》,《电影艺术》,1983 年第 11 期。

设置上有相似之处，或许创作者有致敬之心。故事同样发生在少林寺，同样是少林武僧行侠仗义，同样是最后男主角放弃倾心红颜而皈依佛门……只是《木棉袈裟》中爱情戏份更重，男女主角为了达成共识的使命放下世俗情爱令人感慨，也体现了中国传统的价值观。影片对男女主角的相知相惜也给予了一定的篇幅进行描述，男主角的无奈表现得细腻而隐忍，颇有点类似于《大话西游》中至尊宝最后的选择。

影片《双旗镇刀客》塑造形象着墨最多的自然是孩哥，与一刀仙、一刀仙兄弟之间的过招表现了孩哥面临危急的胆量，寻找同盟沙里飞失败后不得不自己处理危险，生死攸关时畏惧过后的坚持与反应，被动状态中的成长。但凡人也有大侠，少年也有志气，孩哥在对抗功夫高深的恶者的时候既表现出勇气与胆量，同时也伴随着恐惧与茫然甚至是煎熬。他并无把握战胜"一刀仙"，两次面向敌人出刀时均伴随着紧张，但又是决然的。这个人物是平凡甚至幼稚的，同时又是伟岸而又高大的。

这部电影也塑造了另外两位"侠客"形象，一是孩哥来双旗镇的路上碰到自称侠客的沙里飞，他骗取孩哥的信任，也分得了孩哥娶媳妇用的一大笔钱，因其许诺可以"关照"孩哥。可实际上沙里飞色厉内荏、外强中干、胆小怕事、浪得虚名、贪图小便宜（向孩哥索要干粮和钱财，吃了酒饭不给钱），一直到孩哥在高强度压力下杀了"一刀仙"，他才出来拿武器，顺带炫耀自己的功夫，可谓欺世盗名。二是身怀绝技的"一刀仙"更是可恶。其弟弟恃强凌弱、欺男霸女；而"一刀仙"本人的逻辑则是霸王条款：我兄弟在这死了，找不到人我就屠了你们镇子。这两位功夫之人的形象塑造，验证了武侠世界"恶"的存在，给孩哥的成长营造了另类人文环境，当然也衬托了孩哥的勇气。

（三）朗朗上口的插曲／迷人的旋律

《少林寺》插曲《牧羊曲》是一首洋溢着似水柔情的女声独唱，歌词朴素清新、优美动人；旋律清澈纯净，描写了一个少女眼中的美好家乡，也抒写了少女的远大胸怀和志向。当年无论男女老幼几乎都能哼上几句。《牧羊曲》令人至今难忘："日出嵩山坳，晨钟惊飞鸟。林间小溪水潺潺，坡上青青草。野果香、山花俏、狗儿跳、羊儿跑……"作为台词的另一种文学性补充,用词优雅,富有文采,当年传唱范围很广。大家听了这首曲调优雅、舒缓的歌曲,一入耳就难忘记掉。还有那首"少林少林,有多少英雄豪杰都来把你敬仰,少林少林,有多少神奇故事到处把你传扬,精湛的武艺举世无双,少林寺威震四方……"的歌曲,是《少林寺》主题曲,更是令人充满豪情。《武林志》中插曲在武侠片中也属于佼佼者了,由曾经替《少林寺》等多部影视作品作曲的著名音乐家王立平作曲。

《木棉袈裟》主题曲(与电影同名)与配乐插曲令人流连,插曲之一《何必当初相识》(又名《难说我无情》):"难说我无情,难怪你伤心,难得三生有幸,难忘一往情深。轻舟流水同行,相依相助相亲,何必当初相识。你我原本是路人,不断须断该断,不尽须尽该尽,不了须了该了,不分须分该分,茫茫天涯路,处处是浮云……"。由徐小明演唱的主题曲和插曲感染力强、节奏较为明快、跌宕起伏、朗朗上口,不失为脍炙人口的佳作:直抵心灵,令人念念不忘。

《黄河大侠》主题曲颇有豪放派的气势,"望长空,朔风扫残云。看大地,山河染血痕。风卷黄沙漫天舞,刀兵过处日月昏。毁田园,黎民苦呻吟。争霸业,游子惊心魂。满目焦土不忍看,黄河两岸起烟尘。一腔热血洒天涯,三尺龙泉愤不平,人间多少辛酸泪,何日才能得安宁,得安宁?"苍凉激越,豪情冲天,再配上苍茫的空镜头或者英雄骑马奔驰的变换镜头,令人感伤又感动。

《双旗镇刀客》电影中间孩哥骑马带好妹回来时的音乐,以及最后与好妹骑马驰向远方时的音乐虽然只有旋律,没有歌词,可是旋律却传递出激昂的斗志、凛然的正气,使人振奋鼓舞,不断焕发激情和力量。

1990 年代武侠片中最具有文学性的是两部写意武侠片:一部是《双旗镇刀客》,另一部另类武侠片是王家卫的《东邪西毒》,已经分散在其他部分阐述。

二、新世纪武侠片及文学性的"缺损"与"修复"

武侠电影发源于上世纪 20 年代的大陆,后受到国民政府禁止。上世纪 40 年代末在香港复兴,香港 60 年代、70 年代和 80 年代末、90 年代初不少导演拍武侠电影,形成潮流。作为最具民族文化特色的类型电影,它是"体现中国独有的侠义精神的侠客形象所构成的类型基础的电影"。① 又或者如其他学者所界定的"是一种以武侠文学为原型,融舞蹈化的中国武术技击(表演)与戏剧化的叙事情节为一体的类型影片"。② 这两个概念差别并不大,比较而言,笔者更倾向于前者。其实不论是陈墨所说"侠义精神的侠义形象",还是贾磊磊所说"以武侠文学为原型"、"戏剧化的叙事情节"都与内涵、叙事及人物形象等"文学性"的基本要素有关。而属于文学性的要素也会因时代与文化思潮等主客观因素呈现出不同的风貌。联系上世纪武侠片在文学性基础层面的表现,审视创作于新世纪不同时段的武侠片,可以感受到其中文学性要素的更替、重组等不同程度的变化。而进入 21 世纪,作为中国电影的类型化代表,中国武侠电影试图以集团化、大规模的创作方式进军国际电影市场,但作品的文学性水平不够稳定。本部分对于新世纪武侠片文学性的论述,除了内涵/情怀、人物形象等维度外,将与情节、环境有关的因素纳入"叙事风格"中。具体论述如下:

(一)"侠"之情怀的偏离、回归与降调

上世纪传统武侠电影中"侠"之情怀虽然经过时间洗礼,很长时间积淀为受众的集体无意识认知,在新世纪的武侠片中有变迁亦有保留。

1. "侠"之内涵的偏离

新世纪武侠大片被批评缺少内涵,毋宁说其内涵偏离了主流价值导向,也偏离了大众的常态认知。《英雄》试图强势传达"天下"的思想观念,而这"先行"的主题与选材严重相悖,影片既歌颂暴君的统治,也赞美统治者与反抗者为"天下"达成共识的"胸襟","影片在文化立场和文化价值观上发生了极大的混乱和偏差。影片不是去表现人性中的真善美,而是去放大欲望的无序和暴力的黑暗,颠覆了传统的伦理价值

---

① 陈墨:《武侠电影漫谈》,《当代电影》,1994 年第 4 期。
② 贾磊磊著《中国武侠电影史》,文化艺术出版社 2005 年版,第 19 页。

观,导致观众在价值判断时的混乱。"①

影片视觉盛宴对于中国电影产业来说,是刺激也是创新;但内涵上对于历史观的颠覆,不是创新,而是有误导之嫌。虽说影片影射或隐喻了国际环境以及美国"9·11"之后的反恐局面,但以本土历史上真实存在过的朝代与著名暴君来改写或虚构史实,且极尽赞美颂扬之能事,这是对影片人文情怀的极大伤害。

若论《十面埋伏》的内涵,无非是肯定并赞颂三天胜过三年的爱情。从某种意义上说这和王家卫的另类武侠爱情片《东邪西毒》主旨相近,但后者重在表现人物性格与情感的纠结状态,及由此带来的命运结局,令人唏嘘,人性的深度并不匮乏;前者多表现铺垫甚少的激情,此情更多停留在"欲"的层面,并因此背叛恋人、同僚,且人性挖掘的深度不够。《满城尽带黄金甲》改编自著名话剧《雷雨》,丢失了社会悲剧的深刻内涵,仅仅变成了一个"纯粹的欲望追求和反抗失败的故事",也是一个"专制皇权至高无上、不可动摇的故事"。②

古装题材《夜宴》故事框架改编自《哈姆雷特》,兼有《雷雨》中乱伦的成分,动作成分不多,突出篡权者的私欲。影片并没有设置出权力的最终胜者,而是"将哈姆雷特个人的生存与毁灭的选择扩展成影片中每一个人的生死抉择,人性在命运的无常和道德的善恶冲突中演绎了希腊戏剧的永恒主题——复仇/爱情/死亡,目的在于揭示考辨生命个体'欲望本能'的丑陋、贪婪、罪恶,探幽发微人性最深邃也最无奈的寂寞"。③

电影最后章子怡饰演的"婉后"以胜利者的姿态抚摩着手中的茜素红说:"欲望只有让我成就了辉煌。"此时,一支匕首从背后刺向了婉后的心脏,惊恐诧异的她转过身要看看是谁,而电影却在此时戛然结束,留下一个大大的悬念。"究竟是谁杀了章子怡?"谁都可以杀死皇后!不交

---

① 饶曙光等:《中国类型电影:历史、现状与未来》,中国电影出版社 2013 年版,第 67 页。

② 刘郁琪:《新世纪中国大片的表意策略和叙事风格》,《湖南城市学院学报》,2011 年第 6 期。

③ 李掖平:《论国产商业大片的成败得失》,《山东师范大学学报(人文社会科学版)》,2008 年第 2 期。

代真凶是谁,是为了说明皇后的被杀是一种命运的必然,所有贪婪的欲望到最后都会导致毁灭!这一结局是对全片故事的一次精神升华。

影片末尾婉后被暗杀的情节设置意味深长,没有孰胜孰败,谁都是最后的败者,都是欲望的祭品。与张艺谋、陈凯歌等导演的武侠动作大片比较,冯小刚执导的《夜宴》尽管在视听上同样斑斓多彩,然而内在的文化精神却有明显差异,此片表现出另一种内涵:对权力与不当感情的无尽追逐会带来毁灭性的后果,这是对"第五代"导演新世纪初大片情节中追逐权力的一种反拨,也是对消费时代物欲横流的一种警示。也可以说,"第五代"的古装片本质上是"卫道者",那么冯小刚的《夜宴》或许才是那个致力于精神突围的"革命者",但此片本身也存在问题。

新世纪武侠大片充分表现盛世王朝的繁盛景观,同时竭力宣扬宫廷生活的奢华、糜烂及权力的专制,并"将其奇观化,扭曲化乃至极端化。于是乎,专制权力的至高无上,人心的阴暗歹毒和善于权谋算计,虚假的道德与残酷的杀戮,阴谋叛逆、战争,排场的奇观化的描写,便成为这些影片的基本定式。"①

可以说,这一阶段武侠大片的内涵严重偏离了普世价值观中的"侠义"内涵。第五代大片选择(与宫廷有关)题材本身体现了历史意识、精英意识,对历史的反思与构建、自觉不自觉地传达了对权力的崇拜、对政治话语的热衷,特别是张艺谋、陈凯歌电影,主要体现于《英雄》《满城尽带黄金甲》和《无极》中。胡玫《孔子》所体现的政治意识也从侧面印证了第五代导演的文化精英对历史问题的眷念与思考。

《英雄》《天地英雄》《无极》等影片中建构的历史往往带有一种睥睨天下的威严,一种家国命运的凝重,一种人性剖析的冷峻。

2. "侠"之情怀的"回归"

上世纪武侠片中,涉及民族英雄的题材中,影片内涵主旨多表现中华儿女的爱国精神/情怀,如《武林志》歌颂民族英雄的骨气,这种情怀

---

① 刘郁琪:《新世纪中国大片的表意策略和叙事风格》,《湖南城市学院学报》,2011 年第 6 期。

在新世纪第一个十年中后期的武侠影片中有所回归。《霍元甲》(2006)表现了主人公从年少的浮躁得到惨痛教训,成长为捍卫民族尊严、弘扬民族精神的英雄的历程;影片还表现了成熟后的霍元甲与对手较量时的功夫境界:平和、隐忍、讲究武德。做到以柔克刚、以弱胜强,渗透着道家辩证积极的思想意识。这两个方面都是侠义精神的体现。《精武风云·陈真》(2010)中陈真的武功虽有被神化之嫌,然人物身上爱国的热忱、替天行道的豪气颇具感染力,令人赞赏;路见不平、拔刀相助的胆略与国家有难、匹夫有责的民族气节相互印证,彰显了英雄的侠气、武德,印证了金庸在其小说《神雕侠侣》第 20 回中借人物之口传达出的"侠之大者,为国为民"的情怀。

大陆香港合拍武侠影片《龙门飞甲》《锦衣卫》(青龙粉碎王爷篡权夺位、分裂国家的阴谋,将平叛反贼逆臣、维护国家安泰作为结局)都是表现正义力量与邪恶势力的较量,张扬了正面角色的胆略、正气,这也是传统武侠片中传达的匡扶正义的"侠义"精神。另一部合拍片《墨攻》虽改编自日本漫画,但并未忽视其思想来源——中国古代墨家学说思想,影片呼唤和平、反对战争,革离身上体现出宽广的胸怀、无私的正气就是"大侠大义"境界的表现。需要说明的是:在《墨攻》是否能算作武侠片的问题上,如果无明确年代、表现战争与爱情、具有寓言奇幻色彩的《无极》曾被当做武侠片评说,以描写中国历史上诸侯纷争为背景的动作大片《墨攻》自然可以归入其中。

2003 年电视电影(介于电视和电影当中的一种艺术,和电影相当的长度/篇幅,传播媒介为电视)《关中刀客》描写的是明末清初关中地区十个性格迥异、类型不同的民间布衣豪侠"刀客"的系列短片:《粪操子》《花翎子》《肉瓢子》《董二伯》《虎头》《拼撅子》《鹞子龙五》《人厨子》《黑脊背》《七寸子》是十个既有联系又各个独立的故事,每个故事都讲述我们民族的一种精神、面对善恶的一种鲜明态度,呈现的是正义和情义、血性和阳刚、骨气和精气、诚信和大气等中华民族精神。影片有着浓郁的地域特点,以及黄河、渭水养育的独特地理风貌。同时,影片传递了与侠文化交汇的匪文化,这是与地域文化有关的历史积淀,"侠文化与匪文化相互交融,二者有冲突的一面,也有相似的一面,侠与匪生命力都特别顽强,具有原始性的生存意志。西部秦地人在历史的积淀中,表面上更多地保留着正统的儒家文化,它在规范人的行为时,能维持正常的社会秩序,但也有束缚、扼杀人性的一面,与西部人豪爽的个性互为矛盾,形成鲜明的反差,而陕西文化中所隐含着的侠匪文化和侠匪精神,以及在这种文化影响之下对人性的张扬和对侠文化理想的向往,却是陕西人骨子里的东西,在特定的环境里,从隐到显,成为张扬民族性格的一个方面"。①

3."侠"之情怀的"降调"

大众文化兴起,审美也将庸常生活形态纳入自己的领地。到了2010 年前后,一些武侠片在人文情怀的基调上开始"降调",如反映民国背景的功夫片《叶问》系列贴近普通人的日常生存状态,"三部《叶问》,已将一种温暖和谐却又超级执拗的家庭观念,强而有力地锲入功夫电影之中,并由此改变了中国功夫电影一以贯之的价值导向"。②

比起那些豪情万丈、热血沸腾的武侠片,理想化的情怀寄托固然令人向往并肃然起敬,"降调"之后更加人性化、接地气的武侠片,也别有一种亲和真实。当然,这些看似让情怀"降调"的作品铺叙平凡生活的同时亦不忘激发作为中国人的民族荣辱感,如《叶问 3》中讲述受到外国人撑腰的地痞流氓在学校滋事,叶问及其徒弟为保护学校老师与孩子,代替当地警察充当守护者角色,令人感怀。

路阳导演的《绣春刀》系列中传递的"侠义"也较低调,"江湖"替换为庙堂/朝廷,主人公是在朝廷当差的小吏,是在不同利益集团之间求生存保护自己的棋子,能够与"侠"联系的就是第一部中三兄弟对友情的重视维护。在第二部中,"侠"表现为沈炼(张震饰)对北斋(杨幂饰)被辱时的出手救助,以及对自己职责的坚守。而近年来崭露头角的徐皓峰导演的武侠片《倭寇的踪迹》《师父》《箭士柳白猿》等可以作为另类武侠片看待:作品表现民国时期真实的武行界中练武之人的挣扎,与政治、军队的种种纠葛,以及相互之间的大小算计,几乎谈不上什么"情

---

① 李兆虹:《侠匪文化与当代陕西创作》,《唐都学刊》,2004 年第 7 期。
② 李道新:《〈叶问 3〉:回家的叶问与中国化香港》,《中国电影报》,2016 年 3 月 16 日。

怀"，也缺乏感染力；却有讽刺批判现实主义的倾向，揭露人性自私、描写帮派之间的倾轧，同时也肯定人性光辉的部分。其中《箭士柳白猿》更带有明显的禅意。

（二）叙事风格从虚妄走向平实

叙事风格指叙事性作品叙述中呈现出的某种特色或倾向性，包括情节设计、环境营造等文学性成份，如王家卫电影叙事有碎片化倾向，徐克电影叙事呈繁复特色。影片叙事风格与剧情逻辑、视听语言运用等因素关联。武侠电影因为表现身手不凡/功夫高超者的某段特殊经历，虚构的故事中多带有天然的传奇性，但剧情安排有基本合乎逻辑（生活逻辑、性格逻辑）的虚构和严重不合逻辑的虚构之分，前者是艺术叙事的常态，后者给人以虚妄感。上世纪武侠片中，20 至 30 年代的神怪武侠片叙事中不乏虚妄；40 至 70 年代的港台武侠片虚构快意恩仇的江湖世界兼顾道德与习俗；80 年代重新起航的大陆武侠片将江湖恩怨放在大的历史背景下，情节虽有虚构但显得厚重；90 年代合拍片兴起，武侠片多改编于武侠文学，动作设计写意化与写实化共存，多数作品情节发展在可接受范围内。按照情节设置是否吻合人物性格、是否贴近日常生存状态、动作设计写实化还是写意化等标准，笔者对新世纪以来的武侠片进行梳理，认为其整体叙事风格走向是在兼顾传奇的同时从虚妄走向平实。

1. 追求"视觉盛宴"的大片叙事有虚妄之嫌

新世纪初的本土武侠片创作多与宫廷题材有关，表现权力角逐，与阴谋、爱情交织，主人公的经历非凡人所能拥有。如《英雄》将宣传和平的"使命"安在焚书坑儒的历史暴君秦始皇身上，叙事既虚假亦荒唐，经不起推敲。《十面埋伏》编织飞刀门与官府互派卧底的故事已颇为离奇，交织了刘、金两捕头与小妹的情感纠葛后更为曲折，本片将《英雄》中营造的画面美感发扬光大，色彩炫目，营造了华丽的视觉盛宴，曾受到部分观众与媒体的赞扬甚至追捧，但是背叛的爱情始于阴谋，终于对决拼杀，离奇而诡异。片中"小妹"被刺中心脏后弥留时间过长，刘捕头和金捕头之间的打斗从秋到冬，景色美不胜收，隐喻或象征的解释难以为观众接受——三天的故事,拍出了三季的色彩,虽可理解为"心理"时间,但对于多数观众而言,打斗时间的绵延体现出的是叙事之虚妄,悲剧情境设置却令观众笑场不止。影片深层心理、情绪展示不够,更不用说动人的细节表达了,典型的毁灭性的悲剧却缺乏相应的感染力。

陈凯歌《无极》片中倾城的经历本已传奇,与光明大将军、奴隶昆仑之间的三角恋情更具有神话色彩,若有真切动人的情节链特别是细节支撑,亦能掩蔽空洞感。而本片剧情设计处于寓言化的宏大粗略状态,试图通过主要人物台词居高临下地传达出"命运""自由""爱情"等题旨,而不是通过令人信服的情节推进与细节的有效积累水到渠成地展示,让观众觉得有生硬、虚假/玄虚之嫌,人物性格、心理的丰富复杂被"先导"式理念遮盖。浓烈的色彩与大面积特效的运用透露出浓郁的商业气息,从某种程度上加重了虚妄感。

2. 有关合拍片和《叶问》系列叙事虚实兼顾

新世纪以来陆港合拍武侠片虽不乏传奇色彩,但整体而言注重情节发展的逻辑,兼顾写实性。以《剑雨》为例,主要线索是男女主角的恩怨关系演化:江湖上罗摩遗体抢夺大战腥风血雨,这是传奇色彩明显的背景部分,带有虚构甚至虚幻感。结为夫妇的曾静(杨紫琼饰)、江阿生(韩国郑宇盛饰)日子安宁、悠然,而他们愿意守护这种琐细普通的生活状态,这是厚实的写实化的部分。通过闪回补叙的前史部分最为传奇:他们曾在同一个易容师处易容,易容前分别叫细雨(林熙蕾饰)、张人凤(郭晓冬饰),细雨是张人凤的杀父仇人,也差点杀了张本人。影片即便表现江湖上"黑石"势力对细雨实施跟踪、追杀,也关照到叙事的因果,叙事不失缜密。本片另一线索为美艳好色的叶绽青(徐熙媛饰)带有情色意味的人生经历与结局,亦富有传奇色彩。两条线索交集,传奇感十足,然叙事清晰,有逻辑性。《武侠》整体尝试写实,先前徐百九(金城武饰)破案时运用医学知识在想象中"还原"真相的有关剧情类似实证剖析的形象演绎,刘金喜(甄子丹饰)被原生家庭发现想胁迫带走的情节也在情理中,武力较量符合人们的认知逻辑;结局"父亲"在雨中死去的情节安排仍有虚幻成分。

2010 年上映的《锦衣卫》有向香港上世纪 80、90 年代武侠片致敬之意,画风和情节写实,当然局部情节不乏虚构,如乔花(赵薇饰)和青龙(甄子丹饰)共同沐浴讨论问题的桥段安排确有"雷人"之嫌。2011年上映的《龙门飞甲》与《新龙门客栈》有承继关系,所叙故事并不复杂,但是人物关系透露的信息量较大。角色设置充满戏剧化因素,反派人物雨化田(陈坤饰)和另一个混混卜仓舟(陈坤饰)外表相似气质迥异,如同掺和着巨大巧合的传奇,让影片格外具有悬念感,也是一种极致戏剧化的虚构。影片在情节推进中甚是注意场景安排、人物动作、台词等细节的前后呼应,最为出彩的是对暗号戏份——宫女素慧容(范晓萱饰)故意丢荷包透露行踪,让人物关系更为复杂;而凌雁秋(周迅饰)给素慧容防身的匕首最后被用来捅了自己,道具成为显示人物关系的细节。这些"草蛇灰线"都让影片于传奇中增添写实、耐看的品质。

《霍元甲》、《叶问》系列、《精武英雄》等准古装片的再度繁荣,是因为这类影片通过抵御外侮的叙事及民族英雄的塑造体现出(港人政治、文化观念的变迁)个体对于民族与国家的认同。

传统武侠片多描述行走江湖快意恩仇的传奇人物的不凡经历,自然少不了与现实相去甚远的虚构甚至虚幻成分,但除神怪片外的作品基本能回落到现实。叶伟信导演、甄子丹主演的《叶问》系列虽有虚构痕迹(如作为影片顾问的叶问之子就说过父亲并未与洋人交过手),但并不虚妄,且传奇色彩大大减弱。影片用不少篇幅表现叶问的家庭生活状态,表现他对妻儿的爱护,甚至有一点"惧内",充满世俗生活气息。叙事节奏把控较好,张弛有道。那些温馨而普通的生活场景让观众感到熟悉真切,与武侠作品描述的江湖相差太远。王家卫导演的《一代宗师》并非严格意义上的传记片,叶问的主角地位让位于另一高手宫二,主要人物关系都是虚构而来,但是几位宗师的经历却都藏着历史人物的影子。只是写意感的武打动作、特效画面、富有哲理的台词令人觉得此片近乎文艺武侠片。

一些武侠片刻画人物的内心世界时更追求生活化、写实化,贴近我们普通人的正常心理反应,如《刺客聂隐娘》,故事是虚构的,使用冷兵器的动作简洁写意,然而呈现人物心理的有关段落很是真实。影片"田季安(张震饰)得知田元氏(周韵饰)以巫术陷害小妾而前来兴师问罪的段落中,影片没有以简洁而集中的笔墨展现两人之间的矛盾冲突,反而以大量的镜头展现田元氏在田季安到来之前梳妆打扮的过程,展现田元氏在田季安走后吩咐下人收拾一地狼藉的场景。这些原本奇观化或戏剧化的段落,却被影片表现得异常生活化"。① 此外,片中藩镇割据这一背景下魏博和朝廷的关系在议事厅君臣商议对策的戏码中也得到了真实化的表现。

3. 近年来武侠片历史背景与人物处境写实化

比较而言,邱礼涛导演、黄秋生主演的《叶问终极一战》是叶问题材片中写实性最强的影片,几乎无传奇性可言。由于该片表现叶问后半生经历,较为真实地呈现了 1950—1960 年代的香港风貌:罢工风潮、旧城寨式街市等等,与叶伟信导演的《叶问》系列叙事上有互补效应。邱作不追求戏剧冲突和悬念,叙事更平实,有很多生活细节描写,真切实在,呈现了人物彼时彼地的处境。影片中的感情戏处理较为克制,如当叶问得知发妻张永成在佛山去世消息时,走着走着晕倒在路边。这一表现人物心态的细节有"无声胜有声"之感——一个异乡漂泊的孤苦老人闻此噩耗,心境可想而知。如果影片在此多费些笔墨,有一些回忆,闪现夫妻共同生活的画面或妻子音容的镜头,哪怕表现叶问失魂落魄的戏份更充足些,可能更令人动容。然而本片剔除了有关戏剧性手法,体现的是"平淡"写实风格。这样的文戏处理与抒写小人物生存状态的《岁月神偷》《桃姐》很接近。

路阳导演的"绣春刀"系列涉及明朝史料,集武侠、爱情、悬疑于一身,令人耳目一新。其叙事上最大特色一是将"江湖"世界替换为真实的朝廷权力游戏,二是构成情节发展的动作设计短兵相接。第一部《绣春刀》叙述明代崇祯元年(崇祯皇帝登基后)阉党失势覆灭后,锦衣卫三个异姓兄弟被阉党余孽设计陷害的故事,展现小人物为人鱼肉的艰难处境。《绣春刀 2》故事背景是天启七年阉党和东林党的明争暗斗,表现在朝廷当差的小人物于浮生乱世中求生存的故事,主体情节放在

---

① 李宁:《从奇观到真实:武侠电影的美学新变——以电影〈刺客聂隐娘〉为中心的考察》,《创作与评论》,2015 年第 9 期。

崇祯皇帝登基前。第二部相当于第一部的前传。真实的历史背景渲染了压抑的时代氛围，而小人物生存处境的展示、魏忠贤等历史人物的再现，都给此系列影片奠定了写实的基调。虽说影片故事有虚构成分，但展示的是"典型环境中的典型人物"（源自 1888 年恩格斯给玛·哈克奈斯的信）。影片不仅展示了宏观历史背景的风云变幻，人物微观的生存处境也是艺术化再现。作为情节的组成部分，动作打斗与人物锦衣卫的身份、庙堂式环境匹配，多取中景近景，以短兵相接的格斗为主，注重打斗的速度与力量，让观众看得真切的过招动作也是偏于写实的。

有"硬派武侠"之称的徐皓峰导演的影片在背景设置、动作风格上接近路阳的风格，其影片善于呈现民国武林的人事风貌。与其他武侠片导演有别，徐氏是武侠文学的作者，通过史料研究将天津武馆的冷兵器搬上银幕，打斗动作无特效、无替身，重视细节，通过人物台词告诉观众有关武器的用途用法，且展示了富有天津特色的武行规矩和有关民俗。如此看来，徐皓峰的武侠片无疑可划为写实一派，当然其影片的叙事也有虚实相随的一面，《倭寇的踪迹》中使用木棍制敌的"如影""如响"功夫，只通过教授口诀就能使新手战胜强大对手，这种化虚为实未免有玄乎感，另外将俞大猷发明的"破倭刀"与戚家军发明的"鸳鸯阵"调换，应该是有意为之。另一部《师父》的故事背景、动作设计和武林人际关系的呈现均偏重写实，但也不乏传奇成分：耿良辰（宋洋饰）出师后连踢天津八家武馆，令人称奇；他身插双刀，宁可死也要往回跑五十步的骨气，让企图称霸天津武林的林督军也深感敬佩，一时间成为街谈巷议的传奇人物。而陈识（廖凡饰）为给徒弟报仇，孤身一人与邹榕（蒋雯丽饰）请来的高手对决，一一击败并给其点穴并不取命，颇有传奇色彩。徐片武术动作虽进行写实处理，对于具体动作的展示又存在局部"留白"现象，一些环境描述也进行拍出了写意感。

纵观新世纪以来的武侠片创作，叙事上的"传奇"性始终存在。"传奇"本身因其浓郁的戏剧性成分，易吸引观众，但如果缺乏经得起推敲与咀嚼的情节支撑叙事，也就难以动人。而写实化叙事能吸引观众，功力更深，需要合情合理即合乎生活逻辑与人物性格逻辑的情节设计，前后呼应的线索与细节安排,这才是高水准文学性的体现。

(三) 人物形象从另类英雄到有功夫的凡人

上世纪武侠片中正面主人公基本上都是武功盖世、追求自由、道德高尚的英雄形象,他们生存的江湖世界快意恩仇,从某种程度上说,应该归类于浪漫主义创作方法。新世纪以来,武侠片创作风格经历了写意到写实的变化,人物形象的定位也在改变:从怀有国恨家仇的另类英雄,到追求温馨家庭生活的宗师、高手,再到为环境所迫的练武者。以《叶问》为代表的香港功夫片问世以来,"神话英雄"不再续写,主角的以天下为己任的英雄气有所消褪,一直到徐皓峰的写实武侠电影问世,"江湖"变迁为庙堂,虽然片中人物功力不减,只是已成为为谋生而勾心斗角的凡人。

1. 怀有家仇国恨的英雄形象

(1)不够崇高的"英雄"

在美学理论中,崇高与悲剧两个词语是常常联系在一起的,"当悲剧人物面对不可避免的苦难与毁灭而表现出顽强的生存欲望,九死不悔的人格力量和意志力时,这种超乎寻常的勇气、意志及高能的抗争就与崇高的含义相似,而悲剧中的崇高就是悲剧精神。崇高只是在这种情况下才与悲剧性范畴发生直接的联系"。[1] 经典的英雄人物形象多呈现一种悲剧式的崇高感,他们为了正义、为了苍生与邪恶势力进行殊死搏斗。无论是中国的夸父、荆轲,还是外国的普罗米修斯、俄狄浦斯王,均是悲情的理想主义者,也均是崇高的英雄。新世纪伊始,本土武侠大片沿袭了浪漫主义的创作方法,且在视听语言的呈现中发挥了极大的想象力,然由于具体取材均涉及到历史王朝的更迭兴衰,与政治、皇权有关,人物塑造不免涉及理性、规则等现实因素,这些人物虽然地位特殊,怀有家仇国恨,但或因为替"天下"着想而成全秦王大业而选择自我牺牲(《英雄》);或在君臣/父子对抗中子辈失利殒命而父皇成为孤家寡人(《满城尽带黄金甲》);或为先父(先皇)向叔父(现皇上)展开复

---

① 邱紫华:《悲剧精神与民族意识》,华中师范大学出版社 2000 年版,第 73 页。

仇然壮志未酬(《夜宴》)等等,总之主角未能圆满实现自己的愿望/理想,结局是悲剧性的,但囿于现实身份困境而导致的结局充其量令人遗憾或怜悯,而无法让人产生崇敬之意。

上述武侠片中主角不再是豪情万丈的侠士,多少显得苍白、概念化。创作者试图将他们塑造成爱憎分明的英雄形象,可是作为"血肉"支撑的人物心理、行动显得不够甚至错位。《英雄》中"英雄"很另类,既包括虚构的转变思想维护暴君统治的侠客,也包括史书上的暴君。《夜宴》主角定位与哈姆雷特相仿,但矛盾犹疑的性格特征被削弱,显得软弱单一,生动性降低;《无极》中拥有权力和战功的"光明大将军"可称为世俗意义上的英雄,然有懦弱自私的一面,真正的英雄是单纯善良的奴隶"昆仑",影片赋予他神力,奔跑速度快若闪电,笔者认为这是一种源于文学源头"神话"中塑造人物的的想象,但是由于影片野心过大,追求主题宏大繁复的叙事,没有围绕这个人物设计、推进情节,致使"昆仑"形象较为薄弱,且受到了概念化定位的牵制。

(2)追求正义与尊严的英雄

霍元甲、陈真是上世纪影视剧传播中耳熟能详的民族英雄,可谓家喻户晓。新世纪在继承武侠片创作传统的基础上拍摄了一批近代功夫题材的影片,《霍元甲》《精武风云·陈真》就是其中的代表作。《霍元甲》表现了人物精神世界的成长:从年轻气盛的少年经过曲折磨难终成为一代宗师,并以高尚的武术精神开启民智,富有层次,有不少内心戏富有感染力且引人思考。《精武风云·陈真》作为商业片试图将人物打造成全能的超级民族英雄,一些情节夸大了陈真的功夫。同属于功夫片的喜剧《功夫》表现一个街头混混的成长史,阿星(周星驰饰)的人生选择与成长相随,透过多个向经典武侠片致敬的画面和夸张搞笑的场景台词设计,依然让观众感受到了小人物对尊严的渴求与捍卫。

以明代历史为背景的《锦衣卫》与《龙门飞甲》塑造了锄恶行善的侠客形象,片中主人公不论身份处境如何,他们不附权贵、不惮恶人,虽然身不由己成为官差,可能伤害过无辜,但在自己能判断、能选择的是非面前,坚守自己的底线,捍卫自己的尊严。《锦衣卫》中青龙(甄子丹饰)身世坎坷,被训练成身手了得的朝廷侍卫。得知自己被阉党利用、锦衣卫其他侍卫遭到屠杀,遂与大漠判官(吴尊饰)联手,抢回玉玺后转交乔花,后为保护乔花,与武功同样高超的对手脱脱决战直到同归于尽。《龙门飞甲》中塑造了行走江湖惩恶扬善的"英雄儿女"群像,他们为国为民,一腔热血。其中曾是朝廷官吏的赵怀安武功最高、也最为遗世独立、洒脱不羁。其他侠士各有特色,也会各奔东西,相同的是他们心中存有正义与尊严,不会与邪恶势力同流合污。

《关中刀客》中的"刀客"是关中社会较为另类的群体,游离于传统社会格局之外。在他们的社会政治活动中,形成了独特的行为准则与处事规范。这一群体从产生起,就以武犯禁,被统治者视为社会不安定因素;他们虽然源自于破产农民和手工业者,但是与关中社会安分守己、逆来顺受的农民的行为特点和生活方式有别,是独立于地主和农民的社会群体。行侠仗义、打抱不平、追求公平与正义是关中刀客普遍的价值追求。"受到关中社会民众质朴淳厚、崇尚节烈、首功好武性格和传统的浸润,是关中民众反抗阶级压迫,追求公平、正义的社会心理的集中体现。这种性格,源自于关中社会普遍的民众心理,却又反过来进一步感染了关中社会,影响了关中民众的性格特点。"①

2. 恋家的宗师、隐居的高手

(1) 淡泊然有担当的"宗师"

与其他近代题材功夫片有异,《叶问》系列主人公出场就是大隐隐于市的咏春拳大师。电影展示了功夫大师成为民族英雄的过程,叶问(甄子丹饰)早前家境殷实,不为衣食发愁,性格平和低调,以陪伴妻儿为人生要务,即使身怀绝技也不会主动过问世俗纠葛,迫不得已下才会礼让"切磋",且点到为止。妻子关照他不要打坏家具,他在接招时就处处留意;虽然赢了,也波澜不惊,有谦谦君子风范。对于家人来说,他是好丈夫、好父亲。这种定位符合其富家子弟身份。三部《叶问》中主人公从隐居状态的咏春拳高手到民族英雄的成长,其内心转变是有一过程的,对于"乡"、"国"责任的理解与承担是在特殊历史时期一步步被激发出来的,电影对于这种变化表现得真实可信,但这种淡泊的性格并不

---

① 白赵峰:《"关中刀客"与关中社会文化》,《渭南师范学院学报》,2014 年第 10 期。

影响观众对于这个角色的接受甚至是厚爱。

邱礼涛的《叶问终极一战》，更多表现与伦理相关的师徒情、男女情及父子情，表现叶问在世俗纷扰下生活化的一面，和叶伟信《叶问》系列相似，叶问"一开始就被定型，不是境界高远的民间大侠，不是心忧天下的正人君子，更不是振臂一呼应者云集的天地英雄，叶问，就是一介大时代沦陷下的草根小民而已。叶问的性格，并无上升（升华）的空间，这也从一个侧面消解了英雄属性"。[①]

《一代宗师》中几位"宗师"功夫修养极深，然他们渴望脱离江湖，安于平淡度日。宫二在复仇的愿望实现后，近乎隐居。平实隐居式的生活是宗师们的人生追求，与陶渊明笔下"采菊东篱下，悠然见南山"的理想何其一致。

（2）获得新生后恋家的高手

新世纪以来陆港合拍武侠片塑造的多为武功过人、注重武德的主人公，将曾经杀人、背负血债的高手作为正面形象塑造属于"剑走偏锋"，吴宇森监制的《剑雨》和陈可辛导演的《武侠》两部影片人物就是这样的定位：《剑雨》中曾经替杀人组织效劳的细雨（后改名曾静，杨紫琼饰）醒悟后做了易容手术，《武侠》中作为二当家的"唐龙"（后改名刘金喜，甄子丹饰）则曾经有过愚昧、残忍的黑暗经历，隐姓埋名重新做人。他们在影片的最后都为当初的罪恶付出代价：唐龙断了一条臂，细雨命悬一线后起死回生。

《剑雨》《武侠》中主人公脱离罪恶人生后的生命诉求与叶问系列中主角的初衷有相似处：淡泊名利，安于家庭生活；同时他们日常做人低调平和、爱护亲人、重视家庭。笔者以为这也是主创无形中将香港人的务实精神、热爱世俗生活的价值取向在影片中进行了折射与传递。

3. 身在庙堂的当差者、精明的"武师"

（1）身不由己的侍卫

近年来的武侠片中人物形象定位更为世俗化，两部《绣春刀》人物

---

① 沈嘉达：《家国情怀与个人伦理——叶问系列电影的比较分析》，《海南师范大学学报》，2015 年第 5 期。

性格鲜明,令人回味。第一部反映风雨飘摇的明末,几位在锦衣卫当差的小人物的梦想及幻灭的过程。异姓三兄弟各有软肋,爱情、兄弟情和仕途上的欲望交织在一起,令人同情。正直、渴望升迁的老大,曾伤害无辜、现左右为难的老二,因为不光彩历史被人要挟、既隐忍又暴怒的老三等,均被刻画得入木三分,构成了"基层"侍卫的群像:他们身手不凡、渴望出人头地,作为锦衣卫中底层"棋子"面对处境凶险的抗争、无力、悲哀,与他们面对兄弟情、爱情顾此失彼的困扰,都被表现得真实、富有层次。

《绣春刀 2》人物形象同样出彩,只是不再延续第一部中"兄弟"情比金坚的模式,而是描述了阵营的分化,有人不择手段"换活法",有人坚守原则。其中重信守诺、智勇双全的沈炼(张震饰)与有谋略、讲义气的裴纶(雷佳音饰),还是给观众留下了正面印象。而不择手段利用同僚达到目的的陆文昭(张译饰)、心狠手辣的魏忠贤(金士杰饰)、伪装隐忍的信王则让观众深刻领会了人性中膨胀的私欲。

(2)精明利己的"武林人"

如果说《绣春刀》系列中还有接近完美的人物,徐皓峰导演的民国背景的《倭寇的踪迹》《师父》等影片则将武林人物放于芸芸众生中审视,表现的是人性中多种层面混杂的面貌,影片中江湖世界与尘世不再泾渭分明、非白即黑,"侠"的形象可以说是荡然无存,主人公与传统武侠片传奇叙事中常见的"英雄"形象迥然有别。《师父》中人物的两面性表现得很清楚:陈识(廖凡饰)就是双面人,利用徒弟踢馆为自己牟利,利用妻子赵国卉为其掩护身份,但他对徒弟、妻子也有既重情义的时候。女流之辈邹榕(蒋雯丽饰)替去世的丈夫执掌武林,善于周旋、精明圆滑,能够利用男性除掉她的障碍目标,当然也有不易心酸之处。耿良辰(宋洋饰)一开始拜师的动机并不单纯,是垂涎于师娘的美貌;后来爱上茶汤女,很是真挚,特别是临死前对茶汤女的默默关注和一句"算了,就不吓唬她了"的独白,令人动容。

上文所述内涵、叙事风格、人物形象等三方面元素在新世纪武侠片创作中相互关照、彼此映衬,构成了"文学性"演变的轨迹。

第二节　中国青春片发展及文学性

关于青春片的概念：顾名思义，就是书写青春题材的影片。世界各地都拍摄有青春片。青春片呈现/反映的是青年人精神、身体的成长历程。影像世界的主人公作为个体生命的思想意志和社会规则（常常由家长、老师或其他权威人士代言）的矛盾，同样也可以描述为人生不同阶段的冲突。这种冲突带有普遍性，在不同代际的人群中轮回出现，似乎是成长必然遇到的阵痛，也是个体生命必然经历的有规律可循的心理过程。可以认为，"作为类型存在的青春片，其主题是具有普遍性的人类共同情感，这也是世界各国各地均有大量的青春片出现的原因。但是，不同地区和国家，其青春片呈现出的特色、风格不同，类型的外部特征不同，而且在主题上，也有根据自身特性而在普遍性基础上有着自身的特殊性异变"。① 青春片/电影，是世界各国电影人回避不了的题材，如爱情、励志、喜剧等元素均与青春伴随。追根溯源，"青春电影起源于美国，20 世纪 60 年代传入日本，70 年代末'青春片'的概念由日本影评家首次提出。顾名思义，青春电影也被称为'青少年电影'、'校园电影'或者'成长电影'，主要是以青少年的生活为题材。在中国，青春电影一直都不是主流电影，由于中国特定的历史和国情，青年的命运是与祖国紧密相连的，他们必须要以国家利益为重，小我的利益有时是需要牺牲的"。② 两岸三地中，台湾的青春题材电影创作是较为突出的，从上世纪 60 年代白景瑞的学生题材影片，到 1970 年代末 1980 年代初林清介的《一个问题学生》《学生之爱》（中学生题材），徐进良的《西风的故乡》《野性的青春》（大学生题材）等校园片，到朱延平导演的涉及校园生活的《逃学外传》《学校霸王》《旋风小子》等恶搞喜剧，再到新电影运动时期涌现的《小毕的故事》《牯岭街少年杀人事件》《麻将》《恋恋风尘》

---

① 杜沛：《近期台湾青春片的主题与类型研究》，《当代电影》，2014 年第 6 期。
② 张艳娥：《国产青春片让"青春"做回主》，《新闻世界》，2013 年第 12 期。

《风柜来的人》等多部青春成长题材影片从不同层面、不同角度抒写青春。新世纪以来，台湾的青春题材电影呈现出"混搭"风貌：和音乐结合的《逆光飞翔》，体育题材的《翻滚吧，阿信》，和同性选材搭配的《蓝色大门》《渺渺》《男朋友·女朋友》《盛夏光年》等等。香港陈果导演的《香港制造》呈现的是典型的青春残酷；张之亮导演的《记得香蕉成熟时》以喜剧化形态探索男生成长中的困惑，彭浩翔导演的《伊莎贝拉》《青春梦工场》属于涉及成长的另类青春片，黄真真导演的励志影片《六楼后座》表现青年的迷茫与成长。下面着重讨论 1979 年以来内地青春电影创作中文学性的体现。

一、1980—1990 年代改编青春电影的文学性

（一）1980 年代青春电影文学性养分充足

已经成为庐山一道风景的影片《庐山恋》(1980)围绕一对青年的爱情展开，新时期以来的纯正爱情片较少，爱情都与工作、先进等联系在一起。影片情节发展一波三折，由于身份的原因，两人的爱情分分合合，表现出新时期初电影的一个共性特点，那就是深刻反省、思考，影片在表现人性回归的同时还不忘对文化与社会进行反思。《庐山恋》中，周筠和耿华二人的爱情就受到了当时中国的形势政策和国共两党的关系背景的影响，在当今这个外来大片强烈冲击和观众观念开放的时代，重温浪漫而青涩的《庐山恋》别有韵味。此片中周筠（张瑜饰）和耿华（郭凯敏饰）所表现的蓬勃青春朝气，美国回来探亲的周筠表现出的主动开放的思想和行为，都流露出一种清新、欢愉，充分表达了爱情的美好。今天看来文学性表现不够完美：在人物表演（形象塑造的重要方面）以及剧情安排上存在不足之处，男主角身上还留有"高大全"的痕迹。但因为本片在题材等方面具有开拓意义，延续至今的文化旅游价值，均让此片魅力依旧。本片有人物原型，男女主角邂逅于庐山产生恋情，只是现实中结局与电影不同。

追溯大陆青春片，80 年代《庐山恋》之后还有《沙鸥》(1981)、《青春万岁》(1983)、《女大学生宿舍》(1983)、《青春祭》(1985)、《难忘的中学

时光》(1986)、《失踪的女中学生》(1986)"这些或伤感惆怅或激情昂扬的青春自叙,反复演绎着大时代里的小故事,并最终在对历史的追索和面对未来的激情中,为文化反思和人性诉求的书写提供了青春的注脚"。①

1980年代初,青春电影中的人物有理想、有独立思考的能力与空间。黄蜀芹《青春万岁》(1983)根据王蒙的同名小说改编,表现了上世纪50年代男女青年学生的全部青春与热情及其相互间友谊与感情的纯真美好。作为主旋律电影,此片带有强烈的意识形态气息,不过今天看来仍然令人赞叹那个年代人的单纯,理想主义的光辉、青春的勇气和热情在集体、国家的诉求中得到彰显;而个人的青春情愫只是次要内容。"影片所展现的五十年代的中学生生活是五光十色的。夏令营、新年晚会、跳交谊舞、溜冰、看电影、团日活动……这些富有青年特点的生活场景在一个多小时里接踵而来,简直使我们目不暇接,这就容易使人产生一种错觉:似乎当年的中学生生活总是那么兴高采烈、丰富多彩。"②除了让观众感到50年代中学生青春美好的场景外,电影并未忽略这些孩子日常的生活学习状态与年龄特点;也并未将人物塑造与人物关系处理简单化,而是较为细致地描述了不同人物的具体处境以及各种各样的烦恼:苏宁因为家庭不幸而郁郁寡欢,吴长福因怕考试而愁眉苦脸,郑波则感到了必须从头做起的压力。即使是大家心目中优秀的杨蔷云,也总是为自己的冒失而感到后悔……

电影也表现那个年龄段中学生不够成熟的心理情绪,如杨蔷云天真热情,肯帮助人,但在着急时会情绪化、意气用事,如放寒假时,杨蔷云到苏宁家里,帮她大扫除,苏宁因为过往受的伤害阴影未消去教堂寻求精神寄托,杨蔷云在只知其一不知其二的情形下,怨愤情绪相当激烈,"影片用了几个长镜头表现出她怎样在行人稀疏的小街上漫无目的地走着,怎样气恼地拒绝了赵尘的热情邀请,怎样在冰场上神情迷惘地凝视空空的一切,又是怎样爬进校门、撒气顶撞抓住她的老工友……通

---

① 陈慧茹:《80年代以来大陆青春片的发展流变》,《电影文学》,2015年第7期。
② 叶小楠:《形象·性格·时代感——影片〈青春万岁〉观后》,《电影新作》,1983年6期。

过这一连串镜头的运用、情绪节奏的处理,很好地表达了她在此时此刻的内在感情和心理状态"。[1] 作为青春题材电影,无疑应该表现人物的成长,如李春学习成绩拔尖,但她自负、冷淡,总以怀疑的眼光看待周围的人和事,一直觉得别人嫉妒她、跟她过不去。后来,在集体的教育和同学的帮助下,她渐渐改变自己,开始感受到友情的真挚、集体的温暖,也学会关心同学了。

《女大学生宿舍》(1983)改编自喻杉的同名短篇小说,电影将个人经历处境与时代的宏观叙事联系起来,或忧伤或激昂,充满了理想主义的情怀,并传递了满满的正能量。影片叙述了几位大一新生的校园学习生活,作为一部 20 世纪 80 年代初的青春题材电影,《女大学生宿舍》塑造了那个年代追求理想、青涩朝气、纯真正义的大学生形象。就电影内容来说,影片较为忠实地反映了大学生校园生活的现实,弱化戏剧冲突。即使匡亚兰的前史非常具有戏剧性,但也并未铺陈渲染进行大篇幅回忆,电影偏于写实,将女孩间的小心思、小矛盾刻画得非常细致。整部电影拍得非常干净,当然根本原因是那个年代本身纯粹,其中的青春与梦想才动人。人物塑造上,本片以主角匡亚兰为主线,同时展开几条支线平行叙述。在人物设定上,影片几个女学生都极具特色,尤其是身为富二代却不骄横的辛甘,颠覆了当下观众对"富二代"的一贯认识,在标签化严重的今天令人耳目一新。外在形象上,那时候的少女身上那种饱满而天真的美,光洁的肌肤,圆润的面孔,清澈的眼睛,令人神往。那是一个昂扬向上的时代。

《红衣少女》(1984)改编自铁凝的小说《没有纽扣的红衬衫》,通过安然这一形象的塑造,对 80 年代早期教育体制进行了反思,虽然是青少年题材电影,实际上也是值得包括教师、家长在内的全社会成年人反思的问题。影片反映的有关价值观的问题有一些方面早已解决,比如独立思考、着装有自己的审美、不触犯法律不违背道德前提下维护保护孩子的个性与追求等等,但有一些层面及其延伸出的相关问题至今未能完全解决,如自主招生中从校领导到班主任都有权力操作的空间。

---

① 叶小楠:《形象·性格·时代感——影片〈青春万岁〉观后,《电影新作》,1983 年 6 期。

所以在某种意义上,这部电影并不完全过时。

这部电影文学性方面的最明显特色就是人物形象鲜明,除了平时表现出来的好运动、愿意与男生交往并讨论问题、做作业时一心两用、当面指出老师错误等等在家长老师看来较为"出格"的外显性格言行外,电影还重视对其心理的刻画。围绕着评比"三好"一事,呈现了安然心理上一系列的复杂活动。当安然与姐姐一起走在林荫路上时,画面上的白杨树长出了不同的"眼睛",这应该是主观镜头,较为巧妙地暗示着安然在评"三好"前的不安心情。评上"三好"后,安然不无委屈地独自走在林荫路上时,影片再次以特写镜头展示了白杨树"眼睛",并伴随着韦婉老师数选票的画外音。"这一组镜头的组接,确有其独到之处。它既得前后呼应的蟠龙章法之妙,又淋漓尽致地烘托出了安然追求真诚,渴望信任和理解的复杂心情;同时也鞭辟入里地对弄虚作假的不正之风作了机智的嘲讽。"[1]影片文学性体现更明显的是象征手法运用,"红衬衫是影片的一件贯穿性道具,它在影片中的作用不是一般的隐喻,而是意蕴丰富的象征。法国的电影理论家马赛尔·马尔丹在谈到电影象征的特点时曾指出,它不是像隐喻那样通过蒙太奇手法将两幅画面并列而是让其涵义蕴藏在画面内部。《红衣少女》的高明之处就在于它丝毫没有把红衬衫这件象征物游离于剧情之外,或故弄玄虚地作为某种点缀物;而是做到了和安然性格的高度融合"。[2]

张暖忻执导的《青春祭》(1985)改编自张曼菱的小说《有一个美丽的地方》,是第四代导演进行电影语言改革后的代表作。讲述一个女知青李纯(李凤绪饰)到一个傣族的寨子插队,结识了邻寨的男知青任佳(冯远征饰)并与之相恋,但李纯同时又被一个傣族的男子追求,因无法接受他而离开了傣寨。多年过后,一场泥石流吞没了傣寨,李纯回到这里祭奠她的青春。影片视听语言与文学性结合较好,具体体现在:一是诗化的叙述语言,作品以女主角李纯的内心独白作为线索结构全片,以主人公细腻的情感视角回忆傣寨的生活点滴,展现了丰富的内心世

① 晓西:《略谈安然——影片〈红衣少女〉观后》,《当代文坛》,1985 年第 4 期。
② 同上。

界,营造了一种忧伤的情绪氛围。作品中李纯的独白如"岁月流逝,人世变迁,但我相信,那里永远是水长青、草长绿"饱含诗意,呈现李纯的主观感受,实质上也渗透了作者的主观情感。李纯对于导演张暖忻而言有很强的"代言"成分,张暖忻似乎是在借用这一角色来抒发自己在文革期间的生命体验和情感沉淀,全片给人一种很强的倾诉感,文学性很是浓郁,同时兼顾电影的"视听性"。二是丰富的影像造型为人物塑造服务。影片中光线、色彩的造型感非常强烈,例如片中李纯和任佳一起坐在牛车上穿过山路的镜头,镜头从侧面取景,展现了两人在暖黄色的夕阳下的轮廓剪影,造型感非常强;还有在结尾的部分,李纯在田野间回忆傣家的岁月时,麦芒在夕阳中的逆光特写以及满天飞鸟的移动镜头,体现了极强的造型意识。影片用丰富的光线效果、写意的色彩美化了李纯在傣族的知青岁月,而没有用纪实的手段复原真实生活的点滴。文学性与电影语言结合较好,李纯一路走进傣寨,一路独白,散文般叙述的同时,镜头呈现傣寨的画面:雨林、老牛与耕田、斜入天际的大青树,呈现出田园诗的意境。李纯介绍到"伢"(大爹的母亲)那一段落,精彩浪漫,"她使我想起了童话里的老巫婆,后来我好几次梦见她骑着扫帚在天上飞"。可见电影创作者在编织台词时多么情思泉涌。电影后半部分一组画面:夕阳下的水牛、轱辘、戴草帽的小伙儿、穿筒裙的姑娘,美不胜收。影片为真实表现夕阳映照下傣村之美,有意呈现了一组曝光过度的画面。模糊了脸,清晰了岁月,如画如诗。

1980 年代本来就是将电影当做另一种文学形态的时代,上述几部青春电影均有原小说作为塑造人物、推进情节的基础,因此文学性的维度都体现得较好。不论今天看来是否幼稚可笑,但确实表现了那个时代年轻人的梦想、奋斗以及挫折失落,那些美好的形象依然会感动我们。

(二) 90 年代青春片标杆《阳光灿烂的日子》文学性丰盈

这一阶段的青春电影表现青春迷茫与残酷。90 年代最为突出的青春片就是姜文导演的处女作《阳光灿烂的日子》了,被誉为"青春片标杆"毫不为过。此片改编自王朔小说《动物凶猛》,表现成长中的迷茫、友情、背叛，以及种种幻想。影片堪称中国第一部真正意义上的青春片，是在相对自由状态下（特殊时代家长顾不上严格管教）长大成人的青春宣言。马小军（夏雨饰）及其同伴自身的成长成为影片的表述中心，历史语境和社会怀旧只是被淡化为一个模糊的背景。影片形象塑造在青春片中可谓别具一格，表现青春年少的懵懂与张狂，英雄崇拜与（年龄稍大于自己的）异性崇拜，叛逆与回归……以及主角成长中存在于记忆、思维上的混乱状态，真切反映了少年到青年时期不同处境中的情绪与心理。

　　影片叙事中画外音与意识流手法颇有文学的韵味。"意识流"原本是心理学上的一个概念，表示人的心理活动像水流一样有连续性、流动性。"意识流"首先于上世纪 20 年代被欧美作家用在文学作品描述中，构成心理描写的组成部分。从文学中的意识流到电影中意识流呈现应该是到了上世纪 50 年代，这类电影打破了电影传统的叙事结构，注重探索人的精神领域，开拓了现代电影的表现时空。"无论是人类心理活动的意识流，还是文学作品中典型的意识流手法，都是表现出一种印象、回忆、想象、幻觉等多种成分糅合在一起构建成的一种'流'的心理活动，受之影响的电影中运用的意识流手法，也同样是表现印象、回忆、以至直觉、幻觉的混杂。"[1]《阳光灿烂的日子》是在回忆中展开叙事，观众会发现马小军与刘忆苦（耿乐饰）一起过生日的片段连"我"这个当事人都记不清楚了，竟然通过画外音将这个过程说了两个版本。第一个因嫉妒刘忆苦得到米兰（宁静饰）爱情的版本在记忆中已经被反复修改、重组了，且混杂着自己的想象。在游泳池马小军被孤立的一段也充分利用影像语言表达了当时马小军内心的孤独、沮丧，想象伙伴们是怎么看待自己的。

　　影片中有大段的画外音旁白进行叙事，很快将观众拉进电影要展示给我们的那个时代的气息和氛围："北京，变得这么快！20 年的功夫它已经成为了一个现代化的城市，我几乎从中找不到任何记忆里的东

---

[1] 佘艳玲：《论意识流在电影〈阳光灿烂的日子〉中的作用》，《文学教育》（下），2015 年第 2 期。

西。事实上,这种变化已经破坏了我的记忆,使我分不清幻觉和真实。我的故事总是发生在夏天,炎热的气候使人们裸露的更多,也更难掩饰心中的欲望。那时候好像永远是夏天,太阳总是有空出来伴随着我,阳光充足,太亮了,使得眼前一阵阵发黑。"或许内心的深刻记忆留在夏季,或许是因为那个夏季正是脱离家长管束像野草般疯长的时段,所以我们看到电影中的季节永远是夏天。马小军趁着大人不在家的机会度过了一段荒唐且不可思议的日子,"我迷恋上了钥匙,并开始制造它们。先是把自己家的各种锁一一打开,偷看大人的秘密,后来就发展到未经邀请就去开别人家的锁。每当锁舌"咔"的一声跳开,我便陷入了无限的欣喜之中。这种感觉,这种感觉只有二战中攻克柏林的苏联红军才能体会得到。"这段独白表达了自己想快速长大的心望,混杂着探索世界的好奇心与冒险精神,同时将自己想象成"攻克柏林"的英雄。

本片"意识流"多半通过画外音表述,两者在表现人物心理状态时目的是一致的,不论分开还是合二为一都是将文学性十足的手法融入电影中,姜文是一个特别善于运用画外音进行叙事并塑造人物的导演。或许那些台词非常富有表现力,具有别样的激情,填补了影像难以传达的内涵,所以观众对其画外音运用似乎并不反感。当然这部影片取得极大成功,除了导演构思与手法颇有特色外,王朔的小说给电影提供了另类青春物语的底本,原著中人物性格虽然没有这么张扬鲜明,但是青春期的破坏欲望、对年龄大的女孩的爱慕等基本基调给电影提供了改编的基础与空间。

二、第六代导演早期青春题材作品与文学性

"第六代"导演生于 20 世纪 60 年代中后期或 1970 年代初期,成长于改革开放时期,多接受过电影院校正规教育,经历了社会经济转型、不同文化思潮的冲击,第三、四、五代导演关注社会、反思文化的宏大选题与深刻主旨让他们的创作空间相对逼仄,加上起步阶段的资金问题,可谓举步维艰。他们的影片中大多以自身的青春体验、青春历程为起点,关注社会边缘人物(如无业青年、小偷、妓女等),反思青春,表现出新一

代青年人成长过程中的困惑与迷茫。应该指出,"第六代"导演的电影是一个发展的概念。让人们对"第六代"导演作品形成集体无意识印象的即为上述一批导演于1990年代末期至新世纪第一个十年早中期创作的影片,多为青春题材,代表作有贾樟柯的"故乡三部曲"(《小武》《站台》《任逍遥》),张元的《北京杂种》《广场》,王小帅的《十七岁的单车》《青红》,管虎的《头发乱了》,路学长的《长大成人》,张一白的《开往春天的地铁》,张杨的《向日葵》等影片。随着创作环境与条件的变化,第六代导演的创作风格也不再停留于"残酷青春"层面了。下面主要以王小帅的代表作为例谈谈第六代导演早期创作的青春电影及其文学性表现。

同其他第六代导演的早期创作相似,王小帅拍摄的影片镜头锁定社会边缘人物,揭示现实的残酷,暴露人性的黑暗。他善于设置悬念,是一位很会塑造人物形象、很会讲故事的导演。第六代导演的青春题材电影中,最打动人的就是《十七岁的单车》(2001,又名《北京单车》),因为电影中的人物能够让人同情,因为他们努力、进取,不偷不抢。来自乡村的小贵和属于城市的同龄人小坚因为一辆单车,在十七岁的青春年华里生命有了交集。随着时代发展,影片中送快递的单车已经更替,像小坚那样的职业中学的学生也不再将单车作为攀比的标准,但是这部电影关注不同群体的弱势者的人文情怀、以及两个同为17岁的男孩所表现出的对自己梦想(单车对小贵而言)或喜爱之物(单车对小坚而言)的追求、坚持令人久久难忘,这就是电影的情怀,下面谈谈人物塑造。

十七岁的小贵来自农村,是一个北漂族,朴实、勤奋、憨厚,有点害羞,也容易满足,渴望通过自己的努力留下单车,能够在北京立足。但是生活所迫,被压榨、被偷车,被同龄的城里孩子一次次殴打,这是带有青春残酷意味的影片,他最后也成了施暴者。小贵的被逼出手从某种意义上正是影片的深刻之处:自己与事件本无关联,更无过错,莫名其妙被一帮痞子学生暴打,最后连车子也被砸扁。而这辆单车承载着他的梦想、希望。剧末打斗结束后,小贵扛着被摔坏的自行车走在人行道上的长镜头,开场的背景音乐再次响起,渲染了一种令人感动的气氛。小贵的孤单与周遭嘈杂的环境形成强烈的对比。对比蒙太奇的使用凸显主人公小贵生存的艰辛,他扛着自行车穿过马路的身影令人感怀,更令人尊重。

单车对于十七岁的小坚来说,就是青春中闪亮的物化标志,和其他男生一样平等的标志。好单车就是身份的象征,虚荣混合自尊的保障,可以追女孩,一起在空旷处炫耀车技。他的青春也是悲哀的,当小贵找到其父亲说单车是自己的时候,导演用一组蒙太奇镜头来表达小坚内心的愤怒。在重组家庭中,他得不到十七岁孩子应有的关怀。影片中几次出现小坚与妹妹、继母相遇无言或侧身而过的镜头,他们的关系疏离而陌生。在最后巷战爆发前,小坚将单车交给小贵说:"你拿走吧,我不需要了",这是小坚经历了一连串波折后的成长,是内在生命的一种成长,他走过了需要单车证明自己价值的阶段。这种表达与影片中青春成长的主题是契合的。但是不能以小坚的醒悟与决定来评判小贵,因为"单车对于小贵来说却是不能放弃的生存要素"。①

此片叙事手法上整体运用平行交叉蒙太奇,将两位主人公的人生片段"剪辑"到一起。叙事完整,逻辑性很强;小贵与小坚每天傍晚换车的片段,与伊朗电影《小鞋子》中兄妹换鞋子的情景何其相似,给人留下深刻的印象。电影中出现了各种群殴、打斗场景。有一个细节就是小贵每次被打时都紧紧地抓住自行车的车辕辘不放手,最后一向老实的小贵甚至因为自行车被砸坏而拿砖伤害对方,将小贵对自行车的珍视表现得异常充分,也照应了那个细节。

青春残酷同样表现在反映父女矛盾的《青红》(2005)中。如果说《十七岁的单车》表达了青春的残酷,父子之间的矛盾还属于辅助性因素的话(毕竟重组家庭中,涉及两个孩子上学费用的只是少数,而且较为具体琐碎,何况小坚父亲已经打算给儿子买一辆单车),《青红》中的父女关系所体现的两代人之间的价值走向、人生认知则如同鸿沟一般难以填平了。这部影片在塑造人物的同时将人物关系揭示得很是到位:影片以父亲吴泽民(姚安濂饰)与女儿吴青红(高圆圆饰)各自不同却紧密相连的命运为内容展开双线铺叙,一边是父亲为重返上海的不

---

① 赵琳玉:《〈十七岁的单车〉:驶过青春迷惘的图景》,《戏剧之家》,2014 年第 8 期。

懈努力，一边却是女儿因为情感牵挂而对回上海的坚决抵制。影片中，从父亲口中不时冒出的上海话就可以看出他对上海有着强烈的身份认同感，对他来说，年轻时支援三线建设的满腔激情早已远去，他也为此付出了十几年的青春代价。到了 80 年代初，重回上海成了老吴最迫切的梦想，"我们是从上海来的，我的孩子就要回上海去"，但是由于当时的体制关系，老吴重返上海之路艰难重重。子辈吴青红自小在贵阳长大，这片土地孕育了她所有的青春岁月，也是她所认同的"故土"。对青红来说，上海过于遥远，且是一个与己无关的地方，所以从她的嘴里会说出"谁稀罕回上海"这样的话。老吴费尽心思让读技校的青红考大学以便回上海，可青红却背着父亲和当地青年房洪根（李滨饰）产生了恋情。青红心中美好的初恋在父亲那却成了回上海的障碍，他不惜一切代价阻止这段恋情，父女的冲突也因此变本加厉。为了阻拦青红和房洪根来往，老吴将女儿完全看管起来，甚至上学放学路上也像看押犯人一样跟随监视。叛逆期的青红对父亲如影随形的跟踪极度反感，她以各种方式与父亲对抗，直至使用绝食这样的极端手段。老吴的高压措施导致了悲剧的发生，在他强令全家秘密回上海的前夕，青红偷偷与房洪根告别，痛苦迷茫中的房洪根不顾一切地将青红强暴了，在当时并未开放的时代，青红深受打击，自杀未遂，几近疯癫，而小根也因此在"严打"中被判死刑。

王小帅的青春片中不乏象征手法与隐喻修辞。《十七岁的单车》中单车象征着小贵的理想，有单车，就有了工作，有了立足北京的支点；对于小坚而言，也是一种梦想的象征。"单车对于小坚来说是一种青春的梦想与社会交往中存在的意义。在夜晚昏黄的灯光下、长镜头拉远、小坚在胡同口练习单车的场景正交换突显了单车对他的意义。当单车被偷走后、他和女生潇潇的蒙太奇特写烘托出单车于他、于他的青春里不可磨灭的存在性。异乡人有异乡人的悲凉、同样是韶华青葱、同样是夏花绚烂，城市人和异乡人在青春里本质上在历经着一次势在必行的受伤。"①《青红》中存在着关于身份和秩序的隐喻：父亲吴泽

---

① 赵琳玉：《〈十七岁的单车〉：驶过青春迷惘的图景》，《戏剧之家》，2014 年第 8 期。

明的自我身份确认就是"上海人"(已经为国家利益做出贡献作出牺牲),所以他是认死理要回上海。可是青红与父亲不同,她"这一代人是成长在三线的'上海人',如果说父辈还有明确的身份、位置可以找寻,还有可以倚重的地域空间和文化空间,那么'青红们'的文化身份是缺失的、模糊的、可疑的",①青红自我身份确认更倾向于是贵阳而非上海。而小根则是地道的贵阳人,他面对青红,只有自卑(地域烙上的身份印记)。想当上海人的父亲与宁愿当贵阳人的女儿便在这种自我身份认同上产生了冲突,而这种冲突在更深层的隐喻层面上则体现为管制与自由的冲突。

张元《北京杂种》(1993)直白地展现了一群摇滚青年的生活状态、精神状态。影片中的人物是荷尔蒙分泌旺盛的青年,反传统、反道德,挥霍精力,激情叛逆,愤怒冲动,爆粗口。此片与管虎《头发乱了》(1994)选材、主旨相近,两者均带有明显的青春期迷茫与反叛色彩,只是《北京杂种》情节更为清晰集中。他们这种迷茫比较起贾樟柯、王小帅青春题材电影中人物的梦想与失败,人文情怀的厚度不够。人物处境与命运也无法令人同情,如《头发乱了》中叶彤(孔琳饰)是医学院大学生,因为自己也拿不准的爱好,偏要自己"作"掉前途,感情上的摇摆虽然真实,或许也是贪心所致,结局令人唏嘘。

张杨在第六代导演中有些"另类",其早期作品基调显得相对温暖,处女作《爱情麻辣烫》有部分青春片的味道,具体呈现为"声音"中中学生早恋被扼杀于萌芽状态的段落,以及"照片"中两个青年男女相处中女孩的迷茫疑惑。前者表现了青春的叛逆,后者彰显了青春的迷茫。画外音旁白清楚表达了人物的心理与情绪。导演的文学素养值得肯定。

第六代导演早期电影内涵表达与人物塑造等文学性方面存在着一定的偏颇:选材"偏爱"大众并不认同的边缘人群体的生活,将其作为普通人代表,展示的社会生活未免过于狭窄;就情节看,往往表现自我封闭下这些边缘人的一段不尽如人意的经历,令人看不到希望。当然

---

① 刘丹凌:《读〈青红〉的故事》,《中外文化交流》,2005 年第 9 期。

第六代导演"也以别具一格的纪实影像和美学风格开拓了中国新的电影题材和电影样式,青春片这一类型也因此得到极大的发展,主题及表现角度也有了新的走向"。①

三、新世纪青春文艺片突出人物心理状态

(一)2005 年前后的青春文艺片

都市情感剧《独自等待》(2005)是一部文艺青春片,"文学性"完全在线,其传递的主旨/内涵正如片尾陈文(夏雨饰)在自己的小说上写下的那句话:"献给从你身边溜走的那个人。"与其说这是一幕独自等待的爱情剧,不如说这是一场学会正视自己的等待。男主角陈文对于两个女孩的态度,具有放之四海而皆准的普世意义。追不到自己爱的,走丢了爱自己的。一个人的等待早就无所谓对错,等待不可怕,可怕的是在一场等待中错失了另一场等待。影片讲述了两段等待的故事,古董店老板兼"文青"陈文爱上了演员刘荣(李冰冰饰),觉得非常符合自己的标准,所以毫不犹豫地追求她。可惜刘荣是个精明的姑娘,对于陈文的告白不明确回应,只选择暧昧回应,最终拒绝了陈文。第二段就是李静(龚蓓苾饰)对陈文的等待。李静是陈文好友的妹妹,陈文拿她当铁哥们儿,她却一直暗恋着陈文。对于感情,李静的选择是深藏心底,她收集起陈文送给她的每一样礼物,将这些低廉得如同废物一般的东西小心保存,视为珍宝。如果不是陈文无意中发现了这个盒子,如果不是李静的嫂子在旁边揭晓答案,或许我们都将和陈文一样对李静的感情一无所知。本片故事简单却耐人寻味,也很能经得起推敲。

人物形象方面影片再现了当下年轻人骨子里张扬的个性和生活中的迷惘、挣扎、寂寞、彷徨、伪装、虚荣,还有简单、执着、善良等等这些真实而感性的东西。其中李静给人印象最为深刻:个性带点张扬,在时尚活泼的外表下有一颗脆弱的心,随性而不会对生活妥协,也可以纯净

---

① 刘卉青:《一如倒影一如梦境——论亚洲青春片的精神内涵和故事类型》,《当代电影》,
2014 年第 6 期。

安详,为爱默默付出,甚至假扮女朋友,帮陈文追刘荣。对于陈文的等待,被李静封存在心中的某个角落,就如同这个盒子,每天心疼地摩挲,却发现它依然布满灰尘。刘荣这一形象,点破了很多人小小的自私的心愿,希望自己身边有这样一个介于暧昧与朋友之间的异性,一直陪伴左右,那种暧昧不清的微妙,就像一根稻草,成为我们脆弱时的一点寄托。

张一白导演的《开往春天的地铁》(2002)关注的是年轻的北漂群体,是一部定位于小成本青春片,影像语言与画外音都具有某种诗意的忧伤。很多时候,带有文艺气息的画外音帮助我们在不断切换的画面中迅速领会人物的处境、心境、人物之间的感情状态。影片中建斌(耿乐饰)和小惠(徐静蕾饰)的故事被分隔成了几个部分讲述,根据每个人物不同的特点截取其生活的某个片段。影片共讲述了三对恋人的几段情感涡流,但都被很好地控制在了小惠与建斌的爱情主线里,较为自然得体。

影片中主要人物性格和内心活动呈现得较为充分:小惠与建斌,一个或许因为自尊与胆怯,失业后压抑自己,不能对爱人坦诚相待;一个察觉对方的异样却欲语还休,并未积极沟通。或许他们都是被动而敏感的人,在忙碌快速的都市中不愿打破逐渐尴尬的局面;或许他们怕说出来就失去了自我。这其中可见各种能体会到但不一定说得出的压抑、自卑、逃避、嫉妒、情感煎熬等等情绪,通过非衔接完整的片段呈现给观众。它向人们展示了平凡生活之中的种种细微的、但日复一日累积却能造成很大心理冲突的矛盾。就审美而言,人物情绪暗流涌动却又克制隐忍,带出的均是一种尖锐的有刺痛感的美。令人印象深刻的是他们七年前刚刚来到北京的画面,面容质朴、对话积极阳光,如同校园情侣般行走在地铁站台,表现出对于生活的希望;七年后地铁中的建斌和小惠并排而行,同样的地方,却换上了都市白领的装束,相对微笑无言。这两组画面被组接在影片的开头部分,富有诗意也令人遐想:七年来他们经历了什么?后面的叙事中,人物对着镜头说话,说给观众听,却不和对方说。虽然他们心中仍然深爱着对方,却又不知如何去面对对方,现实让他们成长,让他们不再纯真。可以说,建斌与小惠悲情

184

性格的塑造,导致了他们之间爱情之火的熄灭。

影片在人物关系的安排上是成功的,《开往春天的地铁》呈现的是一个群像,小惠遇到老虎,建斌遇到丽川,他们都感觉生活好像又有了新鲜的味道。如果没有老虎、丽川这种阳光性格人物的出现,建斌和小惠的故事将无法续写,他们可能一直陷在生活的泥潭中,不能自拔。但是老虎、丽川客观上分别给他们点拨了生活的方向,让他们可以继续在城市中找寻最适合他们的情感依靠。本片具有中国电影少有的细腻感。

影片中另外与文学性相关的亮点是音乐与地铁这一组合意象。音乐在整个充满情绪的片子中,对角色和观众都是一种释放和抚慰。主题曲音乐的每句歌词的表达都是伤痛的、富有感情的,像是故事里人物的心声,也近于赋予哲理的诗句。电影里音乐的表达方式是与影片的主题相联系的,在倾听音乐的同时,也让观众看到了人物与人物之间的故事,感受到了他们的内心情感。片尾曲是羽·泉唱的,非常好听,但让影片情感更加饱满的还是片中常常出现的张亚东那几声旋律简单的配乐。本片中人物的活动场景大多与地铁有关,地铁是一个载体,也具有象征意义。地铁有拥挤不堪重负的时候,也有拥挤之后静谧温暖的时候,正像努力生存的年轻人的身心感受。地铁往返交会,很像生活在大都市中的年轻人的生活节奏,他们来来往往奔波、挣扎、努力;地铁每天都在城市穿梭,不管怎样,都在前进,正像年轻人的岁月,也一如电影的名称以及主题曲的名称——《开往春天的地铁》。

《情人结》(2005)改编自安顿的纪实文学《相逢陌生人》之《爱恨情仇》,是《罗密欧与朱丽叶》的一个现代翻版。导演霍建起延续了他一贯的风格,缓缓慢慢淡淡,用唯美画面和动人细节向我们描绘了一段最最质朴的情感。刻意做旧的画面,带着我们穿梭时空。一对有情人因为两家长辈的仇恨,辗转 12 年后终于在一起,拍婚纱照的时刻,泪水代替了欢笑,令人无限感怀。就内涵来说,影片在肯定、赞美这种一诺千金的古典爱情外,其实还有"伤痕"电影、反思电影的影子。屈然(赵薇饰)与侯嘉(陆毅饰)爱情受到阻挠的原因就是他们的父母在政治运动中结下仇恨,导致下一代的幸福受到很大影响。人物塑造上两人是徘徊于新旧观念之间的人物,对长辈的命令无力公开反抗,但也不甘就此与爱人分手,所以他们宁愿消耗着自己的青春,也没有完全违背自己的意志。

(二) 2010 年以来的文艺青春片

这一阶段偏于文艺情调的青春电影,不论是否改编自文学作品,其文学性均较为深刻/深厚,诞生了一批优秀作品,一些电影也存在明显不足。李玉导演的《观音山》(2011)从时间与主旨传达来看,非跟风之作,局部内容表达了青春迷茫之感,整体表达生命信仰的坍塌与重建,属于非典型青春电影,可以列入青春成长文艺片。"影片讲述了三个高考落榜的年轻人丁波、南风和肥皂在日常生活中的迷惘与无聊,及其与一个失去丈夫、儿子的中年妇女常月琴之间的琐碎事件。故事的主要情节就是他们之间的认识、摩擦、帮助与交流过程,琐碎得就像一篇散文,一篇没有核心事件、没有中心人物、没有开始、也没有结束的生活散文。有的是三个年轻人的日常生活及他们周围人的生活,有的是常月琴生者的痛与对死者的悲伤。他们仅有的共同点就是:他们都是一群失去爱、渴望爱、寻找爱的生活失落者。有的就在身边,有的却远在天堂。迷茫于生存的无聊、迷茫于青春的未来与方向、迷茫于生还是死的痛苦抉择。"①韩寒处女作《后会无期》(2014)是公路冒险片也是青春电影,讲述几位年轻人在旅程中不断告别也不断成长,收获着不同结果的较为"散漫"的故事。影片是一部作者型电影,它从第一个镜头起就充满导演强烈的个人风格,里面的幽默段子更是有着韩寒个人独特的趣味、乡愁、旅行(可以理解为"走青春"),以及对青春和理想的那份狂热追寻、怀疑与反思。

由不同片段组成却又贯穿主要人物"走世界"的《后会无期》更像一部寓言,在情节结构上被"人物"与"际遇"划分成有不同风景的生命片段:主人公浩汉(冯绍峰饰)驱车送朋友江河(陈柏霖饰)从中国最东端

---

① 赵雅妮:《颓废的青春颓废的爱——电影〈观音山〉的"青春叙事"》,《电影文学》,2011 年第 17 期。

的东极岛西去最西端国境边缘就职,途中经了周沫(陈乔恩饰)、苏米(王珞丹饰)、刘莺莺(袁泉饰)、阿吕(钟汉良饰)这些"过客"。遇到的每一个人、每一段经历都成为人生真相的一部分:周沫是平凡的芸芸众生中的一员,一心寻梦于大城市,在不同的备选"临演"角色中穿梭,最终却只能无声地被"枪毙";苏米单纯而无奈,是每个男人生命中的一抹月光,待你真心追逐时却发现是水中的月亮;刘莺莺个性冷静、心怀憎恨、承受谎言而默默生活。"命运像是一道谜语,在你未读懂时它是一首诗,待你猜中之后便成为最不堪面对的真相。除此之外,最初就走失的看似呆傻的胡生,他的简单和无邪不正是未经世事的我们每一个人的'小时候'么? 我们早早的就弄丢了'他',而总想着找回来却也总找不回来。于是'后会无期'不再是简单的告别,而是不可逆转的人生。"①影片创作者借浩汉的片尾台词"告别的时候一定要用力一点,多说一句,说不定就成了最后一句,多看一眼,弄不好就成了最后一眼",将其对世界、人生的认知感悟分享给我们,只是这种感悟透出某种凛冽的悲情色彩。

《后会无期》中的台词具有思辨色彩,如"喜欢就会放肆,但爱就是克制",诠释了爱的分量;又如"我们听过无数的道理,却仍旧过不好这一生",因为讲道理和听道理的不是一个年代的人,如同父母与子女。每代人面临的世界在变化,人生无法复制,人生也无法预知。"你连世界都没有观过,哪来的世界观"幽默而深刻。本片的插曲也较为突出,《东极岛之歌》《后会无期》《女儿情》《旅行》《追月》以及朴树参与创作并演唱的主题曲《平凡之路》,让影片增加了抒情写意的情调。不论是寓言感还是音乐、台词都传递出电影浓郁的文艺情怀。

曾国祥导演的《七月与安生》(2016)改编自安妮宝贝的原著小说。与其他改编自青春小说的电影相比,本片在人物塑造和情节架构上大大超越了原著。安妮宝贝的不少作品中都有安生这样的文艺女青年:难得安稳,永远迷茫。电影对人物的塑造延续了小说中安生这种桀骜

---

① 李贺:《真相与理想——对比分析郭敬明与韩寒电影作品中的人生观》,《西部广播电视》,2014 年第 17 期。

张狂的性格特质,但去掉自私冷漠的缺陷,性格设定更趋温暖向善,也更讨人喜欢。本片最为成功的改编,在于赋予原著中面目模糊的七月(马思纯饰)丰富的人格特征,弱化三角恋的狗血情节,聚焦双女主的情感互动和成长历程,使整个故事具备了打动人心的情感力量。电影中七月不再只是性格温吞的传统女孩,而是披着乖乖女外衣内心向往冒险的充满矛盾的人,她的挣扎和觉醒,促成这部电影超越青春爱情的层面,蕴含了更深层次的女性觉醒意识。这种"双生花"个性迥异、各自熠熠生辉并互相启发的过程,是电影改编的"创意",也是电影塑造角色成功之处。

李玉导演的《万物生长》(2015,改编自冯唐同名小说)通过秋水成长过程中出现的完全不同的三位女性来共同完成男性生命中情欲与纯爱纠葛的几种可能。秋水是一个富有才华、出口成章、思想复杂,又干了不少坏事的"浑小子"。影片以男性视角进行叙述,是李玉执导电影的一个突破。但是作为公开放映的青春电影,一些情色片段确实有博取眼球的目的。刘若英跨界执导的《后来的我们》(2018)剧情设置较符合逻辑,有怀旧,有青春的奋斗、失败与泪水。但男主角如果不接到自己孩子电话,似乎就应该重温旧梦。这一情节设计给人以价值取向不正之感。个别台词还将色情的话语当做笑话反复说,庸俗当有趣,同样降低人文品味。这两部作品有部分校园生活的背景,但不应属于校园青春片。

四、新世纪校园青春片文学性良莠不齐

(一)中学题材的青春电影值得肯定

台湾拍摄的青春片比香港、大陆要多。《那些年,我们一起追的女孩》(2012)改编自导演九把刀的同名网络小说,与台湾以往青春片不同的是,不是表现青春打架斗殴的残酷,而是表现同龄女性与男生成长不同步带来的分离、遗憾与痛苦,也许这就是"成长的代价"。虽然导演九把刀标榜从文学到电影的"纪实"是为了引发观众观赏兴趣,获得高票房。但实际上对于青年男女而言,电影中表现的种种心理、情绪比较贴

近现实,对于年轻观众具有普遍性的启迪意义。

就人物形象与人物关系而言,影片真实反映了学霸女生在中学某一阶段的得心应手、游刃有余,也表述了男生青春懵懂时的少年轻狂,特别是小男生们说不出口的青春性躁动,被九把刀毫无遮掩地呈现出来。学霸女孩与学渣男孩的初恋故事,彼此都付出了努力与真诚;影片受到欢迎的最大原因应该是真实反映了青春时不够成熟的心理与情绪化言行表现对彼此的伤害。

此片台词有时抒情,有时偏于议论并带有某种哲理,令人回味,如:"成长,最残酷的部分就是,女孩永远比同年龄的男孩成熟,女孩的成熟,没有一个男孩招架得住。""一场名为青春的潮水淹没了我们,浪退时,浑身湿透的我们一起坐在沙滩上,看着我们最喜爱的女孩子用力挥舞双手,幸福踏向人生的另一端。下一次浪来,会带走女孩留在沙滩上的美好足迹。但我们还在。刻在我们心中女孩的模样,也会还在。"听到这样的台词,我们心中仍然泛起涟漪,回忆青春岁月。

如果《那些年,我们一起追的女孩》是学渣与学霸的故事,《我的少女时代》(2015)则是平凡少女与坏男孩的故事,本片谈不上具有普遍性的启迪意义,却与内地之前上映的青春电影有着不一样的地方,没有初吻,没有出轨,更没有堕胎,只是静静地叙述一段时光的青葱爱恋。回忆中曾经的陪伴与守诺令人感动。这样的清新与真诚让影片在品位内涵上比那些少儿不宜博眼球的青春片的情节明显胜出一筹。电影设置的戏剧性成分很多,但仍然有一定的展示文学性的空间。影片中徐太宇痞痞坏坏背后的暖心和林真心平凡笨拙下的可爱勇敢颇受青少年观众欢迎,给青春电影增加了两个生动的形象。此外,影片在画外音与细节方面增强了感染力。本片中画外音的发出者很快就可以确定为"画中人",且是"画中"的女主角"我"。比如开始回忆的这段画外音,"那年即将十八岁的我,深深明白一件很重要的事,从古至今,这世上的少女大概分两种,受男生欢迎的漂亮女生,和不漂亮的,我是林真心,sorry,是现在扑街的这个,如果你是男生,接下来我要告诉你,你们从小到大从不想关心的平凡少女,她的平凡人生"。这时,字幕出现电影的名称"我的少女时代"。这段话帮助我们从不断加班受到同事嘲笑、对现状极不满意的林真心(陈乔恩饰)切换到过去学生时代的林真心(宋芸桦饰),这种拉观众入戏的方式直接自然,且直接亮出"叙述人"的身份,意味着下面将正式展开叙述影片女主人公的少女时代,框定了事件信息的范围。电影最后一段画外音也是与观众互动,告诉观众长大后的自己的样子,"你常常幻想长大后的你会是怎么样的,现在,我可以告诉你了,长大后你没变得有多了不起,还是会犯错,还是会迷惘,会后悔没多吃一点冰激凌,多谈几次恋爱,后悔没对讨厌的人更坏一点,对喜欢的人更珍惜,但是这样的你也很好,还是很勇敢,还是很天真,还是会为了偶像尖叫"。

唯美怀旧是这部影片赢得观众的重要原因,除了刘德华的那首《忘情水》和年轻时帅帅的剧照,还有关于幸运信、溜冰等等过去岁月的场景与心情的怀旧,当然这些怀旧都需要细节的自然真实,不论是台词动作还是表情,要显示处于一定情境下符合人物身份与心理的反应,那才是打动人的。如停在小铺前犹豫吃什么的细节,逛书局的细节,撒谎考试前没念的细节,因害怕诅咒写幸运信以后又坦白的细节,溜冰场的细节,真心话大冒险等,这些发生在生活场景非常真实的细节,不仅勾起了人们的怀旧情结,也让人物形象更加立体,如徐太宇约会时主动为女生接包,又装作随意的样子;两人走在马路边上,一辆车疾驰而来,将女生拥在怀里保护她还嗔怪她怎么这么不小心等等,让人物更加真实。上述传递人物真实情感的细节内容,不是戏剧性情节设置或戏剧性冲突能够代替的。

台湾这两部青春电影均给人以清新之感,《那些年》有原著小说作为基础,文学性有一定保障;《少女时代》剧情原创,并未给观众以人物胡编、剧情生硬之感。两片台词编织贴近人物性格与具体情境,人物关系变化都有一定的层次感。

内地选题涉及中考、高考的青春成长电影中以下几部水平较高:《六月男孩》《玩酷青春》与《青春派》。反映中考的有安战军导演的《六月男孩》(2001),叙述初三学生青春成长的故事,基调快乐、温暖、阳光。影片以中考前初三年级最后一个学期为切入点,描写了中学生的校园生活。学习成绩优秀的徐梓枫不服气自己在第二届班长选举中的落选,他要和上任的萧野在学习上一比高低,俩人开始互不服气,后来彼此吸引、互相帮助、共同成长。

《六月男孩》剧本源于一篇中学生的小说,影片把它拍得很朴实、很通俗、也很浪漫,极力避免将成人的视角、社会的负面因素强加在孩子身上,把转型期中学生的思想状态真实地呈现在银幕上。它的真实还在于贴近了青春的本质,青春是美好的,即使是那些美好中的不足,也是可以克服解决的,青春里有困惑,有无奈,但绝不悲伤,这也许就是大人和孩子都能接受它的原因。影片刻画了前后两任班长、老师与学生的群像,励志温馨。

孔令晨导演的《玩酷青春》(2010)将镜头对着社会底层家庭,以单身母亲罗素芳(吕丽萍饰)和中学生儿子何志鹏(盛超饰)之间的对抗作为主线,能够代表广大中下层家庭的高考生的家庭现状、亲子关系。这部小成本电影定位于反映现实生活,"选题的微观要达到写意的宏观,必须提炼出五味杂陈的生活感言,所感所言也必须表现出对生活的建树意义。正如金马奖评审回应质疑时说的,吕丽萍赢在真实、赢在平凡"。[1] 影片的文学性首先体现在人物形象塑造,最大亮点就是吕丽萍演绎的平凡母亲复杂纠结的形象,而不仅仅是对孩子的无私的爱。影片展示了一个下岗母亲为了让儿子走上自己认可的"正道",在处理母子关系上、儿子与其他人关系上所体现的道德悖谬,以及种种无奈矛盾的心理。

《玩酷青春》还呈现了一段极有律动的说唱音乐,有象征意味。"如果要通过美学表象来确定这部电影的唯一主角,那镜头一定会摆向阳光下奔跑跳跃的年轻人。这段音乐的表征效果也许并不能为这部电影的主题表达添彩,但从丰富电影内涵、贴上典型标签来看,时尚音乐元素的加入功不可没。"[2]电影整个情节是富有逻辑性的,一些细节处理也很用心,如:被母亲从演练场地找回家后的儿子和母亲发生激烈冲突一场戏中的一个捶门动作表达了其彼时崩溃的情绪。

本片有一些镜头作为视听语言很好地诠释了"视听性"为"文学性"

① 王璐:《获奖电影〈玩酷青春〉的美学实践》,《新闻爱好者》,2011 年第 4 期(下)。
② 同上。

服务的理念。影片后半部分一个镜头处理颇见"文学性"功底：舒缓的钢琴声作为背景音乐，在一个逼仄的空间下，女主人公即吕丽萍饰演的母亲"蹲在地上缓缓地打扫厕所，侧面单光束打在人物头顶，看不见其面部表情，却因整个镜头持续了近 20 秒，而把女主人公的无奈与黯然传递给了受众。"①电影语言终究为了通过塑造人物，传递某种情感倾向，让观众关注理解近乎边缘化的家庭和人物。

描述高三复读生活的《青春派》(2013 年,刘杰导演)讲述一高三男生居然因为早恋导致高考失利，而不得不重返校园复读的故事。据报道导演为了拍好电影花 14 个月到不同中学用心体验观察学生生活，电影拍得很现实，也很有时代气息。基调朴实温暖，不浮夸不做作，呈现学生家庭差异(班主任训话体现)的方式既辛酸又幽默。同时不回避高考存在的问题，积极大方地探讨早恋问题，在观众对青春的追忆中恰到好处地升华，算是很好地完成了青春电影带有高考烙印的命题作文，感情真挚，保留了刘杰以往的真实风格。这部以早恋开头、高考逆袭的影片，用真实的主旋律在中国青春电影中开辟了一条前所未有的路。除了内涵外，作品的形象塑造也很扎实：在一年的复读生活中，"男主角和他的小伙伴们面临着一次又一次的挫折，高考、复读、爱情、人际关系，这群少年的内心，被成长的烦恼挤压着，在未成年和成年的临界点享受着成长的快感与苦涩"。②。电影没有跌宕起伏的剧情，但有生动风趣的细节，注意人物心理，如失恋要去参加各种活动以发泄，和爸爸之间的小秘密，让妈妈照顾爸爸的感受等等。"'早恋'是个雷区。《青春派》给国产青春片做了一个很好的榜样，在这部影片中，我们可以听到当下高中生流行的口头禅，可以看到他们的成人礼舞会，还可以看到他们青涩的初恋，这些生活中必不可少的情景交融在一起，让青少年的形象显得有血有肉，时尚而幽默。"③除了学生，秦海璐饰演的班主任老师的形象也深入人心，今天看来，即使给学生打鸡血、抽鞭子，仍然让人

① 王璐：《获奖电影〈玩酷青春〉的美学实践》，《新闻爱好者》，2011 年第 4 期(下)。
② 张艳娥：《国产青春片让"青春"做回主》，《新闻世界》，2013 年 12 期。
③ 同上。

爱戴。台词具有中国高考前励志特色,不乏幽默,如:"扛得住给我扛,扛不住给我死扛。""你说你拼爹拼不过,你还不拼你自己?""你一个三无人员,无钱无权无势的,上个像样的大学,将来找个好工作,要不然你怎么办呢你?""世界上只有两种人:一种是考上的,一种是没考上的。""醒醒,醒醒,醒醒,都给我打起精神来,两眼一睁,开始竞争。"这些台词既渲染了高三生活的紧张,也让这个操心的班主任形象更加真实动人。

影片情节虽然简单,但主线清晰流畅,故事虽然平淡,表达的感情却很真纯,满眼都是我们亲历过的真实。主题曲《我的天空》旋律明快昂扬,节奏感强,歌词紧贴学生生活与心理,很是励志。比较之下同年上映的《全城高考》就显得情节拼凑虚假。影片开始的时候就是高考前30天了,离高考 30 天是什么状态,已经停课整理错题、调整稳定情绪了,可是影片却还在"反观,反思高考的制度"? 对于考生而言,大局已定,就是维持与最后发挥的事了。然而此片的设定为无视高考、敷衍高考,这样的"全城高考",根基虚幻,价值缺失。

(二) 2010 年后大学校园青春片文学性有下降趋势

《中国合伙人》(2013)是青春励志影片,鼓励开拓进取的拼搏精神,浓缩了一个时代的年轻人对梦想的坚持。而成东青、王阳、孟晓骏则分别代表了三种不同性格的怀揣梦想的年轻人,耐人寻味的台词与经典的乐曲打动不同年龄段的观众,这部电影的文学性很"富足",同时并未削减戏剧性与视听性的成分。

有学者认为此片与其说励志,不如说贩卖"成功梦":"这些年的青春片,《中国合伙人》是比较特殊的一部。这部电影呈现了 20 世纪 80 年代的三位大学生经历种种时代与个人的变故之后创业成功的故事,典型的美国梦,也是中国梦,是对这 30 年历史最乐观和正面的论述,与此同时,影片结尾处幻灯片般展现了多位当下中国最有名如柳传志、俞敏洪、王石、冯仑等创业之初和成功之后的对比照片,为这部带有怀旧色彩的影片提供了清晰的叙述主体,这不是普通人、小人物的青葱岁月,而是商业上成功人士的临渊回眸。这部电影有趣之处还在于,其中所提到的新梦想教育公司以及现实中的新东方学校,都是以培训英语、以贩卖成功梦、美国梦发家的公司,也就是说通过出售美国梦实现了美国梦,正如新东方的著名口号'从绝望中寻找希望,人生终将辉煌!',这种竞争者文化、这种通过残酷的'PK'比赛决定胜负的游戏,成为丛林法则和'适者生存''优胜劣汰'的最佳写照。"①或许影片所传达的励志内涵与美国梦连接确实有再值得商讨的余地,但励志本身是值得肯定的。

人物形象的塑造离不开对具体环境的描述。《中国合伙人》主要讲述了在我国改革初期的时候几个结识于校园的青年学生通过自己的努力最终实现了梦想的故事。当时正值我国高考制度的恢复时期,影片中的人物展现了朝气蓬勃的青春气息。在为梦想而行动而追求的过程中,影片尊重人物所处的时代环境及其变迁。主人公成东青(黄晓明饰)作为贯穿故事主线的人物,影片描述了这个来自农村的学子所处的人文环境与物质环境,他与苏梅间难以弥补的差距;给学生补课导致的关系到前途的插曲(因形势、政策关系),招生过程中遇到的与政策相关的风险等,都属于人文环境;至于微时成东青用过的大茶缸子,他背后的墙上许多的奖状以及属于哪个年代的海报,均属于物质环境,也呈现了成东青们创业中的艰辛执着以及伴随着个人魅力的时代质感。

整体看这部影片台词流畅,富有哲理。有的台词不仅励志,还运用了排比等修辞手法,显得整齐有韵律,如"我们这代人最重要的是改变,改变身边每个人,改变身边每件事,唯一不变的就是此时此刻的勇气,如果我们能做到这点,我们将改变世界"。有的台词表达乐观进取、热爱世界、热爱生活的态度,"如果额头终将刻上皱纹,你只能做到,不让皱纹刻在你心上"。表达适时变通、能屈能伸的心态,化用了"胯下之辱"的典故,"美国人永远不懂,中国的英雄是可以跪的,甚至可以从别人的胯下钻过去"。等等。这部电影的很多对话令人耳目一新,情趣理趣兼融。《中国合伙人》中配合剧情穿插了不少经典老歌,但都非常妥帖。崔健的《新长征路上的摇滚》《花房姑娘》、齐秦的《外面的世界》、苏芮的《一样的月光》、罗大佑的《光阴的故事》等老歌令人唏嘘、怀旧与流连。

2013 年至 2014 年中国大陆电影市场上出现了"青春片热",首开

① 张慧瑜、毛尖:《无法表述的青春:谈大陆青春片》,《文艺争鸣》,2014 年第 10 期。

先河者为赵薇导演的《致我们终将逝去的青春》（后文简称《致青春》），《致青春》改编自辛夷坞的小说，口碑较好，成为当年的票房黑马。从文学性方面考量，虽然情节以爱情为主，总体来说经得起推敲，人物区分度较高，没有严格意义上的"三角恋"（同一时段劈腿，因为前后感情史呈"游移"状态可另外界定），且人物各自的性格定位与表现较为统一，贯穿始终。不少台词有反复回味的价值，如："人生真是讽刺，一个人竟然真的会变成自己曾经最反感的样子。""爱情就像一条河，我们都是瞎子，谁不是摸着石头过河呢？""我们应该惭愧，我们都爱自己，胜过爱爱情。现在我知道，其实爱一个人，应该像爱祖国、山川、河流。"等等，明显比同时期其他青春片台词更有内涵，也更具哲理。

面对中国观众年轻化的趋势，导演们纷纷瞄准了青春电影，冠以"怀旧"的情怀，或添加"行走的荷尔蒙"，做足卖点，赚足眼球，引来了"消费青春"的争议。《致青春》赢得口碑票房后以后，国产青春片如雨后春笋般不断涌现。《匆匆那年》《小时代》《同桌的你》虽取得了不错的票房，但口碑一路"滑铁卢"。不知从何时起，青春片演变成为"烂片"的代名词。这一时期国产青春片中多有剧情空洞、内容单薄且脱离生活之嫌，被戏称有"三宝"：打架、堕胎、分得早。下面以《同桌的你》为主，讨论跟风创作的青春片中影响稍大点的作品的文学性因素：

郭帆导演的《同桌的你》（2014）取材于高晓松创作的风靡一时的同名校园歌曲。与文学改编有现成的情节、形象定位以及人物对白可资参考相比，本片情节有先天的不足，因为原歌曲基本上未提供丰满的情节，歌词唱出来的"片段"即使经过脑补仍然单薄，也不够连贯。导演和编剧的着力点是这20年中的事件，并想通过这些事件来调动观众的情绪，并非扎扎实实地叙事并塑造人物形象。影片采用倒叙方式，浮光掠影地把人物过去20年笼统的经历讲述了一遍，同桌、初恋、打架、小虎队、铁皮玩具、画着李雷和韩梅梅的英语课本、"非典"、"9·11"、开房、堕胎、出国、分手、结婚、怀念青春……不得不承认，在电影中看到那些熟悉的过往，确实能够在一定程度上调动起观众的某些情绪，但是因为缺少有机的故事的支撑，这些情绪显得零散。标志性的事件之所以值得怀念、值得追忆，是因为它们和一些人有关，那些人对我们来说无比地重要,他们是伙伴、是恋人、是老师、是偶像、亦或是某个擦肩而过的脸庞,他们才是我们青春记忆中最为珍贵的部分。在《同桌的你》中始终等不到任何情绪的累积和释放,剧情一次又一次地从半山腰跌到谷底。有一场机场告别的苦情戏,这也是这部电影中唯一一点儿能够让人有那么点儿感觉的戏份,只不过就连这么一点点的情绪,也都被后来的久别重逢、想象中的倾诉衷肠给抵消了。没有了外力的介入,片中所有的矛盾引爆点都只能在主角身上寻找可能性。这一阶段爱情电影的女主角个性偏向"作",只是本片中无论是周小栀的"分钟"男友理论还是她之后毅然决然的放手都不能让人信服,电影的后半段就此走向了另一种混乱。

在编导既定安排下,《同桌的你》中的爱情也显得浅淡。二人从牵手跨越到上床,因堕胎惊动家长产生隔阂到再次牵手和好,段落过渡都显得随意而生硬。两人的感情从一开始就是建立在彼此"要在一起"上的口号式愿望,上大学要在一起,去美国要在一起,而观众又看不到彼此为此目标所付出的足够多的努力。这也是形象塑造不够打动人的地方。没有外力阻挠,林一和周小栀的分手就被归为输给了现实,难以令人信服。其实他们只是输给了自己,两个怯懦地沉浸在自己世界中的年轻人所谓被现实压垮的爱情,其实不过是不愿彼此再迁就一些、再努力一些的自我罢了。《匆匆那年》(2014,张一白导演)剧情同样狗血,两人分开同样没有外力的阻挠,男生花心,女生作践自己。此片改编自九夜茴的同名小说,以方茴、陈寻的感情发展为主线推进情节,高中早恋,在大学男生还爱着方茴时与其他女生在一起。方茴挽回陈寻无望后随便与人上床,是糟蹋自己还是报复陈寻? 这种剧情展示的就是弱智心态与行为,难道观众会被打动? 即使小说中有这样的情节安排,电影也应该加以改变调整。后方茴出国,重新开始生活。比起其他青春电影,何炅导演的《栀子花开》(2015)剧情更为苍白,高潮点大概是言蹊(张慧雯饰)与三位室友兼好友发生冲突后和好,三位好友往回赶却出车祸全死了,令观众瞠目结舌⋯⋯《何以笙箫默》(2015)改编自顾漫同名小说,有浪费原著之嫌。剧情跳跃,人物关系缺乏逻辑,这是文学性质量低下的表现;而制作上粗制滥造,视听性也大打折扣,连何以琛深情咆哮"我不愿意将就"的那个雪夜飘落的雪花竟然用了特效(白纸屑),戏剧性成分也显得生硬。

任何成功的青春电影,其根基一定不能是单一的爱情,所有的创作者都必须在美好青涩的男女之情以外找到平衡点,这个平衡点也是作品主题或内涵能够"立足"的前端。如《致青春》里讲的是年轻人的热血,《中国合伙人》讲的是梦想。《同桌的你》也试图以青春的朝气加以平衡,只是无论是同学间的友谊还是大学里的梦想都没有足以支撑起主角爱情长跑的力量,电影尝试以人物关系来平衡剧情的走向,设置了比较出彩的室友形象,一定程度上也带活了电影的气氛,只是这些情节大多游离于整体的剧情之外,终究只能成为青春的"边角料"。

苏有朋导演的《左耳》(2015)根据饶雪漫同名小说改编,有《致青春》的影子,但在剧情设置与形象塑造等方面不够扎实,或许选材本身不够明智。台词做作,缺乏新意,也无特色,"青春就是爱情友情梦想和热血","青春是偏要选择在愚人节告白,就算被拒绝也能笑着说愚人节快乐"等等。本片配乐可圈可点。近些年来本土青春电影好像总是离不开恋爱、欲望冲动、早孕或者堕胎这些使人身心疼痛的事件构成的情节。

比上述青春片有过之而无不及的是渲染白日梦的"粉丝"青春电影。毫无疑问,《小时代》系列是"粉丝"电影(从小说开始的大批粉丝转为电影故事以及明星的粉丝,保证了观众数量)的典型代表,同时也是"现象电影",由于粉丝可观,加上郭敬明团队的商业策划、宣传做得很是到位,也很精明,在成人观众中特别是知识分子中口碑不好的这部电影取得了巨大的商业成功。

《小时代》作为缺乏文学性的一个典型案例,室内陈设华丽,人物身份非富即贵,显得虚假,主旨中透露出严重的拜金主义倾向;故事空洞,爱情游戏有种无聊感,值得肯定的是友情可贵,或许正是同甘共苦的友情打动了青春期的观众。另外《小时代》中值得肯定的价值观就是努力,体现在杨幂饰演的林萧身上,但力度远远不够。优质电影的视听性与文学性相互扶持,特别是视听语言能够配合故事情节传递情绪,展示人物心理或升华意境。作为改编自导演本人先前文学作品的《小时代》在最基本的文学性方面都显得不够,情节发展缺乏逻辑性:顾源和顾里前面吵架斗气,后面和好得莫名其妙,一点说服力都没有;林萧那个戒指没有给简溪解释然后就和好了;南湘答应再也不见席城,可是一个电话就跑出去见面,见面就开始打架,也不交代原因;宫洺和 Kitty 之间到底是怎样的关系,影片未交代清楚。造成上述剧情发展与人物性格逻辑断裂的原因,一是从文字转换为影像过程功力不够;二是文学作品本身质量不过关。笔者认为《小时代》改编失利的主要原因是第二点,文学作品本身就有很大问题。当年读《小时代》的读者不少也成了《小时代》系列电影的观众,电影对 80 年代尾至 90 年代后的大批年轻观众产生了明显的拜金主义影响。也许除了极致的炫富和享乐主义、不合理的友情和男女情(不仅仅是爱情)外,值得传达的价值观或内涵确实贫瘠。

本系列人物关系有混乱之嫌,在校大学生难道就乱搞男女关系?好朋友好闺蜜之间可以随意挖墙脚?然后又因为有友情基础和好如初?这真是脑残的剧情设置。另外电影《小时代》系列与大学校园生活脱节,也是一个致命问题。创作风格可以有浪漫主义、现实主义、表现主义与魔幻现实主义的区别,这是导演的选择,但要与题材、主题倾向匹配协调。《小时代》是描述在校大学生的学习生活状态,是校园青春片,那就应该展示校园生活真实的一面,那我们看看影片中在校大学生的状态:林萧穿着还像学生,但忙兼职不上课;南湘在画画,顾里忙着时尚,唐宛如在搞笑……男女主角妆容精致,与其设定为学生身份,不如界定他们是有保障的社会闲散人员,更为合适。原著虽然拜金,还是描述了校园气息的,比如顾里给奶茶店老板提建议的事儿。电影中画面设置虽然较有特色,但是与影片选材、定位不吻合,太过华丽,不接地气。

可以总结一下 2010 至 2016 年这一轮青春片的文学性缺失的表现:一是情节模式单一,都是参加婚礼或什么活动中开始回忆校园生活,接下来的故事也是大同小异:一是分手。毕业前,几个角色在校园内外各种潇洒;毕业后,分手的分手,出国的出国等等,《致青春》《同桌的你》《匆匆那年》全是这个套路。而且这几部电影都有打胎的桥段,令人匪夷所思。二是人物定位有雷同感。男女主人公永远是同学的中心即风云人物,女主一号学习好颜值高,主配角人物相互之间关系错综复杂。在《匆匆那年》里，人物的刻画简单到不能再简单，男主角负责耍帅，男配角负责搞笑；女主角永远是一个清纯含蓄，一个热情泼辣。角色性格单一，缺乏令人印象深刻的特点。三是三角恋。除了打胎，三角恋也是本土近年青春片里惯用的桥段。《致青春》除了女主角郑微、林静和陈孝正这一对非典型三角恋，还加入了女二阮莞、赵世永、吴江这第二组似是而非的三角恋。而《同桌的你》中，林一和汤姆共同追求周小栀，让剧中两男之间不断爆发冲突。《匆匆那年》选用了当前商业价值颇高的彭于晏、倪妮、郑恺、魏晨、陈赫等，更是将三角恋这一桥段发挥到了极致。

上述影片除了《栀子花开》，其他都有文学原著作为支撑，但即便如此，2013年以降的一波青春片依旧"哀鸿遍野"，就导演而言，"有演而优则导"的赵薇、苏有朋，赵薇《致青春》是因为将影片作为导演专业的硕士毕业任务完成，创作团队较为优秀，编剧除了原小说作者外，还有资深编剧李樯加盟把关，对故事的文学性、戏剧性掌控没有明显漏洞；而《左耳》的导演与赵薇创作团队完全不能匹敌，编剧只有原作者。《栀子花开》的导演何炅则是主持跨界，跨度更大，对于电影的文学性、戏剧性与视听性"调配"明显无经验，况且此片没有文学底本作为依据，故事狗血难以得到认可。至于《何以笙箫默》虽然有文学传播的良好基础在前，但是故事、表演以及画面因为主客观原因都成问题。如果说视听因素与成本有关，那与文学性、戏剧性有关的情节发展、人物关系处理严重不当就是态度不正、能力不够了。

第三节　中国喜剧电影的文学性

一、1980—1990年代喜剧电影创作与文学性体现

（一）"伤痕"、"反思"喜剧与文学性

1. 对于过往历史与现实的反思

文革结束后，中国社会掀起了一场伤痕反思文化思潮。这一文化

思潮以文学界"伤痕小说"、"反思小说"肇始,后逐渐蔓延到各个文化领域。"伤痕"、"反思"电影作为中国电影进入新时期后出现的第一个创作高潮,标志着新时期电影的全面复苏,是中国电影发展史不容忽视的重要组成部分。就审美风格看,1980 年代初中国大陆电影除了以正剧、悲剧进行反思控诉外,亦有少量电影的喜剧进行反思的。如果说《苦恼人的笑》与《小巷名流》因其黑色幽默元素被排列进喜剧片队伍的话,那么上影摄制的《月亮湾的笑声》《月亮湾的风波》等作品是对刚刚结束的历史和现实进行反思的"笑中含泪"的作品

1981 年《月亮湾的笑声》是一部较为深刻的反思政治运动、政策导向给农民带来伤害的作品。《月亮湾的笑声》中老农江冒富(张雁饰)信赖党、热爱集体,既积极参加队里劳动,又致力于家庭副业,是月亮湾数得着的富裕户。文革期间曾经为了批判林彪"国富民穷"论的需要,将他作为"先进典型";很快又为了政治需要,把他打成"资产阶级暴发户",成了专政对象。冒富政治上的起落,直接影响了他儿子贵根的婚事。直到粉碎"四人帮"后,党落实了农村的经济政策,冒富老汉总算抬起了头。影片通过冒富一家的一段曲折经历,鞭挞和批判"四人帮"一伙折腾亿万农民,任意破坏党的政策,用喜剧方式彻底否定了极"左"路线,带有悲剧因素,又表现出喜剧的色彩,可以说是一出带泪的喜剧。影片所包含的思想内涵可以说是轻喜剧"不能承受之重"。

1984 年上映的《月亮湾的风波》是《月亮湾的笑声》的续集,主要演员与故事内涵具有延续性,揭露了改革初期农村中滋生的"吃富户"的现象,抨击了极左思想导致的仇富、平均主义等遗毒。影片描述调整农村政策以后,主人公江冒富承包了果园,养鸡养鸭,辛勤劳动,俭朴持家,不久便成为"万元户"。但随之而来老冒富也遇到了新的矛盾和烦恼:一些害了"红眼病"的人明要暗拿,连亲家庆亮也来占便宜,上级领导了解情况后,决心刹一刹"吃富户"的歪风,责令村社干部凡用各种借口从冒尖户手中拿过钱的限期返还……冒富与亲家言归于好,同时,和秋生(村里另一冒尖户)夫妇决定合办一个家禽良种场,让月亮湾的家家户户都尽快富起来。本片的影响虽没有《月亮湾的笑声》那样大,但是对于现实生活的深入揭示颇有意义。

"伤痕电影"的代表,还有《小巷名流》《笑出来的眼泪》《阿混新传》等。《小巷名流》(1985)描写特殊年代小人物们的悲剧命运,传达出时代的悲凉。影片讲述川西某县城的古井小巷里的三户人家——工艺美术社卖花圈的司马寿仙,开旧衣铺的卓寡妇母女,以及杀狗为主的牛三,原来他们互相嗤之以鼻,老死不相往来;"十年浩劫"却把他们变得命运攸关、相濡以沫,并以自己独特的方式,同恶势力进行生存的抗争。本片用幽默过滤了文革的残酷和尖锐,但又不失真实感;影片基调悲喜参半,片尾将牛三与干部们对卓寡妇女儿所为进行对比,令人震撼。荒诞的年代,人就有荒诞的行为,影片时时穿插令人深思的对比场景,比如:现实生活中作家司马与和编辑冷静对话的对比;老何等干部前后生存状态的对比,等等,突出文革历史的荒谬。

《笑出来的眼泪》(1988)描述文艺工作者经历文革的冲击带来的一段人生悲剧。主人公阿满从"牛棚"中解放出来,他最忘不下的仍是喜剧,一心等待昔日恋人白莉从乡下回来合作,然而,一趟一趟地在码头等待着、等待着……(阿满眼花,看不清,最后将白莉女儿白琳错认做白莉,回去路上,其他人都抹眼泪)这部电影的灵感乃至主要构思和情节,源于导演张刚自己在"文革"中的一段亲身经历,在某种意义上带有"自传"的性质。影片表达了对文艺工作者遭受身心摧残、浪费生命的痛惜与悲愤之情。

2. 受到伤害、心存犹疑的人物形象

"伤痕"、"反思"电影通过片中人物的遭遇以及心理变化塑造人物形象。《月亮湾的笑声》着力从记者三次为冒富拍照、上报的具体情节中,细致地刻画了冒富的祸福变换和心理活动,表现了他性格心理的复杂性。第一次见到记者登门,心里惶惶不安:从来没有干过犯法的事,为何要拍照、上报?总是不得其解。当记者说明报道他这个致富典型,是为了批判林彪的"国富民穷"谬论时,他这个曾被人视为"走资本主义道路的尖子",简直如释重负,喜从天降。尤其是当他参加了贫下中农"批林批孔宣讲团",他更加感到受宠若惊,得意洋洋。但是,他做梦也没有想到,正当他被举上天的时候,可悲的命运也等候在他的身边,并且捧得越高,摔得越惨。因此,记者第二次来拍照,尽管来者不善,他也毫不介意。客人不吃他的橘子,他自作聪明地认为是他们"怕犯纪律",天真地要求记者再给他拍张好照片"留给子孙做个纪念"。他这次是作为"资产阶级暴发户"上报的,可他这个不识字的老头还蒙在鼓里,看着报纸上的照片还说"这回照得比上回要神气多了",高兴得喜笑颜开,手舞足蹈,后来才知被耍了。记者第三次采访,冒富一听说"记者"、"上报",马上蹲在田头装肚子疼,一会儿又匆匆奔回家里藏"富",甚至连鞋子都忘了穿。三次被拍照,情形各不相同,有被宣传,有被愚弄,有吸取教训伪装自己,这种个人不能主宰自己的命运而反被命运所嘲弄的遭遇着实可悲可叹。观众从这为世人所看得见的笑料中,看到了隐藏其中的苦涩。影片主人公冒富的三次受采访、三次被登报的中心情节,就是人物所处情境(身不由己被贴上标签,且前后反复,令他哭笑不得)的集中展示;再看庆亮这一形象,他和冒富家结亲—退亲—又结亲的反复,既是他喜剧性格(在政策影响下的多变、摇摆)的展示,也能把我们带入到令人啼笑皆非的历史语境中。人物塑造中戏份的设置以及演员表演的分寸让观众理解反思庆亮之所以这样反反复复、出尔反尔的原因,从而达到反省批判的目的。

《小巷名流》透过对人物命运的具体描绘,着力塑造了有血有肉有情而又富于哲理内涵的性格,其中司马最具有代表性。司马是个平民化知识分子,个性善良正直而又略带迂腐。比较同题材电影,这个人物较有新意,影片通过这一形象的塑造真实地再现了那个年代里令人哭笑不得的荒唐。当我们看到他被关进学习班后,为了尽快"毕业",在儿子给他送饭时,以装死"考验"儿子。儿子以为他真死了,痛哭起来时,他竟发狠地打了儿子两个耳光,训斥儿子:"你哭什么,没有阶级立场!"并由衷地忠告儿子:"告诉你,就是我真死了,你也要咬住牙,不能哭!要狠狠地骂,狠狠地批。要同老子划清界限!"这些地方今天看来是何等可笑,又是何等可悲。当他得知自己即将"毕业"时,又搂着儿子,看着儿子的脸,痛心地哽咽着:"不是爸爸我心狠……我也是为了你呀!"这个段落刻画人物达到了出神入化的境地。在那疯狂的年代,人的心灵饱受痛苦,人的命运难以预测,司马为了生存,不得不"以柔克刚",用滑稽可笑的喜剧态度来化解现实的苦难。

3. 细节把握较好

在影片《笑出来的眼泪》中有这样一段戏：一大群"牛鬼蛇神"被"造反派"赶到烈日炎炎的操场上列队暴晒，美其名曰"晒灵魂"。在烈日的炙烤下，很快就有人熬不住晕厥了，阿满突然灵机一动跳起了当时流行的"忠字舞"，慢慢地舞到了广场边上，在一个好心的外号叫"小皮球"的群众帮助下，扭开水龙头喷向烈日下广场上疲倦和饥渴的人。张刚用讽刺的笔触将真实的生活经过艺术的精心过滤，于是就有了《笑出来的眼泪》中一段令人啼笑皆非的戏："小皮球"不小心打碎了毛主席的瓷像，惶惶不安；善良的阿满主动站出来承认是自己不小心摔坏的。当钟科长气势汹汹地要追究阿满的罪行时，自己也不小心一屁股坐到了毛主席语录上，机智的阿满马上以牙还牙，令钟科长大惊失色，不敢再追究瓷像的事情，只得与阿满达成妥协。这样，阿满以他的机警保护了"小皮球"，也使得自己摆脱了困境。这段戏中包含着几个细节："小皮球"无意"闯祸"、钟科长犯下类似"罪过"的动作，以及之前开水龙头的动作都非常出彩，将文革时期混淆黑白、颠倒是非的人事进行了大胆讽喻，对欺压百姓的"造反派"的丑恶灵魂进行了揭露鞭笞。

《小巷名流》中司马寿仙是故事的讲述者、观察者，在与他本人相关的情节中，影片精心设计、精心刻画了关键细节，如他和红卫兵小将发生争执时，掏出两派的袖套，既表现他的智慧与心理，也成为被关押的理由；他在被游街前，事先就准备好一支纸做的特大毛笔模型；他进学习班后，主动坦白是那样认真而沉痛……导演准确地把握了人物在特定历史条件下、特定生活环境中的精神状态。

（二）黄建新荒诞喜剧中的反思探索

上世纪 80 年代，西方有影响的黑色幽默作品相继被翻译到中国，本土受其影响的除了作家，还有电影创作者。由于文化观念、审美心态的差异及审查标准不同等原因，西方"黑色幽默"移植到中国本土影像中以后，有了不同程度的变异。有学者将"黑色幽默"划分出两种主要的不同形态："'荒谬的黑色幽默'着重于其中幽默、不和谐的一面，'怪诞的黑色幽默'则侧重表现其黑暗的一面，分别体现出审美主体对荒诞事物不同的评价和态度。比较而言,西方的'黑色喜剧'多为后者,而当代中国电影中的黑色幽默则接近于前者。"①"国产片《黑炮事件》虽然也有夸张、变形,基本上是写实手法,只能说是'荒谬的黑色幽默'。"②

1985 年黄建新导演的《黑炮事件》根据张贤亮的小说《浪漫的黑炮》改编,影片讲述了这样一个看似荒诞、实则寓意深刻的故事,令人沉思:一个人被怀疑之后,他的基本权利要不要受到保护和尊重?本片呈现强烈视觉效果的画面设计精妙且寓意深刻,是文学性与视听性结合的表现。即使已过多年,《黑炮事件》仍是令国人感觉亲切的不朽之作。这个具有黑色幽默成分的荒诞故事,针对的是当时"左"的作风,表现的是对知识分子的过敏心理。《黑炮事件》虽有黑色幽默成分,但对于所谓的较量的双方,影片采取了温和化的处理策略。尤其是对于压抑方来说,它是以政治关怀的名义而不是设计陷害或迫害发出动作的,如此一来影片中掌握话语权的强势一方并非传统意义上的恶势力。这种中国式的带有文革后遗症的荒诞,使影片的反思力度在既有深刻的一面,也有被稀释的一面。

《黑炮事件》外,黄建新另一部极度风格化的《错位》(1986)在内涵与形式两方面都竭力体现荒诞感,在国内电影中,该片视觉语言极其先锋,表现导演初生牛犊的探索精神。《错位》叙述工程师赵书信升为局长后深为"文山会海"而苦恼,甚至晚上做恶梦。赵书信从梦中惊醒后从小机器人玩具中找到灵感,组装出一台与他一模一样的智能机器人。从此,派机器人替他开各种各样没有意义的会议,一段时间以后,办公室女秘书居然也没有发现端倪。但在一次宴会上,机器人饮酒过量,不得不找借口离开了宴会。机器人回来后要求赵书信为其安装贮存器,以应对这种情况。后来,机器人越来越得意,并向赵书信表示希望更多地介入他的工作并从行为上介入赵与女友的关系中。最终赵书信引爆机器人,他也从梦中彻底惊醒。影片将虚幻想象与现实结合,以近乎寓言的叙事策略,讽刺某些社会现象,引人深思。

① 修倜:《当代中国电影中的黑色幽默》,《电影艺术》,2005 年第 1 期。
② 同上。

可以看出，80 年代启蒙主义对主体的强调促成了艺术创作上的多样性发展，黄建新在这一时期影像追求上显露出表现主义的特征。表现出现代科技对人的异化，也可理解为社会体系对人作为主体的异化。

（三）张建亚的后现代喜剧的文学性表现

张建亚是中国内地第五代导演里面很特别的一位。他是中国大陆第五代导演中唯一一个一直都坚持拍商业片的导演，为中国商业片流脉的维持做出了贡献。他在一些电影新类型的开创上作了勇敢的尝试，其喜剧是充满着智慧的。第五代导演中，张建亚重视电影的趣味性，其作品情节紧凑、人物生动且在形式感上追求新奇的视听效果。其作品文学性主要表现在人道主义情怀与后现代的叙事手法。

1. 内涵：嬉笑中讽刺人性或批判现实，表达人道主义情怀

张建亚导演的《少爷的磨难》(1987)讲述了一个原本游手好闲、好吃懒做的纨绔子弟在经历了充满着传奇色彩的遭遇、磨难后，终于成长了的故事，此片偏向闹剧，气氛轻松愉快，文学性与戏剧性结合得较好，表达了"金钱不等于幸福和快乐"的理念，在幽默中讽刺人性弱点，蕴含着人文情怀。1993 年摄制的《王先生之欲火焚身》在内涵上将讽刺人性与人文关怀作为 A、B 两面结合起来，影片中王先生和小陈因争风吃醋卷入到上海滩的帮派冲突中，并由此引发了一连串的喜剧事件。在后续的营救落难歌女的情节中，展现了 20 世纪 30 年代上海光怪陆离之现实以及善恶抗争、以正克邪的主旨，也表现了人性美好的一面。这是一部将我国美术史上著名漫画作品搬上银幕，弘扬民族文化，推进我国喜剧电影的发展创新的新样式影片。

《三毛从军记》(1992)根据张乐平先生同名漫画改编，电影中三毛的经历颇有"传奇"色彩。经历了一连串荒诞遭遇后，最后参加一支突击队，被空投到丛林中。但飞机却再也没来接他们，三毛和战友老鬼衣衫破烂几乎成了野人。突然有一天，一架飞机从丛林上空飞过，并撒下无数传单。原来战争已经结束了……三毛成为第一批复员的士兵，他摘下军帽露出了久违的三根白毛，心头彷徨、不知何去何从。在"抗战"期间由流浪儿变成一个兵，最后仍然无家可归的遭遇和他在从军期间

的一系列离奇搞笑的经历,用讽刺的手法展示了战争中"小人物"的境遇,同时提出一个值得深思的问题:是什么人和什么力量操纵着"小人物"的命运? 影片中蒋介石的台词"要以无数的无名华盛顿来造就一个有名的华盛顿;要以无数的无名的岳武穆来造就一个中华民族的岳武穆"看似豪迈昂扬,可是在电影中却包含着辛辣的讽刺意味,最后连成一片的几何形墓碑或许呼应了蒋氏的这一句台词,也体现了创作者关注普通士兵命运的人道主义情怀。

《三毛从军记》中三毛本是游荡乞讨的苦孩子,他的境遇是对旧世界的嘲讽和控诉;影片中,三毛却成了一个在诸多偶然因素的造化中屡屡胜利的抗战英雄,排长、团长、师长通通都只是他的陪衬。这无疑是通过人物看似荒诞不经的遭遇讽刺嘲笑所谓的帝王将相、英雄豪杰,讽刺社会现实。

如果说严肃的革命战争题材影片是要弘扬民族精神和民族正气的话,那么抗战喜剧片则是要唤起一种最原始的最真实的民族自尊心以及最畅快淋漓的报复心理。影片没有枯燥的说教,没有让人痛哭流涕的感人场面,相反,从头至尾都充满了笑料,1994 年《绝境逢生》(又名《老少爷们打鬼子》)描述第二次世界大战期间日本皇军精锐部队寻找美军情报人员,冲进渔村扫荡,渔民老万带领游击队联合美军进行周旋与抵抗的故事。《绝境逢生》既是战争喜剧片,也是主旋律喜剧片。影片弘扬正义,传达了战争的正义方一定会战胜邪恶方的主旨。无论在何时何地,和平永远是人民所期盼的。在片中,铁匠陈是一个很善良的人,他与莲妹子共同救下了遇难的美国军人,这是人道主义的彰显,与爱国主义并行不悖。

2. 普通人物特别是小人物形象塑造生动

在张建亚 1980—1990 年代的作品里,其视角一直停留在那些被卷入历史长河中的无奈的小人物身上,充满了对他们的关注。《少爷的磨难》中金福虽然有遗产继承,但经过种种挫折磨难,心性改变,已成为普通人。《王先生之欲火焚身》塑造了两个漫画化的典型的上海小市民形象,特别是王先生,性格中有惧内成分,对贪图享受的妻女不满,做梦都想与佳人相伴风流,但又不敢有越轨的举动,空有贼心而已。这两个形象颇为生动,在有关文学与影视作品中还能看到相似的"影子"。

《三毛从军记》中小人物形象塑造既有写意亦有写实的一面:作为孤儿的三毛参军是因为日寇悍然发动全面侵华战争以后,他无家可归,穿着完全不合身的大号军服,神态庄重地排在队伍中,在以后的新兵训练和前线作战中,三毛非常勇敢,却又闹出了许多笑话,他的境遇也莫名其妙地改变着。特别值得一提的是三毛的心理状态是通过蒙太奇镜头呈现的几次幻想传达的,"一次是在观看舞台上京剧演员的表演时,三毛幻想着自己成了大英雄岳飞,手执大刀长矛,拨挡着雨点般的子弹,叮当作响,火星四溅,杀得敌人落荒而逃;巷战中三毛在一个年轻女子帮助下打死了追来的日本鬼子后,也出现了一段幻想,他幻想着与该女子结了婚,还生了两个"小三毛",过上了男耕女织丰衣足食的幸福生活"。①

上述三毛幻想的内容有"英雄"情结,有对和平生活环境下幸福生活的向往。因为现实是兵荒马乱、朝不保夕,只能以白日梦式的幻想来加以抚慰,表现了战争年代处于社会底层的小人物的无奈,戏谑调侃更令人感到辛酸,为影片增添了几分自嘲的意味,也更加深入地表达了对主人公的同情。"《三毛》受欢迎,很大程度上我蒙恩得惠于张先生,许多精巧幽默的构思,令人叫绝的段落均出自原作。在构造剧本时,我力图不仅要保持漫画家审视世界的角度与眼睛,而且要活脱脱地还原三毛漫画人物的个性。三毛几次上银幕,但多为写实风格的喜剧,对三毛也多从社会学意义上去观照,当然每部作品都具有问世年代的烙印,我想我的三毛也同样会有今天的色彩。"②

3. 后现代叙事与戏剧化手法结合

《王先生之欲火焚身》《三毛从军记》和《绝处逢生》这三部往往被研究者称之为"后现代讽刺三部曲"的片子,充满了后现代主义的具有讽刺意味的解构,对经典的解构,也是对名作的另类解读。在这些作品

---

① 周仲谋:《娱乐化电影改编的先河——张建亚〈三毛从军记〉的再认识》,《文化与传播》,2013 年第 2 期。

② 张建亚:《随感随想》,《当代电影》,1994 年第 4 期。

里,传统经典的尊严感、高尚感已经荡然无存,取而代之的则是一种嘲讽,一种无奈,一种自嘲式的幽默。

戏仿解构经典传统与文化。《三毛从军记》将显得怪异滑稽甚至荒诞不羁的情节(画面)配上经典音乐或传统音乐,反差极大的两者在伴随状态下,经典/传统音乐的神圣庄严感消解。如影片开头,三毛模仿两个日本人走路姿势以及被警察追赶时,场面颇为搞怪,与其相配的音乐是《中国人民志愿军战歌》里"雄赳赳、气昂昂"的旋律;用奔牛偷袭日军的一段,所配乐曲是著名的《西班牙斗牛士》,"像这样把具有严肃主题的音乐与滑稽的极不相称的影片内容相配,自然构成了对传统经典音乐文化的消解。其次,是对传统戏曲文化的戏仿和消解。当三毛身着京剧戏装,在铿锵的锣鼓声中杀退敌军时,只会产生滑稽的效果,在观众中引发一场哄堂大笑,因为大家都知道这不过是三毛的幻想,在现实中是绝对不可能的,传统京剧文化在战争面前的无能为力便于一片笑声中昭然若揭,京剧文化的雍容典雅也随之轰然倒塌"。①

拼接、拼贴也是张建亚喜剧片叙事的手法之一。《三毛从军记》和《王先生之欲火焚身》不光有诙谐滑稽感,而且有游戏感,这是喜剧中的精髓,比如在《三毛》中有一段敢死队喝酒的戏,在悲壮中插进一段闹剧,令人哭笑不得。张氏三部后现代意味的影片,"既写实又写意,有大量戏仿经典影片的镜头,融合了正常叙事和超时空穿插,历史照片与漫画情节,主人公在荒诞的情境中沉溺,让人忍俊不禁又引人深思。张建亚打破了喜剧一成不变的模式,创造出集讽刺、幽默、漫画夸张为一体的喜剧样式"。② 张建亚在《三毛从军记》中用真纪录片与卡通段落拼接,玩真假于股掌之间,且具有一种黑色幽默的意味。偶然与巧合的戏剧化手段在《绝境逢生》中运用非常突出,此片中没有经过专业军事训练的百姓,虽然机智,但也会被日军的间谍所蒙骗,铁匠陈也被日军利用,被街坊误认为他成了汉奸,以至他想要去自杀。但他又误打误撞,

---

① 周仲谋:《娱乐化电影改编的先河——张建亚〈三毛从军记〉的再认识》,《文化与传播》2013 年第 2 期。

② 鲍芳芳:《带着欢笑,一路走来——中国新时期喜剧电影概观》,《电影》,2008 年第 5 期。

救下了游击队长老万。铁匠陈似乎是一个幸运的人,从他向老万讨要2 块钱的债务起,他就误打误撞地救下了许多人,这是偶然与巧合叙事手法的叠加运用。

(四) 陈佩斯"二子"系列的文学性表现

上世纪 80—90 年代陈佩斯喜剧电影(任主演)包括和其他导演合作以及自导自演的喜剧片两部分,其中陈佩斯陈强联合创作表现父子矛盾的喜剧最为深入人心。一老一少,互为捧逗,相得益彰,成为影坛佳话。李安的喜剧风格"家庭三部曲"因为演员知名度高、涉及中西文化冲突以及人们认知问题,广为传播;实际上陈佩斯的父子喜剧与李安喜剧有相似的意趣,也非常耐看,从某种意义上更具有本土文化内涵。

1. 中国电影叙事中较早表现父子矛盾

陈氏喜剧电影几乎可以说为中国电影创造了一种新的喜剧模式,那就是人物关系中的"父子冲突",表现有血缘关系但又有代沟的两个男性在同一屋檐下产生的矛盾。对比经典的中外喜剧,我们可以看到其中惯有的只是两性冲突或上下级冲突,父子冲突基本上以正剧或悲剧呈现。"二子"系列源于《夕照街》的成功,陈佩斯主演的《夕照街》开创了平民喜剧模式,同时受了日本寅次郎故事的启发:"我们想做中国自己的系列喜剧,因为当时国内没有人做,而我们可以也有这个条件做,主要是因为我父亲已经有了多年的艺术积累,他自己有这个把握,所以就请编剧来写,第一集就是《父与子》。"①

与立意高远的喜剧电影比较,陈佩斯"二子"系列属于草根喜剧。喜剧取材于和平时代普通平民的父子矛盾的产生、发展与和解,反映了普通百姓的普遍烦恼:父辈望子成龙继而望洋兴叹。父子相互不满与和解的过程中融合了社会形势宏观的变化,让观众领悟到:每一代人有自己的人生舞台与使命,以及要面对的问题。从情节设计看,第一、第二和第五部中父子矛盾比较明显。1986 年上映的《父与子》(又名

---

① 天蓝:《陈佩斯:拍平民喜剧,我们先走一步》,《新京报》(网络版)http://news.sina.com.cn/o/2005-08-04/10426609818s.shtml,2005 年 8 月 4 日。

《望子成龙》，王秉林导演，陈佩斯、陈强主演）是陈氏父子主演的喜剧电影"天生我材必有用"系列第一部，讲述的是老奎和儿子之间围绕后者复习考大学和谈恋爱发生的有趣故事。第二部《二子开店》1987 年上映，仍是陈强、陈佩斯的父子组合。讲述二子高考失利（第一部中最后"二子"考场上睡着无法考试）后干个体户的一段经历。新潮的儿子和"顽固不化"的老爸之间有着喜剧的张力，放在城市化的视角上，这也是转型期的一次中国社会民生百态的素描画。影片诙谐幽默，深受观众喜爱。《傻帽经理》(1988) 与《父子老爷车》(1990) 分别是"天生我材必有用"/"二子"系列第三、四部。1992 年《爷俩开歌厅》（导演：陈佩斯）在选材上和前作有密切联系，是此系列片的第五部，讲述的是老奎和儿子"二子"在经营卡拉 OK 歌厅时发生的诙谐有趣的故事。至此，"二子"系列或"天生我材必有用"系列喜剧电影的创作全部完成。

　　"二子"系列运用夸张变形与谐谑的手法反映新时期不同阶段的社会现实生活，接近闹剧式样，曾带给那个年代的观众许多欢声笑语。难得的是当时此系列片能够注重娱乐性与商业价值。"喜剧模式无高下之分，陈氏喜剧片更切合中国实际，以喜剧手法阐述了中国社会的父子关系，符合观众的欣赏习惯，无疑给观众带来耳目一新的感觉。就这个层面上来说，陈氏父子的饰演无疑要比导演或编剧的作用大得多。"①上世纪 80 年代至 90 年代早期，陈佩斯父子"二子"系列的创作已经为大陆喜剧创作打开了一扇门。与正剧中父子对抗的激烈不同，此喜剧系列中父子之间的矛盾始终存在，但他们的冲突总体看是温和的，前提是每一回都是父亲为"二子"考虑着想，而每次"二子"处于与父亲不平等的话语权中，于是采取恶作剧的反抗方式，由此构成喜剧因素或种种笑料。"父亲地位的伦理优势，却不能转变成他反驳儿子的优势，相反儿子却处于反抗的优势，无论他采取什么恶作剧的方式都不会受到过多的指责。"②《望子成龙》中儿子被禁止看球赛，儿子不敢正面反抗，却用镜子反射电视画面；被逼进入考场的儿子一再呼呼睡去，不光自己不

---

① 杨新宇：《陈强、陈佩斯父子喜剧片散论》，《电影创作》，2000 年第 4 期。
② 同上。

答卷还影响其他考生,最后伤感的父亲只有用板车拉着没有出息的儿子回家;《二子开店》中儿子是老板,父亲是店员,儿子让父亲换上工作服,父亲不愿意,儿子却乘着父亲洗澡的机会将其衣裤扔上房顶,父亲在骂"兔崽子"的同时不得不就范;到了《父子老爷车》中父子两人俨然一起打工并肩战斗的哥儿们了。正如陈佩斯自己所总结的,"'二子'系列还不是纯粹意义上的喜剧,而是带有悲情色彩的生活剧。在我的喜剧系列中,我几乎都是以单身汉的形象出现,这就是我发现总结的一个很好的喜剧方法,卓别林也好,寅次郎也好,都是这样的人物。我们电影里平民化和为人民服务的喜剧风格没有任何借鉴,因为在最初的时候没有今天这样的环境,连卓别林的片子也只是零星地看过几个,但是我父亲有很多的艺术实践,通过父子之间的矛盾引发戏剧冲突。当时我们只是找到了一个喜剧结构的方法,就是颠覆权威和伦理戏剧,父亲是伦理关系中的强者,然后用弱者颠覆强者,是一个正反两面的套路,这都是后来才明白的"。①

2. 观照中国改革开放早期底层人物的命运遭际

陈佩斯的喜剧其实都有着对人性的一种折射,对底层小人物的观照,甚至在无奈的现实面前传递出一种悲情感,是很多芸芸众生的小人物生存现状的写照。陈佩斯喜剧中的情节均源于生活、提炼于生活,在反映家庭父子矛盾的同时,也反映了儿子开店、做生意或其他创业活动过程中遇到的各种麻烦、困难,有顺利更有挫折。《父子老爷车》以喜剧形式反映小人物为生存奔波的辛酸故事:忠厚老实的老奎(陈强饰)和儿子(陈佩斯饰)在改革的浪潮中下海了。岂料父子俩开店不成,在下海浪潮中被呛得人仰马翻。不甘心失败的老奎拿出了积蓄的两千元,买来了一辆四十年代老车,准备干出租。谁知好不容易买回来的车子竟然不能办理营运执照,父子俩再次傻了眼。恰巧这时某特区的任总经理想用老奎父子俩的车子开设旅游项目,于是和他们签订了特区开发合同。父子俩在特区人生地不熟,开着那辆老旧的汽车,上演了一幕

---

① 天蓝(记者):《陈佩斯:拍平民喜剧,我们先走一步》,《新京报》(网络版)http://news.sina.com.cn/o/2005-08-04/10426609818s.shtml,2005 年 8 月 4 日。

幕既搞笑、又心酸的闹剧。影片在营造喜剧效果的同时,伴随着一种批判与反讽——对那些官僚机构的当权者的否定与批判。

陈佩斯陈强合作的"父与子"系列,通过一对平民父子开店、开车、开歌厅等一系列的搞笑经历,折射出生活的苦辣酸甜,反映了社会的炎凉冷暖。从现有作品看,20 世纪 80 年代中后期是陈佩斯创作的高峰期,有开创意义的"二子"系列前四部已经问世,父子关系以及各自性格定位、表演的模式都已经在观众心目中扎根。90 年代初喜剧片创作继续沿着小人物路线,表演风格擅长运用夸张的肢体语言,表现人物的尴尬/窘迫处境,与卓别林喜剧有形式与内涵上的继承性,只是卓别林喜剧的情景设置更为经典,常常表现的是普遍的人性的弱点或可笑之处。陈佩斯喜剧情境设置不仅有中国特色,而且光头形象、自嘲精神以及游戏感的体现在中国新时期喜剧创作中均有别具一格之处。

3. 塑造了成长中的"二子"形象

应该指出,陈佩斯电影中的"二子"形象是与当代文学中的"陈奂生"一样具有时代变迁中的样本意义的角色。《望子成龙》中顽劣的"二子"丝毫不理解父亲的苦心,处处与父亲对着干,在考场上望着无法解答的题目,干脆呼呼睡去;《二子开店》中戏谑观念守旧、与自己不合拍的父亲;《父子老爷车》中"二子"与父亲一起"下海"奔波,共同经历酸甜苦辣。这一部应该是"二子"面对现实、经历挫折、有所醒悟的初级阶段,但由于与父亲一起面对,仍旧"少年不识愁滋味"。

《傻帽经理》(导演:段吉顺)中,作为客店经理的"二子"想领着大伙儿好好奔一奔,可是他办事认真,不愿为住店客人开假发票,传统的人生观与现实生活的差距太大,致使他四处碰壁。与工商管理干部老齐关系暧昧的张大菊在"比家美"对面开了"菊香"旅馆,抢了"二子"生意。为竞争,"二子"借款装修。可居委会、市容老赵、刘税务等人不断来找麻烦。"二子"一气之下给报社写了投诉信,报纸发表,"二子"终于翻身,还当上了个体协会秘书长。女友英子(宋丹丹饰)面对"二子"因忙碌而表现出的冷漠转而与麻杆(冯远征饰)相好,麻杆趁机夺权,代替"二子"当了经理。后来"二子"秘书长的职位也被张大菊顶替。"二子"依旧回到小人物的行列,在人潮人海的北京街头消失。电影有喜感,但

是结局并不圆满,这是影片的深刻,也是主角"二子"形象塑造的深刻:
经历挫折,才能更好地成长。

《爷俩开歌厅》表现"二子"成长中的曲折,影片叙述在改革开放的
北京,老奎与他从深圳淘金归来的儿子"二子"开了间卡拉 OK 歌厅,生
意出奇地好。但是有钱后的老奎开始讲起了派头,而"二子"却爱上了
歌厅的歌手林小依,不料林小依一面与"二子"约会,一面又勾搭上了一
位海外"大款"。"二子"受不了,无心做生意,落得个歌厅砸了,父子反
目,最后"二子"离家出走。这部电影反映了改革开放后让赚到钱的一
些人开始迷失,笑声中包含着警醒。

二、新世纪前后喜剧电影创作与文学性表现

(一)冯小刚平民贺岁喜剧的文学性表现

冯小刚贺岁喜剧前后有变化,前期结构倾向于小品化(戏剧性体
现),新世纪的《手机》《天下无贼》结构安排上有所改观。后来的两部
《非诚勿扰》笔者觉得虽然在台词风格、传递温暖内涵等方面有着一定
的继承性,但是主人公身份定位从普通人转移到海归,人物的诉求也与
以前影片差异明显,《私人订制》有过分"炫富"之嫌,所以笔者认为它们
不适宜纳入"平民贺岁喜剧"中。下面谈谈其喜剧电影的文学性。

1. 真诚关注普通人的喜怒哀乐

中国传统的审美心理定位是圆满和谐。不论是儒家的礼乐文化和
还是老庄的人生哲学都指向了中国人对人生圆融的追求。这种审美倾
向已积淀成民族文化心理要素。冯氏喜剧电影关注着普通人的人生和
情感故事,用真情打动人心,让中国老百姓在他的电影中完成观影的审
美期待,也找到了自己的情感宣泄渠道。冯小刚能从普通人的视角来
反映现实生活中最牵动人心的东西,对普通人的关怀,对生存境遇的关
注以及用真情对他们心灵的抚慰,这是冯氏喜剧片最可贵的特色。《甲
方乙方》中通过游戏方式让人物在特定情境下置换日常身份为梦想中
的身份,宣泄对日常平凡琐碎的遗憾、不满,能够重新正视生活,正视自
我。影片中姚远(葛优饰)等一行人开设的"好梦一日游"公司尽量满足

社会中没有话语权的受众的梦想。买书的店老板(英达饰)想做一回将军,活动中他成了一诺千金、指挥千军万马的威武将军;普通厨子(李琦饰)因为平时好说话嘴巴不严想满足自己"守口如瓶"的梦想,姚远给他编了一句"打死我,也不说"的台词,电影中厨子的坚定表现和这句话在特殊语境下形成戏剧性误会,造成了鲜明反差,正是这种本质和表象的反差产生了诙谐幽默感。失恋男青年(刘震云饰)梦想着能够找一女子为妻,游戏中他的身份被置换为阿依吐拉公主寻觅的梦中人。这个身份的置换远超于男青年的预期心理,让他继续有生活的勇气和希望;影视明星唐丽君(徐帆饰)想实现做普通人的梦,想卸掉所有的一切伪装和名利还原成为普通人,但她的生活中早已习惯了浮华和虚无的包围,还原为普通人的欲望达成以后,褪去光环后其内心不甘落寞的念头又升起,姚远等人的方案是"告我们吧,求求你了",因为"没准三炒二炒把我也炒红了",令人捧腹也深感悲哀。尤老板被送到山村体验生活,山珍海味吃习惯了的他想满足自己吃糠咽菜没有电话骚扰的生活,不久把一个村子的鸡全部吃光了,看到黄鼠狼都两眼放光。另外还有受气梦、患癌妻子与丈夫有房子的团圆梦。小品化的段落表象是在满足每一个人的愿望——将军梦、义气梦、受气梦、恋爱梦、受苦梦、凡人梦、住房梦,使它们一一得到满足,在帮助寻梦人满足了内心欲望的同时,看清楚内心的需求和向往。1999 年《没完没了》讲述老实厚道的出租汽车司机韩冬(葛优饰)长年把车包租给旅行社老板阮大伟(傅彪饰),但后者却长期拖欠包租费。在再三索要无效的情况下,韩冬自作聪明,将阮大伟因病住院的女友小芸(吴倩莲饰)从医院接出,并致电阮大伟声称将小芸"绑架",以逼其结清欠款。一向骄横的阮大伟不相信一贯老实的韩冬会真下狠手,电话中恶语相向,并称宁可撕票也不还钱。小芸得知自己的性命在阮大伟的眼中比钱还轻,一气之下与韩冬合作捉弄阮大伟,由此上演了一出错进错出的生活喜剧。后来小芸得知韩冬急于要钱是为了躺在医院的植物人姐姐,被他的真诚和亲情所打动,爱上了貌不惊人却心地善良的韩冬。影片幽默搞笑不失温情,人物有血有肉,散发出市井气息。

冯氏贺岁喜剧中对所塑造的小人物是倾注了温情的,《天下无贼》

故事内核特别好,就是满足所有人的一个不可能的幻想(对大众的某种心理补偿),满足了傻根的那个道德的乌托邦。影片开始时傅彪把一个既怕老婆又色心不死的大款演得惟妙惟肖,而刘德华教训小区保安的段子也是典型的冯氏幽默。不过很快地,影片的调子就向着正剧的方向靠拢:营造让大家看得下去的白日梦(维护傻根"天下无贼"的梦想),探讨人性善恶及其转化。这是一个真诚而温暖的情感故事,天真的愿望和爱情的力量最终完成了生命的洗礼,用生命的代价完成了精神的解脱和皈依。影片的情节和香港喜剧《龙凤斗》有些相似,同样的贼公贼婆,同样的刘德华,同样的男主角不幸身亡;不同的就在于《龙凤斗》的浮华淹没了影片的主题,而《天下无贼》却用了更为写实的手法。如果说《手机》还停留在技术理性对伦理、家庭和情感的冲击上,《天下无贼》包含的意义开始丰富起来,开始涉及人性、社会和哲学层面的价值冲突。

上世纪90年代冯小刚的贺岁喜剧多涉及爱情,"事实上,爱情喜剧并非是当下喜剧电影创作的首创,冯小刚早期的贺岁喜剧就属于爱情喜剧,《不见不散》、《没完没了》等都是在爱情片的类型范式融入了语言幽默,在一个假定性很高的喜剧情境中完成了对爱情故事的诉求,使观众获得了对爱情的想象性满足"。[①]《不见不散》是典型爱情喜剧,《甲方乙方》中姚远、周北雁的感情副线做了淡化处理;《没完没了》抽去爱情成分,喜剧效果大打折扣。

《手机》是冯小刚贺岁片中的一个"异数"或变脸之作——不是运用"冯氏"幽默叙述一个虚构或荒诞的故事以传达温情,带来游戏或白日梦的快乐;而是通过主人公的生活变化(婚姻受挫、事业受阻)说明谎言与欺骗带来的只会是众叛亲离,最终落得孤家寡人的惩罚。就选材与主旨而言,与非喜剧片2000年的《一声叹息》有相似处,探讨婚外恋给人带来的痛苦与伤害。电影中,手机既是影片的结构线索,又暗含多种隐喻,承载的功能颇多。正如导演所言"我觉得这部影片是在比较深入地讨论、揭示手机对人们生活的影响,它是那种通过一系列非常精到的

---

① 饶曙光、尹鹏飞:《当下中国喜剧电影创作演变及其发展》,《艺术评论》,2013年第4期。

细节积累起来，去传达给人一种震撼力的影片。"①

冯小刚受王朔影响深远，他导演的喜剧电影特别是 1990 年代的作品，在人物和台词设计上多少都有王朔小说的影子，冯小刚的电影沿袭了王朔小说的调侃、戏谑和嘲讽风格。有研究者认为冯氏喜剧属于后现代主义创作，"冯小刚电影对社会规范的瓦解，对主流价值取向的颠覆，对传统道德视点的移位，对大众情感深度的反讽等等呈现出消解严肃，调侃个性，拆解传统的后现代主义倾向。由于独特的电影语言修辞和主流社会语境的极端不协调，使得观众在观影过程中时时体会到这种嘲讽又复自嘲的心灵解放和精神快感，这恰恰契合了经济社会中人们对自身境遇不安的不自觉的'暂时性'搁置心理，从而完成了心照不宣的情绪宣泄"。② 笔者认为冯小刚未必自觉运用后现代主义的理论与手段创作喜剧片，只是在经历了早期的失败后，冯小刚在意识深处认识到市场的重要、把握观众心理的重要，运用从王朔那吸取的思维方式与话语表达方式，淡化了政治倾向性，加强了娱乐休闲性和消费性。冯小刚贺岁片电影的"喜剧性"确切地说是一种"游戏性"，它是解构的一种手段。当把很多传统的话语模式、思维模式都消解了以后，生活也变成了游戏，变成了非现实的荒诞。冯氏喜剧没有消解甚至在作品中建立并强化的是"真诚"或"良心"（这也是他高明于王朔之处）；正像周星驰电影几乎解构了所有，只保留了爱情。冯小刚喜剧片中都市小人物身上不论有多少缺点，但性格中都有热心真诚的特质，关键时刻特别仗义或讲情分，值得依靠信赖，绝对与"小人"划清界限。也就是说，男主角形象寄寓普通观众的人格理想：世故但不油滑，自我奋斗但不投机取巧，深知金钱力量但不会为富不仁，追求爱情但又洁身自好，诙谐幽默但又具绅士风度。这些人物既有世俗的一面，也有操守高尚的一面，可谓平民化的君子。他们身上传递的是正面能量，世俗化缺点令人莞尔。《甲方乙方》中把新房借给处于困境中的夫妻却又担心拿不回钥匙的姚远、《不见不散》中的异域漂泊者刘元、《没完没了》中急于要钱但并

① 马智：《我的电影是"催眠术"——冯小刚访谈》，《大众电影》，2003 年第 13 期。
② 姜哲：《谈中国大陆后现代喜剧电影》，《新学术》，2007 年第 3 期。

不趁火打劫的司机韩冬、《大腕》中一诺千金的剧组临时摄影师尤优等，都是有缺点的小人物，但有原则、有底线。这些普通人物的理想化塑造，无疑更容易赢得广大观众的喜爱和认同。因为他们就是受众自我的影子——摄影机的视点与观影者的视点的合一使电影受众的眼睛"跟剧中人物的眼睛合而为一，于是双方的思想感情就也合而为一了"。① 讽刺现实生活中不良现象的《手机》缺乏正面的角色塑造，但主角的"下场"安排表明了编导的正面倾向；《天下无贼》中刘德华饰演的王薄是一个"异类"，但转变后守护他人梦想及丧生瞬间的人格光辉洗刷了为盗生涯的耻辱；两部《非诚勿扰》中的秦奋对笑笑的挽救、宽容、等待均令人感到温暖。

2. 冷幽默台词构成反讽

冯小刚的喜剧呈现一种很生活化的幽默，与那种纯粹恶搞以及无厘头式的幽默差异明显。其贺岁喜剧电影的文学性很大程度上体现在人物台词对话上，片中的主人公往往操着一口圆滑地道的京腔，伶牙俐齿地评天论地，调侃生活与人生，间或带着自嘲善意，以化解生活的沉重烦忧。

影片《不见不散》中不少具有冷幽默特质的台词：如刘元开导李清教美国学生学习汉语不能操之过急时脱口而出《南征北战》的台词"我也想今天晚上就打冲锋，明天一早就把蒋介石的几百万军队全部消灭。可是不行啊，同志。我们今天大踏步的后退，那就是为了明天大踏步的前进"。拿解放战争消灭蒋介石打比方，虽属调侃，却毫无违和感。咖啡馆里"找钱包"一场戏，无疑是对金钱至上、物欲横流、"瞎子见钱眼睛开"现象的辛辣嘲弄。中文培训班上，美国警察起立齐呼"首长好，为人民服务"这些别出心裁、俏皮犀利的人物对白或台词，使观众在忍俊不禁的笑声里，咀嚼到多少醇厚悠长的人生况味，感受到冯小刚一脉相承的艺术风格。对生活的调侃、对人生的戏谑充满豁达、智慧，既是对中国式"官腔官调"的反讽，也体现出其冷面幽默的审美内核，这是冯氏影片对当代喜剧艺术的独特贡献。《甲方乙方》中，姚远的大亨朋友对于

---

① （匈）贝拉·巴拉兹著《电影美学》，中国电影出版社1986年版，第33页。

高品质的生活产生了厌倦,拍着姚远说道:"大鱼大肉每餐我都吃,我都吃得腻味了,总是希望能有苦的日子过过,你能不能给我想想办法。"这些话语不无夸张地讽刺了当下中国部分人乍富以后狂妄的心理,暴露了那些暴发户的浮糜意识。台词中的修辞手法,属于文学性语言表达技巧的延伸。影片《大腕》还对炫富现象夸张放大达到讽刺的目的:"什么叫成功人士你知道吗? 成功人士就是买什么东西,都买最贵的,不买最好的,所以,我们做房地产的口号就是:不求最好,但求最贵。"(李成儒饰演的一精神病人台词)这段疯人院里对话讽刺了房地产业的泡沫和世俗的拜金主义倾向,具有强烈的讽刺现实的意味。

俏皮话、段子如果具有文采,也具有泛义上的文学性。这也是电影语言中不可缺少的成分,其中很多都成了当时的流行语,且广泛传播。例如:"地主家也没余粮啊"(《甲方乙方》);"黑夜给了我黑色的眼睛,我却用鼻孔迎接光明"(《不见不散》);"有组织,无纪律"、"我欲将心向明月,无奈明月照沟渠"(《天下无贼》)。这些人物台词或改编自诗词,或改编自俗语,或将革命式领导话语置换成大盗对其手下的训诫。这些为人们平时熟悉的语言被赋予新的含义,幽默机智,带有某种程度上嘲弄经典的意味,同时也具有化腐朽为神奇、化崇高为平庸的功效。在冯导的电影语言中,讽刺的力度是不同的。有的带着嘲笑的味道,解构经典或假权威;有的则入木三分,辛辣十足。

《天下无贼》中除了葛优依然维持冷面笑匠的本色时不时冒出一两句经典台词如"21 世纪什么最宝贵? 人才!""我可以负责任地告诉你,黎叔很生气,后果很严重!""我最烦你们这些打劫的了,一点儿技术含量都没有。"令人喷饭外,口吃的范伟与娘娘腔的冯远征饰演的劫匪打劫的这一段也让人难忘,肥胖的范伟手里拿着一把小斧头的样子,以及冯远征那句"严肃点,严肃点,不许笑,我们这儿打劫呢",似乎浅表的喜感却成就了一段经典,只是这一段更体现戏剧性。《手机》对于冯氏喜剧而言,不变或延续的是剧中冷幽默的台词,如费墨(张国立饰)所说"二十多年了,确实有些审美疲劳","做人要厚道"等等,传播甚广。

除了前文解析具体影片时提及的有关冷幽默台词外,还有很多妙语连珠的语言段落。姚远在影片开场机趣诙谐的旁白,和周北雁外出工作时"多管闲事"与河边练功妇女的对白(《甲方乙方》);刘元推销保险或墓地时华丽俏皮的说辞,其教美国警察和华人子弟时幽默夸张的言语(《不见不散》);阮大伟的多段极富趣味性的快板演说,韩冬对刘小芸胡扯式的夸奖(《没完没了》);游览中国古寺庙时尤优为泰勒导演的诙谐介绍(特别是讲解中国古代皇帝的幸福问题),精神病院多位病人的连篇吹牛(《大腕》)等,都是较为典型的妙言趣语段落。另外,葛优在这些影片中所演的角色不仅真诚、善良,说话也极有趣,颇富幽默感,不时便有妙语出口。妙语连珠的语言段落与滑稽怪诞的动作场景相配合,营造了轻松愉快的故事情境与接受氛围。

3. 细节与音乐令人回味

冯氏电影中的一些小细节,比如《天下无贼》各路贼人的过招桥段,在外人看得一头雾水的快速切换的动作中,那种类似"轻武术"的细节化招式既是较量,也是叙事中表现双方实力、关系及性格的片段,戏剧张力十足,画面感强,但同时其中的文学性成分也很浓郁,镜头多为特写与近景,双方面部表情甚至眼神都看得很清楚,不论是面部特写、手部特写还是鸡蛋特写,这时候的特写就是细节,表达出人物的功夫、心理与精神状态,可以看出黎叔的阴险与深藏不露,王薄则显得痞气些。

王薄从贼转变为保护傻根的角色,与黎叔最后在车顶上较量失败,带血的手将夺回的傻根的包从天窗丢下,有手的特写、包的特写,傻根睡熟的脸部特写,血滴到睡熟的傻根的脸上,同样是细节,令人揪心,同时抒情的主题曲《那一天》响起,"记得那一天,上帝安排我们见了面,我知道我已经看了春天。记得那一天,带着想你的日夜期盼,迫切地不知道何时再相见。记得那一天,等待在心中点起火焰,我仿佛看到了命运的中转。记得那一天,你像是丢不掉的烟,弥漫着我再也驱赶不散。那一天,那一天,我丢掉了你,像个孩子失去了心爱的玩具。那一天,那一天,留在我心里,已烙上了印永远无法抹去……"旋律舒缓,歌词似乎暗喻着相爱的人的永别。镜头扫过车顶上已经失去生命的王薄的手、胳膊、脸部与身体。后来张涵予饰演的警察与同伴上了车顶,随着他们视线移动,电影也给了两个特写:一是王薄的手机,手机上给爱人的短信应该未发出,显示字幕为"傻根的事已办妥,等着我";二是脖子嵌着凶

219

器的王簿的脸部。这一连串的特写也是细节化的镜头中,观众不动容是不可能的,即使演员是我们熟悉的,理智上也知道是蒙太奇镜头连接在一起产生的效应,仍然无法抑制悲伤和感动。最后是警察去给王丽交代有关王簿事宜的一场戏,在刘若英深情演绎下,同样令人印象深刻:怀有身孕的王丽吃着酱沾烤鸭,听完警察的话,又开始继续吃,泪流满面嘴唇上带着酱,但止不住眼泪直往下流,伴随压抑的呜咽,是表情也是细节,令人感慨、令人心痛。

《手机》故事讲的是主人公严守一在去电视台主持节目的时候,把手机忘在了家里,这一个小失误,也可以看作是一个细节。这一个细节就像一个杠杆,撬动了后面的情节链条,顺带也点了题——电影的片名,这个故事也就是以手机作为核心展开一系列的都市情感。用冯小刚的话说:"就是故事是假定性的,但所有的细节又要写实的。"①诚然,在冯氏喜剧影片的故事情境中,人物的言语、形体动作包括细节都具体写实,《甲方乙方》中的布置新房、除夕共饮并说着那些肝胆相照的话,《不见不散》中的流动打工、"归国"交谈,《没完没了》中的探视"姐姐",《大腕》中的电影拍摄、故宫游览等动作场景中都有很多写实化细节。也因细节写实与故事奇观的交错,冯氏喜剧影片规定情境的假定性便与具体细节的写实性共存并融,叙事也在虚实真假相生的情境里因两种互逆因素的既冲突又协调的动态和谐而富有魅力,并以此确立了冯氏喜剧迥异于他人的卓然的创作个性。

《天下无贼》剧情在最后部分急转直下,主题在尾部得到升华,片尾曲《知道不知道》演唱者刘若英带着悲伤的嗓音,起到了画龙点睛的作用。无论是生命已逝、血流如注的王簿,还是当下泪流满面的王丽,都通过这首哀伤的情歌融为一体,而歌词中的那些话语,则像是生死相隔的爱人给予对方的最后告白。《甲方乙方》中的主题曲《相知相爱》有怀旧沧桑,更有温暖与释怀。《不见不散》同名主题曲歌词、旋律都很优美,寓意了片中男女主角波折的感情经历,而歌词"世界说大就大,说小就小"也暗示了二人最终的完满结局。其他电影如《夜宴》《非诚勿扰》

---

① 谭政、冯小刚:《我是一个市民导演》,《电影艺术》,2000 年第 2 期。

《集结号》中的主题曲、插曲均有动人之处，具有浓浓的文学意味，如同我们朗诵过的优美的诗词。

（二）小成本喜剧片的叙事结构与人物塑造

新世纪以来喜剧电影分为两段。2000—2005 年数量相对较少，手法延续 90 年代，多用误会、巧合、夸张等手法制造喜剧效果；2006 年以后大陆喜剧片作品数量增多，手法丰富，一个突出的变化是大量运用戏仿，从风格来说，将 1980 年代中期开始的荒诞色彩与"当下"犯罪题材结合为本土化的"黑色喜剧"。《疯狂的石头》作为"始作俑者"，成功带动了众多创作者的创作热情，"疯狂"系列续作《疯狂的赛车》以及《我叫刘跃进》《光荣的愤怒》《落叶归根》《夜·店》《即日启程》《鸡犬不宁》《斗牛》《走着瞧》《彩票也疯狂》《倔强的萝卜》等影片迅速推出，形成了一股黑色喜剧创作风潮，甚至张艺谋、姜文等名导演的《三枪拍案惊奇》《让子弹飞》中均染有黑色喜剧色彩。下面谈谈小成本喜剧片的情节结构与人物形象。

1. "疯狂"系列叙事结构：多线索交集叙事

情节结构是形式方面的元素，但与内容相辅相成。电影叙事情节推进多采用传统线型结构，男女主角的戏份作为主线贯穿始终，其他人的戏份是副线与主线交集，产生矛盾或冲突，问题解决后收尾。冯小刚贺岁喜剧片吸收小品的叙事策略，呈现"团块式"或"串珠式"（不同段落串在一条线索上）的结构风貌。也有少数电影采用两段式，如王家卫导演的《重庆森林》与贾樟柯导演的《三峡好人》分别有两对主角来到一个地方，互相之间并未交集。在擦肩而过中，他们的生命历程有着某种天意般的关联甚至相似。进入新世纪，中国电影叙事中采用的结构形式似乎更多元化了，最明显的是《英雄》采取了"重复"或复调式叙事，宁浩的"疯狂"系列则采用了多线索交叉叙事，多线索叙事策略对观众的注意力分配与逻辑推理能力都有较高要求，有智力游戏的成分，营造的是"螳螂捕蝉黄雀在后"的效果。戏剧性与视听性较为突出，文学性的体现在于节奏紧凑的叙事中带来某种环环相扣的缜密、逻辑性强的美感，以及人物/团队相互算计中的心理与情绪反应。当然如果编导有心,影片在故事选材、人物定位等方面还可以积蓄更多的文学性成分。

2006 年宁浩导演的犯罪喜剧《疯狂的石头》(原名《贼中贼》)围绕着翡翠被盗和追踪过程将不同的群体——负责看守宝物的保卫科长包世宏等人、国际大盗麦克及其幕后指挥者与本地一帮小偷——串联在一起,蒙太奇的快速切换,人物和情节线索目不暇给的交替,构成了一部惊心动魄高度饱和的情节喜剧。这种多线索交叉叙事、黑色幽默中带着几分讽刺、深具后现代意味的作品,在内地乃至港台都很少见。上映后受到媒体和观众的高度评价,是当年小成本电影获得成功的典范之作,导演宁浩亦一跃而成为商业电影的新锐。本片在故事结构安排、酷炫镜头、快速剪辑等技巧方面借鉴了英国导演盖·里奇成名作《偷拐抢骗》《两杆大烟枪》的手法,片中保卫翡翠者、小偷、大盗经历的种种窘事,以及不同群体之间种种不可思议的行动巧合,令人忍俊不禁。如那个来自香港的"精英"式国际大盗,尽管身手不凡,但在内地遭遇奸商的短斤缺两、小贩的无质量保证的石灰粉等境况下败阵。宁浩的贡献是使盖·里奇的笑料更加平民化和中国化。2009 年《疯狂的赛车》是一部异常复杂的动作冒险喜剧,相比《疯狂的石头》,人物和线索明显增加,剧情更加复杂。电影有 6 组人物、4 条线索。整部电影就像一条一环咬着一环的链条一样,每一个情节都与下一个镜头紧密衔接,根本没有关键的情节,因为每一处基本都是关键的情节。黄渤扮演的银牌车手,生活潦倒,在万般巧合之下,他跟一个想杀老婆的奸商(也是他师傅的仇人)、卖墓地的人、几个从台湾来的黑社会毒贩子、以及一个泰国来的会泰拳的交易毒粉的杀手、还有两个想靠杀人发财致富娶老婆的小混混、以及两个想立马遇到大事大案的警察等几伙势力交织在一起,产生了很多的奇遇和笑谈。导演宁浩的的处理技巧明显也更加成熟,各情节衔接得合情合理,浑然一体。"它的连接多线索之间的桥段比《石头》要更精密一些,导演把控叙事的技巧上比《石头》要熟练很多。"[①]当

---

① 王文斌:《疯狂依然真实不再——对电影〈疯狂的赛车〉的批判性考察》,《理论与创作》,2009 年第 3 期。

年《石头》上映后一些成人观众看不懂，需要看两遍或需要他人讲解。而对于读图长大的多数年轻观众而言，对各种时空重叠、时空交错的影像熟悉亲切，他们看《赛车》的叙事应该比看《石头》更加过瘾，这部电影里也有多次闪回，对于能够接受《石头》叙事方式的受众来说，已经不足为奇了。不像《石头》开头几次闪回，有观众感觉很新鲜、很炫目。

　　从选材以及影像风格看，"疯狂"系列在很大程度上的确像是一种"黑色喜剧"的复制品。"宁浩'疯狂'系列如果能称之为一种类型的话，应该与西方黑色电影的衍生类型'黑色喜剧'最为接近。在极具模仿性的叙事结构和形式感中，此类型常见的戏仿、混合、荒诞等风格都经过了一种本土经验的过滤和转换。作为一种类型尝试，宁浩的黑色喜剧为中国电影的底层叙事提供了一种成功的可能。"①在其最醒目、最具模仿性的"多线索"叙事中，宁浩讲述了中国当代时空下一群小偷大盗们的各种具有喜剧感的犯罪故事，以此挑战中国新一代观众对于影像叙事的理解能力。昆汀·塔伦蒂诺（代表作《落水狗》《低俗小说》）、盖·里奇（代表作有《两杆大烟枪》《偷拐抢骗》）、汤姆·提克威（代表作《罗拉快跑》）等西方导演标签式的叙事手段和影像技巧被宁浩模仿得惟妙惟肖。多重线索、非线性时间、群组人物（两部"疯狂"影片中的人物都被一种冥冥之中的力量牵引、前行、逆转、归位，行善作恶，都是被精心安排的）、核心事件的缺乏、令人目眩的快速剪辑和视听呈现，等等，这些形式技巧即便是在"抄袭"的意义上也使得"疯狂"系列迅速从当代最为流行的、过度依赖明星和台词的"小品集锦式"喜剧中脱颖而出，为中国喜剧开创了一种全新的风格，开辟了一条以叙事和影像为核心的喜剧之路，这大概是宁浩的"疯狂"系列对于中国电影的开创意义。

　　2."疯狂"系列人物塑造与人文内涵本土化

　　《石头》的最大亮点，还是在于它的人物塑造，正如《南方人物周刊》所指出的："我们格外关注的，是这部在喜剧的外表下有着民生关怀立场的电影所塑造出的近十位角色（这些令人捧腹的角色，无疑是鲜明和

---

① 陈捷：《宁浩的类型与意义》，《北京电影学院学报》，2010年第2期。

生动的），以及他们生活其中的广阔的社会背景。"①就主要人物来看，无论是在生活中不得意，背负生活压力甚至患上前列腺炎的中年男人包世宏，还是想着买彩票一夜暴富的三宝；无论是老奸巨滑、罪行累累的奸商冯董，还是为虎作伥、狐假虎威的"四眼"秘书；无论是不思进取、浑身洋味、成天想着如何泡妞的青年谢小盟，还是三个自作聪明的小贼，都是当下中国社会中活生生的人物，令人一看就觉得亲切。就次要人物而言，无论是市场上油嘴滑舌缺斤短两的小商贩，还是边嗑瓜子边玩手机、态度恶劣的宾馆女服务员；无论是在庙门口转悠的棒棒军，还是与女青年调情的车内男；无论是追赶时髦的游戏厅女孩，还是嘻嘻哈哈的众保安，都是我们周围世界中的真实人物。《石头》以妙笔生花的笔法，描绘了一幅现实社会栩栩如生的众生相。

虽然有人认为《石头》在叙事技巧上是模仿，但故事的内核以及反映嘲讽的种种现象以及社会心理完全是本土化的，"无论别人怎么说是盖·里奇的翻版，你都可以说它绝对是一个纯粹的中国故事。保卫者和贼之间，即好人和坏人之间的斗争在全世界都一样的，但在郭涛他们正面的三个人之间，刘桦那一拨坏蛋之间的内部矛盾是中国式的，因为他们的行为逻辑和价值观完全是中国式的。所以那么荒诞的一个故事，人们还是觉得跟自己有关，对整个过程有一种亲切的体验感"。②

《疯狂的石头》将黑帮、强盗、侦探这些对于中国观众而言相对陌生的角色转变为一群缺乏技术含量的鸡鸣狗盗之徒和各类小人物，被争抢的珠宝不是来自豪华珠宝店的钻石或银行巨款，而是从废旧工厂的厕所里挖来的翡翠。"这些人们所津津乐道的奇思妙想看起来都是宁浩对于强盗片、黑色喜剧类型经验的刻意'戏仿'，但其中并不含有对于此类类型的'文本指涉'。其中国际大盗模仿《碟中谍》里汤姆·克鲁斯的经典造型，这个最终只完成了一半的动作其含有的戏谑性并非出自

---

① 《南方人物周刊》编辑部：《疯狂的石头 荒诞的现实——对一部电影的社会学解读》，《南方人物周刊》，2006 年第 19 期。
② 王文斌：《疯狂依然 真实不再——对电影〈疯狂的赛车〉的批判性考察》，《理论与创作》，2009 年第 3 期。

于对此影片和类型的评点、嘲讽或是致敬,而是出于能令中国观众立即
会意的可笑现实,一个处处缺斤短两的中国现实。《疯狂的赛车》中的
台湾大佬在大陆的频频碰壁与其说是戏仿了某种'黑帮片'传统,不如
说它影射了一个'没有规矩'、'盗亦无道'的现实江湖。针对中国观众
所并不健全的类型意识,如同盖·里奇电影中比比皆是的英式幽默,宁
浩努力营造的是只有中国语境中才能领会的'戏仿',是对于种种类型
经验的本土化阐释。"①这部影片还使两位电影人才横空出世,一个是
宁浩自己,另一个则是当时被很多人当成民工客串的黄渤。

理性地看,《疯狂的赛车》是一部机关算尽的荒诞剧,尽管有人认为
荒诞剧不等于喜剧,但笔者认为这部荒诞剧也可以是喜剧,荒诞与喜剧
并不抵触。《石头》亦有荒诞成分,只是题材涉及到中国底层的生存问
题,增加了现实的砝码。如果说观众原来希望的宁浩的品牌是与《石
头》的叙事关联,那可以说《赛车》基本满足了观众的愿望,且更加炫目,
这就是品牌的衍生与强化。

《赛车》的游戏感更强,然人文厚度不如《石头》。在《石头》里,保卫
科长(郭涛饰)带了两个手下保护那颗玉,是为了这个行将倒闭的国营
厂的工人弟兄能继续生存下去,而这事很能让本土观众产生共鸣。《赛
车》中主人公耿浩(黄渤饰)是一个人为自己的清白奋斗,从引发观众情
感共鸣的角度说,当然不及《石头》。两片相似之处是:善有善报,恶有
恶报。《赛车》中精彩的是那个胖子(黑帮成员),他犯一次案,掉一个手
指头。总之《石头》和《赛车》喜剧性更多地来自情节,而不是冯小刚喜
剧中的冷幽默式对话,虽然两部影片对话也很精彩。

(三) 本土"黑色喜剧"跟风之作的文学性

"宁浩的成功点燃了人们对于'低成本喜剧'的获利梦想和投资热
情,更多的人则试图从中寻找到一条中国类型电影创作的可仿效、易操
作的成功捷径。"②2006 年之后,一系列以"低成本喜剧"面目出现的作

---

① 陈捷:《宁浩的类型与意义》,《北京电影学院学报》,2010 年第 2 期。
② 同上。

品蜂拥而至,但与《疯狂的石头》相比都影响不大。2008 年从《十全九美》开始,出了一批这样路数的电影,共性特征都是多线索、底层人物、寻宝(重要物件)兼及犯罪或黑帮社会,故事具有荒诞色彩。选材与现实相关的《鸡犬不宁》《我叫刘跃进》《即日启程》《夜·店》相对用心讲述故事,处理人物关系,还是值得观赏的;也有一些影片受此影响,荒诞感明显,但算不上黑色喜剧。下面我们来看看有关作品的文学性表现:

1. 描述了当代普通人的各种尴尬人生,人物形象较为真实

《鸡犬不宁》(2006)年围绕一剧团三个师兄弟家庭及师傅在经济转型后的生活状况展开:马三、刘兵和四海,是同一个师傅教出来的以戏曲为生的三位中年男性,尽管不断为生存奔波挣扎,却因为剧团的不景气,唱不了戏处于失业或下岗状态:马三失业后,没事做,只好把斗鸡作为生存手段;妻子大红一人分做两份工,却一心想着出国。四海和妻子素梅本是团里的台柱子,演不了戏后,素梅去深圳发展,四海贩起了狗,夫妻间渐渐有了无人打破的秘密。只有刘兵靠老丈人的钱开了照相馆,拥有完美的妻子秋菊。可他却不满足于做一个业余摄影师,且不满意妻子安排一切,对一个女孩有了情愫。结局是喜剧化且温馨的:三家都团圆相守,师傅晚年找到老伴出门旅游了。影片叙事中穿插幽默搞笑段落,特别是李易祥饰演的马三斗鸡时的表现,以及他帮着四海脱身的场景(四海骗人家),看中医(听信中医的话)吊砖头等戏份,整个基调是笑中带泪(苦涩),令人体会普通人怀有梦想、梦想破灭以及无奈、沉重的心理历程。《即日起程》(2008)讲述旅居塞浦路斯的中年男人老崔被逼着回国离婚,因为妻子怀了好友老魏的骨肉。离完婚老崔一心只想赶回塞浦路斯,因为他与人合开的中餐馆就要被合伙人卖掉。天有不测风云,倒霉的老崔鬼使神差地意外遇到了一位“灾星”似的女孩小夏,从此噩梦来临……情急之下,老崔只得和小夏合作,相互帮助,不料两人又被卷入一场盗窃国宝的阴谋之中。虽然老崔遭遇了各种狗血事件,但在与小夏的相处中,两颗心也渐渐靠近。

刘震云编剧、马俪文导演的《我叫刘跃进》(2008)讲述了一个现代版的羊和狼的故事:在北京一个建筑工地当厨师的刘跃进,爱面子又喜欢占小便宜,结果被人偷了包,包里面有他几年间卖泔水攒的 4100

226

块钱,还有一张 6 万元的欠条,算是刘跃进的所有家当。于是刘跃进必须要找回这个包,但他却没有想到,在追踪小偷的过程中,他无意捡到到一个 U 盘,盘里装有惊天秘密。黑色(犯罪)的故事就在戏谑的叙事基调中展开了。相比小说而言,电影里的人物在性格表现上显得有些表面化和脸谱化,每一个人物都有脚底发虚的问题,虽然貌似深刻,但背后却缺乏动机和推动力。这些毛病的起源,来自制作的粗糙。

《我叫刘跃进》与《疯狂的石头》在情节设计、人物关系安排上有相似处,《疯狂的石头》讲述了一个价值连城的翡翠被盗和追踪的故事,在追踪的过程中将护卫者、小偷、大盗等不同的利益群体串联在一起,在镜头的快速切换中,人物和情节目不暇给地交替,构成了一部高度紧张高度饱和的情节喜剧,令中国观众在接受强烈视听冲击的同时也经历了多线索叙述模式的洗礼。"这种模式在《我叫刘跃进》中得到了延续。同样是被盗和追踪的故事,同样充满了情节和人物的快速切换,同样成为票房'黑马'。更为有趣的是,这两部电影中都出现了底层和富豪两种形象。《疯狂的石头》的主要人物是重庆一个即将倒闭的工艺品工厂的保卫科长,《我叫刘跃进》中则是某建筑工地的厨子。与之对立的是两位房地产富豪:《疯狂的石头》中的冯董和《我叫刘跃进》中的严格。在这种书写模式中,平民/底层是道德正义感的载体,他们善良、负责任,然而在影片所描述的社会空间中,他们又是无能和外在、并且被阉割的(保卫科长小便困难,刘跃进的老婆被人哄走)。翡翠失窃,作为保卫科长束手无策,只能等着各盗窃集团前来偷盗,连自己也无法分辨翡翠的真假。而刘跃进则更为无奈,失去了老婆,还险些失去了儿子,失窃的六万元欠条最终也没能找回。"①在《疯狂的石头》《我叫刘跃进》等作品中,编导/创作者以喜剧手法将这些人物生存境遇包裹进快速发展的"情节流"中,较少表现他们内心的焦灼犹疑,即使有也以自嘲调侃的面目出现。这种犯罪喜剧与路学长导演的《卡拉是条狗》、杨亚洲导演

① 李阳:《游戏:流动的现代性——从〈疯狂的石头〉到〈我叫刘跃进〉》,《艺术评论》,2008 年第 3 期。

的影片《没事偷着乐》或冯巩导演的平民喜剧完全不一样，后者透露出主人公真诚的品格，道德上是相对完美的，内心世界展示得较为充分，令人同情；而多线索快节奏的《鸡犬不宁》《我叫刘跃进》等黑色喜剧并不特别重视呈现人物道德上的优劣，作为主角的小人物也是有缺点甚至有人格缺陷的。

杨庆编导的犯罪喜剧《夜·店》(2009)靠情节设计和人物表演取胜。故事发生在一个夜晚，一个小型的 24 小时超市。两个值夜班的店员，一个为了拍戏来超市练习打劫的好友，一个名为讨债形似打劫的彩迷，再加上一个真正的劫匪，三组假假真真的"劫匪"共同上演了一场令人啼笑皆非的搞笑戏码，其间层出不穷的意外与惊喜更是使得整个过程充满了变数与戏谑。影片基本都给了出场的角色些许个性并适当展示其内心的戏份，如讨债的水叔虽然蛮横但也有其理由，也坚持着自己的原则，一心想追逐明星梦的赵英俊表演夸张，最后却还能成为"超火"明星。由于故事题材和节奏之故，难免让人联想到宁浩的"疯狂"系列。但由于《夜·店》里的人物及背景更简单，全都在一家超市里就交待完毕，对于广大观众而言，人物关系和情节发展更为清晰。

田蒙导演的《倔强的萝卜》(2009)叙述民间科学家老罗(黄渤饰)多年潜心研究多种稀奇古怪的小发明、小创造，并在工厂大院中建起了自己的地下城和实验室。谁知智商过高导致情商失调，一桩非法集资案，让老罗妻离子散，并和老友赵老板(马书良饰)反目成仇。倔强的"科学怪人"老罗为争一口气，凭着自己的独门秘技和聪敏智慧，花 5 年时间精心准备，拟定了一个天衣无缝的计划，要在 20 分钟内，完成一个不可能完成的任务，无奈却被两个混混无端横插一脚，遇到各种阴差阳错，让最后的行动变得纰漏不断，笑料百出。

2. 部分影片情节流畅，部分影片存在瑕疵

《鸡犬不宁》部分情节安排体现了新世纪大陆犯罪/偷盗题材黑色喜剧环环相扣的叙事特色：董团长的包被偷，小偷(王宏伟饰)为了偷烟骗摊主菊花，可在偷人家烟时丢了偷来的包，被马三妻子大红捡后就去办签证了。马三发现了包中董团长的身份证，(因误会)骑车追人。而团长在宣布带团到香港演出后，找自己的包，发现小偷，团长开小车

228

追(小偷在公车上),出了车祸。马山骑自行车抄近道看到了这一幕。后来马三又去斗鸡,赢来(上次输掉的)钱,喝酒后被小偷(发现了自己偷来又丢掉的包)袭击,小偷碰到警察被抓,董团长的包失而复得。这一段的追逐戏码有"螳螂捕蝉,黄雀在后"之状,巧合加因果关系,人物动态关系安排与情节推进相对精巧。《鸡犬不宁》有一个巧妙的故事,有两大主题:一是小地方小人物的命运,二是传统文艺在这个时代的转型。这两个主题的结合,加上很多丰富的细节描述,足够令中年观众深深体会,就好像一杯酽茶,越品越有滋味。在国人心目中日渐没落的戏曲,舞台上色彩斑斓、明艳动人的扮相,演员下台后真实生活的艰辛,对美好未来的追求与向往,构成了《鸡犬不宁》的底色。这是一部在汴梁古都长大的人才能写出拍出的电影,徐帆的表演可圈可点,小香玉的表演朴实到位。《即日启程》剧情较为集中刺激,笑料百出。一些段落的设计思路和《石头》相似,一头为主,多线发展,但没有《石头》编织得完整严密,尤其是拿错枪的那一段线索,之后就基本断了,既没有借台词作出解释,剧情也没很好衔接。影片在剪辑和分镜上把握较好,开头定下的节奏,基本保持到结束,值得肯定。虽然后半部分情节推进有点矫情,但前面的剧情还是很抓人的,一直到小夏回忆其整个时间过程,这大半部分的影片叙事比较完整。国内的小成本喜剧,能不疾不徐做到这个地步,已经是很大的成功了。

《我叫刘跃进》原著基础很好,足以编织一个热闹精彩的银幕故事,但电影在制作过程中,丢失了故事的长处,还暴露了导演的短处。如黑道一伙和宰鸭厂曹哥一帮人混战场面的镜头显得混乱,观众只见画面瞎晃了许久,还没看清怎么回事,就打完收工了。而严格出车祸死掉的那场戏,电脑特效用得莫名其妙,且效果惨不忍睹,作为低成本影片,如果资金不够,这场戏不如不拍,或者简洁干脆地直接交代,这个情节也许会更有效果。另外,严格(因车祸死去)最后出现在寺庙难道没有死?还是另有隐情?电影缺乏交代。这一悬念设置与本片的现实选材及黑色喜剧风格不搭。应该说还是导演驾驭不了头绪多、人物多的故事。制作如此粗糙,然后拿出来给观众看时,却郑重其事,其实现在的中国观众,早已见多识广。如此粗糙的影片,又怎么能不被批评?

80 后的新锐导演杨庆的《夜·店》是以人民币 250 万的小额成本拍出的质地细腻又通俗有趣的作品,甚至还呈现出戏剧理论的"三一律"架构。整体节奏上快慢有序,也仿照盖·里奇、宁浩等导演的快速剪接风格及对出场角色的定位性介绍的手法,但同时注意把对现实生活的观照和思考融入到影片中,使观众在解读整部影片时也能完整了解每个角色的背景性格。《倔强的萝卜》虽然评价不是很高,但作为喜剧确实很逗乐,情节发展的关键点运用巧合(意外)转折,黄渤的表演有质感,表现了小人物的斗志(倔强),也撑起了这部本无多少新意的喜剧的票房。

一些小成本喜剧电影与大众娱乐接轨,失去深度或重量,不反映重大社会问题,也不表现人生严肃的话题,讽刺的少,恶搞兼自嘲的多,其中不乏闹剧。

(四)荒诞的古装嬉闹剧文学性整体低劣

文学性缺乏影响电影的质量,文学性品质低劣同样影响电影的水平。古装喜剧除了《我的唐朝兄弟》形象塑造中体现出的人性令人回味思考外,整体看故事荒诞的古装喜剧片质量不高,主要原因是文学性把握不够。

2007—2011 年左右国产喜剧电影数量最多的当属古装嬉闹剧。之所以称"嬉闹剧"或"闹剧",是因为这类喜剧普遍以颠覆性为主,戏仿、恶搞、拼贴在这些电影中俯拾皆是。《天下第二》和《十全九美》是较早进行恶搞创作的古装喜剧片,尤其是在《十全九美》以小博大,取得4700 万的票房成绩之后,大批古装闹剧跟风涌现:《隋朝来客》《熊猫大侠》《皇家刺青》《刀客外传》《嘻游记》《三笑之才子佳人》《刀见笑》《武林外传》《大笑江湖》……在古装题材的外衣下,对历史进行娱乐化的解构,以借古讽今的方式对现实社会进行指涉,这种渲染消解深度的民间狂欢,在一定程度上起到帮助观众解压的作用。从源流来讲,古装闹剧来源于上世纪九十年代流行的香港无厘头古装喜剧。然而,以周星驰电影为代表的无厘头喜剧是"在满纸荒唐言的话语泡沫下,在装疯弄颠的角色表演背后,隐藏了叙事者对意识形态权威的批判与解构"。① 而跟风创作的古装闹剧中,叙事者嘲笑的对象从代表政治权威机制的昏官庸官系列"置换为无良奸商、鸡鸣狗盗之徒、底层草民等三种人,这些对象社会化身份的'降格'使得笑声中本该寄寓的现实指涉变得稀薄,影片应当承载的社会批判功能缺失,观众也无法从中对应以完成自身文化认同"。②

　　王岳伦导演的《十全九美》(2008)是一部小成本爱情喜剧。明朝太子朱笑天偏好木艺,一心想成为鲁班那样的顶级木匠,为达成此愿,他偷偷出宫寻找鲁班留下的木艺绝学《鲁班书》。在寻书途中,他巧遇民女唐小蝶,并随她一起寻找唐的师兄——鲁氏传人江南鹤。朝廷密探洪盖天奉旨调查皇陵地图遗失之事,误将朱和唐当成盗墓贼,一路追踪缉拿。后南宫敖查明真相,还朱笑天跟唐小蝶清白,但小蝶发现朱笑天原是明朝太子,因此绝尘离去。朱笑天得到天下,得到《缺一门》的技艺,却失去了最爱。本片与"疯狂"系列有联系的是寻宝追踪(悬念感)以及故事的荒诞感,整个影片叙事较为流畅。本片值得肯定的另一优点是感情线设计较好,结局令人唏嘘,维护了某种美好的情愫,颇得年轻观众好感。但制作显得粗糙,恶搞精神非常突出,以至于有人认为是湖南台的娱乐节目的电影版。可以认为本片的内涵与情节发展等文学性要素还是值得肯定的,"视听性"的粗劣以及过多的恶搞在一定程度上损伤了文学性。

　　2009 年上映的刻意遮蔽掉历史和现实内涵的《三枪拍案惊奇》就叙事效果而言比《十全九美》还糟糕。"原作《血迷宫》是悬疑情节剧,叙事性强,通过讲述一个深刻的故事,表现人在命运面前的无力与荒诞,同时对飘摇的人性进行了剖析。《三枪》将这样一部主题压抑的黑色电影加入了'武林外传'和东北喜剧小品的元素之后,变身为一部惊悚喜剧电影,这是张艺谋导演在电影风格上的一种大胆的尝试。"③这部电

① 饶曙光、尹鹏飞:《当下中国喜剧电影创作演变及其发展》,《艺术评论》,2013 年第 4 期。
② 同上。
③ 于海阔:《再回首看〈三枪〉:其实它可以更好看》,《电影评介》,2011 年第 1 期。

影借用科恩原作的经典悬念,混搭"二人转"的喜剧元素,让观众既感到新鲜,又有不适应感。影片采用全视角叙事,观众跟着摄影机自然知晓一切前因后果;剧中人物常处于"当局者迷"状态,在体现故事荒诞性与黑色层面,主要借鉴原作的情节:老板(倪大红饰)安排张三(孙红雷饰)杀人,自己却被杀;李四(小沈阳饰)冒很大风险,处理老板,原因是误会情人即老板娘(闫妮饰)犯罪,结果南辕北辙;杀手也没能控制住结局。而片中老板对老板娘的算计,杀手谋财害命,伙计从想拿工钱到贪心取财,均暴露人性的贪婪。

影片故事背景虽然模糊,但张艺谋在营造本土特色上发挥了一贯的水平:故事情节尊重原著的同时,画面色彩使用颇具中国民俗特色的红与绿。造型上沿袭了张艺谋电影擅长的形式感、仪式感。本土化还表现在影片加入二人转因素,小品喜剧风格(更多体现于赵氏师徒的表演)对原影片的叙事造成某种间隔效应,或泛义上的"破坏"(中性词)。有人认为这是叙事结构上的败笔,不伦不类。"科恩兄弟的《血迷宫》是一部结构严密的黑色悬疑电影,但是经过张艺谋翻拍的《三枪拍案惊奇》,变成了生硬的小品化喜剧元素组合,片中的赵家班小品和二人转基本上与人物性格刻画、故事发展走向无关,失去了原作严密的叙事结构,沦为小品大杂烩。"①科恩兄弟的黑色(犯罪题材)电影如果完全移植到中国土壤上,应该没有多少观众耐心地看下去并完全消化,给予肯定,因为这种黑色电影气氛沉闷,表演内敛,要求观众对叙事结构、人物关系安排感兴趣,即使在西方国家,也不是大众都能喜欢这类格调的影片的。张艺谋插进本片主线中的娱乐性片段初衷是好的,但尚有提炼、推敲、创新的空间,借鉴化用上所下的功夫远未达到《疯狂的石头》对于西片消化的程度。

张艺谋上世纪作品有着强烈的女权意识,如《红高粱》《秋菊打官司》等片中的女性身上都体现出了自我意识的觉醒。《三枪拍案惊奇》除了保持原作《血迷宫》中的悬疑感,也体现了一定的女权意识,影片中女性以背叛的方式反抗,最后本片角色先后死去,只有老板娘与女伙计

---

① 饶曙光、尹鹏飞:《当下中国喜剧电影创作演变及其发展》,《艺术评论》,2013 年第 4 期。

陈七活着，老板娘（闫妮饰）最后还扭起了秧歌，应该是张艺谋有意识的安排，也是其电影中女权意识延续的表现。

喜剧部分特别是毛毛与程野对话，绕口令环节与剧情发展的紧张有"两张皮"感觉。加进了不少赵家班小品式的内容，令观众不满意。尤其是低俗的笑料，如几个因通奸被抓的女子枷锁上放着砖头、镐头、破鞋，赵六解释为：专搞破鞋！巡逻队长笑说，你挺有经验哪。这部分剧情的安排，从电影叙事学上说，是违背了故事讲述的正常逻辑，生硬地安放一个低俗的笑料，不得不说是该片的一大败笔。张艺谋以文化反思影片引人瞩目，早期的几部影片类似民族寓言，歌颂生命力。喜剧不太引人注目，题材各异，《活着》中有黑色幽默的痕迹，《秋菊打官司》被"误读"成喜剧，到《有话好好说》引人注意，一直到《三枪》我们发现张艺谋拍摄了一系列的喜剧。无可否认，张艺谋倾心于喜剧创作，并且也形成了自己的特色。其喜剧影片中渗透出时代文化氛围的特质，介于传统喜剧与现代喜剧之间，传达出"荒诞"的审美诉求。

与日本著名导演黑泽明创作的武士电影有相似感的古装喜剧《我的唐朝兄弟》（2009）是国内新锐导演杨树鹏历时三年精心打造的作品，看似情节简单、荒诞不羁，却于简洁中镌刻着关于人性临界点的哲思；它虽是一部喜剧电影，然而笑声背后却又隐藏着绵延不绝的淡淡忧伤。这是一部充满矛盾的作品，令人忍俊不禁的黑色幽默中藏匿着痛入骨髓的爱恨纠缠，嬉笑怒骂间悄然飘落无法抹去的浓重痕迹，轻声喟叹却余韵悠长。

相对于现实题材的黑色喜剧，这类古装喜剧得到的评价整体偏低，当然与质量水平相关。它们暴露出的缺点有：一是喜剧手法雷同，戏仿选秀节目，台词语言偏于东北体系方言；二是典型性性格缺失；三是情节构建过于虚构（失去生活基础）。与一般荒诞喜剧比较，虽亦带有荒诞感，但没有深刻的悲剧内涵，也缺乏强烈的批判意识或深厚的人文情怀。这类喜剧片出现说明文艺创作价值多元，喜剧观念更加开放，市场意识强烈。少数古装小成本喜剧的创作特色还是值得肯定的。

（五）新世纪具有黑色幽默意味的电影的文学性

新世纪以来，一批喜剧电影带有黑色幽默意味，其中以姜文、管虎等人的电影具有代表性。"黑色幽默"一词肇始于西方 1960 年代重要的文学流派。百度百科中这样解释"黑色幽默"的文学作品：突出描写人物周围世界的荒谬和社会对个人的压迫，以一种无可奈何的嘲讽态度表现环境和个人（即"自我"）之间的互不协调，并把这种互不协调的现象加以放大、扭曲，变成畸形，使它们显得更加荒诞不经，滑稽可笑，同时又令人感到沉重和苦闷。笔者以为，一般黑色幽默较为明显的作品均具有寓言感，而且整体上运用隐喻、象征的手法。

1. 姜文、管虎等作品中的寓言倾向

在迄今为止姜文导演的数部作品中，《鬼子来了》《让子弹飞》《邪不压正》属于喜剧作品，《阳光灿烂的日子》（1995，导演编剧都是姜文）和《太阳照常升起》不是喜剧片，尽管其中有一些喜剧化段落（特别是其导演的处女作《阳光灿烂的日子》）。

《鬼子来了》（2000）带有明显的黑色幽默和寓言化倾向。主人公马大三（姜文饰）一开始就被迫处于荒诞的境地中，与寡妇鱼儿（姜宏波饰）偷情时，因为点着灯，被来历不明的似乎是什么长官身份的人"敲"开门，塞了装着一个中国翻译、一个日本鬼子的麻袋进来。此后因为各种原因没能除掉鬼子，只好将他们好吃好喝招待着。在马大三等人将鬼子送还给日本人并且双方一起庆祝时，抗日战争结束，得到这一消息的日本人血洗了整个村庄，马大三最后被他养着的鬼子（国民党军官下令）砍头。影片在塑造马大三形象、村民群像、鬼子花屋小三郎及其他日本军官的形象中表达出关于人性、民族性寓意的思考，对不同身份不同处境中人物的心理揭示非常到位。"影片主题的最终指向，清晰而坚定地归结到对两国民族性格的鞭笞，表明在丧失人性的敌人面前，人性和道德都无能为力，唯有抵抗才能拯救生命的尊严。"[1]"尤为令人痛心疾首的是，当马大三终于在血和泪的惨痛事实教训下有了反抗精神的

---

[1] 岳莹、刘迅：《试论姜文电影的审美价值》，《北方民族大学学报（哲学社会科学版）》，2011 年第 3 期。

时候,国民政府却不允许他反抗了,因为抗战结束了,中日友好了,俘虏宽大对待了,在这个时候冲出来杀鬼子的马大三却成为了全民公敌而被自己人斩首了。镜头过滤下的无情现实,深入骨髓的悲哀,让人们清醒地看到了单方面以和平幻象抚慰战争的虚妄无力,只有挖出积淀于民族意识深处的麻木、愚昧等精神上的病态和惰性,以引起人们的切肤之痛,才能够反思民族根性,以致达到疗救的目的。"[1]本片给人们留下了不少疑问:谁将鬼子与汉奸翻译送到村里来的? 村民对这个指令(权力)为何如此畏惧? 村民多次讨论怎么处置鬼子,甚至也付出行动,可为何还是害怕? 最可叹的是血洗村庄时首先开始杀人的就是花屋小三郎,最后向马大山举起屠刀的也是花屋小三郎,善良和良心在面对疯狂的战争规则时的脆弱和荒诞不经如此触目惊心。这部电影让受众深刻理解了什么叫"养虎为患",也更能理解《农夫与蛇》的立意。

本片的以下相关方面处理得颇有特色:一是视听语言方面具有震撼力。用黑白胶片拍摄,最后杀头的一片红是特技(《辛德勒的名单》虽然也是用黑白电影,但是是用彩色胶片拍摄,后期做成黑白的),这与姜文这一时代的人从小看着黑白战争片(如有些人百看不厌的《地道战》)长大的经历有关。影片用大量特写,突出角色的心理情绪。如故事推进至约五十多分钟的时候,用鱼儿的视角来看马大三,表现他内心的恐惧,富有喜剧色彩,使观众产生怜悯又觉其可爱的情感。二是荒诞感。《鬼子来了》杂糅了很多悲喜交替呈现荒诞感的风格,例如在关于要否处死那个小鬼子问题上,影片中的残废的七爷,出场就嚷嚷"我一手一个,掐吧死俩,刨坑埋了",颇有喜感,可是他被当做疯子,无人理睬他的疯话。而正常的村民战战兢兢中闹了不少笑话,终究不敢杀了鬼子。幽默荒诞在影片接近尾声处表现得尤为突出(参见第二章第二节中:"'追加'的文学性维度")。

《让子弹飞》(2010)是姜文导演的第四部影片,姜文将对民族、历史、革命、人性等重大命题的思考与暴力、性、黑色幽默融汇交织,重新

---

[1]　岳莹、刘迅:《试论姜文电影的审美价值》,《北方民族大学学报(哲学社会科学版)》,2011年第 3 期。

装配,在讲述故事时有丰富的想象、饱满的激情。商业与艺术结合较好,叙事与奇观两不误。电影故事看似荒诞、搞笑、夸张,实则富有寓意。既有对北洋时期社会黑暗的嘲讽和鞭挞,也有对中国国民性的戏谑和反思。影片在台词设计上有不少隐喻、象征,引人遐想深思,局部运用黑色幽默(主要从人物关系、台词设计表现)手法。但笔者并不认为本片以黑色幽默取胜,因为影片中的主人公并未被迫处于极端痛苦无奈的境地。本片表现的是人与社会环境不协调,主人公无法施展救国的抱负,运用自己的才能智慧在一封闭的世界中以毒攻毒,消灭当地恶霸黄四郎。这样的选材与典型黑色幽默作品的题材或背景有相当距离,整个故事更多地给人以荒诞感:土匪张麻子打死买官的县长师爷,活捉县长和县长夫人,胁迫县长成为自己的师爷,走马上任成为新一任县长,就是讽刺喜剧的桥段;买卖官职,走马上任后遇到的阻碍,具有象征含义。局部黑色幽默的表现有:小六被激将剖腹自杀后,兄弟们在他的墓前,每人表示决心时说一句话,近镜头中变形的脸极具喜剧效果,多少呈现黑色幽默的意味。本片中小六不是作为反面角色塑造的,是作为革命者张牧之的亲信出现,可以说被逼而死;刘嘉玲饰演的县长(假师爷)夫人作为被侮辱的无辜者,被乱枪打死后,应该是悲伤的气氛,可是姜文饰演的张麻子为了蒙蔽黄四郎,竟抱着"夫人"尸体佯装嚎啕大哭,这一带有黑色幽默成分的场景让人啼笑皆非。另外关于官员盘剥老百姓的理论可谓鞭辟入里,尤其是那一句"税都已经收到西历2010 年了"同样有浓郁的讽刺兼无奈的黑色幽默意味。后半段发动鹅城群众推翻黄四郎的统治,百姓慑于黄四郎淫威,不敢跟随张麻子;后来看到(张牧之捉住并处死假四郎后)胜利希望,方才有所行动。这应该是正剧或悲剧表现的"恨铁不成钢"式的内核,可是却用了喜剧化的手法。就张牧之这一人物形象而言,是对强盗形象的大颠覆,即使以往文学作品中占山为王的草寇强盗有英雄好汉,但大多表现他们的醒悟、义气,而像姜文电影中张牧之这一有头脑有智慧且主动为民除害的形象(也有好色、粗野等缺点),既符合人民大众对落难英雄的期望,又符合强盗头子的身份定位。

　　管虎导演的喜剧电影《斗牛》与《杀生》具有明显的寓言气质。《斗牛》以一个小人物与一头牛为主角串联起整个的情节脉络,构思奇特,视角新颖,以喜剧化风格处理战争给个体命运所带来的巨大影响,以及战争对人性的异化——鬼谷子村的饥民为了求生,想方设法暗算追杀曾经供给他们奶喝的奶牛。

影片表现人性异化与守诺,同样具有寓言色彩。与《鬼子来了》中不知道谁扔下鬼子和汉奸翻译不同,《斗牛》来历明朗的委托方签了协议,却就此失了音信。受托方被迫履行协议承诺。对牛二来说,无论是对爱情的守候还是对八路军的承诺,在他身上,始终流露着战争之殇下不灭的美好人性,也批判了难民被战乱和穷困所扭曲的人性。善良的牛二帮助大规模流亡的难民,挤奶一直挤到了滴血的程度,可是难民们没有任何感恩的意思,反而想要吃掉他们口中像"娘"一般的奶牛,牛二愤怒地喊出了:"你娘喂你奶你也吃她啊!",他不懂为什么帮助了难民却要断送自己的幸福。土匪就更可笑了,他们闹哄哄地要求黄牛和外国奶牛交配。在这样一个以生存为最高目标的环境中,人畜的生命同等的低贱,电影表现出了对人类理性的怀疑和否定。难民与土匪都是饥饿的人群,身体的也是心灵的,他们匮乏于身心却又无法摆脱。导演的终极目标是控诉天灾人祸对人性的摧残。当人最终战胜自己的弱点,使人性的光辉更加灿烂之时,人的胜利才显得更加珍贵。

管虎另一部影片《杀生》讲述了一群人如何联手杀死了一个"不合规矩"之人的故事。以"设计死亡"为主线,剧情奇诡,整蛊奇招无数,又有谜一般的谋杀陷阱。影片呈现出尖锐的寓言性:杀生,杀了那股子勃勃的生气,扼杀不合规矩的人事。与《斗牛》相似,《杀生》的故事背景也是在民国封闭安静的小镇,同样是几近架空的时代和风格舞台化的取景,用湿润阴暗的四川山区来贴合影片本身的基调,而男主角牛结实(黄渤饰)是极端符号化的,观众可以看到的是一个烦死人的市井无赖,在平安、祥和又无比团结的封闭小镇里一石激起千层浪,他偷窥夫妇欢爱、给百岁老人喝酒、偷邻居的东西、抢人家的寡妇、粗暴地欺负小孩,到处惹是生非且肆无忌惮,让整整一镇子人都恨得牙根痒痒。他的一切夸张行为都是为了突出其异端的个性特征,影片也交代了他原本不属于这个小镇,对于群体来说,他是一个"生人"。影片在混乱的开头之后,以另一个外来医生(任达华饰)充满疑问的视角切入,围观了这个封闭小镇的压抑固执,进而一步步还原和提炼出牛结实在这里的成长往事。牛结实一个人对抗、质疑整个群体的宿命悲剧感还是通过他几乎是盲目的癫狂言行表达出来了,他的没心没肺和毫无逻辑映衬的是长寿镇整体群像的传统、规律、平静、自律乃至自抑。不管导演的倾向是否明确,对于本片的解读应该有不同的层面。这个黑色又喜感的故事以其本身的多义性表达了世界的多义性,寓意了每个人生存方式和看待问题的多角度冲撞,在管虎尽皆癫狂的镜头语言下,电影也意味深长地碎片化了。

2009 年李大为执导的《走着瞧》改编自王松的《双驴记》,影片讲述了上世纪七十年代市知青马杰插队时的爱情,以及他和两头驴之间的斗争故事。影片的动物复仇情节多少带点灵异色彩,知青马杰(文章饰)被下放到秦岭北麓一个村庄,奉命照料一头种驴黑六。因为嫉妒黑六的待遇好过自己,马杰虐待黑六,使其丧失生殖能力,最后百无一用而被宰杀。黑六的兄弟黑七又归马杰役使,黑七处心积虑为黑六报仇,企图伤害马杰,未果,黑七最后自焚欲与马杰同归于尽,马杰捡得一命。这部电影里的驴是有寓意的。在中国农耕文化中,驴被视为最吃苦耐劳、最不求回报的牲畜,甚于牛马。然而,就是这样两头最能忍耐的牲畜,最终在马杰的役使下挣脱不了忍受亦死反抗亦死的宿命。

2. 姜文、管虎新世纪电影中的人物形象

姜文电影中的人物形象都非常有特色。《鬼子来了》塑造了中国社会底层的群像,如主角马大三囿于生存生活的环境导致他存在很多卑微和愚昧的思想,如他惧怕"我"这个当初塞装着鬼子和翻译的口袋进门的人的权威接受了俘虏,又因为怕担责任就让全村人想法处理解决鬼子的问题。同时带有原始的淳朴,他不杀那个日俘,因为懦弱、胆小与恐惧,更与环境有关,即为文学理论上常说的"典型环境中的典型人物",请注意片中当村民们以为他杀了小鬼子后一个个对其疏离冷漠,连平日相好的(已怀孕)都如此,因为村民们世代相传的价值观认为——杀人不吉利,会生鬼胎。这是中国底层民众对生命最本真的认知。就是这样一个对鬼子一而再再而三无法下手的马大三,最后却拿起菜刀冲入俘虏营砍杀数名日本人。因为在目睹日军屠村恶行之后，先前的犹疑选择证明全错了，在这样的现实面前，马大三不再忍辱偷生，不再害怕生鬼胎，在抗战胜利的消息宣布后，硬是搭上自己的性命去砍杀日本鬼子。挂甲台这个村子最后一个男人的死，很是悲怆，但又是醒悟后以生命为代价对先前错误做的补偿，更是对国人的警醒。

另外，影片中还展示了一个流民社会的缩影，以"四表姐夫"和"一刀刘"为代表的这个群体，他们在充满动荡的中国历史发展中一直发挥着重要的影响，影片中的"一刀刘"被传得神乎其神，号称处斩过"戊戌六君子"，但当面对日本鬼子的时候，其刀法却失灵了，令人不可思议。

影片最后还为我们展示了以军人为代表的国民党权力阶层，那个由吴大维扮演的国民党军官从一出场就带有几分自以为是的喜感，尤其是他竟然别出心裁地想出让日本战俘来处斩马大三的办法，简直混账到令人发指的地步。影片中颇为耐人寻味的处理是在这个军官身后总是站着两个膀大腰圆的美国军人为其撑腰和壮场面，让人不禁想到"狐假虎威"那则古老的寓言，尤其当他面对日本战俘无计可施的时候，正是美国大兵的一顿咆哮让日本战俘乖乖就范。影片也借此向我们揭示了所谓法西斯的心理特质，那就是对力量和强者的绝对崇拜，而正是这样一种无以复加的狂妄和强权心态曾将日本民族拖进了战争的泥潭。

影片当中最为重要的鬼子形象是花屋小三郎，他可以被看作是普通的法西斯。作为同马大三等一样普通的"庄稼人"，他先是带着"武士道"精神的面具登场，由只求一死到慢慢恢复生命意识，后来为保命不惜骂天皇以讨好村民们。他的转变固然是因为怕死，但怕死不恰恰是人性的最大真实么？如果说刚开始花屋小三郎表现出某种无惧生死的大无畏是出于训练养成的思维和行为惯性，那么接下来时间的流逝却让他逐步回到自身真正的生命需求上来，但他这种人性的复苏最终还是被法西斯军官头子酒冢猪吉的外力打断，并最终剧变为兽性的总爆发，从而在整体上为我们演绎了一个普通法西斯的变异过程。我们意识中的"鬼子"要么是妖魔，要么是小丑，《鬼子来了》在还原"鬼子本色"上所做的努力便显得尤为难能可贵。整体看来，影片中不同层次的人物形象鲜明而饱满。

《让子弹飞》中的男主角作为一种政治隐喻的人物,带有明显的理想主义色彩,承载着影片创作者对社会变革领导者品格与能力的美好期许。土匪式英雄张麻子代表力图变革的英雄,黄四郎是握有实权的压迫剥削者代表,而汤师爷是官腐集团的代言人。张麻子的形象有点特别,他的两个名字"张麻子"和"张牧之"对应了他的双重身份:既是有勇有谋、具有个人英雄主义气质的土匪头子,也是具有打破旧世界、建设新世界的能力与胆识的革命家、政治家。他追求社会公平,撒钱给穷人,不惜代价除掉黄四郎等黑暗势力。不过他曾经落了草,但这落草没有改变他作为革命家的本质,反而增加了他的现实战斗力。

《斗牛》塑造了牛二的个人形象和难民的群像。电影展开于一纸契约,这张纸将猥琐、滑稽、可笑的牛二和温顺、巨大的荷兰"八路牛"连结在了一起,一直到最后也没有分开。他们一起熬过了日本兵的袭击,也迎来了饥饿的同胞和土匪。仅仅因为一纸契约,他便可以冒死去救牛,将自己的生命与牛绑在一起,将奶牛视为自己的精神伴侣,将兑现承诺视为存活的重要动力,这样的朴素与诚实正是当今社会所缺失的。

相比于难民与土匪,牛二的存在则充满了温情。当看到日本兵拿出家庭合照时,手拿砍刀的牛二动摇了,他也深深思念着他的家人,可是战争却摧毁了一切,最终善良的牛二没有杀掉那个日本兵,反而将其安置在了牛背上一起逃命。其实牛二与奶牛很像,一样逆来顺受,一样温和,在纷乱时期默默履行时代给他的使命,一如影片最后,文盲牛二拼出的那四个字"二牛之墓",充满荒凉。影片最后他说了一句话"别害怕,一切都会过去呀",则又夹杂着希望温情。

以武侠片、喜剧片为代表的商业类型片的文学性加强了,受到观众一致好评了,本研究的目的也就基本达到了。而现状是类型电影往往追求商业价值,而较少考量文学性及人文性。最具民族特色的类型电影是功夫武侠片,其中优秀影片在人物心理描摹、情节结构安排等方面颇有特色,值得借鉴;新世纪以来内地武侠大片重视觉效果而轻文学性、一些古装动作片品味偏低,均值得反思。喜剧电影渗透能力强,能与多种选材类型组合,1979 年以来喜剧电影在选材、立意、风格等方面不断变化,文学性的体现程度也有所差异。

第四节 其他类型、风格电影与文学性

一、1980—1990 年代娱乐片及其文学性

1980 年代初,娱乐片处于试水中,《保密局的枪声》(1979,导演:常彦),融合动作、悬疑、战争等类型要素,梁廷铎导演、向梅主演的《蓝色档案》(1980),谍战片的元素已有一定痕迹;80 年代中后期,随着市场经济发展,大众文化勃兴,"娱乐"产生。带有娱乐性质的影片是分化的,有注重戏剧性、加强画面观赏性的影片,有观赏性与文学性兼顾的影片。李文化《金镖黄天霸》(1987)源自小说《施公案》500 多案例中黄天霸系列中的故事片段,李云东导演《东陵大盗》(1987)可看作是当时中国大陆式武侠类娱乐片,这两部作品对文学性重视不够。涵盖武侠片、功夫片的动作片通常包含传统质朴的道德观念,贯穿着简单明了的是非、善恶、伟大渺小、英雄小人等泾渭分明的道德思想,浸透/贯穿在精心设计的矛盾冲突和人物性格心理中,使得影片具有一定的感染力和说服力,即使在娱乐功能明显的影片中也能传递有关道德准则。《神秘的大佛》是这类娱乐片的代表。

80 年代初尝试娱乐性手法的电影在叙事中,注重情节的传奇性,悬念感重,也即戏剧性强,曲折迷离,引人入胜。其中张华勋导演的《神秘的大佛》较有影响,有动作、犯罪的类型元素,是武打影片的开拓之作,也是一部神秘、惊险、自然风光、武打动作相结合的民间传奇故事片。影片叙事呈戏剧化、传奇化倾向,"题材选择、表现形式、人物造型以及空间环境等方面的民族化追求,构成了这部影片探索的一个重要走向"。① 影片所讲述的故事取材于流传在乐山的民间传说,"影片的

---

① 宫浩宇:《神秘的大佛——种探索片的诞生》,《南京师范大学文学院学报》,2008 年第 4 期。

故事放在乐山和峨嵋山两地的背景上展开,目的就是为了展示这两地美丽雄秀的风光。因此如何拍摄好风光,不仅仅是场景变化上的需要,也是本片内容和揭示主题的需要"。① 可以看出影片的视听性是得到重视的,"在空间环境的选择上,通过对镜头的调度自觉地展示自然风光和人文古迹的秀美、绮丽,使其成为一种'视觉奇观',实现了独立的审美价值,显示出民族气韵和本土特色。我们也看到,在此后大陆拍摄的众多武侠动作电影中,自然环境的精心选择已经成为了一个整体性的创作取向"。② 这种视听性与民族特色联系在一起,具有人文价值,而人文价值与文学性的内涵不可分割,当然民俗特色还表现在电影对民俗元素的运用上,"民俗元素在这部影片中也以符号化的形式进入张华勋探索的视域。最典型的一个例子就是对川剧脸谱的运用"。③

　　影片《神秘的大佛》以四川著名的乐山大佛为背景,描述了 40 年代后期几种不同的社会势力为争夺一笔修缮大佛巨款而展开的一场生死搏斗,其间,有以当地袍哥头目沙舵爷为代表的黑暗势力,有国民党军统特务郑翰那样的反动人物,还有为保"佛财"而隐姓出家的海能法师和自海外归来的"佛财"继承人司徒骏,另有跟踪缉凶、颇有正义感的警官翁剑鸣,以及那个以"家庭教师"身份打入沙府、带有某种神秘色彩的女主人公梦婕。电影有明显的年代痕迹,将刘晓庆饰演的角色安排为地下党/革命者,显得牵强,为照顾情节,人物形象塑造不够理想。通过人们对千年大佛的不同态度,以及围绕着这尊大佛所发生的事件,形象地阐明一个道理:文化是劳动人民共同创造的,文化也只有劳动人民才能真正地继承、保护和发展。"山河永存,民众之功!"就是本片所要揭示的主题。有人认为几股势力一起追宝的情节,女主角施展身手的桥段都有明显的惊险成分。为了追求真实感,营造某种气氛,其中有关打斗的细节安排较好。这种多方角逐在矛盾外部形态上造成惊险性/

---

① 张华勋:《统一在传奇色彩的民族风格上》,《电影艺术》,1981 年第 3 期。
② 宫浩宇:《神秘的大佛——一种探索片的诞生》,《南京师范大学文学院学报》,2008 年第 4 期。
③ 同上。

感,从某种层面上可以说是大陆特有的惊险片类型尝试。当然与剧情内在联系并不很紧密的乐山、峨嵋的一般性风光展现,是否很合适,也曾引起争议。这类影片文学性表现较为单薄,除了包裹在视听性、戏剧性之中的人文内涵、民族性等少量稀释的文学性成分以外,很难有其他痕迹。随后,张华勋又先后拍摄了《瀚海潮》《OK大肚罗汉》《五台山奇情》《白衣侠女》《铸剑》等影片,多数是武打功夫片,他的影片不同于香港台湾的武打功夫片,虽说存在一些不足,但也可以说是他开创了中国内地动作惊险片之先河。

就创作实践而言,和动作片元素结合的冒险犯罪片并非完全摒弃文学性,只是依靠惊险情节与矛盾冲突取胜的这类介于动作与武术之间的影片更亲近戏剧性与视听性、疏离文学性。

根据冯骥才同名小说改编的《神鞭》(1986,张子恩导演)有冒险、动作类型元素。此片人物塑造较有特色,影片里的玻璃花(陈宝国饰)相当出彩,一身活脱脱的地痞流氓气,游手好闲,软骨头,小汉奸,大走狗。似乎在那个时代的电影里,反派人物不够坏、不够奸诈、不够恶毒,正面人物就不够好,英雄就不够伟大似的。于是,反派必须要尽可能地泯灭人性和良知,才足以衬托主角的光辉形象。王亚为饰演的傻二性格实诚,实诚到傻的地步,没有任何算计人的心,全靠真本事。在影片呈现的与义和团关联的时代背景中,傻二又被赋予了新的时代精神,那就是爱国。比较而言,《神鞭》在人物形象塑造上虽然有脸谱化之嫌,但较同类作品其文学性成分稍显厚实些,但这不能作为《神鞭》一定优于《神秘的大佛》的评价依据,它们创作的时间不同,具体选材有异,只要逻辑上没有漏洞,这样的动作片不宜以文学性是否浓郁作为评价标准。

于晓阳导演的《翡翠麻将》(1987)中的主人公蓝云,平时言行得体,竟然为了翡翠麻将,抛弃男友,委身一名"倒爷"。这种剧情难以令人信服,有人批评这种影片是主题先行,"解放初期,文艺界曾批评过创作上的一种不良倾向——'主题先行论'。采用这种创作法的作者,往往不是先深入生活,获及深刻感受后写作,而是先有一个主题。诸如宣传婚姻法、土改法,宣传抗美援朝之类,然后去拼凑人物情节来为主题服务。

这样的作品,苍白、虚伪是必然的。料不到在八十年代的今天,'主题先行论'又在某些文艺作品上有了改头换面的翻版,最近上映的电影《翡翠麻将》就是一例。这部影片,为了告诉人'金钱是万恶之源',不惜让片中人做出一些完全不符合他们思想个性,也不符合当时时代特点的事"。① 这种为了表达预定主旨编造情节的结果就是文学性水平低下,导致影片品质差。

同时期另有导演在娱乐片创作中重视艺术性与文学性。周晓文导演了悬疑电影《最后的疯狂》(1987,下称《疯狂》)、《疯狂的代价》(1988,下称《代价》),从《疯狂》和《代价》的艺术追求来看,我们可以将其视之为姊妹篇。因为,这两部影片有较多的相同之处,比如,它们都属于警匪片,但它们又不是一般意义上的"警匪"片。一方面,它们具有较强的观赏性,通过那些追逐打斗的场面使观众获得一定的快感;另一方面,它们又具有较强的艺术性,通过对情节的精心安排和对角色的细致刻画使观众获得较多的美感。两部影片都在寻求观赏性和艺术性的交叉点上进行了积极的探索。这里所说的观赏感是视听性带来的,艺术性是与文学性因素息息相关的。值得注意的是,《疯狂》和《代价》都带有城市青年对现实生活焦虑不安的情绪,以及对传统文化进行反思的倾向。比如,它们分别在侦破过程中提出了诸多社会问题(如怎样处理人与社会的关系,如何对待罪犯等等),使我们得以拆开简单的娱乐包装,去认识其丰厚的思想内涵。因此,《疯狂》和《代价》不是简单的"媚俗"之作。它们虽给我们以娱乐,但我们娱乐得并不轻松。

《疯狂》和《代价》都善于运用对比的手法编织情节、刻画人物和深化主题。只要稍加注意,我们就不难发现,这两部影片的主要人物的身份、经历和家庭成员的构成情况都比较相似:《疯狂》中的两个男主角——何磊和宋泽年龄相仿,都参过军,都爱父亲,都有一个女朋友,最后在爆炸声中同归于尽,两人只不过是生活的位置不同,才一个成了罪犯,一个成了英雄。《代价》也是如此,在矛盾的双方中,一方是兄弟俩,一方是姐妹俩;一方俗而粗暴,一方雅而温和;一方父母早逝,

---

① 石青:《主题先行论的翻版——〈翡翠麻将〉小感》,《电影评介》,1988 年第 3 期。

由哥哥将弟弟抚养成人,而另一方父母离异,由姐姐负担妹妹的生活。一方因施暴于另一方而成了罪犯,另一方则因为复仇而成了新的罪犯。这样安排,不仅有助于刻画人物的性格,使人物的性格更复杂化,而且有助于揭示影片的主题,并引起我们对影片所提出的问题进行审慎的思考。

然而,同中也有异。正是因为有了相异之处,才使《疯狂》和《代价》有了高低之分。首先,《疯狂》的节奏较快,动感较强,显得匆匆忙忙;《代价》的节奏较慢,动感不强,显得从容不迫。其次,《疯狂》的特点是悬念迭出,险象环生,自始至终都在追逐打斗之中;《代价》的特点是长于铺垫,厚积薄发,在结尾处掀起狂涛巨澜。再次,由于上述原因,《疯狂》对社会问题的观照犹如蜻蜓点水,点到为止;《代价》则犹如石头落井,引向纵深。所以,与《疯狂》相比,稍后创作的《代价》的人物形象更加丰满,更为重视人物情绪和心理状态的呈现,思想内涵也更加深刻。这表明周晓文在电影探索的道路上逐步走向成熟,可惜的是中国内地的这种探索性的试图兼融艺术与娱乐的悬疑片创作没有继续拓展开去。

"在当今电影界、理论界对艺术片和商业片产生着严格的档次分界。提到娱乐片往往认为比较粗俗:胡编乱造。这种现象是不正常的。我曾倡议过:要拆掉娱乐片与艺术片间的这堵墙。有人看过《疯狂》之后曾说,这部影片不伦不类,导演不懂什么是电影,我是这样想的;把艺术片与娱乐片二者综合一下,拍出一部自觉的反类型电影。"[1]导演在本文中承认(如好莱坞)纯娱乐片代价高,拍不起。为降低成本,"还不如在影片中增加人物命运深刻塑造,强烈的时代氛围和社会风貌的展现等内容来拍娱乐片"。[2]

作为导演,周晓文的主观愿望是好的,确实给警匪片注入了新鲜元素,使之不流于肤浅。观众也确实需要引导,不应一味迎合。不论什么

---

[1] 吴雅山:《拆掉"娱"和"艺"间的墙——青年导演周晓文对话录》,《电影评介》,1988 年第10 期。

[2] 同上。

类型,缺少变化变通,或许有一天,观众也会厌倦。同时应该注意的是类型片有相对固定的模式套路,因为需要市场的认可,自己的东西一定要让大众"买账"。"我希望我拍的影片能有更多的人喜欢,使观众达到一般层次上的审美愉悦。同时在我的影片中也能更多的追求,表现艺术家对社会、人生、伦理等方面的深层思考。"①

《最后的疯狂》中,创作者很重视不同立场的人物形象塑造,在原剧作基础上,加强了警察的戏份,尝试让逃犯与警察在形象塑造中达到某种势均力敌的均衡,"争取在有限的篇幅中深刻、细致地塑造两个人物所共同折射出的人类共性。说白一些,就是男人的共性。我不喜欢表现某种典型环境中的典型人物,也就是说要通过人物的行为、意志表现一定的历史阶段中人和社会的关系,以此反映社会的变迁。我个人更喜欢人类共性的东西,影片中的警察没有豪言壮语,但他也没有苟且偷生,他认为追捕逃犯是他天经地义的事情。做为逃犯,他的思想就是如何要逃。我想与其用罪犯为什么犯罪来分析社会,倒不如把兴趣放在两个男人如何在对抗中用性格、意志、智慧所进行的较量上,而不是分析逃犯犯罪的根源。如果说你问我有什么思想? 那就是我应该热爱生活在周围的一切人,更应该热爱我影片中的每一个角色,只有这种热爱,才能对角色产生一种公正的态度,而不是简单的道德评判"。②

到了 90 年代,动作片数量较前有所增加,根据冯骥才同名小说改编的《炮打双灯》(1993,何平导演)是具有西部风情的动作兼剧情片。电影在戏剧性、文学性与视听性方面结合较好,可以看做一部寓言式电影。故事发生的蔡家大院气氛虽然比第五代其他导演的早期作品中"宅院"意象显得明朗,但也类似于"铁屋子",也可以当做一个有意志、有记忆的存在,它比生命、欲望、人性更有力量地决定着人物的命运、模糊着人物的性别。它决定了春枝的人生"不能出嫁",无所不在地占据着银幕空间;而大部分画面则在固定机位、均衡构图中将人物嵌在透过

---

① 吴雅山:《拆掉"娱"和"艺"间的墙——青年导演周晓文对话录》,《电影评介》,1988 年第10 期。

② 同上。

几进院落拍摄的门、窗之中。重叠的屋门、院门作为画框中的画框,在视觉呈现中,传达着、象征着一个关于囚禁(女主角)的事实。

就电影情节推进而言,《炮打双灯》更接近于一部剧情片,人物形象较为突出,辨识度较高:一个外来的"流浪汉"画家牛宝爱上家财万贯的继承人也是独生女春枝,后者张狂任性,作为"东家"的受害者某种意义上也是加害者,实际上身陷不幸。而牛宝的男子汉的阳刚气概以及顽强、执著终于征服了她,并将她改写为一个真正的女人。影片是一个显得沉重且不无绝望的关于旧中国的历史叙事。若严格要求,主角心理犹疑与矛盾展示较少,导演"过于关注影片形式美,对人物心灵的探索浅尝即止。春枝委身于牛宝,首先面对的不仅是外在的巨大阻力,更是自己心理上的重重难以逾越的障碍。影片原本应该着力表现春枝超越这种复杂而艰难的心理障碍的历程,而且要揭示出一个从小被男性化的大家少女的独特心境。影片在这方面的笔触过于简约,没有在已构筑的独特情境中进行独特的发现"。①

二、李少红惊悚恐怖片呈现人物内心世界

在恐怖惊悚的类型方面,第五代导演李少红做过大胆的尝试,《银蛇谋杀案》(1988)作为惊悚电影,涉及人物变态心理描述,情节也算符合逻辑,即便如此,影片文学性偏于寡淡,这正符合影片的类型定位。

《血色清晨》(1990)改编自拉美魔幻现实主义大师加西亚·马尔科斯的小说《一件事先张扬的谋杀案》,影片无疑是 90 年代中国影坛的一部探索性力作,虽然有悬疑成分,但因为定位与人性、地域文化习俗等等紧密关联,所以基本可以作为犯罪题材的剧情片看待。影片的文学性体现在人文关怀、形象塑造以及气氛渲染等方面。被文明吸引的农村少女红杏曾经与女伴到村小教师李明光处借阅杂志,当她为哥哥换亲嫁给当地暴发户被认定非处女后,毋需指控或起诉,愚昧传统的生存逻辑自身就"理所当然"完成了它的全部审判程序。因其如此,李明光

---

① 罗艺军:《〈炮打双灯〉笔谈》,《当代电影》,1994 年第 5 期。

"命定"地、而不是如原作中那样偶然地成为"一件事先张扬的谋杀案"的牺牲品,成为愚昧而巨大的毁灭力量的施暴对象;红杏则是另一个献祭品。愚昧终于虐杀了文明,黑暗吞没了这线细小的光与希望。当然影片中的结局与第四代、第五代作品中所呈现的宗法制度及其愚昧不尽相同,影片中看中红杏的暴发户张强国为间接但唯一的导演,他除了沿袭封建思想外,还有金钱的魔力。因为有钱,可以挑选未婚妻并免费不对等换亲;因为有钱有底气,可以逼着平娃交出秀娥(张的残疾姐姐);同样因为有钱,让他在村里有了相当的话语权。

影片的气氛渲染相当有特色:当平娃兄弟磨刀霍霍,公开扬言杀人之时,在村民中引起的并非慌乱与恐怖,而是一种兴奋、一种幸灾乐祸却不动声色的欣欣然。人们或迟缓(以示其漠不关心)、或积极(以示其尚有良知)地"行动"起来,相互传递、印证消息,渐渐汇聚为"看客"般的、颇为壮观的阵容。在人们对明光的预警中,最关键的词句总是在最关键的时刻被遗漏了:"不知道也好,看吓着他!"明光在阳光明媚、似乎一片祥和的清晨,在众人的默许里,在众人皆知只有他一无所知之中走向死亡,这种残酷构成了一次极为强烈、饱满的视觉与心理冲击:明光与平娃兄弟相遇,即谋杀的地点选在村口石台旁,村口的小路、石台、错落的石阶形成了这一场景的舞台式格局。而聚集在石台上的人群便成了"天然看台"上的看客。人们对夹着课本、如往日一样走来的明光发出的仍是"起哄"式的、语焉不详的警告:"你怎么出来了?""都说你知道了!?""还不快跑?! 人家都来了!"对明光略呈惊异"出啥事儿了?""知道啥?"的疑问,人们的回答是:"你干的好事,你还不知道?!""自己作的孽……"这一片渐次升高的噪音终止在一声高喊之上:"报应!"这无疑不是示警,而是宣判,一种自得其乐、急不可耐的"观众"席上的宣判。这个清晨,明光荒谬丧命。影片的文学性表现还在于本片以一个男人的画外音展开的,画外音作为一个叙事元素把故事串联起来。陆陆续续来接受问讯的人在扑朔迷离的真相中暴露人性:在一位妇女接受问讯时,模仿狗娃醉酒后的笑声,令人不寒而栗的不仅仅是笑声本身,还有她面对凶案竟仍能惟妙惟肖地模仿笑声的泰然。从影片一开始,这泰然预示着村民们在之后目睹凶案时的无动于衷,画外音增加了影片的批判力度。

新世纪拍摄的《恋爱中的宝贝》(2004)是悬疑爱情片,如果抽离那些影像化的表现手法,文学性部分的剧情、人物形象都不复杂,也谈不上深厚,但是被视听语言包装后不少意象具有象征含义,宝贝的心理层次显得丰富复杂,其文学性的内涵也被加强了。影片中宝贝是追寻精神归宿的新人类代表,儿时的宝贝通过呐喊见证了这个世界的飞速发展:高楼拔地而起,立交桥横穿城市的每一个角落,当然还有越来越会生活的人。在这个时代特有的快节奏中,越来越理性的人们在越来越丰富的物质世界里,跟着飞车快速地旋转。黑猫这一意象的多次出现,颇具象征意义,预示宝贝所面临的厄运,影片让这种厄运感始终笼罩着宝贝和她的爱情历程,形成宝贝内心的阴影,影响宝贝的情绪。纵观全片,宝贝命运中的"黑猫"不断出现,无情地扑向宝贝的美好生活,它似乎始终阴沉地窥视、侵扰着宝贝单纯而快乐的年轻生命。黑猫与主体情节毫无关系,但却是影片的重要角色。

"飞翔"的意念不断出现在宝贝脑海中,也梦幻般外化为象征性的镜头,比如宝贝跟着刘志乘坐的飞机飞翔等。飞翔是一个渴望摆脱世俗困境的幻想,是追求浪漫、诗意生活的象征。宝贝是渴望飞翔的人,含蓄表达了她对现实生存状态的不满足,折射了她生命中的压抑感。片尾宝贝与刘志跳舞时的画外音也与飞翔关联:"同样的一个梦,都会飞",这是两人爱情达到深层默契的表达。

《门》(2007)改编自周德东的小说《三岔口》,是不太成功的惊悚片。导演创作这部影片的初衷是想把很大精力放在制造心理恐怖上。客观看来,影片开头的气氛渲染与"惊悚"贴近,整部影片通过蒋中天(陈坤饰)的画外音进行叙事,意识流手法似乎不合适出现在这种类型片中,妨碍观众的理解。这也说明文学性不应在典型的惊悚片中"超量"泛化运用,合适就好。主要还是应该体现视听性,融合戏剧性。

三、曹保平悬疑片具有文艺片格调

新世纪以来,在悬疑类型片尝试的导演中,曹保平较为出色。其影片力求兼顾文艺情调,在人物关系营造、人物心理描述特别是对特殊状态下人物情绪反应的呈现方面进行了较有深度的探索。

2006 年《光荣的愤怒》(导演编剧:曹保平,主演:吴刚、王砚辉、李晓波、朱义、孔庆三等)是反映社会问题、带有黑色幽默意味的影片。此片根据阙迪伟小说《乡村行动》改编,叙述云南黑井镇黑井村里四个无恶不作的兄弟——仗势欺人的赌徒熊老大(李晓波饰)、鱼肉百姓的村会计熊老二(孔庆三饰)、无法无天的村长熊老三(王砚辉饰)和色胆包天的熊老四(朱义饰)称霸一方,终被推翻的故事。村民们背地里称其为"四人帮",村支书叶光荣(吴刚饰)很清楚四兄弟的劣迹,表面上虽仍对四兄弟应付自如,实则暗自下决心为百姓除去这四害。一天,叶光荣发现熊氏兄弟涉嫌拐卖妇女,便立刻前往镇政府试图对这一犯罪行为进行检举,不料在镇政府遇见熊老三。为了拉拢叶光荣,熊老三利用自己的关系为叶光荣的老婆解决了其企盼多年的民办教师转正问题。叶光荣意识到,熊家兄弟与镇政府某些在职干部之间存在着微妙关系。当村民土瓜发现熊老二囚禁了两个外地女孩,准备晚上"享用",叶光荣觉得自己的机会来了。结果,这一夜的行动变数横生,尽是意外尽是荒谬。

影片将荒诞与残酷的现实糅合,将村支书叶光荣等人在极致状态下被压榨出的猥琐、狡猾、悲哀的一面用喜剧化的方式展现出来,并运用巧合叙述策略把凝重的东西藏在一种趣味性后面。片中除了男主角叶光荣由北京人艺的吴刚扮演,熊家兄弟的扮演者是职业演员,其他主要角色全部来自云南本土,所有演员影片中说着云南俚语,上演了一出颇具戏剧冲突与黑色幽默的"乡村行动"。导演选用的职业演员传达了非职业的感觉。一个农村题材,却拍出了国产电影少有的质感与犀利。"在我的导演构思里,我希望《光荣的愤怒》的风格会非常凌厉,因此在镜头上我们放弃了那种刻意的精致,转而求其糙糙,包括大量的手提摄影,逼近的画面,干净洗炼的剪辑方式,以及刻不容缓的叙事。主观上讲,在这部影片里我不希望给观众喘息的机会,我希望营造出一种压迫感,我想透过这种压迫感让观众去体味那种被压迫的感觉,而这是传达这部影片思想的最好方式。另外一方面,我又希望自己能够很小心、很准确地把握住这部影片的黑色风格。它不会影响影片在节奏上的凌厉感,但一定意义上,却可以消解由于镜头的强迫所带给观众的烦躁或不适,因此,在情节乃至细节的构成上,我们始终在寻找那种黑色的味道。而要想做到这一点,最重要的,就是切进去,与你的人物一起呼吸,而不是用某种哪怕是最隐藏的方式去评判和观察。这点至关重要。"①

此外,影片中运用了默片时代才会大量出现的字幕叙事之法,导演不仅迅速吸引了观众尚未凝聚的注意力,又清晰地交代了影片主要人物的性格,同时也奠定了本片黑色喜剧的基调。当然,《光荣的愤怒》中最值得一提的还是主人公村支书叶光荣个人性格的设置。通过影片铺垫部分的交代,观众可以很清晰地感知到叶光荣唯唯诺诺、胆小怕事的性格以及似乎毫无领导才能的处事风格。但恰恰就是这样一个小人物,却被剧情的发展推到了不得不与恶势力交锋的尴尬境地,而在这一过程中则充满了巧合与无奈。影片抓住了有关细节大做文章,将喜剧效果一次次淋漓尽致地发挥了出来。

《烈日灼心》(2015)是悬疑犯罪电影,导演却将影片拍得颇为"文艺",在一定程度上与前文论述的李少红导演有相似追求:类型片艺术化,只是李少红导演的电影选材似乎更偏向惊悚或恐怖,视听元素更加风格化。曹保平电影无意在惊悚元素上做文章,更多的心思花在人物处境及其对具体处境的反应上。此片改编自须一瓜的长篇小说《太阳黑子》,在角色塑造上很是成功,也是其文学性的集中体现。

辛小丰(邓超饰)、杨自道(郭涛饰)、陈比觉(高虎饰)这三个"犯下罪行"的人虽然在"水库灭门案"中暂逃法网,自由地过了七年,还各自有着一份职业,却很难说他们是在真正的"生活"。生活于他们而言,更像是一种负担,因罪责而深藏于心的恐惧,让他们的生活"暗无天日":做什么事情都得小心翼翼,提心吊胆,还有对罪行的负疚感带来的内心折磨。他们不敢参加公务员考试、被抢劫了也不敢声张、受了刀伤也不敢去医院,甚至连住的地方,也要躲躲藏藏,像地下老鼠一般,怕见光。

---

① 曹保平、侯亮:《要好看,要有思想——访〈光荣的愤怒〉导演曹保平》,《大众电影》,2006 年第 14 期。

为了呈现他们从行为到心态的状况，如果纯粹用真实的"烈日"来表现，似乎有些过于"阳光"了，影片用好几场雨戏及多数阴天这种阴郁又湿漉漉的方式来表现，则恰好反映了他们生活的"暗无天日"，以及内心的压抑、恐惧与煎熬。影片在表现角色的心理深度、人物关系的张力方面确实值得肯定。

本片依据小说《太阳黑子》提供的脉络改编而成，情节发展得层层叠进，符合人物性格逻辑，接地气，尽显人道主义情怀。不足或遗憾在于：影片将伊谷春（段宏亦饰）和辛小丰（邓超饰）之间的暧昧处理偏向商业性，这是为了吸引观众眼球；如果认为这样安排为后面展示人物的细腻情感和微妙心理打下伏笔，那不必如此画蛇添足，"前史"中辛小丰救了伊谷春已足够作为两人"惺惺相惜"的铺垫。

《烈日灼心》因为具体内容涉及到一个患病的孩子——尾巴，在描述探讨人性方面比曹保平其他作品更为用心：包含着对人性恶的惊骇，也包含着对人性善与美的感动，有的则包含着对人性压抑、恐惧、迷失、无奈、痛苦等多重真实元素的理解、同情与叹息。这种对人性的探讨使得影片具备了一定的深度，而罪与罚、情与法、感性与理性的多重矛盾冲突，又使得影片具备了较强的戏剧性。加上剧情上涉及的犯罪题材以及虽谈不上多么浓烈但也足够叫人紧张的悬疑色彩，大大增强了影片的精彩程度。这种戏剧性与包裹人文情怀在内的文学性密切交融。

2016 年 9 月中旬，曹保平导演，刘烨、张译、段博文等主演的悬疑警匪影片《追凶者也》在全国上映，口碑分化，票房不及 2015 年的《烈日灼心》。这部影片运用段落式结构亦即复调叙事的方式，尝试以喜剧化风格讲述了一个让观众看得懂的故事；人物性格较为饱满，表演一如既往地值得赞美。然与其前作《光荣的愤怒》《李米的猜想》《烈日灼心》比较，这部影片"曹氏"风格不够鲜明，如减弱了人物在极致状态下的情绪呈现，人性挖掘的深度不够。但在叙事方式与情节设置的"互文性"方面均"沾染"了一层文学性色彩。就内涵而言，多少反映了中国乡村民众的生存状况，揭示了基层的腐败。

叙事文本中顺叙、倒叙、插叙以及补叙等叙事方式的运用主要体现在记叙文和小说中。电影借鉴小说的叙事方式,倒叙经常用到,但是倒叙与顺叙、补叙同时在一部电影中用到,则较为少见,因为影响观众对剧情的理解。《追凶者也》体现出黑色幽默风格,采用了回环往复的非线性结构,在叙事方式上先整体倒叙:从命案现场开始,宋老二(刘烨饰)被怀疑为嫌犯后孤身追凶;王友全(段博文饰)以为因盗摩托车而被追、得知牵涉命案为了说清楚毅然返回;到第三个段落才叙述陆小凤(张译饰)误杀"猫哥"的缘由经过,实际是补叙。本片主演除了张译说东北话外,其他主演及若干配角均使用云南方言,云南方言土语及以字幕"播报"的叙事段落、情节的幽默荒诞感、片尾警察的从天而降,都有着第一部作品《光荣的愤怒》(2007)的影子。本片宋老二的执拗令人联想到《光荣的愤怒》中支书叶光荣的执着正直,虽然一人为己,一人为公。两部影片在本土化气质上的另一互文因子在于:对于乡村基层权力缺乏监管导致腐败乃至滋生罪恶的揭露,宋老二不肯迁祖坟导致村长"贵哥"(王砚辉饰)与包矿工头买凶杀人,称宋挡了全村、全镇、全县、全省人的财路;《光荣的愤怒》中村长兄弟在黑井村为所欲为,欺男霸女,却因会来事深得乡领导青睐。

"憨包"片段中宋老二为了自己声誉越俎代庖抓捕嫌疑犯,与写实影片《人山人海》(2012)中老铁(陈建斌饰)为了给被害死的弟弟一个交代而行使追凶职责相像:"临时身份"相似,人物使命感相近。《人山人海》虽说影响不大,但《追凶者也》与其取自同一新闻素材,编导无疑会受到该片某些方面的暗示。第三段中王友全(段博文饰)骑走属于猫哥的摩托车、陆小凤骑走路人摩托车的桥段设置,与《人山人海》中萧强(吴秀波饰)为抢摩托车杀人沦为凶手、老铁为脱离黑矿而骑走一人摩托车情节有相近处。"憨包"部分宋老二通过踩点观察,认定王友全是凶手后,坚持正义,抓王家的猪卖钱后给死者母亲"赔偿",与《人山人海》中将逃走凶手的母亲带到自己家里作为"人质"(供其吃喝,后放走)亦有暗合处,都有中国式的乡土化人情成分。

第五章
电影文学性的守成与变迁

第一节　电影文学性的守成

　　不论广义、狭义，文学都在发展变化，文学性也在或隐或显地变化、变迁。但是在这个"变"的过程中，有一部分是较为固定的、或稳定的。分析思考文学性维度，最明显的具有"守成"效应的文学性维度在于影片传达的普世价值内涵/人文内涵，这种内涵能够用明确的关键词句表达，并长久传播下去。其次，任何时代都应塑造鲜活生动的银幕形象。最后，台词与配乐需内涵、文采兼融也是文学性"守成"的体现。

一、体现普世价值观念的内涵倾向

（一）已被广泛接受传播的普世价值观念
　　电影或其他叙事艺术所传达的有些内涵是长久的甚至是永恒的，不论其形态如何变化，技术如何强大。如《阿凡达》，回过头来，也许除了视觉感官上的震撼外，影片内涵上似乎并未给我们留下其他难以忘怀的东西，总结起来可以归纳为：对白人侵犯原住民利益的（美国西部片）批判倾向；爱情可以跨越种族；崇尚美好的人性——自由。这在很多的美国大片中都有类似的表现，《阿凡达》在人物塑造、故事情节、思想内涵上并未有所突破。所以说,如果不是为技术层面的 3D 效果震撼,一些观众甚至会"无知"地评论:某部电影也没有什么新意。其实,《阿凡达》的新意就在于视听语言的创新。这样的选材决定了其内涵的走向,不可能有什么新的突破;因为突破了,也许就有违普世价值观了。

文学性的基本组成成分,首先考察的是包括民族性在内的人文情怀(内涵),笔者认为在人文内涵方面"守成"的普世价值观大多数民众都能接受肯定:比如对父母、儿女的关爱,对真诚友情、美好爱情的渴求守护。(灾难片中)生命攸关时刻将生的希望给亲人、爱人的本能选择,这才是美好的令人感动且难以忘怀的。为何《泰坦尼克号》成为经典,因为影片中的男性将生的希望留给身边人、留给妇幼,既有爱情的美好,更有集体人伦的高尚,展示人性的光辉。《岁月神偷》中平凡人家父母之间、父母与孩子之间的温馨日常的相互支撑与陪伴,《我们天上见》中祖孙之间的陪伴关爱直至姥爷离世,《暖春》中没有血缘关系的祖孙之间的守护与回馈,都是令人向往的人间美好的情感;韩国电影《七号房的礼物》中智障父亲和女儿之间、狱友和这对父女之间的情义让这部电影得到了广泛的传播。现实中真挚的情义、美好的人性也一样令人感念,这也是为何中国新闻中一对情侣大学生遭遇车祸瞬间,女孩推开男友的举动令人泪流满面感动不已,而韩国"世越号"沉船事件中救援不力导致众多生命消逝损失惨重遭到民众质疑的原因。当今全球信息化,普世价值观会得到非常广泛的传播,被更多的受众接受认可。表达与人性光辉美好相似的人与动物之间建立的信赖关系同样可以打动观众,成为经典,如著名的《忠犬八公的故事》(美版)与《忠犬八公物语》(日版),两国同题材电影都是经典,本身就说明了故事的魅力。电影《归来》对原著《陆犯焉识》做了大幅度删减与改造,或许有不同评价的声音,但开放式结局还是令人在反思之余感叹爱情的真挚,同时夹杂着"纵使相逢应不识,尘满面,鬓如霜"的悲剧意蕴。这样的爱情与悲凉感是能净化人的心灵,激发人们守护爱情的愿望的。

描写人性善恶并表达一定的爱憎立场,是多数电影要完成的使命。中国老电影《一江春水向东流》通过张忠良这一形象的塑造表现并谴责了动荡社会环境下投机者人性的丑陋之处：背叛，忘恩负义、趋炎附势；为了利益抛弃妻儿老母。素芬的结局是对社会的控诉，具有中国特色。这种立场在当下、以后依然会被肯定。写实电影《可可西里》中描述的为保护藏羚羊与盗猎者之间厮杀的队长及其伙伴在生命线上的坚持、再坚持令人感佩。整部影片没有蓄意煽情，没有刻意爱情，剧情简单朴素，画面冷峻萧瑟，但打动人心的力量非同寻常。而《无人区》曾经的推迟上映需要修改事件就是因为影片过于演绎"黑吃黑"犯罪情节，客观上有宣传"丛林法则"之嫌；修改上映后的电影中主人公后来立场已经转变，结局惩恶扬善，表达了对贪念的反省与批判，得到观众的认可。

这些普世价值观超越国界、民族、性别与年龄的界限。如追求公正公平，同情帮助弱者，自爱自尊、自强不息等等是全世界影像作品与文学作品中展示的内涵与情怀。中国电影《我不是药神》《二十二》《集结号》表达对于生命的尊重与敬畏，不论贵贱；《甲方乙方》最后一段姚远和周北雁借房给罹患癌症的妻子与其丈夫团圆（可以与《顽主》比较）则表现心有戚戚焉的普遍伦理和"善之中心"。好莱坞一批经典电影之所以为人们熟知，除了先进的技术因素给观众带来审美愉悦外，还因为它们传达了普世价值观，《阿甘正传》《肖申克的救赎》《当幸福来敲门》中主角虽然起点不一样、处境不一样，但通过自身的努力与奋斗去改变现状的励志精神一致；《拯救大兵瑞恩》《辛德勒名单》展示的人文关怀使它们成为战争题材电影中永远的经典。这些作品的可贵之处都通过主人公形象的塑造，传递了文明社会的大众认可的普世价值观。又如波兰斯基导演的《钢琴师》，丹麦、西班牙等多国联合制片的《黑暗中的舞者》、日本的《入殓师》等电影对从事特殊职业或经历了特殊遭遇的人们的关注、尊重，令人动容，也令人长久地回味。

（二）与民族性有关的常态价值观念

在电影人文内涵的传达这一方面，存在着东方西方价值观念的区别，或民族的价值观问题。如中国电影文化中推崇孝悌人伦、"厚德博学，和而不同"、"天行健，君子以自强不息"、"滴水之恩必当涌泉相报"、集体主义观念等。吴宇森的《英雄本色》《喋血街头》等影片因为塑造了重情义的异姓兄弟形象,传递了好兄弟彼此照顾一生的理念,而具有相当的魅力,这是和好莱坞电影中的个人英雄主义截然不同的价值取向。

电影《大圣归来》取自本土故事,这部电影所传达的中国式的好打抱不平的思想/意识与勇气,是中国社会各个阶层都喜闻乐见的。正如刘欢在《水浒传》的插曲《好汉歌》中所唱"路见不平一声吼啊,该出手时就出手",其实这种惩治邪恶(有能力可力量与智慧兼用,没能力更需要智慧)的意识应该被广泛提倡,也应该成为普世价值观。如果像好莱坞电影中倡导的个人英雄主义,不论遇到何种麻烦,不分时间地点,只能自己解决,是很不现实的。《大圣归来》的情节编织与人物塑造就是传播"路见不平,出手相助"的英雄观。

本土青春成长题材电影中的教育与考试,颇有中国特色。科举文化给大众传递的传统观念"万般皆下品,唯有读书高",到了高等教育普及率很高的当代社会,则是文凭与身份、资历、薪水等等捆绑,如《青春派》中秦海璐饰演的班主任对学生的多次训话概括起来就是一切为高考让路,而高考是为了孩子(特别是无权无势无钱家庭的"三无"孩子)以后有个好的前途。现实中中国家庭教育走入误区,导致全民重视辅导班、学区房价格暴涨等等现象既有民族传统价值取向的原因,更因现实压力。当然这不仅仅是中国,印度电影《起跑线》、泰国电影《天才枪手》同样表现了教育资源的不平等导致的矛盾与问题。

(三)需要打破自身认知经验与审美习惯的价值观

19世纪30年代雨果在其名著《巴黎圣母院》中塑造的卡西莫多形象已成为经典的审丑形象,广为传播。敲钟人卡西莫多是"丑人王",却爱上了作为绝对美的象征的吉普赛少女艾丝美拉达,不可避免地走向了悲剧的结局。卡西莫多极丑,从文艺审美角度看却有着无穷的魅力,原因就在于这一形象中灌注了很高的道德理想。20世纪中国文艺理论提出"审丑"命题,有人认为艺术上的"审丑"是审美的有机组成。当然在"审丑"艺术表现上,同样存在态度与倾向问题,赵本山在春晚舞台上纯粹搞笑、逗乐的"忽悠"作品系列——"卖拐"与"卖车",也许本意是讽刺揭露骗子,但是在美国剧院演出时,却遭到了批评与抵制。继而国内观众也认识到赵氏这一系列作品基本将包袱放在了嘲弄有生理缺陷的人群身上,说明每个人都应得到尊重的观念在世界范围内被逐步认可。

许诚毅导演的电影《捉妖记》中小妖胡巴的造型设计得很萌很可爱,但前提是习惯并接受了这个造型后,笔者就是看完电影过后一段时间才从内心适应接受这一动画形象。电影暗含着我们如何对待另类这一层含义:宏观上那些与我们肤色、习俗、语言不一样的人,我们已经学会了尊重理解,而那些相貌怪异如天生有缺陷的脸、那些脸上有伤疤、半边脸长青痣的人,以及那些同性恋者、不婚主义者等等与主流人群表现或行为不同的人,我们对他们是否给予了一视同仁的态度传递?电影《剪刀手爱德华》《E. T.》就明白表现了人性中的狭隘情感,对异类的恐惧不安,并探讨回答怎么与异类和平相处的问题。其实这与经典文学改编的《巴黎圣母院》有相似之处,只是后者强调人丑心美。虽然现实生活中不全是这样——"异类"都是美好的这一观点有失偏颇;"丑人多作怪"就是反向的总结。但有关电影是为了纠正人性中共同的缺点:对于和自己不一样的往往排斥、疏离甚至歧视,如对同性恋、侏儒或者性情上显得特别但无害于他人的人的态度。延伸开去和管虎导演黄渤主演的《杀生》中的众人相似,只是后者更为含蓄、深入到传统文化层面、宗法制度层面。

善待异类这一点其实与普世价值观有关联,只是现实中存在"限度",超过限度可能导致灾难局面,如有一些我们未知的生物体靠近人类,在不了解的前提下,还是保持距离与警觉为好。这里只是论述人类如何与无害甚至有益友善的动物特别是有生理缺陷的人相处的问题,不涉及更多范围。因为在很多人的观念中,有缺陷的人似乎是有原罪的。在文明程度高的文化土壤中他们应该得到照顾尊重的,但是在文明程度不够的环境中,很多时候是被嫌弃的,不论工作还是生活中。需要说明,这里讨论的话题与与本土利用儿童甚至弄残儿童乞讨诈骗的现象是两回事。

二、鲜活生动、真实可信的银幕形象

（一）有缺点的英雄

电影中重要任务就是塑造人物形象，当代电影作品中虽然不提倡塑造"高大全"式的人物，但是品行好、能力强、颜值高的人物可谓完美的人物，具有巨大魅力。只是这样的人物在现实中少之又少，存在的可信度不高。所以，大众还是乐于接受不完美、有成长空间的人物，或有小缺点但无伤大雅的人物形象。

上文所说的价值观传递需要通过人物符合实际生活逻辑的性格与言行传递的，如果仅仅是让形象不够生动的角色说出台词，观众不会认可、买账，就像《长城》中女统帅形象单薄，台词强调了影片的价值倾向（信任与牺牲），但不是通过符合情节发展逻辑、人物性格逻辑的形象塑造自然而然体现出来的，因此价值观的传递就显得苍白空洞。同是战争题材电影，《集结号》中九连连长谷子地（张涵予饰）是本片中贯穿始终的最主要人物，他的形象塑造是在事件来临与处理时其态度、言行表现中建立起来的。如谷子地因犯了军事错误被关禁闭，结识了战场上胆小尿裤子的王金存，谷子地没有像其他人那样嘲笑他，在接受了阻击战的任务之后，向上级申请，将王金存带到九连担任连队的代理指导员（王以前是文化教员）。在后来的备战状态中，一直以理解信任对待心理畏惧的战友，他说过"谁不怕死？"体现了作为一名前线指挥官的宽容理解、知人善任，具有强大的凝聚力的品质。谷子地身上带有鲜明的军人气质：在战场上他有勇有谋，具有一个指挥官应有的胆略和气魄，坚持没有听到集结号就不能撤退的号令，为大部队行动争取了时间与机会；有着坚持到底不服输的执着和坚韧，为了给英勇战死的战友们"正名"，他不忘初心，不畏艰辛，从未停下给战友讨说法"追认烈士"之路，用他的一言一行塑造了一个蒙受屈辱而又百折不挠的英雄形象。

（二）成长或蜕变的人物形象

一部好的电影，必然会表现人物的成长或蜕变史，他们克服困难或

259

恐惧，最终达到自己所定的目标，多半表现在励志电影或战争题材电影中，如《功夫》中的阿星，《中国合伙人》中的男主角，《阿甘正传》中的阿甘，《风雨哈佛路》中的丽兹等等；或懵懂中经历世事变化，从孩童到少年/少女，或从年少到成年，儿童题材电影与部分青春电影或其他类型电影都会表现主角的"长大"或蜕变，如《城南旧事》中的英子，《观音山》中的丁波和南风。《红颜》《爱情的牙齿》都表现了女主角在过往经历中的伤痛以及蜕变。

王金存是《集结号》中塑造的一个比较特殊的人物形象，因为他本身不是一名"合格"的士兵，不敢拿枪、不敢上战场，与九连的其他战士有点格格不入。他在所有战士/英雄中是最为特别的一个，同时也是很具有代表性的人物。原先他是文化教员，生性懦弱，缺少一股男子汉应有的冲劲和胆识。在谷子地把他带上战场并指定他为九连的代理指导员之后，其性情转变也成为整部影片的一个亮点。刚开始他连受伤的战友都不敢看，浑身发抖，到逐渐克服这种胆怯与懦弱，最后已经可以从容面对死亡。在那场惨烈的阻击战中，王金存亲眼目睹了战争的残酷，他眼睁睁地看着战友一个个死去却无能为力，最后终于爆发，与其他战士一起奋勇杀敌直至英勇牺牲。在牺牲前一刻他镇定地问谷子地："连长，我有没有给你丢人？"这也通过人物之口表达了电影的内涵导向：胆怯、懦弱、怕死是正常的，英雄不是天生的，是需要在战火中洗礼成长的。

电影中特殊情境下人物关系的营造有助于表现或展示人物成长或转变中的动机（内在的压力），如电影《无问西东》(2018)中有关王敏佳和陈鹏、李想的叙事段落，本来王敏佳在两位老同学中难以确定自己的情感归宿。李想更看重前途，陈鹏更看重感情，但后者在误会王敏佳有人照顾后要求去边疆。可是因为王敏佳年轻气盛，在不了解情况的前提下为老师打抱不平，给师母写警告信。后遭到师母报复——煽动众人批斗殴打王敏佳差点致其死亡，可是李想明确表态与其划清界限，陈鹏却愿意成为为她"托底"的人，尽管她劫后余生、面容已毁。在这场严重的危机事件中，三人的性格、品行都得到了充分展现。

（三）立体的人物形象

文学或电影对人物性格的书写要求，通常注意双面或多面性。一个人在不同的处境反应中具有不同的特质，所谓的双面乃至多面，因为生活中个体就是这样矛盾的集合体。打拐题材电影《亲爱的》中对于丢失孩子的家长来说，买方是极其可恶的，可是影片中养母形象却很感人："就李红琴而言，她首先是人贩之妻，特定的身份使得她的无辜无法得到有效辩解，同时，她又是一个充满温情的角色，她用自己的母爱换来了两个孩子的情感依赖。"[①]《解救吾先生》中"吾先生"（刘德华饰）对于素昧平生的另一位被绑架者的保护是影片打动人的重要原因，与张华（王千源饰）的残忍形成鲜明的对比。至于里面的反派角色张华对待人质、对待同伙的态度是强硬、冷酷的，具有相当强的反侦探能力。张华绑架过黑社会大佬的亲弟弟，撕票后后跟对方要了200万。他拿到钱了，对方要人。他答：你再给我100万，我就告诉你我把他埋在哪儿了。这么一个没人性的家伙，却是一个孝子，不忍心让母亲看着他的结局伤心，叮嘱女友生了孩子后给他母亲。反面人物或罪人内心世界亦有丰富的情感，甚至是打动人心的表现，证明人是复杂的、人性是复杂的，善恶不是截然对立的。

电影形象塑造中，往往将重要人物放在与利益冲突、价值观冲突的事件中，以表现人性本来的善恶。《光荣的愤怒》塑造了一群乡村干群形象，有正面的、有反面的、也有很难界定但是非常贴近人物身份与彼时处境的。熊家四兄弟手眼通天，上勾结乡镇领导，下欺压村民，运用手中权力和身边鹰犬欺男霸女，无恶不作，村民私下称其为"四人帮"。兄弟四人性格各异，在饭桌上的一场争吵式对话就能看出，可见创作者功力。熊老大比较横，有勇无谋；老二是村里的会计，为人阴险；老四是个被哥哥们的权势宠坏了的流氓地痞，霸占村里年轻媳妇或闺女，也因此忒招村民忌恨。形象最为突出的是村主任熊老三，有心计，知道拉拢上级，为自己及兄弟谋福利，同时笼络叶光荣，甚至打感情牌，主动为叶妻争取教师转正名额；实则为自己打掩护。

---

① 杨瑞峰：《论电影〈亲爱的〉之叙事策略及现实关怀》，《大众文艺》，2015年第2期。

影片中除支书叶光荣和村主任熊老三外,许多村民由非职业演员饰演,尽管戏份不多,但是他们的性格比起原著小说得到了进一步丰富,形象较为立体生动,很难得。这是这部电影很成功的一点,也是文学性得到充分体现的一面。"狗卵"和"土瓜"便是其中代表,"狗卵"受过熊家兄弟的欺负,这个人物身材健壮,平时游手好闲,吹嘘自己有武功。叶光荣发展"狗卵"作为"抓熊队"的成员,一方面是考虑到"狗卵"与熊老三有很深的过节;另一方面,他莽撞冲动的同时有讲义气的特点。平日被大家瞧不起的"狗卵",摇身一变成了这次行动中的"二路总指挥",他得意地抓住熊老大一顿暴打,莽撞有余,且将赌桌上的钱收归己有,具有"流氓无产者"的特色。"土瓜"则是一个典型的两面派,作为一个餐馆小老板,他最看重的是利益,他参与抓熊行动是因为自己开的小饭店常常被熊家兄弟吃白食。在行动中,他出于本能见风使舵。"土瓜"与熊家兄弟表面上关系不错,熊老大在行动当晚邀请"土瓜"去打麻将,"土瓜"向叶光荣表示自己前去作内应,当"狗卵"将其与熊老大一起捆起来后,他说了行动的接头暗语"打倒四人帮,黑井村有希望"表明身份,但随即希望"狗卵"能(代表组织)还熊家欠他的钱,被拒绝后跑回家发现送来的两个人质,惊恐中又帮助熊老三窝藏人质,听到叶光荣绝望地喊叫"土——瓜"也不回应,展现出土瓜摇摆不定的的态度与性格特征。"一个个性格复杂的角色,构成了这部影片的内核。他们身上有江湖豪侠的无畏义气,也有名利小人的市井之气,在正义与邪恶之间找到了独特的立足点。《光荣的愤怒》凭借对人物刻画到位脱颖而出,在原著的基础上,赋予了角色更加饱满的性格特征。"①

小说与电影中都存在扁平人物与圆形(立体)人物区别,其实即使平面化的人物性格,浓墨重彩进行处理后也能出彩或打动人心,如《阿甘正传》中的阿甘就是较为平面化的性格,只是被强化、漫画化后得到了观众的认可;《树先生》中的树(王宝强饰)有"一根筋"的特征:要面子而内心懦弱,亦偏于"扁平"。他的言行、他的梦幻都表现着这

---

① 王鹏:《从〈光荣的愤怒〉看影视作品对角色多面性的刻画技巧》,《电影评介》,2016 年第 20 期。

种敢想不敢干的性格。

三、兼具文采与内涵的台词与配乐

（一）富有魅力的台词

随着时间流逝，一些电影的情节内容我们会模糊遗忘，可是有关台词却一直被传颂着，如周星驰喜剧电影中部分台词让观众念念不忘，如"曾经有一份真诚的爱情放在我面前，我没有珍惜，等我失去的时候我才后悔莫及，人世间最痛苦的事莫过于此。如果上天能够给我一个再来一次的机会，我会对那个女孩子说三个字：我爱你。如果非要在这份爱上加上一个期限，我希望是……一万年"，"我的意中人是个盖世英雄，有一天他会踩着七色云彩来娶我，我猜中了前头可我猜不着这结局"（《大话西游》）"我对你的敬仰有如滔滔江水，连绵不绝，又如黄河泛滥，一发不可收拾"（《鹿鼎记》）等等，其实这些台词富有魅力，是因为询问本身较有文采；或唤醒了人们的某种意识；或诙谐机智，在具体情境中本身就夸张的语句由演员特别是周星驰（国语版由石斑瑜配音）夸张的语调说出来，令人忍俊不禁。这些得到观众青睐的台词被后来各种喜剧化电影吸收化用，乐此不疲。冯小刚电影台词"摸着老婆的手，就像左手摸右手"（《一声叹息》），"审美疲劳"（《手机》）等，因为说出了人们想说而没有说出来或说得不够形象的话，也成为"金句"，在平时生活中以及有关电影中被引用或化用。这些台词在后来电影中被致敬，一是因为它们本身所蕴含的情感/道理"戳中"了大众的共同认知或感知，二是因为大众文化中的娱乐性较高，有些诙谐幽默又有意思的话语能够帮助人们释放压力。贴近人性、富有哲理又具有文采的台词会得到不同时代观众的青睐。

（二）跨越时代令人流连的乐曲

除了具有文学意味的台词可能成为人们的"心头爱"外，有关电影主题曲、插曲也令人回眸流连、沉浸其中。如1950年代老电影《柳堡的故事》插曲——《九九艳阳天》，孙佩华演唱，高如星作曲，胡石言和黄宗江共同作词。曲调有江苏苏北里下河地区民歌韵味,旋律明朗悠扬,歌词朴实健康,令人陶醉,后来不少歌唱家如宋祖英、刀郎、阎维文、谭晶等多人在不同场合再次演绎翻唱,魅力不减,还会传唱下去。下面是1980 年代《城南旧事》的插曲《送别》:

> 长亭外,古道边,芳草碧连天。晚风拂柳笛声残,夕阳山外山。
>
> 天之涯,地之角,知交半零落。一瓢浊酒尽余欢,今宵别梦寒。
>
> ……

它的作词作曲人是李叔同,为送别挚友许幻园的原创作品,表达李叔同对在上海"天涯五友""金兰之交"友人分别时的情感,意蕴悠长,音乐与文学的结合堪称完美。歌词以长短句结构写成,曲词优雅精练,感情真挚,意境深邃。每个乐段由两个乐句构成。乐调旋律起伏平缓,描绘了长亭、古道、夕阳、笛声等晚景,衬托出寂静冷落的气氛。曲词中所用意象富有表现力,这些相近甚至重复的乐句在歌曲中并未给人以繁琐、絮叨的印象,反而加强了作品的完整性和统一性,赋予它一种特别的美感。它的魅力不亚于唐代诗人王维的《渭城曲》中的诗句"劝君更尽一杯酒,西出阳关无故人",只是更为伤感。

《大话西游》片尾曲《一生所爱》的旋律哀而不伤,曲调歌词整体有哀怨、有不舍、有思念、有孤寂、有凄凉,但歌曲中的分寸都拿捏得很到位,就像在山涧中回响着泉水的声音,泉水虽然没有心,但在人听来它却是有感情的。可以理解为个人对情感的感悟,也可以解读为对世间命运的感叹。《一生所爱》在周星驰之后导演的电影《西游·降魔篇》、监制的《西游·伏妖篇》中都有出现,表明周星驰非常偏爱当年的这首插曲,另外应强调指出这些关于西游题材电影中的插曲都贯穿着爱的基调。

任贤齐的《任逍遥》这首歌曾作为《神雕侠侣》的片头曲,在上世纪90 年代末已经传遍大江南北。贾樟柯早年影片《任逍遥》(2002),讲述了失业工人家庭的孩子斌斌和小季在落魄之际抢劫银行未遂的故事。片中数次响起《任逍遥》歌曲,与影片叙事融合,已成为影片情节组成部分。这首歌曲的歌词,与影片中游动于灰色空间中的冷漠少年的心态协调呼应。影片中当斌斌与女友跟着电视里的音乐一起唱时,表现出心高气傲的少年的不羁散漫的心态。《中国合伙人》中用了很多现成与原创的音乐表达人物彼时彼地人物的处境、心理或情绪,有代替叙事的作用,而那些歌曲之所以被导演选用,并能引起共鸣,是因为人性人情是相通的,隔着银幕观众能对人物的情绪或心理感同身受。

动听的优雅的旋律能够跨越时空,给受众留下审美的愉悦。《戴手铐的旅客》(1980)的主题歌《驼铃》"送战友,踏征程,默默无语两眼泪,耳边响起驼铃声。路漫漫,雾茫茫,革命生涯常分手……"歌曲嘹亮奔放,宽广雄厚。今天听来仍旧深入人心,深情的旋律和感人的歌词,打动了无数的人成为传唱至今的经典。电影插曲有帮助叙事的作用,《冰山上的来客》中有一首脍炙人口的电影插曲《花儿为什么这样红》,根据塔吉克民歌改编而来。这一插曲是情节的重要组成部分,在影片中,这一插曲共出现三次,每一次出现都对剧情的发展做出有力的推动,至今令人倍感亲切。

韶华易逝,这几乎是每位成年人的感受。电影《光阴的故事》那首脍炙人口的同名歌曲,令人怀念流逝的年少时光;而《中国合伙人》的主题曲也用了《光阴的故事》说明其影响之深。上世纪 80 年代初电影《小花》的插曲《绒花》深情悠扬,具有民歌风味,被冯小刚导演的《芳华》用作片尾曲,充分说明《绒花》表达出不同年龄段的人们对青春相似的感受。

第二节　电影文学性的变迁与发展

需要说明的是,文学从雅文学到俗文学、从狭义文学到广义文学都在发生不同程度与向度的变化,相应地,电影的文学性也在变化。本书前面几个章节的论述其实也涉及到这种变化,只是不够集中,现在明确讨论电影中文学性的变化/变迁问题。电影中文学性的最明显的稳定因素体现在部分价值观念的相对"守成"上;与之呼应,文学性的最外显的变化因素也体现在另一部分价值观念或内涵的演化上,其他层面的变迁体现在文化审美位移、某类人物形象的变迁等方面。

一、人文内涵、价值观念的变化

新时期以来中国电影中人文内涵的变化体现为不同的层面,有的是程度不同的"修正",有的是"颠覆";当然这只是创作方面的,大众是否接受,以什么方式接受,则更为复杂,因为接受的程度及效果反过来又影响到创作。"新时期的主旋律电影首先应该正视'土壤',也就是要主动面对最为广大的电影观众,其实电影土壤的问题在某种程度上是可以和电影思维的创作方式做一个等量代换的,无论是观念还是创作的角度,都可以对传统主旋律电影创作方式有着很好的延展和创新。"①现以主旋律影片为例,谈谈电影内涵的变化:

主旋律电影可以划分为以下四类:一是重大历史事件与军事战争电影,可称之为大历史的书写,比如对我国战争时期某场战役的描述,或者新时期某些国家工程的再现、解读。重大历史事件选材有《开国大典》《重庆谈判》《辛亥革命》《我的 1919》《东京审判》《建国大业》《建党伟业》《建军大业》《十月围城》等电影;军事战争题材有《大决战》《太行山上》《冲出亚马逊》《南京!南京!》《风声》《集结号》《沂蒙六姐妹》《智取威虎山》《湄公河行动》《战狼》系列,及《明月几时有》《红海行动》等电影。第二类为伟人传记与英模事迹影片。这类电影主要关注我国的革命伟人以及新时期的英雄、模范,伟人传记有《毛泽东的故事》《周恩来》《邓小平》《周恩来外交风云》《林则徐》《叶问》系列等影片;英模传记有《孔繁森》《焦裕禄》《张思德》《铁人》《蒋筑英》《任长霞》《郑培民》《第一书记》《杨善洲》《雨中的树》《袁隆平》等电影。第三种是教育励志电影,这是世界各国都会拍摄的题材。中国的《一个也不能少》《美丽的大脚》《法官妈妈》等可作为代表作。第四类是与现实主义题材关联的影片,以《天狗》《光荣的愤怒》《可可西里》《马背上的法庭》《神探亨特张》等作品为代表。主旋律电影与选材有关,更与叙事策略相关。

中国传统主旋律电影的内涵主旨多为"主题先行",也就是说主题

---

① 丁牧、陈默:《中国主旋律电影的现实困境和历史思考》,《电影文学》,2016 年第 1 期。

不是完全由电影的选材及情节发展体现出来的,而是特定时期意识形态的显示,而且部分主旋律文学和电影"根据主题选配题材,安排人物,制造情节,写成作品,因而作者有什么思想就可以有什么作品"。①1990年代以来,电影作为一种文化产业的认知获得广泛认同,电影被推向市场的节奏加快,以往"主题先行"即内涵"稳固"的主旋律电影面临巨大挑战,即使"包场"观看,也存在与其他电影一样的后续口碑问题。因此这一大类电影创作者在宏观主流意识形态的主题方向中,必须通过人物塑造、情节设计体现合乎时代潮流的、代表多数人意愿的主旨内涵与价值倾向。"创作实践中,'主旋律'影片的类型、内涵也渐渐发生了微妙的变化。一般来说,是非对立的现实问题片、人物传记片与'主旋律'的血缘关系最亲近,此外,'主旋律'电影如果从内容内涵上细分,还包括社会伦理片。"②新世纪以来中国主旋律电影选材有所突破的同时,其内涵也有了一定的变化。

(一)兼顾主流意识形态与普通人情感诉求

冯小刚拍摄的主旋律电影《集结号》虽是战争题材,不少内容是叙述谷子地为战友讨说法。而且本片给我们展现的战争与以往战争影片所展现的截然不同,在渲染残酷惨烈的战争场景的同时也揭示着战争中的人性,影片中的士兵不再是以往影片中那些刀枪不入的"英雄",他们面对炮声隆隆、血肉横飞的战场也会恐惧,也会紧张。比如汶河阻击战中,身负重伤的排长焦大鹏,曾经是谷子地最勇敢的部下,却说听到了集结号。而曾经是逃兵的指导员王金存,却坚定地表示没有听到集结号,继续留在阵地上,直至牺牲。这种反差诠释了战争题材影片的内涵,正如导演冯小刚所言:"在战争面前,恐惧和懦弱才是人的常态;对战争有恐惧的人能为别人做出牺牲,这才是真正的英雄。"③延续了军人天职就是服从命令、为国奉献等内涵,又不拘泥于以往主流意识形态

① 蔡仪主编:《文学概论》,人民文学出版社1982年版,第135页。
② 陈鸿秀:《论"主旋律"影片的类型整合及叙事"进化"》,《戏剧文学》,2008年第10期。
③ 转引自徐红艳:《从〈集结号〉看国产战争影片的文化转型》,《电影文学》,2010年第7期。

的传达。《唐山大地震》则是较为典型的伦理题材,兼具灾难片类型特点。从普通人的视角来表现大地震这一历史重大事件,表现了一个母亲艰难选择后的内心痛苦与折磨,强调了普通民众与灾难抗争的伟大精神。姐姐与收养家庭的感情、与亲生母亲的"和解",生母为生活所付出的辛勤操劳,姐弟相逢与支援汶川地震的前沿等等剧情或段落,都是将主流意识形态与普通人情感、诉求进行完美融合的安排。

(二)反映揭示负面现象的同时呈现光明

揭露社会阴暗面或负面人性的电影虽然有批判现实的意义,但如果分寸把握不当,基调过于压抑悲观,很难被认可。如果能在暴露批判的同时彰显正义光明,既符合观众的心理期待,也会得到主管部门支持。这类主旋律电影产生于新世纪以后。影片《天狗》(2006)主题具有多义性:首先直击社会阴暗面,批判国民劣根性。影片揭露了部分农村地区的现实,贫穷滋生罪恶(大家都毁坏山林),人性发生了扭曲。影片中帮孔家看水井的老板筋向李天狗喊道:"你我往日无冤,近日无仇,不是我不让你好过,是他们不让我好过啊!"金钱成为唯利是图的村民们判断是非的标准,他们冷漠麻木地参与到对天狗的迫害之中。经营小卖部的"厚眼镜"在李天狗家被断水断电的情况下哄抬可乐和蜡烛的价格,趁火打劫。其次,揭露基层干部不作为,相关官员腐败。李天狗多次反映问题没有回应,写的信被扣;影片中村长不算坏,但他一直和稀泥不作为。而乡一级、县一级领导认可孔家老大这个致富模范,让其受到省市领导的接待,在穷乡僻壤的泮源村,他的致富之路难道没有人怀疑过吗?还是有人同流合污、故意包庇?再次,电影呼吁保护资源,呼唤良知。这一点与主旋律关系密切。当李天狗孤身以身护法,在被打成重伤的情况下爬回家找出护林巡逻的枪击倒孔家三兄弟,守卫国家财产,坚守住了正义。影片结尾有一个光明的尾巴,李天狗当了兵的儿子探望父亲告别敬礼时,天狗已成植物人,但似乎听到妻儿对话,眼角滚落一滴泪珠,无疑给观众以希望的暗示。《光荣的愤怒》在揭露基层干部腐败、犯罪等主旨内涵上与《天狗》有相似之处,在类型片("曹保平悬疑片")部分已有阐述。

主旋律电影创作中,有部分电影进行了商业化包装,成为商业化主旋律大片。这类影片选材多为重大历史事件与军事战争电影,如徐克导演的《智取威虎山》(3D)最大的创新在于"视听性",令观众耳目一新;在戏剧性与体现文学性的情节设置、人物关系与人物性格上较旧作有所调整,但与土匪斗智斗勇、完成革命任务、表现革命军人勇敢智慧的内涵倾向没有改变。《风声》作为军事领域的地下斗争题材电影,同样在依托原著的基础上,展示了高度集中的戏剧性,以及视听震撼的效果,就人文内涵而言,则难以延伸或创新。

二、同类型人物形象的变迁

电影史中,对同一(社会化)身份的人物形象进行纵向梳理比较,就可以看出他们在现实中综合地位与形象的变化,也由此折射出社会观念的演化。其中有一些人群因为工作环境的变化,称呼也跟着变化,如上世纪电影中的农民形象已悄然被 90 年代后期至新世纪的"民工"形象替代。新时期以来电影中的农民形象与女性形象有明显交集,这里不做具体阐述。下面我们分别讨论工人形象、知识分子形象以及女性形象的变迁:

(一)工人形象的变化

"工人阶级"曾经是"无产阶级"、"革命者"的代名词。我国电影中工人形象的改变也非常大,为了说明问题,笔者将范围扩大到解放后塑造工人形象的代表性影片,认为工人形象的定位大致有三个级段:

1. "革命者"与"老大哥"形象

《风暴》(1959)是新中国第一部正面描写工人运动的电影,无疑是热情赞美歌颂的基调;《大李小李和老李》(1962)是谢晋导演拍摄的喜剧片,充满乐观向上的精神;根据话剧《钢铁洪流》改编的《火红的年代》(1973)讲述 60 年代西方国家对我们进行经济封锁,苏联也和我们关系破裂,我们买不到海军建设急需的进口合金,有志气的工人老大哥决心自力更生,创造条件冶炼新钢种。他们历尽艰难,克服重重阻力,终于炼出"争气钢"的故事。这部影片所塑造的工人阶级的形象达到了前所未有的高度。

2. 具有个性与理想的新一代工人

新时期开始重视知识,工人阶级的形象比以前有所改观,但是整体是肯定鼓励的,有关影片着重表现他们的个性与理想,如改编自蒋子龙同名小说的《赤橙黄绿青蓝紫》(1982),反映了青年工人工作生活以及恋爱的内容,片中以刘思佳为代表的年轻一代工人敢想敢干,性格与人格都充满魅力;在关于爱情、友谊、信念的冲突与解决过程中,影片号召青年人投入到时代改革的洪流中,让人生更有意义。《快乐的单身汉》(1983)也是一部贴近年轻工人生活的电影,年轻人一起喝酒聚餐,谈理想,发牢骚,在厂里开办的职工夜校补习知识,带有那个时代鲜明的特征。但此片中工人形象已经没有《赤橙黄绿青蓝紫》中主人公的内在魅力。

3. 被社会边缘化的工人形象

王全安导演的《纺织姑娘》(2010)描写社会巨大变革中普通纺织女工的真实生活。影片中的工人多少已经被社会边缘化,而张猛导演的《钢的琴》(2012)描写下岗工人的电影被定位成了非主流的文艺片。这是在最无奈的年代里,最无奈的一群人。下岗工人陈桂林(王千源饰)为维持生计,组建了一支婚丧乐队,艰苦奔波的同时,还要和嫁给商人的前妻争夺孩子的抚养权。为了留住孩子,他尝试过"借钢琴"、"偷钢琴"(需要朋友的帮忙)、"借钱买钢琴"等一系列方案,买不起钢琴的他在一帮穷哥们儿的帮助下,在废弃的工厂里依照俄国的旧文献资料,在工程师老汪(片中称"汪工")的指导下,用钢铁铸造了一架"钢的琴"。一群落魄的男人为最后的尊严而战。传递给观众的却有工人阶级的激情、乐观和友谊、父女之间的温情,还有冷漠残酷的现实、小人物生活的辛酸感,等等。《钢的琴》是对一个时代的追忆,对一个伟大群体的缅怀,也是工人阶级最后的挽歌。

(二)知识分子形象的演变

何为"知识分子"? 百度百科给予的基本界定为:"知识分子,是指以阐发或者运用知识为核心工作的脑力劳动者。作家、大学教师、律师、艺术工作者、科学工作者和大部分职员均属于知识分子。"下面谈谈1970 年代末以来中国大陆电影中这一群体形象的变迁与文学性体现。新时期以来这一群体形象在电影中呈现得不算多,且涉及到知识分子形象的较为典型的作品均偏于写实,因此知识分子群体银幕形象的纵向变化的脉络容易梳理。

1. 回顾上世纪 70 年代末到 80 年代中期电影中知识分子形象

改革开放初期,知识不再与"反动"挂钩,到处传诵着"知识改变命运"、"知识就是力量"的神话。知识分子在当时的中国颇受推崇,电影中塑造了一批有思想有学识的英雄化知识分子形象。其中《生活的颤音》中的郑长河、《巴山夜雨》中的秋石、《天云山传奇》中的罗群等是这类知识分子形象的代表,他们都是某一领域的优秀人才或专家,且敢想敢干,才华出众;人格高尚,是社会道德的标杆。《生活的颤音》以 1976年"四五"事件为背景,描述黑暗与光明交替之际,主人公为代表的人民群众对周总理的思念、敬仰之情,对光明必将到来的坚定信仰,对黑暗势力的痛恨与抗争,基调上是"伤痕"与主旋律结合的影片。影片的主人公是一位直面黑暗的斗士,代表着文艺界的良心。因为选材特别,影片故事情节和优美的音乐有机地交织在一起,以音乐故事片的形式赋予影片浓郁的抒情色彩,影片中大量的诗歌、音乐既有渲染气氛的作用,又是塑造人物的元素,叙事中与人物的情感、心理融为一体。《巴山夜雨》与《天云山传奇》两部作品中的主人公在"反右"运动、"文革"中受到迫害,但他们不论被关押还是在位,都在发光发热,从未放下"匹夫"之责。《巴山夜雨》中的秋石是遭受政治迫害的圣洁的诗人,更是一个帮助、指引普通民众寻找精神出路的启蒙者角色。《天云山传奇》中的罗群并非直接描述塑造的,其形象是通过三位女性分别叙述刻画出来的,有点类似文学中的侧面描写,只是这个侧面有三个方向,合在一起后的"罗群形象"是完美无暇的,观众看不到他受到政治运动冲击前后的内心波动与情绪表现,或者说因为叙事视角设置,他的内心矛盾与挣扎被屏蔽了。今天再看这部影片,罗群的形象多少有点概念化。冯晴岚也是完美形象,因其牺牲精神更为感人。

271

根据同名小说改编的《人到中年》中潘虹饰演的女医生陆文婷是中年知识分子的典型代表,影片是通过积劳成疾躺在病床上的陆文婷意识模糊中的闪回叙述了其人生片段:她是单位业务上的骨干,若按正常考试晋升,她早就该是主任级的大夫了,可现在连主治大夫都不是,仍是普通的住院医生。她在单位任劳任怨,令人敬重。为了事业和理想,为了需要她的病人,十几年安贫乐道。除了忍受极其匮乏的物质生活外,她还忍受着精神上的压抑:因为工作需要她无法顾及家庭和孩子,内心极为愧疚。这一形象为洁身自好、任劳任怨、常年超负荷运转以致透支过度的中国中年知识分子代言。因为小说本就有一定的影响,潘虹精湛的演技使得影片公映后"人到中年"、"陆文婷"一度成为流行词。

1980 年代另一部影片《黑炮事件》改编自张贤亮《浪漫的黑炮》,也是描写知识分子待遇问题的,片中的赵书信一定程度上也被塑造成带悲剧感的人物形象。虽然影片最为出彩的文学性维度在于其人文内涵,但是赵书信形象也有其特别的标本式的文化价值。影片中某工厂精通德语的工程师赵书信因为去邮局发了一封"丢失黑炮 301 找赵"的电报,营业员立即报告了公安局。公安局对赵书信秘密展开全面调查,发现他没有政治问题,只与前来援建的德国专家汉斯·施密特发生过冲突,但又接触密切。厂里的领导秘密审查赵书信之时,汉斯为 WD 工程的安装再度来华,他一下飞机,就提出希望赵书信能再次担任翻译同他合作。而领导反而借此将赵书信临时支到维修厂去,给汉斯派了一个搞旅游的德语翻译冯良才。由于冯翻译不懂技术,连连误译,汉斯很是恼火。后来棋子找到了,领导仍不放心,因为翻译问题国家损失了上百万人民币外汇(80 年代早期这是一笔很大数额)。

电影叙事过程中增加了赵书信的心理变化这一条线索。赵书信作为懂德语的技术人员一直参与工程,并且与德方专家合作默契。而却在设备安装这一关键时刻被排斥在外。这样的对待是不公平的,相信对此赵书信不会无知无觉,然而影片中他却对此事丝毫没有反应,仿佛自己是一个局外人,即不向领导申辩也不表达不满。当他被派往修理厂这个毫无自己用武之地的地方时,没有任何质疑,逆来顺受地接受了这一安排。而当修理厂的人质疑他为什么被派到这里而不能参加设备安装时，他也只是辩解自己被派往这里是因为工作需要，并掏出领导送的香烟炫耀，以此来证明领导对自己的关心与赏识。当被人粗暴地截走他的包裹（寄回的棋子），未经其允许而擅自打开时，面对这样无礼的对待，他也只是默默地上前拿走自己的包裹而不敢指责什么，这与他和德国专家意见不合拍案而起时所表现出的勇气大相径庭。钟惦棐在谈到赵书信的性格时曾说，"在赵书信的性格中无疑灌注着儒家文化的'敬'义。儒家讲'敬'要义之一是'爱'，所谓'仁者爱仁'。这种'爱'积淀在赵书信的心灵深层，经历他所成长的新社会环境包括党和人民的培养的熏陶，发展为一种民族尊严感和爱国主义精神。因此，在他看来汉斯的数据计算错误既损害了我们民族的尊严，也将导致我们的国家蒙受重大损失。在这种情况下，他心中腾起爱民族的、爱祖国的烈焰，所以怒不可遏拍案而起。这是中国当代知识分子爱国热情的自然流露"。① 儒家谈"敬"，必然与另一要义'畏'相连。"畏"者，主要表现于"畏上""畏权"，对于那个时代已经过了而立之年的赵书信而言，长时期以来对待知识分子的政策和"改造世界观"的影响，酿成了他带有奴性的文化心理，这就使得影片对于知识分子心态与命运的反思上升到了文化与哲学的高度。影片情节是荒诞的，赵书信这一形象是真实可信的，特别是那种文化心理与心态到现在也仍然存在。

在《黑炮事件》之前往往注重从外在社会政治因素等方面来审视其对知识分子心态的影响，而《黑炮事件》却突破性地从外在和内在两个方面来探讨分析赵书信性格形成的原因。"第一次把知识分子自身置于整体民族文化的反思之中，从历史文化环境与人的主体意识双重关系中，从形成性格的外在社会经济政治诸因素与内在文化基因的双重影响中透视赵书信的文化心态和性格结构，因而影片对知识分子课题探讨所到达的广度和深度也是前所未有的。"② 总之，赵书信作为典型

---

① 仲呈祥：《赵书信性格论——与钟惦棐老师谈〈黑炮事件〉的典型创造》，《电影艺术》，1986年第 10 期。
② 同上。

的中国知识分子,有着浓厚的因袭的传统心理,一方面是对祖国和工作强烈的责任感,具有类似英雄主义的品格;另一方面,又有畏缩怯懦、逆来顺受的奴性文化心理。陆文婷和赵书信都是带有悲剧性的知识分子形象,两者虽然性别不同,但都是单位的技术骨干,都受传统文化思想影响,克己隐忍:前者待遇不被重视但作为骨干医生的劳动力价值被过度使用甚至有被压榨之嫌,后者被秘密调查调离原先的工作岗位不怀疑不争辩。不同的是前者工作负荷超重,后者似乎不存在这一问题。

"80 年代初期是一腔热血真心报国的非功利主义心态,年轻人会羞愧于自己没有报国技能,从而珍惜光阴、提升自身素质,如《小字辈》中的众青年,如《逆光》中的廖星明;但是到了 80 年代中期,'知识神话'的功利色彩逐渐浓厚,随着个人意识的觉醒,知识开始和'财富'、'命运'、'前途'等东西相连"。①《盛夏和她的未婚夫》(1985)中女主角盛夏宁愿为获取知识、文凭暂时舍弃爱情婚姻,传递出的是当年社会价值观导向:知识文凭有时比爱情更重要。

2. 反思上世纪 80 年代中后期至 90 年代电影中知识分子形象。

陈佩斯主演的"二子"系列中,父亲逼迫儿子考大学不成,儿子还是下海做生意了。这个系列出炉的时期正好是"知识神话"、"文凭神话"开始褪色的时期,影片不经意间记录了一个时代的拐点,文化方面的意义值得重视。由于商业大潮的兴起,80 年代后期影片中知识分子形象和老干部形象往往有不够光彩的表现。《父子老爷车》与《顽主》解构了知识分子不为五斗米折腰的清高(笔者认为不能以现在的现实标准衡量),两部影片中的读书人的行为都不怎么光彩。知识分子在下列两部影片中,都沦为嘲讽的对象:一是《父子老爷车》中那个把所有的小费都揣自己兜里的外语系毕业的女导游,二是王朔小说改编的《顽主》中自个儿跑到长城饭店门口等着艳遇到来的德育教授,两者都不光彩。

黄建新上世纪 90 年代导演的《站直了,别趴下》(1993)讲述了知识

---

① 王海洲:《20 世纪 80 年代中国电影呈现"知识"命运的变化》,《文艺报》,2011 年 8 月 19 日。

分子在商业大潮冲击下的坚守与尴尬，很多心理描写很微妙。另一部《背靠背，脸对脸》(1994)是根据刘醒龙的小说《秋风醉了》改编而来，导演化平庸为神奇，对中国官场中知识分子人物的情态心理的描写令人叫绝。本片虽然并不为很多影迷津津乐道，但较之任何带讽刺性的现实主义电影均毫不逊色，对文化馆官场的描摹鞭辟入里，对体制的讽刺辛辣到位，这在以前的电影里是不可能有的，本片之后，体制的管控逐渐加强，也就更难有如此犀利的作品了。张艺谋导演的《有话好好说》(1997)是表达人与人应相互理解这一主旨。张秋生是一个有知识有文化的老实人，爱钱、爱看热闹、爱讲道理。本来是一个较为实在简单的人，但因为看热闹电脑被摔要求赔偿，和赵小帅产生了一连串荒诞不经的纠葛。张秋生每次给出的建议都似对牛弹琴，最后剧情逆转，由于忍受不了胖厨师的羞辱虐待，张失去理智，要拿刀追砍胖厨师，这与他之前的文质彬彬形象产生了极大的反差。从知书达礼、一直强调要"有话好好说"的张秋生，到被逼急了拿着菜刀想要砍人的张秋生，看出特殊处境对人心理的影响，而在一旁苦苦劝说的变成了赵小帅：这个时候两人应有了相互的理解。

　　3. 梳理新世纪以来电影中的知识分子形象

　　90年代大众文化的全面兴起，曾经的"全民经商"潮流到新世纪略有改观，但是精英文化衰退的趋势依旧。教育产业化使得多数适龄者能够进入高等学府，既然很多人都可以拥有高文凭高学历，知识分子与普通人的界限越来越模糊，从文学到电影电视剧，这一身份的形象早已经稀释在各种群体中，乃至难以分辨。新世纪电影中知识分子形象比较清晰的可推冯小刚两部现实主义电影《一声叹息》中的梁亚洲（张国立饰）、《手机》中的严守一（葛优饰），两者又都是纠缠在婚外情中，令人尴尬。前者身份是个作家，事业有成，因为忍受不了婚姻的琐碎，和助理李小丹（刘蓓饰）在相处过程中产生了爱情，从此就开始在婚姻和爱情之间纠结不清，踌躇徘徊。他无时无刻不在矛盾着，在矛盾的过程中他也挣扎过，有过短暂的快乐，但更多的是长久的内心煎熬，然而最终他还是选择了亲情，回到了妻子和女儿身边。梁亚洲渴望获得真正的爱情，但与情人相处久了也有烦恼；妻子生病期间承担家庭琐事也让他体会到妻子的不易。影片中张国立将梁亚洲聪明反被聪明误的小狡猾、纠缠在妻子与"第三者"之间的无奈和疲惫,内心良知的自责和贪图一时享乐的心理矛盾都惟妙惟肖地演绎出来。正是这种情感的复杂性和艰难处境给人不尽的启示,也让观众感受到了人物形象的鲜活。《手机》叙述了电视节目主持人与两任妻子及情人之间的情爱纠葛,严守一是成功的有头有脸的人,既需要家的温馨,需要妻子的体贴贤良,又不舍与情人(范冰冰饰)在一起的激情。所以第一位妻子发现其婚外情绝然离开后,他在与情人保持关系的同时又找了一位和妻子为人接近的女朋友沈雪(徐帆饰)。这个人物游走于不同女性间,维持平衡就需要不停说谎,当然情人武月利用他是为了上位,沈雪在看到长长的话费单所打号码之后,也选择了离开。这个结局就是严守一受到的惩罚。影片中,手机是道具,也是叙事中的线索。葛优演绎的严守一形象将道貌岸然下背叛家庭、幽默诙谐中疲于应付、在情感纠葛中焦头烂额与惶恐不安的心理展示得较有层次。

王竞导演的春运题材《一年到头》(2008)涉及中学老师兼副校长、内科主治医生的生活,影片并未特意展示作为知识分子代表的教师与医生形象,而是采用了"生活流"的方式讲述回家过年中不同群体代表相遇的经历:包工头张国栋希望收到工程尾款,带着女朋友回家过年;准备迎接国外子女回国过年的白校长为家里的装修弄得焦头烂额;心内科主任李医生更为内忧外患,不仅受到职业"医闹"的无理取闹,还夹在妻子和年迈双亲之间,不知道该去哪里过年。一次意外将这些人串联起来。影片在叙事上流畅、自然。面对春节合家团聚的愿望,无论是高级知识分子、拥有社会地位的人,还是在城市辛苦谋生的人都有力不从心之处,每个人也有他人所不知的卑微之处。影片没有煽情、没有矫情、没有渲染,甚至没有悲情,只是平铺直叙了不同人物直面生活的辛酸不易。

如果说 90 年代知识分子还徘徊在精英意识与世俗生存问题之间的话,新世纪电影中寥寥可数的知识分子形象早已走下神坛,也不再眷念诗与远方。他们早就淹没在繁重的一地鸡毛的工作与生活中了,与普通人一样为柴米油盐操劳奔波。一些世俗眼光中事业有成、风光无限者甚至令人大跌眼镜,在物质与女色面前,没有免疫力,成为道德败坏者。

（三）女性形象的演变

新时期以来电影中出现的女性形象比较多，每一代际或每个年龄段的导演都会在其作品中展示女性形象。这里有个两难的矛盾，由于同一时期的导演甚至同一位导演也会拍摄不同背景的电影，那么是按导演的创作时间划分，还是影片的时代背景（不一定要求精确）划分令人困惑。后一种划分或许更为整齐，但是参杂交错着不同年龄段、不同代际的导演，论述较为混乱。第一种涉及不同背景下的女性形象，难以统一论述。权衡后，将1979年以来电影的女性形象对应到不同时期最有代表性的作品，并不专门讨论女性主义电影中的人物形象，因为有一些非女性主义电影中的女性形象也很精彩。

有文献将新时期以来电影中女性人物形象分为贤妻良母、野性情人和独立女性三种类型，[①]基本上按时间线纵向划分，只是文章论述较为粗略，笔者认为这种划分的思路值得肯定，因为贴近作品创作实际，同时也基本吻合不同时期社会文化潮流以及女性地位的演变。但需要联系作品进行进一步分析，经斟酌现整合如下：

1. 传统奉献型女性

这表现在20世纪80年代初期谢晋导演的"反思三部曲"中（参见前文"1980年代谢晋导演改编电影的文学性"部分）《牧马人》中的李秀芝、《天云山传奇》中的冯晴岚、《芙蓉镇》中的胡玉音等人身上，她们对爱情忠贞，属于"宜室宜家"的女性，吃苦耐劳，都很能干且聪慧。如果从性格魅力上说，胡玉音可言说的空间最大，也是与典型的传统女性存在偏差的形象（胡玉音虽然嫁过两次，但是第一任丈夫离世后一段时间才和秦书田产生感情），但笔者认为她仍然在这个范围内。她与第一任丈夫桂桂在一起时，桂桂性格懦弱，家庭发展方向的决定都是她主导，如决定盖新房、存下钱给干哥哥收藏等等，就连背砖头这样很吃苦的活，镜头中都是玉音在前。她巴心巴肝地为过上好日子起早贪黑劳作，与桂桂相亲相爱；第二段感情中，她一度成为被秦书田照顾呵护的对

---

① 参见张丽花：《新时期中国电影中女性形象之重塑》，《电影文学》，2016年第15期。

象,但秦书田被抓走后,她经历了难以想象的辛苦而辛酸的磨难。80年代早期,虽然中国内地已经开始提倡解放思想,但是社会对女性的评价标准并未发生很大变化,温良贤淑、照顾好家庭仍然是首要标准。按这一标准,影片中的胡玉音完全吻合。李秀芝、冯晴岚更不用说了。

2. 挣扎于新与旧、愚昧和文明之间的女性

中国第四代导演的一批作品通过人物塑造表现了愚昧到文明转型时代的矛盾纠结,《乡情》《乡音》《湘女萧萧》《良家妇女》《贞女》《老井》《野山》《香魂女》等电影中的女性就是代表。

《乡情》《乡音》都是导演胡柄榴执导,前者歌颂美好乡情,后者留恋美好人情人性并带有对传统文化伦理的反思。《乡情》是一部具有浓郁的民族文化传统的抒情写意影片,它意在表现人物含蓄和内在的美,表现他们的感情世界和主观感受。创作者从生活中准确地选择定位于地域色彩兼民族特点的细节,强化影片的生活气息、田园风光和人物(主要是养母形象)的性格光彩,使故事具有强烈的逼真感和感染力。其中的女性形象因身份、年龄不同,差别明显。作为养母田秋月性格善良隐忍,施恩不图报,总是替别人着想,是影片中最为完美的形象,可与《暖春》中"爷爷"形象媲美。女儿是收养的,儿子直到办结婚证才知母亲是养母;跟着孩子进城,意外地发现廖一萍正是自己当年舍身救出的患难姐妹,却不当面说出,选择默默地离开,踏上了回乡的归途。田桂生母廖一萍在影片中被塑造成自私的城市女性:让儿子回城,抛弃即将成婚的儿媳,更排斥儿子的养母,后来得知真相有悔改表现,说明良知尚存。《乡情》在人物关系设计方面有很多的戏剧性因素,不一一展开。《乡音》里,陶春是性情温顺贤惠、勤劳善良的女子,她对丈夫言听计从,口头禅就是"我随你",是一个有文化基础想当老师的女子。曾经想与邻居女孩杏枝去看一看代表着文明和开放的火车,因丈夫反对作罢,一直到生了重病才被丈夫推着独轮车去看火车。

《湘女萧萧》(1986,谢飞导演)和《良家妇女》(1985,黄健中导演)选材相似、主旨、人物关系均有相似处,时代背景不一样。谢飞导演的《湘女萧萧》改编自沈从文30年代的小说《萧萧》,增加了萧萧和长工花狗在磨房里相遇而动情的段落外,还增加了触犯族规而被沉塘的张寡妇

形象,与《良家妇女》中的疯女人相类似。萧萧怀孕被抓回后,因为一直没找到买家,丈夫家里让她留下分娩了;《良家妇女》中婆婆本身也是童养媳,丈夫早逝,平时相处融洽,后来这里解放了,杏仙并未遭受什么磨难,但受到家族中"三嫂"阻扰,婆婆怜惜杏仙让她离开了。两部电影中正面描写主角心理活动的镜头不算多,《良家妇女》中杏仙用一朵花插在自己发髻上,表示春心萌动;《湘女萧萧》中花狗送萧萧一朵花表示情意,另外萧萧对那些城里女学生的穿着与作派是向往的,怀孕后因害怕想过与花狗一起离开,可是怕事的花狗抢先逃走了,显得自私而懦弱。萧萧看着被沉塘的张寡妇受惩罚的过程恐惧难受,夜里做噩梦被惊醒,都表现了她提心吊胆的心理。

《良家妇女》中杏仙与开炳相恋后,与"小丈夫"少伟有一段对话:

杏仙:"弟儿,你说姐姐死不死?"

少伟:"姐姐不死。"

杏仙:"姐姐要是死了,你怎么办呢?"

少伟:"姐姐……"

杏仙:"弟儿,姐姐不好,姐姐没良心,你长大了不要恨姐姐。"

可以看出杏仙心理有着歉疚,一方面是本性善良,何况与少伟、五娘一直如姐弟、母女般地相处,不忍心离开这娘儿俩;所以离家前为少伟做好棉鞋,搂住追上来的少伟痛哭;另一方面杏仙经过新思想的洗礼已经开始觉醒,虽说新时代到来给追求自主婚姻的杏仙以最大的精神支撑,但封建意识的束缚在心理上仍然笼罩着,她仍然觉得自己"没良心"。幸运的杏仙作为与影片中"疯女人"不一样的女性,因为时代进步而脱离了原先的命运轨道;而萧萧最后已经作为旁观者看着她的儿子迎娶童养媳了。《湘女萧萧》故事背景设置于 20 世纪 20 年代,因为时代,类似萧萧的悲剧还在轮回。

谢飞的另一部《香魂女》(1993)是典型的女性主义电影,片中香二嫂(斯琴高娃饰)是个既令人同情赞赏又使人憎恶的角色。值得同情之处是她不幸的婚恋经历遭遇:由于娘家贫困,她 7 岁被卖成了童养媳,13 岁被迫圆房嫁给瘸腿又酗酒的丈夫。她勤劳能干,有经商头脑,可是对于夫家来说,她仅是会赚钱的机器和泄欲工具,不幸的是还有一个身患智障的儿子。她有一个司机情人,但并非心心相印。我们佩服她精明能干的同时憎恶感也油然而生:作为买卖婚姻的受害者,她在1990 年代,利用经济上的富裕为儿子买了家里需还债的环环(伍宇娟饰),后者的可悲则在于她从未想过要与命运抗争。当香二嫂被环环的善良、大度所感化,主动提出要为她解除婚姻时,她竟嚎啕大哭:"谁还会要我呀!"香二嫂在影片中很是立体,虽然内心矛盾,却主持大局,她面对丈夫、情人、儿媳有伪装也有真性情:对丈夫是无奈、应付中不乏厌恶;对情人柔情依恋却也怨懑;对儿媳矜持威严带有同情。最后让环环离开的决定与时代有关,更与她的良知未泯有关。

《良家妇女》中的"良家妇女"还包括五娘,这位 26 岁就已经做婆婆的年轻寡妇,终年穿着灰暗的衣服操持劳作,心如枯井。她苦苦守着少伟,本来希望杏仙和少伟的买卖婚姻关系能够延续下去,以传宗接代,也让自己的生活有盼头。她是典型的封建婚姻制度的牺牲品。影片还有一位女性戏份较多,那就是不生孩子(旧时代不生孩子都是女性过错)的"三嫂",她精力过剩,性格泼辣。她一直管着少伟家的事,挑唆少伟和杏仙闹,后带人捉奸,呼喊丈夫和乡邻殴打杏仙与开炳。最后从五娘的口中说出"三嫂"还要在路上拦截杏仙。她的人性已被扭曲,自觉维护这种违背人性的婚姻制度,成为封建礼教的卫道士。

第四代导演与第五代导演都有对传统文化的反思,第四代电影中的人物与现实靠得比较近,描述的是传统文化观念对女性思想上的渗透与影响。创作者在批判中保留着美好温馨的人性、人情,其中的女性人物柔弱又坚强,与第三代导演谢晋电影中的女性相比,有相同的美德,只是因为时代和机遇原因,她们没有承担起拯救男性(谢晋电影中的男主角因为政治身份受难,往往都需女性救助)的历史使命。

3. 野性情人(参见张艺谋改编电影部分)

第五代导演对传统文化反思后的结论是应该觉醒、抗争,这是 80 年代中后期至 90 年代初期第五代几部作品共同的主题。"抗争"的使命主要由张艺谋导演的几部"红色"影片的女主角承担。一方面这些民国的故事不是现实主义作品,可以如鲁迅在《〈故事新编〉序言》中所说:"取一点因由,随意点染";另一方面,就这些电影中反抗的女性个性而言,封建礼教的钳制给了人物重压,也给了她们自断后路的抗争愿望。《红高粱》中的"我奶奶"九儿在遇到"我爷爷"后抗争卓有成效,彻底摒弃封建礼教的"三从四德",为自己的生命挣得一片自由的天地。《大红灯笼高高挂》中娇媚任性带点霸道的三姨太梅珊冒着死亡威胁,和喜欢的医生有了私情;《菊豆》中的菊豆绝望中主宰自己命运的大胆刚烈令人印象深刻。这些女性骨子里有着一股野性或蛮劲,就是为摆脱他人的控制而反抗。

4. 个体意识觉醒的女性

代表作品有《周渔的火车》《人鬼情》《红衣少女》《茉莉花开》《孔雀》《青红》以及宁瀛的《无穷动》等。新时期以来表现女性意识觉醒的电影,在 1980 年代早期就有了,张暖忻的《沙鸥》与《青春祭》也可以作为女性电影看待,沙鸥是一个自强不息、带有强烈"自我"意识的勇士,是一个没有达到自己想要的成功但又具有英雄气质的普通人。《沙鸥》也可以作为青春片看待,非常励志。影片具有强烈的时代痕迹,也有一丝"伤痕电影"的影子。胡玫的《女儿楼》(1984)空灵的旁白还有大量的空镜头让全片弥漫着淡淡的哀愁,导演以女性细腻的视角刻画出了一个真实的女主角。《红衣少女》(1985)中安然思想敏锐情感细腻。《青春祭》《红衣少女》中的女主角已经在青春片部分论述过。

80 年代中后期电影中有特色的女主角形象中,《人鬼情》中的秋芸是另类的,形象光彩夺目。《人鬼情》被戴锦华称为"中国新时期以来唯一一部真正意义上的女性电影"。① 影片中的秋芸是一个"宁守孤独也要独立人格的女性",②"其拒绝成为男性的'视觉奇观'之女性意识十分浓烈"。③

幼年的秋芸看父母在舞台上演绎《钟馗嫁妹》看得流下眼泪,隐含在《钟馗嫁妹》中的男权意识让秋芸产生了有男人保护才能让女人幸福

---

① 戴锦华:《不可见的女性:当代中国电影中的女性与女性的电影》,《当代电影》,1994 年第 4 期。
② 郭秉刚:《略论中国女性电影的可能性》,《电影文学》,1996 年第 1 期。
③ 倪骏:《当代中国女性导演及其电影研究(节选)》,《戏剧》,2000 年第 3 期。

的念头,并且一直渴望能获得男性强有力的保护。母亲因偷情败露索性与情人(秋芸生父)抛弃女儿出走,曾经的守护者二娃哥加入羞辱她的行列,养父是秋芸幼年时唯一可依靠的人。养父害怕秋芸唱旦角会如母亲般走上邪路,秋芸便决意扮演男角回报养父的养育之恩;养父一心希望秋芸能成角儿,秋芸就刻苦努力并尊重了养父意愿回到了省城。扮演男角的秋芸的确是成功的,但这并未让原本与其他年轻女性一样追求美的秋芸完全投入其中,让她进一步贴近接受钟馗身份的是张老师。因演钟馗在街头被包围欺负,遇张老师救援多少让秋芸体会到了作为一位女性被保护的感觉,后来化妆室里张老师再次劝说让秋芸坚定了扮演钟馗的选择。成长为艺术家,是养父和张老师赋予秋芸的欲望。当然,观众和艺术界对她扮演的钟馗角色的认可无疑也对她的选择起到了强化作用。但是秋芸生命中最大的愿望是得到爱与保护,可以"嫁个好男人"的愿望到这里被现实击得粉碎,丈夫给她带来的一是阻碍——"演男的吧,他嫌难看,演女的吧,又不放心"(秋芸语),二是灾难——不断地赌博并负债。

当秋芸无法从他者那里获得爱与保护的时候,只有让自己创造出一个钟馗,才能填补现实世界中的缺失。因此,她"想演一个最好最好的男人"(秋芸语)。舞台灯光交错中,她扮演的钟馗就是她梦中的理想男性,一个伴随了秋芸一生的梦。这个男人并不是一位白马王子,而是一位父兄。他可以在危难与欺侮面前庇护她,并成全她的幸福。舞台上的钟馗是秋芸内心缺失的投射。因此,"把自己嫁给舞台"成为秋芸最后的宣泄渠道。事实上电影开场时,镜头中秋芸形象与钟馗形象的交错融合、互换互映,已经意味深长地表现了秋芸内心的挣扎与矛盾。

孙周导演的《周渔的火车》(2002)改编自北村小说《周渔的喊叫》,影片探讨的是精神领域的问题,表达的是一种理想主义的泯灭。影片不断地变换时空和视角,将片段镜头进行组接,以达到叙事的目的。利用在不同场景中画面的转换,来表现人物内心不可言说的、无法描述的心理活动。此外,影片较多地涉及意识流的叙事方法和手段,把一些原本可以连贯的情节人为切割、打散,然后安排在影片各处,让观众自己来缝合,这就要求观众具备一定的理解力和想象力。影片在对于理想主义和人的价值困境的探讨方面做了很大的尝试,体现在对周渔形象的塑造上。影片选材就体现了文艺片的格调,一些意象本身就有隐喻象征的含义,加上周渔爱人陈清的诗句频繁出现在影片中,因此本片的文学性很是充盈。

周渔(巩俐饰)是一个在瓷器上画画的女人。一次邂逅,被陈清(梁家辉饰)的理想主义和单纯甚至木讷吸引,勇敢富有激情的周渔每周两次前去探望他,为他筹办诗歌朗诵会、出版诗集,可效果不佳。周渔到底爱陈清的人还是他的诗?或许爱的是陈清诗中的自己。张强(孙红雷饰)是一个表面看来没有理想和追求的人,他真实地活着,不追求虚妄和梦境,在生活的路上审慎而清醒。张强总是在周渔失落烦恼之时为她解忧,陪她找寻陈清诗中所写的湖。所以周渔曾经在陈清赴西藏以后,停下来感受张强带来的稳定,然而周渔还是无法就此忘怀陈清和他的诗。影片中陈清是周渔的向上的精神性需求的具象化,而张强则是周渔的形而下的物质性需求的具体化。周渔其实渴望神性生活和人性/"物性"生活的统一。

火车是欲望的象征,也是周渔的心灵的归依,让其心灵得到慰藉,"火车的奔跑与运动是本片的一个基本的意象,与火车意象相伴相随的是周渔"。① 其实反省我们自己的生命历程,应该多少都有着周渔的影子:追求精神上的超凡脱俗、与众不同,又离不开世俗物质的日常。

侯咏导演的《茉莉花开》(2004)改编自苏童小说《妇女生活》,通过对分别生活在 20 世纪 30 年代、50 年代、80 年代的一家三代女性爱情和婚姻故事的讲述,向观众展现了近代至当代中国几个历史阶段中女性的生存状态和意识的转变情况,从三代女性的生存轨迹中展现出宿命、轮回和人生的宏伟命题。

故事发生的地点在上海。30 年代的茉(章子怡饰)与母亲相依为命,母亲一直经营着一家照相馆,一心想成为明星的茉结识了孟老板(姜文饰)后,以为事业爱情在向她招手。因上海沦陷,孟老板卷款逃离,辉煌烟花般消逝,这开头和《长恨歌》(2005,关锦鹏导演)中王琦瑶

---

① 宋彦:《文字与影像:〈周渔的火车〉主题与叙事》,《潍坊学院学报》,2005 年第 5 期。

的命运何其相似,只是王琦瑶有一个不入她眼的护花使者,且开头没有孩子。茉生下女儿莉,却因为孟老板的原因不喜欢这孩子。影片中茉与母亲的关系展示得较有深度:因为两代单亲家庭,两代母亲的心理都有问题,茉被母亲各种管制,怕她生出其他事端;母亲的情人即理发店老板先是欺负诱惑茉,继而茉也主动与其勾搭,被母亲发现。后来这个男人偷走两枚戒指与一块手表,母亲受不了连续的打击跳江自杀。茉抱着孩子去理发店,狠狠扇了理发师,拿回了母亲被骗走的怀表和戒指,从这一幕开始,茉变得坚韧,只是她的明星梦做了一辈子,《良友》的海报和花露水的瓶子也被她珍藏了一辈子。这一部分,茉的单纯、梦想、欲念以及取回母亲首饰与手表时的泼辣呈现得很有层次感,但并未改变她将自己的希望寄托在男性身上的意识。

莉(章子怡饰)在缺爱的环境下长大,心理、性格的不健全可想而知。为了爱情她义无反顾,逃离自己厌恶的和母亲一起居住的生活,住进了丈夫邹杰(陆毅饰)弄堂里的家。可打败幻想的从来都是生活,50年代也不例外。婆婆想要孙子的心思传递、放在房间里的马桶、和身体不适时要洗的衣服,都让她无法适应,也应付不来,只有迅速逃离回归以前的家。所幸邹杰终于在几天后来到了她的住处和她生活在一起,丈夫来到身边,她心中有委屈更有释然,所以躺在床上她咬了丈夫胳膊那一细节很是生动形象。因为缺乏安全感,想要用孩子来栓住丈夫的心,可是命运弄人,她输卵管堵塞,无法生育。后来领养了花,却因为丈夫疼爱养女产生嫉妒心理,甚至同时怀疑丈夫与母亲、女儿的关系。猜忌与冤枉中,邹杰被逼卧轨自杀,她也在精神失常后走失。莉由于早年爱的缺失,长大后非常重视自己的家庭、爱自己的丈夫,盼望一直幸福下去。但那个时代关于无后观念的影响,以及由此衍生出的种种问题,都是她试图紧紧抓住丈夫的表现。她与母亲成长的时代不同、经历不同,但是将自己的人生幸福寄托在男性身上的观念基本相似,而且表现得更为固执。

少女时期的花(章子怡饰)也许无法理解父母接连离去的举动,但是有一点保留在她的印象中,就是"父亲是好人",这是父亲离世时外婆说过的,也是她亲身感受到的。加上她来到这个家时,外婆(陈冲饰演了茉的中年、老年以及茉母)也褪去了年轻时的光芒,变得温和了。因此就成长环境比较,她比外婆、母亲得到了更多的爱,这在花的成长中给了她一种安全感。然而,花的爱情也不圆满,负心男人哪个年代都不缺。她曾经没日没夜辛苦劳作供爱人小杜(刘烨饰)读书,后来外婆去世,丈夫变心要求离婚。经过最初的痛苦与徘徊后,她冷静下来什么也没有要,自己安排一切迎接孩子的到来。因为提前阵痛,在没有行人没有出租车的滂沱大雨中,口塞毛巾、抓紧消防栓,用自己准备的物件给自己接生。最后花在雨中生产时的长镜头,因为演员表演真实、具体情境真实而令人动容。

这部影片是一部女性主义电影,80 年代的花被创作者赋予了独立女性的标识。笔者觉得花的女性意识被唤醒,有几点原因:男人中也有如父亲一般的好人;外婆、母亲的生活态度给了她反向的启迪,她不要再走老路;当然新时代新思想给予花以新的希望。其次,从花答应离婚后的情节有简单处理之弊,虽然花是影片中最正面的形象,为求真实,表现了她刚被通知离婚时有与对方同归于尽的冲动,也知道孕妇受法律保护,但她的冷静表现仍然有简单化之嫌,或者说导演处理简单化了。生产时如果不是警车在不远处,孩子大人能保住性命吗? 产后带孩子、搬家也被风轻云淡的镜头轻松带过了。总之,这一段花表现得坚强有余。比起生活,花的真实处境与内心世界的展示仍嫌单薄。

这是一部寓言式电影,如宿命般轮回,几代下来家中都没有一直陪护的男性,我们甚至可以推测,茉的父亲是否就是不负责任的人? 片中虽然有三个不同时代的女主角,其实却只有一个人。或者说,是一个女性如何从依赖到尝试改变,再最终达到内心的自强、独立的过程。影片通过人物塑造告诉我们,一个女人该如何对待爱情,该如何看待新生命,该如何面对生活的波折,如何站起来。

顾长卫导演的《孔雀》(2005)虽然"姐姐"的段落占了很大比例,但是也是偏向青春成长题材的电影,只是这不影响我们分析"姐姐"这一形象。成长于小镇的姐姐因为有一个患有脑疾的哥哥和一个弟弟,不是很受父母关注。但她内心刚烈执拗、不安于现状、甚至为达到目的不惜代价。做一名伞兵的梦想遭到打击后,"姐姐"却偏不死心,回家自己动手制作了一个降落伞,将它绑在自行车后座,然后骑着自行车在大街上奔跑,毫不顾及旁人异样的眼光,完全沉浸在自己的快乐当中。在那张开的降落伞上,我们看到的不仅是"姐姐"的快乐,更是一种青春生命自然的释放,这里降落伞是她理想的象征,被母亲发现后气急败坏地阻止,也就象征着其理想的陨落。

片中还有一个"姐姐"和手风琴的桥段。她被悠扬的声音吸引,一路找到乐声的源头,然后靠在门框上,静静地聆听着,脸上笼罩着一层安详与幸福的光辉,眼睛里流露出只有当初见到英俊的青年伞兵才焕发出来的神采。这一表情也是刻画人物的细节,虽然短暂,但是传神地表现了"姐姐"的精神向往。

青春易逝,片尾姐姐同弟弟一起走到菜场处,蓦然间看到了那个曾经给自己带来最初梦想和美好感情的军官,主动搭腔:"我刚才还给我弟弟说你会一直爱着我!"对方胡子拉碴,已认不出她:"你,你贵姓?"姐姐转身离去,对她弟弟说:"他说他一直爱着我!"弟弟说:"别骗人了,孩子都怎大了!"挑西红柿的时刻,姐姐再也承受不住地无声痛哭起来,支撑多年的理想像玻璃般哗啦啦破碎在下午的阳光里,曾经千回百转、柔肠寸断的青春梦想彻底地萎谢了。

姐姐曾经不断抗争,希望选择过自己的生活,强烈地表达着自我意识,试图挣脱被"父权"桎梏的笼子。可是她努力过、尝试过,却没有遇上自己的"孔雀开屏"。

2010 年以后一些"小妞电影"中的形象是以前中国电影中从未有过的,颇有感染力。如根据熊顿漫画改编的《滚蛋吧!肿瘤君》中女孩患了癌症后未改变乐观爱美的性情,特别是对花痴式(向往爱情)言行的表现,令人怜惜感动。另一部商业喜剧片《失恋 33 天》中黄小仙与男闺蜜"王小贱"的形象塑造有着明显的时代气息,纵观中国电影发展历史,就形象塑造而言,本片男女主角呈现出 60 后、70 后甚至 80 后都不可能的表现,上世纪 90 年代、新世纪初也没有这样的喜剧形象。"王小贱"形象塑造的成功告诉观众:底层有个性、有特色的人物形象,不应一味否定或全盘肯定,生活中往往美好与乖谬交融。

三、台词对白体现了不同时代气息

宏观上，不同时代有不同的流行话语，如曾经随处可见口号式的标语"工业学大庆，农业学大寨"，"沿着社会主义康庄大道奋勇前进"，上世纪 70 年代末高考恢复后大学生是"天之骄子"，概括"脑体倒挂"现象用"造原子弹的比不上卖茶叶蛋的"。也有一些话语始终流行，如教师是"太阳底下最光辉的职业"。将范围缩小到电影台词中，也有一些代表不同时期的流行语句。只是现在电影多了，而且人们获得信息的渠道太方便太丰富，即使一些电影台词深受观众青睐，但成为经典台词长时间流传实属不易。为反映电影台词变化的时代感，从建国后的代表作品说起：

"十七年"电影多为主旋律电影，一些电影台词时代感、革命化倾向很是明显。如 50 年代《董存瑞》中的台词"为了新中国，前进！"60 年代电影《英雄儿女》中王成的台词："为了胜利，向我开炮。"就是标语口号，有振奋斗志、凝聚人心的作用。"文革"十年中八部样板戏拍成电影外，还有一些图解政策、内容空洞的影片如《海港》《决裂》，台词很像日常批斗会的措辞，如"有人说上大学要有资格。什么是资格？啊？资产阶级有它资产阶级资格，无产阶级有我们无产阶级资格。进共产主义劳动大学，第一条资格就是劳动人民。这手上的硬茧，就是资格！"（《决裂》中台词）极左的立场可见一斑。这样的话语权下，教育只能全面停止以至于瘫痪。这种匪夷所思的空洞台词也无法与文学性联系。

1970 年代末至 1980 年代，虽然已经对以前的极左路线进行清算，同时对"文革"假大空文艺作品做出反思，但是仍有一批电影中人物的台词传递出教化腔、歌颂调。《庐山恋》歌颂性质的台词仍带有此前老电影的某种定式——如"你真傻，傻得可爱"，又如影片为表达耿华的好学博知，会让他讲述某个景点的历史典故，甚至会整段背诵与之有关的唐诗。影片中台词维度体现的文学性不缺少，只是部分台词用得不够自然妥帖。80 年代早期电影人物动作、说话中还会带着戏剧痕迹，如《天云山传奇》中宋薇主动表达对罗群的爱意时的举手投足以及台词在当下看都不够生活化,有明显的舞台感。80 年代中后期优秀电影渐渐摆脱戏剧程式;90 年代以后的电影人物形象与台词设计更为生活化,富有朝气或激情,也更为人性化,贴近现实。米家山导演的《顽主》(根据王朔同名小说改编)中杨重(葛优饰)有这样一段台词:"人生就是这么回事儿,就是踢足球,也许啊一大帮人在那跑来跑去整场都踢不进一个球去,可你还得玩儿命踢,因为观众在玩儿命地喝彩打气。人生就是跑来跑去听别人叫好儿。"不用说革命年代不能出现这样的台词,就是改革开放后的 80 年代前期,电影与其他文艺载体都在探索新的表现形式,思考传统文化的正面负面影响,也不会有这样冷眼看人生的台词出现,可 1980 年代末就出现了。再看杨重的另一句:"你不知道这女人是个现代派,爱探讨人生的那种,我没词儿了,我记住的外国人名都说光了。"这种自嘲调侃的台词对人生进行了别样解构,诙谐中不乏智慧,笑对人生的无奈与失落,以玩世不恭的态度将严肃的话题戏谑化,掺杂对社会事物的透彻洞察,在当时这样的台词风格可谓别具一格,当然这是王朔原著中杨重的原生态话语。在 80 年代早期及以前不可能出现的话语表达风格,随着大众文化的思潮席卷,电影中如此"调侃"人生、文化,观众也不会惊讶。其实即使王朔当年小说传播的时候,其言说的方式也受到质疑诟病的。

到了上世纪 90 年代,有影响的电影中人物台词基本不见戏剧化的夸张,受王朔影响很大的冯小刚导演的一系列贺岁喜剧电影中,人物台词就带有明显的调侃意味,但是将王朔式的尖锐与嘲讽改换成温和与换位思考式的贴心甚至真诚,对于受众而言,没有被嘲弄的感觉。以与《顽主》关系密切的《甲方乙方》(1997)为例,片中钱康(冯小刚饰)对过了一天将军瘾的书店老板(英达饰)说:"过过瘾就行了,和平年代,真巴顿也得老老实实在家呆着,撒野警察照样抓他,好好卖书当你的良民,国家有咱们强大的人民解放军保卫着,打仗也轮不到你。"这种游戏过后的劝导、尊重或者说带有情怀的"点拨"是王朔小说改编电影中的台词所没有的,这也是王、冯不一致的地方。《甲方乙方》最后岁末聚餐段落几个人喝高了,说要为公司发展削减个人收入,自我打趣:"咱们就是一伙只爱真理不爱钱的人,难能可贵,国家凭什么非重点保护那大熊猫？我觉得咱们几个也是那种国家重点保护的一级国宝，还是濒临绝种的。"虽说是自我表扬，但观众不会讨厌，也不会与"文革"时期拔高人物形象的空洞台词联系起来，因为剧情设置其中两人确实免费做了好事。台词本身接地气，有幽默感，虽然不是多么富有文采，但并不粗糙低级，易于接受消化，且还有比喻，幽默中透着真诚。《甲方乙方》中的有关台词成为俏皮流行语，如"那不成啊，地主家也没有余粮啊"（葛优饰演的姚远台词，表示说话者抠门)，又如"求您了，告我们吧"（姚远台词，让对方通过这种方式解决问题)，等等。这是小品式的逗乐，具有荒诞与冷幽默特征，表示中国喜剧电影在利用台词传达喜剧精神方面走出了自己的路子。

时隔15年，冯小刚炒了一次冷饭，就是拍了《私人订制》(2013)。就结构安排来说，此片与《顽主》《甲方乙方》如出一辙，也可以说是它们的升级版，但诚意与底气不够。电影以讽刺夸张手法调侃了时下各种热点现象，贪污腐败、土豪、雾霾与环境污染、微博微信等等，观众反应显然不太好，评价远不如当年的《甲方乙方》。与旧作相比，电影景色更美了，场景更宏大了，对于观影经验比以前丰富、审美眼光也提升了的观众来说，影片中的笑料有点生硬，也有些扯淡。如"什么叫贵族？贵族就是除了吃饭自己张嘴，做爱亲力亲为之外，什么都不用自己动手。"嘲笑讽刺所谓的贵族，如寄生虫一般。"成全别人，恶心自己"虽然还带着自嘲的色彩，但缺乏了温情，联系剧情显得浮夸。再看另一段台词，"阳光，我是来向你道歉的，虽然我们之间隔着厚厚的霾，但我还是想对你说，你是公平的，是我们犯了错，让自己陷进了深深的混沌里，我该怎么向你道歉，才能让我们回到童年的记忆中'天空是蓝蓝的，空气是清新的，阳光是明媚的'。"这一段台词明显是有文采的，且用了拟人、排比等修辞手法，独立看不错。不过电影文学性是一个整体的效果，需要各方面的协调，由于剧情安排不够妥帖，相应的台词效果不够理想。冯小刚电影台词中不少对白台词只是呈现冷幽默与荒诞的审美特征，并非与角色的形象塑造（如台词能够表现什么性格、当时的心理与情绪状态）直接联系起来。

到了新世纪，虽说文艺创作多元化倾向显现，现实主义喜剧电影的台词呈现了平实、有质感的倾向,路学长导演的《卡拉是条狗》(2003)中男主角有一段台词"从单位到家里,我每天得变着法让人家高兴,只有卡拉每天变着法让我高兴。说白了,只有在卡拉那儿,我才觉得我有点人样"与题材剧情协调,呈现小人物自我反省自我总结时的辛酸,同时这种台词虽看不出提升文学性的明显作用,但是形象地表达了一个男人在家、在单位都没有话语权的边缘化状态,令人回味。这样的台词与作品中人物的定位配合协调,没什么不妥。中国大陆 1980、1990 年代如果没有出现这样的写实作品,自然无法看到这样"憋屈"的台词。新世纪喜剧电影中台词对创作人员是一个考验,冯小刚那样的冷幽默台词没有相似的成长背景很难继续下去,何况不了解"官腔官调"的新生代观众不一定接受。近年来不少较为年轻的导演在台词编写上各有各的"神通"。董成鹏导演并主演的《煎饼侠》(2015)台词花哨俏皮,"为了明天能有曙光,爱与恨都要被隐藏"、"勇敢不代表不紧张,可是信念不能伪装"、"我拥有梦想的力量,抵抗怀疑我的目光"、"我不能带你去远方,尽管你懂我的忧伤"等等,喜剧感与励志并存,尽管"鸡汤"不受欢迎,但电影中这些台词不纯粹是教训人、灌输理念的"鸡汤"。

下面谈谈近年来流行词语被电影吸收化用的现象。

汉语表达有约定俗成的结构方式,通畅与否、简洁与否都会有共识,这是高中阶段能达到的基本水平,特别是书面语言表达。有了这一水准能够接受狭义文学的规范、精致、优雅,也能适应广义文学的适时变化。狭义文学附带的文学性显得更为"纯净"、更有某种情调,变化相对缓慢;广义文学附带的泛文学性变化相对明显。在流行语进入电影台词这一动态表现上,确实能够证明某一维度广义文学性的变化。就电影类型或风格而言,文艺片不太能容纳流行词句,而喜剧风格的爆米花电影更多接纳了流行词语。当然,流行词语细分也有新旧之分、是否具有生命力之别。随着时间推移,有一些已经被汉语普通话吸收。"郁闷"这个词新世纪初流行时还觉得不习惯,而现在作为书面语也没有人异议。有一些流行词随着时间流逝,自然丧失生命力;还有一些故意写成错别字的流行词,笔者认为也不可取,如辣鸡(垃圾)、木有(没有)、骚年(少年)、劳资(老子),这里暂时不讨论表情符号对汉语表达的"入侵"。

有些口语化词汇源于流行语,整齐有节奏感,且形象生动,已经被广义文学的博文、广告语或公众号推送文章吸收,如"妈妈不疼,姥姥不爱"表示不受人待见不讨喜,"熊孩子"指被家长娇纵后公共场合言行放肆的孩子,"演技炸裂"形容表演厉害、极好,"梗"从笑点泛化为说话的切入点,"数学是体育老师教的"可以换学科,表示错位厉害,令人不能忍受;另外也有一些词语形象生动,很难用其他词语代替,如"神马都是浮云"、"有钱就任性"、"自黑"、"点赞"、"流量明星"、"屌丝"、"白富美"、"高富帅"、"吃货"、"酷毙了"等等在电视谈话节目、综艺节目中频频出现,在年轻观众爱看的喜剧电影或青春电影中出现亦不足为奇,单独看它们构不成文学性的变迁,但是组合成语句、语段后"缝合"进文章中,应该能感受到台词表达风格体现了变迁的时代感。

电影台词吸收当前社会流行语已成为一种时尚,甚至在引进外国动画电影的台词翻译和本土动画片的台词创制中,流行语现身频率很高,如"不差钱"、"躲猫猫"、"辣妈"、"辣妹"、"宅女"、"醉了"……科幻动作片《怪兽大战外星人》(2009)中,流行语的应用更是俯拾即得——无法打败外星机器人,美国总统召开紧急会议商讨对策,一位议员提议说:"给他发张绿卡,让他做个美国人。"另一位议员接过话茬子就嚷开了:"先生,在这危急关头,我不禁要问自己,我们是否不差钱。(翻译用语)""不差钱"表达的意思为:不用为了钱勉强自己做不喜欢的事情或者工作,手里的钱能支撑自己喜欢的生活。随着时光流逝,动画片或其他影视片能否留得住这些词汇用语?

一些词语耳熟能详,被用了多年,但是如果换一种思路或角度来表达或推翻先前的表达,未尝不可。如王家卫导演的《一代宗师》(2012)中宫二(章子怡饰)的台词:"想想,说人生无悔,都是赌气的话。人生若无悔,那该多无趣啊。"对于每个个体的一生来说,不可能所有选择决定都是正确英明的,"有悔"本身就会客观存在。只是在我们的惯性思维中,不认同"有悔",听到电影里这句台词,还是感到别有新意。

改革开放40年,在思想解放、全民文化素质提升的前提下,当下及以后还会不断出现令我们心生喜欢、击节叫好的电影台词,这是不同时期的受众能够分享的精神食粮的组成部分。

　　构成文学性的维度要素在发展变化,特别是人文性的成分随着时代变迁有不同内涵与方式的呈现、或新的诠释。不变是相对的,只能进行定性描述;变化是绝对的,可以定量统计。对于同一类型题材或相近格调的电影来说,只要某一维度改变得到观众认可就预示着文学性变迁,因为某一维度的变化影响整体作品的效果。

第三节　电影文学性演变的原因

一、文化思潮影响电影的文学性

　　文化思潮与很多因素有关,中国上世纪 70 年代后期"十年浩劫"结束后,开始了一场声势浩大的思想解放运动,电影也迎来复兴,开始了中国电影史上又一个活跃的阶段。思想解放所带来的影响集中体现在"伤痕"电影与"反思"电影创作。两者界限不是泾渭分明,也可以看作上世纪 70 年代末开始的一种电影创作思潮,是"文革"后出现的一种电影现象,一度成为 80 年代早期电影表现手法的主流。"伤痕"电影是一种时代呼声,具有很大的历史意义,在 80 年代的中国社会造成广泛影响。这类电影取材不限,但人物与情节有整体上的相似性:正直善良的主人公被压制欺凌、或被诬陷、被审查甚至追捕,借此批判反思"文革"机会主义、宗派主义以及种种反人性的恶行,《苦恼人的笑》《戴手铐的旅客》《小街》《巴山夜雨》《如意》《天云山传奇》《邻居》等是其中的代表作品。

　　稍后的"寻根电影"中"文化寻根"、"文化反思"成为电影的母题,这使得"人的觉醒"成为影片的一个普遍主题。《黄土地》中的八路军知识分子顾青(王学圻饰),怀抱"救世济民"的理想而来,影片用镜头语言渲染他出场时的高大,颇具象征意义:从天边远处走来,摄影机镜头仰拍,大音希声的黄土高原随着他的走来而"斗转星移"。《孩子王》中的知青老杆就是内向型的,行为举止乖僻怪异,仿佛是一个孤独地与传统抗争的斗士。不论"伤痕"还是"反思"与"寻根"作品,这一阶段电影是知识分子形象最为美好的阶段,与文革电影中需要改造的"臭老九"截然不同,也迥然有别于 80 年代后期王朔小说改编电影中的知识分子精神矮化的形象。

或许是对尊重知识、重视文凭这一社会思潮的回应,1970 年代末至 1980 年代初的电影中出现了大量的知识分子形象。这些知识分子形象具有内向性、主观性特征和象征性蕴含,人物塑造贯穿人道主义的思考、人性的温情和暖意。不同于"十七年"或"文革"时期高大全或假大空式的英雄人物,影片中的知识分子形象不论身份如何,都心地善良、情感真挚、内心丰富,虽常常无法主宰自己的命运,但无悔无愧于心。这时期电影创作者集中于第四代导演,他们对人的尊严的强调,对人的内心世界和个人价值、个体自由的肯定和尊重等关于"人"的积极意义的探索,凝聚成为新时期电影的独特内涵。

"反思"电影中除了塑造知识分子群像较为突出,在整个社会对极"左"思想批判的背景下,新时期的中国电影还通过对农民形象的塑造来反思中国传统文化,尤其是反思在中国延续了几千年的封建文化的影响。这类人物形象如《湘女萧萧》中的"萧萧",导演胡炳榴的"乡村生活三部曲"《乡情》中的"田桂"、《乡音》中的"陶春"、《乡民》中的"韩玄子"等。其中《乡音》塑造的农村妇女"陶春"是反思中国封建文化的经典人物形象(见前面女性形象演变部分),影片非常准确到位地表达了中国传统女性对男性的依附及弱势心理,是残存的封建宗法制度的一面镜子。"陶春"们产生这种文化心理的原因是中国封建伦理道德对女性的压抑与戕害。不论之前的"十七年"还是 90 年代以后,农民形象就不再有这种矛盾的统一,《月亮湾的笑声》中的"江冒富"形象在新时期电影中也很有代表性,因为政策多变导致他有时被批有时被树为典型,经历荒谬、心理负担重。

巴赞纪实美学在上世纪 70 年代末至 80 年代传播到中国,由于迎合了我国新时期之初文艺界拨乱反正、恢复现实主义传统的需要,所以很容易与我们民族传统的现实主义创作方法融合,对中国电影艺术的创作与发展,产生了深远的影响。具体表现在对第四代、第六代电影人的理论"指导"上。第四代虽处于革新的前沿,在电影语言上进行了尝试与创新,但长久受中国原先传统电影理念的浸润,对"纪实美学"的贯彻并不彻底,他们电影中的内在戏剧性并未去除。中国第六代电影导演群体于 20 世纪 90 年代初登上影坛,其电影创作深受"纪实美学"的影响,他们关注城乡边缘人,大量运用长镜头和方言,以及起用非职业演员,采取开放性的叙事等特征,都是较为彻底地践行巴赞"纪实美学"的证明。

新世纪犯罪喜剧《疯狂的石头》问世后,小成本多线索犯罪喜剧蜂拥而至,形成一股创作潮流,也即创作思潮。台湾陈映蓉导演的《国士无双》涉及电话技术诈骗犯罪问题、个人信息与银行卡安全问题,揭露团伙作案对弱势群体带来的伤害,嘲讽台湾诈骗、假名流包装、新闻乱象等对于社会公信力、社会风气的破坏,对所有国家地区均有警戒意义。这些都是值得现代社会的人们好好考虑对待的问题。

二、新问题、新现象"渗透"到影片的文学性中

在叙事艺术中,反映现实最快的除了戏剧中的小品,就是影视作品了。时代变迁,新的现象、新的矛盾、新的问题接踵而至,关注现实的创作者自然会在原创或改编的电影作品中反映现实,表达自己的价值取向。

回溯新时期以来的银幕形象,80 年代尚有一批传统农民形象,如《喜盈门》中的水莲、《月亮湾的笑声》中的冒富、《牧马人》中的李秀芝和郭喺子、《咱们的牛百岁》中的牛百岁、《人生》中的巧珍等人物形象,多为电影赞美肯定,具有中国农民的勤劳、善良、淳朴等品质。90 年代中农民形象更多融入创作者对人生、社会的思考,如《秋菊打官司》中的秋菊、《二嫫》中的二嫫、《被告山杠爷》中的山杠爷等形象富有特色,个性倔强要强,但要么缺乏法治意识,要么被商品经济冲击下的"风光"观念误导,产生了不同的悲剧意蕴;《喜莲》塑造了农村妇女为改变命运自立自强的形象。这几部 90 年代农村题材作品都通过人物塑造表现了文明与传统、法制与村规、法制与人情的对抗。另一部《男妇女主任》塑造了性格诙谐爱吹牛却也能为村民服务(替妻顶职)的基层干部刘一本(赵本山饰)形象,很是生动。新世纪以后银幕上传统农民形象寥寥,

《天下无贼》中民工或新农民形象产生，著名的《人在囧途》《落叶归根》都表现民工临时返回农村的故事，表现他们的辛苦、乐观及智慧。《上车，走吧》《高兴》《泥鳅也是鱼》《农民工》中呈现了农民工从事的具体工种，其和伙伴或老板等人的关系都让他们与传统农民有了不一样的表现或特质。"在当前城镇化语境下如何更深层次地挖掘农民工群体现实问题背后存在的社会与文化根源，寻求物质生活追求与精神价值诉求的交融相通，进而使得其在实现个人梦的基础上提高对民族'中国梦'的认同感与参与度，不失为新世纪以来中国农民工题材电影在今后走得更远的一条途径。"①

　　时代变迁，伴随着商品经济发展产生的商品房开发，如今已成为大家熟知的事件。相关电影塑造了追逐利润的开发商形象，如《疯狂的石头》中徐峥出演的幕后（地产）老板形象，《武林外传》（2011 电影版）中无良开发商的形象可用"唯利是图"、"利欲熏心"形容，电影对他们表现出了明显的讽刺批判倾向。打拐题材进入电影创作领域，《亲爱的》《失孤》两部作品中孩子与亲生父母、与养父母的感情表现，各自的内心活动让观众了解到这个社会现象后一群普通人被改变的人生。"人肉搜索"是互联网发达后相关法规未及时跟上产生的网络暴力现象以及个人隐私泄露这样的敏感话题，现实中的不同情形的悲剧已经上演数年。到目前为止有两部电影《无形杀》与《搜索》涉及这一题材，塑造了信息时代相应的新闻工作者的形象。王竞导演的《无形杀》改编自真实事件，片中身为丈夫的程涛发现妻子的婚外情后，羞愤之下在网上发了匿名信，被推动人肉搜索的网站编辑徐伟看到，他采取了以下行动：将这个帖子置顶；发动网友对那位妻子的情人进行人肉搜索；引导更多网友批判偷情者；带领网友去现实生活中寻找偷情者；网民殴打那位情人时，举着 DV 抓紧时间拍摄。作为媒体人，徐伟"有足够的新闻敏锐；懂得如何炒作，知道怎么才能撩拨起网友的情绪；不畏艰难又不择手段，骚扰当事人的单位与家人，在高飞被殴打的时候袖手旁观只顾着拍摄。

---

① 余琼：《梦想照进现实——论新世纪以来中国农民工题材电影中的"中国梦"》，《甘肃广播电视大学学报》，2015 年第 2 期。

从整体上来看,这个形象是负面的,可恶的".①

与《无形杀》中的徐伟相比,陈凯歌导演的《搜索》中的陈若兮(姚晨饰)形象更为丰满,她发现了下属拍摄的一段公交车上(叶蓝秋因身患绝症未让座,)的视频,职业嗅觉以及工作生活压力下的名利诱惑让其决定跟踪深度挖掘这则新闻的价值,忽略了当事人感受和背后不为人知的事实调查。她是职场能手,生活中心地善良,性格坚强,深爱自己的男朋友(赵又廷饰)并一直照顾对方;又因看到网上男友与叶蓝秋(高圆圆饰)在一起的照片,进而爆料叶蓝秋是小三的新闻,阴差阳错得罪了叶的上司;故事的最后她被设了圈套,丢了工作。我们可以认为是蝴蝶效应让陈若兮自己也成了受害者。与网络不发达时代传统新闻工作者比较,陈若兮、徐伟与他们有一定的相似处:一是新闻敏感度;二是为达到目的不畏困难的个性。只是他们都没有顾忌追踪对象的处境,也未考虑权衡自己这么做是否合法合理。"为达私欲,不择手段",是他们与以往电影中塑造的正直勇敢的新闻工作者的根本区别,后者的出发点是为了人民、国家的利益,如战地记者冒着生命危险拍摄、揭露侵略者的行径,值得敬佩。

三、审美观念变迁影响银幕形象与配乐风格

不同时代有不同的主流审美标准,这里所述"审美观念变迁"主要指电影受众(每个时段的年轻人群)的观念变化。曾几何时,银幕上的硬汉形象受到大众欢迎,人们对外片《追捕》中的杜丘先生(高仓健饰)、《佐罗》中的佐罗(阿兰·德龙饰)津津乐道,随着港台武侠片进入大陆观众视野,李小龙、成龙、李连杰、甄子丹等人的银幕形象也为大陆观众熟知喜爱,年轻观众同样崇尚这些英雄般的银幕偶像。新世纪初大众文化兴起,电视剧《流星花园》中的"F4"组合让一批年轻观众对"花样美男"趋之若鹜,发展到今天,"流量小生"与"流量小花"的一举一动已

---

① 高晨驰:《人肉搜索电影中的新闻人形象—以〈无形杀〉、〈搜索〉为例》,《文艺生活》,2014年第 1 期。

具有相当的商业价值,令人惊叹。当然,当代审美呈多元化趋向,也让银幕上体现"温暖"感的"大叔"形象(如张嘉译饰演角色)、智慧与能力并存的新军人形象(如张涵予、段奕宏、吴京等人饰演的军人形象)分别占有一席之地。除了电影中的形象变迁关乎审美,电影的配乐风格变化也体现了时代审美的演化,下面以武侠片配乐为例进行阐述。

上世纪港台出产了一批优质武侠片,配乐也很经典。如 1992 年《新龙门客栈》从人物塑造到台词写作都得到广大观众的喜爱与好评,配乐与电影内容协调,周华健演唱的片首曲《难以抗拒》深情动人但并不消沉;稍早的《笑傲江湖》(1990)的主题曲《沧海一声笑》何等豪迈粗犷。一叶扁舟,一壶浊酒,一斗篷一蓑衣,一箫一剑,走江湖。那是一种怎么样的自由啊,犹如庄子出世般的遗世独立、飘飘欲仙。歌词大气磅礴、朗朗上口,旋律的节奏明快、豪气冲天!某种程度上正是这主题曲的传唱成就了《笑傲江湖》。许冠杰与林正英、午马的男声合唱使歌曲更加具有气势,恩恩怨怨,一切爱恨都在那一声笑中消散。保持着微笑大声唱着这首歌,略显粗糙的嗓音让歌曲中的沧桑犹如过眼云烟般消逝,心境逐渐明朗起来。总的来说,那时武侠片音乐是阳刚豪迈的风格,明朗的曲调中透露出快意恩仇的情感。

与《笑傲江湖》相隔十年的武侠电影《卧虎藏龙》(2000)从内涵到人物塑造均有一定的文学性,其主题曲《月光爱人》是一首温柔的古典式情歌,歌曲的旋律打破了欧美张扬绚丽的风格,使用了当下流行的单音节装饰句,旋律优美深情,歌词中运用中国典型的意象——月亮,表现出深深的思念、淡淡的哀愁和兼济天下的侠义情怀,具有浓厚的东方色彩。这两部影片的主题曲都非常经典,都令人赞叹。显然上世纪武侠片中快意人生、沧桑古朴的情怀不能代替后者婉转曲折的细腻心境。同是新世纪初年的武侠大片《英雄》中的主题曲《天下》是一首极具东方色彩的小提琴曲,凄婉的旋律仿佛诉说着两千多年前的旧事,一时间国仇家恨、儿女情长、雄心抱负一起涌上心头,沉郁得化不开。虽说武侠片主题曲或插曲因影片选材各有风格,不可相互替代,但是《英雄》主题曲与《卧虎藏龙》主题曲在情调上还是更为靠近些。

与上述两部新世纪武侠片主题曲媲美的是《夜宴》的配乐。《夜宴》

(2006)主题曲《越人歌》,其在影片中根据不同情形出现了两次,分别是男声和女声独唱,第一次是影片的开场。萧瑟而寂静的一片竹林中,狂风泛起,主题曲幽幽响起:"今夕何夕兮,搴舟中流,今日何日兮,得与王子同舟……"腾格尔低沉的声音,为全剧奠定了凄凉的基调,似乎为那些优雅的舞蹈做注脚,将静谧安宁中隐隐潜伏的危机,渐次展开。第二次则是青女(周迅饰)怀着对无鸾(吴彦祖饰)的爱勇敢地为其辩白时所唱,正如她的宣言"即使全世界都抛弃他,我不会,爱情不会。"她在不知情中喝了皇帝赐的毒酒,戴上无鸾曾经用过的面具,为心爱的人唱起《越人歌》,哀婉凄美,撕人心扉。曲终了,她倒了。《夜宴》的片尾曲《我用所有报答爱》旋律高亢而悲情,伴随着画面中婉后最后的眼神,为影片制造出最后的辉煌高潮,其中四小句歌词"只为一支歌,血染红寂寞,只为一场梦,摔碎了山河"精准地概括了整个剧情,用四个词句揭示了四位主角的命运,令人绝望悲怆。这部电影因为人文内涵与少数台词遭人诟病,但是主题曲及片尾曲在凄凉婉转中对人物情感的描摹、对人物命运的揭示非常贴切,从某种程度上"补救"了其他维度文学性的不足。

应该指出:这种电影配乐在电影公映后都引发好评,广被传播。文学性之"变迁"与"守成"本身并不存在高低优劣。时代变了,同类题材或类型电影创作的涉及文学性的元素有所改变,创作者不愿重复以前的格调,都属于正常现象,受众欣赏文艺作品时也会"喜新厌旧"。

第四节　电影文学性发展变迁的研究趋势

一、加强电影的民族性研究

电影文本的文学性包括人文性层面,而民族性又是人文性的表现元素之一,因此研究文学性必然涉及民族性。另一方面,电影创作有影响的国家,从好莱坞到欧美其他国家,再到亚洲电影文化发达的国家,其电影作品均具有整体上的民族性,如亚洲的韩国电影、日本电影、伊朗电影,都带有明显的民族特色。中国电影要想在世界影坛上拥有一席之地,除了技术水平需要提升外,还应该让本土电影进一步形成自己的民族特色;而为了呼应并支撑创作实践,必须在电影民族性的理论研究上有所拓展、加强。

对"民族性"的客观理解,不是 20 世纪 80 年代至 90 年代的张艺谋早期"红色"系列或第四代导演电影中的"童养媳"等民风民俗才叫"民族性",也不是拍摄少数民族题材的电影才有"民族性",那只是"民族性"的外在表现之一二。此外非纪录片所展示的中国自然景观(黄山与《小花》、九寨沟与《英雄》、三峡风光与《长江图》、其他《庐山恋》《心花路放》《无人区》等等电影中都曾出现过中华民族的地理风貌)与人文景观(长城、山西乔家大院等),中华民族的文化观念渗透在各种类型影片特别是青春片中,如"天行健,君子以自强不息"的励志精神,又如"厚德载物"、"己所不欲勿施于人"的人生态度在很多本土电影的人物形象身上均有所体现;音画交融营造的意境(特别是具体情境中抒情空镜头的运用)更是中国诗论中提倡重视的。第四代导演吴贻弓《巴山夜雨》《城南旧事》等影片就体现了音画交融的诗意。"民族文化是中国民族伟大精神的重要载体,它馈赠给第四代导演艺术创作的指向。在电影中,弘扬以儒家文化为重要内容的民族文化,已成为了一种创作习惯和历史传统。因此,他们的作品中大都存在着浓厚的民族气息,折射着博大精深的民族文化。""他们弘扬民族文化和精神的途径,就是对古典诗词、绘画、音乐、散文、戏剧等艺术形式的应用,对民俗及故事情节的描述和人物形象的塑造。"①

第四代导演胡柄榴根据自己童年、少年时生活经历与感受拍摄出的乡土三部曲,带有"田园牧歌"式的情调和浓郁的民族文化传统,《乡情》情节安排上着重围绕"乡情"二字,采用写意手法如牧场送饭、兄妹让薯等闪回镜头创造乡村田园诗的意境;《乡音》中船儿在波光粼粼的湖面上摇曳,秀美苍茫的远山上云彩飘过,村子里炊烟袅袅,夜色中明月高挂;《乡民》中破旧的墙壁和寨门、土黄色的土地等,不论幽静优美

---

① 董广:《论第四代导演电影美学风格的文化意义》,《宁波广播电视大学学报》,2013 年第 9 期。

还是凋敝冷清,都具有民族地域风情。

就电影的民族性而言,很多电影看似平常,没有可以向民族性靠拢的痕迹,可是情节中那些看似平常的人物处事态度往往代表着某种社会文化心理,这在很多现实主义题材的影片中均有所展示,同样是内在民族性的成分。如《钢的琴》中陈桂林非要与妻子争夺女儿抚养权,(晚上去学校)借钢琴弹、画纸板钢琴(可以练指法)、偷钢琴、借钱买钢琴、造钢琴等情节集中反映了中国人望子成龙、望女成凤的文化心理。借钱买琴段落中陈桂林到其二姐理发店里本想开口借钱给女儿买钢琴,可是听见姐姐的抱怨,再也张不了口,反而否认来理发店找二姐的目的,且安慰说让二姐夫没事就跟着自己干点活多挣点儿钱。这里表现陈桂林的善于为人着想同时也爱面子的性格,代表了多数中国人"打肿脸充胖子"的心理。而季哥对陈桂林的支持反映出中国人重情分、讲义气的民族性格。有关励志电影中传达出的"谋事在人成事在天"既强调努力的重要性、又看中人为因素之外的某种冥冥中的神秘力量,即现在仍有较强认知度的"天命"观,已经积淀为中国人的文化心理。

电影中民族性成分往往与人文情怀联系在一起。毋庸讳言,民族文化心理部分也存在负面的成分,也在演变。包括电影在内的文艺作品中的民族性因素均会受到时代性影响。如"父母在不远游"的传统观念如今已经较为淡薄,特别是年轻一代,条件允许的已经踏过千山万水,除了游学,工作出差也是很重要的因素,一走数天甚至数月,即使平日也不可能守着父母。《心花路放》《后会无期》《泰囧》等国产电影就是"看世界"的电影。又如传统的节约观念,或许 50 后、60 后、70 后乃至80 后,这种观念传承的影响一直存在,也确实是一种美德。而《小时代》系列的被批判原因之一就是"炫富",与"节约"反其道而行之,但是不得不承认现实中节约的观念越来越淡,因为年轻人早就意识到与其节省,不如多赚钱,认为财富不是节省来的。再如关于贞洁观念,封建社会中对女性而言比生命重要,男性可以在家三妻四妾外面寻花问柳,女性也只能默默忍受,坏了"规矩"的要受到严厉残酷的处罚。这在很多反映旧时代的影视剧中均有所体现,如《湘女萧萧》《良家妇女》《大红灯笼高高挂》等。随着时代进步,女性社会地位提升,东方的贞洁观从现实到电影都被弱化。有关作品中单亲妈妈重获幸福就是婚恋观念变化的最好的证明,如《北京遇上西雅图》《女人本色》等。电影《金陵十三钗》故事核源于小说:妓女替换处女,在中国中老年观众心目中这种处女应得到保护的价值观念是得到认同的;但随着年轻一代特别是 90后、00 后年轻受众的成长,价值观念多元化的趋势越发明显,贞洁观念根基动摇,进而对此情节设置提出质疑。比起小说,编剧刘恒在玉墨转变的层次上已经下足了功夫,但如果避开贞洁观,在其他层面如关于女学生的年龄上做文章,以及选择学生演员注意其体型,再在台词剧情上加以配合,可能要更令人信服。若如此,电影中风尘女性群体自我牺牲保护女学生的情节设计所传递出来的人性光辉、尊严与"英雄"情结会在更大的范围被接受。

《赵氏孤儿》的核心主旨是忠诚引发的复仇。电影塑造了程婴这样一个严重悖离传统宗法伦理规范、弃亲生子于不顾、将他人孩子抚育成人的平民悲情英雄角色。其"舍亲为主"的价值观在当代观众中也有被非议之虞。这就应该对古今民族文化心里的演变/变迁进行比较讨论。

二、文学性研究结合类型电影和作者电影开展

在技术性因素越来越受重视的的当下与未来,怎么安置显得"老派"的文学性,且显得得体自然,是电影人始终面对的课题。大部分电影差强人意或者引发恶评,与电影中缺乏文学性、或文学性与电影中其他特质融合不够有关,但是这里引出一个话题:是否所有类型风格的电影中文学性越充分越好? 答案是否定的。

文学性是和具体电影文本的类型、风格挂钩的。除了偏文艺性影片中体现得较为集中外,也会灵活、零散地存在于追求娱乐性、商业化的电影中,将这类影片的文学性揭示挖掘出来,指导、启发后来的同类电影加强文学性的渗透,提升审美趣味,是有价值的工作,也是多数理论研究者乐于探讨的;同时作者电影中文学性相对浓郁,会成为相关研究者主动阐释的目标。当然作者电影与类型电影创作实践中存在着某种程度的"混搭"现象,亦会引发人们其他向度的研究兴趣。

以享誉全球的李安电影为例,其科幻片《绿巨人浩克》(2003)诞生于《卧虎藏龙》以后的新世纪早年,影响不大,甚至不少观众不知道李安有这么一部动作科幻类型的影片。那么票房不算成功、评价不如其他影片的原因在哪里呢？笔者以为其原因在于:科幻动作片与一般剧情片差别还是明显的,虽然之前的《卧虎藏龙》是武侠片,然被李安拍成了文艺式的武侠片,糅进了与东方武侠融为一体的文化观念。可以说,李安先前电影的成功不是因为所谓的电影特技,而是在于他的东方文化底蕴以及对人性的深刻理解。人文气质颇浓的李安在《绿巨人浩克》中所要呈现的如何去控制、战胜自己心里的"绿巨人"这一具有深层精神刻画和研究的心理分析还是很有味道的,只是李安能掌控的文学性成分与作为科幻类型电影的技术性/电影性未能调好比重。科幻片与李安以前拍过的影片基本没有类型接近的,他试图将他一贯擅长的人文内涵融到此片的人物形象塑造上,这没有错;而且李安也可以熟练并且很好地驾驭电影新技术,只是整体融合不够完美。个人以为,这类影片中与电影技术相关的视听语言成分应该超过一半的比例,而且在其视听水平以及呈现方式上要花功夫,与人文因素完全糅合起来,让观众感动、认可。后来的《少年派奇幻漂流》虽然用了大量特效,但不可否认,影片本身就是剧情片元素占据主要阵地、以隐喻以及心理刻画取胜的影片。

近年来,新生代导演呈现出旺盛的创作生命力,其中的优秀作品不乏文学性,即使是类型片,也有部分导演将其个性化、文艺化,如前面论述到的曹保平导演,其杂糅型悬疑片如何加强文学性渗透就值得作为案例研究。

影片类型的杂糅也会带来文学性的变迁。曹保平警匪犯罪类电影《李米的猜想》中令人动情的与爱情有关的情节设置:李米(周迅饰)在对方不认自己的前提下,追着一起行走的方文(邓超饰)和现女友,背起方文写给她的一封一封的信。这一部分人物表演显示的内心感情,以及信的内容(即台词组成),所体现的文学韵味自然而强烈。片尾伴随着打出来的字幕,周迅略带沙哑的歌声也轻轻缓缓地响起,观众在歌声中沉默、痛心。这个以绑架、毒品、悬疑、警匪等元素串起来的爱情故事,冰冷残酷中透出的那一丝温暖,击中了每个人。令人感动的部分属于文学性。而在(回看)方文拍摄下的李米的日常生活、工作场景中,画面中的李米俏丽勇敢也孤单、窘迫(如内急),这些让李米和警察看着或伤感或有趣的镜头,对于恋人之间的感情描述有很大的回味空间,令人唏嘘。周迅饰演的执着、痴情的女司机人物形象,也和一般悬疑犯罪类型片不太一样,爱情成分占有很大比重,且是不寻常的爱情。

什么样的电影算好电影? 泛泛来说,情节强吸引人算好电影,叙事技巧高超算好电影,视效震撼也算好电影,想象力特别、丰富肯定是好电影……但归根结底,好电影的终极标准其实是打动人心。在当今这个浮躁的充满欲望和诱惑的年代,有多少像李米和方文这样面对现实力不从心的小人物,面对一份无望的爱情,有多少人能像李米那样,在无望中等待,在等待中坚守,在坚守中忍受煎熬。这样的影片,没有恢弘的场面,不需要高成本的制作,却刻画现实中普通人的喜怒哀乐,主人公以过硬的演技感染观众,其直击人心的情感力量构成的观影体验,令人流连、迷恋。

三、关注电影作品中的"泛文学性"

"文学"的概念并非一成不变,笔者在本书第一章中已经简单论述文学的概念,虽然没有具体讨论当代作为纯文学代表的小说从"街谈巷议"的"小道"(《汉书.艺文志》中用语)演变为"大道"的过程,但是小说的成长、成熟以及雅化是一个不争的文学事实。其实任何艺术都在稳定与更新中继续演化,文学这个概念虽具有一定的稳定性,但并非固定永久的。如童话、寓言也是文学体裁,后起的博客甚至微博也会被后人划分到某一类的文学作品中。而且,纯/雅文学与通俗文学的界限不是一成不变的,到一定时候会转化,如宋词、元曲作为雅文学代表,现在没有人反对,可是当初产生时是通俗文学样式,市井间可以吟唱。正如叶梦得《避暑录话》中评价柳永词"凡有井水饮处,即能歌柳词"——可见柳词通俗与受欢迎程度。"文学"内涵同样受到时代影响,就"纯文学"而言,具体时代中反映的现实不同,即使书写前人写过的历史题材,作家的眼光、角度也会变化,也有时代精神的烙印,不同时代,有不同的气息表现,有不同的表达。

有学者认为文学有狭义与广义之分。狭义的文学性附着于狭义的文学,如姚文放先生撰文概括并讨论了 20 世纪头尾两个时间段学界对于文论演变中关于"文学性"观点的阐释,一次关于俄国形式主义的,一次是解构主义的。姚文认为,"前者用'文学性'概念廓清文学与非文学的区别,旨在抗拒非文学对于文学的吞并"。[①] 所谓广义的"文学性"指的是,"渗透在社会生活方方面面并在根本上支配着后现代社会生活运转的话语机制,这种机制显然不是狭义文学所独有的东西"。[②] 确实如此,我们纵观小说、诗歌、叙事与抒情散文、剧本等狭义文学以外的各种文本,就会发现诸如哲学、历史、政论、法律文书、新闻写作中的叙事、描述、比拟、想象、排比等非文学文本中的"文学性"早就存在了。只是随着时代发展,这种现象越发明显而已。"泛文学性"主要体现在非典型文学文本中的修辞手段与语言表达技巧上,当然其中的思想内涵、价值观倾向也不可忽视。与叙事化文艺作品中的文学性比较,非文学文本的文学性较为单薄且显得直白,缺少含蓄蕴藉之美。国内有学者接受西方解构主义对于文学、文学性进行阐释的观点,代表者是余虹,提出了"文学研究内部的转向"的口号,试图在后现代语境下推动文学研究的重建,具体地说有两个方面,即从狭义的文学研究转向广义的总体文学的研究,从狭义的文学性研究转向广义的文学性研究。[③] 狭义文学性即为纯文学或雅文学的特性,广义文学性即为泛文学性。

俄国形式主义刻意用"文学性"隔离文学与非文学。随着时代变迁,广义/泛义的文学样式/体裁是否具有相应的审美范式,尚需探究,但它们确实存在一定的文学化特质,只是较为零散。如现在在自媒体上写的各种文章,包括博文、产品推广广告、调侃的段子,很难分清属于哪种风格、什么文体,但毫无疑问,其中的文字表达确实存在着不同程

---

① 姚文放:《"文学性"问题与文学本质再认识——以两种"文学性"为例》,《中国社会科学》,2006 年第 5 期。

② 同上。

③ 参见余虹:《文学的终结与文学性蔓延——兼谈后现代文学研究的任务》,《文艺研究》,2002 年第 6 期。

度的文学性。而上述充斥于工作、生活的各种带有文采甚至感染力的文字语言的运用表述已经渗透到电影中人物的对话、独白等台词形态中。一些情节内容涉及法律、新闻的电影在人物台词的编排上，就具有相应的"泛文学性"。《东京审判》中中国检察官首席顾问倪征燠（英达饰）审问罪犯的内容，以及最后国际法庭的法官们无记名投票决定是否判决那些顶级罪犯以死刑论处前，梅汝璈（刘松仁饰）的发言如果以书面呈现，就是法律文书，更偏向于政论文，可是充满正义感，同时也不乏文采。虽然发言片段如实录转化为文字，不是文学作品，蕴含于其中的广义文学性不言而喻。

对于使用方言台词的电影而言，"泛文学性"应涵盖这些方言中具有生命力的词汇，以及有关方言用到的修辞手法与表现手法，因为我们以往研究狭义文学中的文学性，基本以普通话词汇体系与表达方式为参照标准，如电影无法回避"泛文学性"，就应该包容并对方言体系中的词汇及表达探究。此外，俗语、俚语及网络用语转化的流行语进入电影台词，说明它们本身已经具有某种生命力。

电影中的"泛文学性"表现还应包括结构这样偏形式感的要素上，除了冯小刚早期电影偏爱小品化结构外，近来其他导演青睐小品化或段落化结构，如贾樟柯导演的《天注定》，李芳芳导演《无问西东》虽说也是段落化叙事，但与冯小刚电影有不同的内涵与形式安排，值得比较讨论。结构与情节相连，笔者认为，只要有助于故事叙述，或更有利于呈现内涵，结构安排上的"不走寻常路"都在泛文学性的范围之内，因为它不属于电影的戏剧性与视听性。如《无问西东》在不同年代的四个故事单元中，正值青春年华的主人公不得不面对所处时代的现实问题，四个段落之间有着隐秘的精神联系。又如《刀见笑》除了整体上的隐喻修辞运用较为突出外，结构上的创新也很难得。就影片现有的这种结构安排而言，像中国一则流传很广的"从前有座山，山里有座庙"的寓言，也有点像博尔赫斯的小说《环形废墟》所写，一个人梦见另外一个人，却发现自己也在别人的梦中……梦里套梦，循环不已。因为在中西方的文化里都能找到相似却不完全相同的故事，这种结构具有跨文化接受的认知土壤，也具有某种哲理。

参考文献

周星：《中国电影艺术史》[M]，北京大学出版社 2005 年版。

李道新：《中国电影文化史》[M]，北京大学出版社 2005 年版。

陈晓云主编：《中国当代电影思潮与现象研究(1979—2009)》[M]，中国电影出版社 2013 年版。

郝建：《影视类型学》[M]，北京大学出版社 2002 年版。

贾磊磊：《中国武侠电影史》[M]，文化艺术出版社 2005 年版。

郑树森：《电影类型与类型电影》[M]，江苏教育出版社 2006 年版。

彭吉象：《影视美学》[M]，北京大学出版社 2002 年版。

张晶：《新世纪以来的中国类型电影研究》[M]，台海出版社 2018 年版。

图书在版编目(CIP)数据

1979 年以来中国电影的文学性研究/陈鸿秀著. —上海:上海三联书店,2019.4
ISBN 978 - 7 - 5426 - 6647 - 5

Ⅰ.①1⋯ Ⅱ.①陈⋯ Ⅲ.①电影文学－文学研究－中国－当代 Ⅳ.①I207.351

中国版本图书馆 CIP 数据核字(2019)第 054330 号

1979 年以来中国电影的文学性研究

著　　者 / 陈鸿秀

责任编辑 / 郑秀艳
装帧设计 / 一本好书
监　　制 / 姚　军
责任校对 / 王凌霄

出版发行 / 上海三联书店
　　　　　(200030)中国上海市漕溪北路 331 号 A 座 6 楼
邮购电话 / 021 - 22895540
印　　刷 / 上海肖华印务有限公司

版　　次 / 2019 年 4 月第 1 版
印　　次 / 2019 年 4 月第 1 次印刷
开　　本 / 640×960　1/16
字　　数 / 300 千字
印　　张 / 19.75
书　　号 / ISBN 978 - 7 - 5426 - 6647 - 5/I · 1506
定　　价 / 68.00 元

敬启读者,如发现本书有印装质量问题,请与印刷厂联系 021 - 66012351